REVENGE

MARIE-CHARLOTTE FRANÇOIS

REVENGE

hachette
ROMANS

Couverture : Hachette Romans Studio
Photos : Shutterstock

L'édition originale de ce texte est parue en primo-numérique
chez HLAB en 2020.

Hachette Livre, 58, rue Jean-Bleuzen, 92170

PROLOGUE

« *Ce que l'amour peut faire, l'amour ose le tenter.* »
Roméo, dans *Roméo et Juliette*, de W. Shakespeare

Des points lumineux dansent sous mes paupières, un sifflement retentit dans mes oreilles. Ma tête tourne. Horriblement. Pourtant, je ne dois pas flancher. Nous y sommes presque. Nous courons à en perdre haleine. Mes poumons me brûlent. Swan, devant moi, tire plus fort sur ma main, me pressant. Il fait noir, un épais manteau obscur nous enveloppe, le cri d'une chouette résonne au loin, glaçant mon sang. Je déteste le noir.

C'est au milieu de la nuit sombre que nous nous enfonçons dans la forêt pour rejoindre le domicile de Swan. Je trébuche sur une branche, et il essaie de me relever.

— Allez, mon ange, dépêche-toi !

Il tire plus fort sans me ménager. Je boite et porte une main à mon genou meurtri, un liquide poisseux colle à mes doigts. Merde. Sans me plaindre, je continue notre course, haletante. Je repousse la raison pour laquelle nous fuyons. Je dois oublier. Je n'ai pas le droit de flancher. Des larmes viennent embuer mes yeux, pourtant je ne dis rien.

Quelques instants après, notre course folle s'arrête. Nous sommes enfin arrivés. Swan serre plus fort ma main glacée. J'ai peur. Il règne un silence de mort dans la maison. Sa mère doit dormir. Rapidement nous montons dans sa chambre. Là, il me serre dans ses bras et je ne peux m'empêcher d'exploser, laissant échapper de gros sanglots.

— Mais qu'est-ce qu'on a fait ?

Il m'étreint plus fort en caressant mes cheveux.

— Eden, ça va aller, d'accord ?

Je sanglote de plus belle. Comment ça pourrait aller ?! Nous sommes des monstres. Oui, c'est le bon mot, des monstres !

— Il le méritait, Eden, tu ne dois pas regretter !

Il prend mon visage entre ses mains.

— Mon amour, tu ne dois pas flancher, plus rien ne t'arrivera désormais.

Je hoche péniblement la tête tandis qu'il essaie tant bien que mal d'essuyer mes larmes. Je renifle.

— Tu ne dois parler en aucun cas, d'accord ? Je vais te protéger, mon petit cœur, mais surtout tu ne dois rien dire à personne sur ce qu'il s'est passé. Promets-le-moi.

Je hoche de nouveau la tête, il crie :

— Promets-le-moi !

— C'est promis.

Il me reprend dans ses bras, me serrant fort.

— Je m'occupe de tout, mon ange, ne t'inquiète pas. Sèche ton joli visage, Eden.

Il me porte en princesse jusqu'à son lit. Il me glisse entre ses draps, je remonte la couverture sous mon menton. Il s'assoit au bord du lit. De sa main, il caresse ma joue.

— Dors, ma chérie, tout va bien maintenant, je ne laisserai plus personne te faire du mal. Je t'aime tellement.

Il dépose un baiser brûlant sur mes lèvres, j'aimerais tout oublier et m'abandonner dans ses bras. Seulement ce qu'il s'est passé est trop grave pour être oublié. Je fixe son dos tandis qu'il franchit la porte, s'enfonçant dans l'obscurité de la maison.

Depuis ce soir-là, il n'a plus jamais été le même… J'ai toujours su qu'il était sensible, et cet incident l'a détruit… Après ça, il a cessé toute relation avec moi, a enchaîné les mauvaises fréquentations avant de se faire coffrer, malgré plusieurs avertissements, pour trafic et consommation de drogue à seize ans. Aujourd'hui, il purge une peine de trois ans ferme. Je ne suis jamais allée le voir, alors que tout est ma faute. Je l'ai détruit.

1

— Joyeux anniversaire !

Encore comateuse, je sens une petite boule d'énergie se jeter sur moi. Je grogne et tente de me cacher sous les couvertures. Impossible. Je papillonne des yeux avant de les ouvrir péniblement. Elle est là, avec son grand sourire niais et ses petits yeux plissés parce qu'elle sourit beaucoup trop.

Je n'ai pas le temps de faire quoi que ce soit qu'elle vient se blottir dans mes bras et souffle dans mon cou.

— Faut que tu te lèves, on n'a pas beaucoup de temps.

Je soupire un « chut » et elle rit. Elle ne dit rien pendant quelques instants et je ferme à nouveau les yeux, savourant quelques minutes de plus de sommeil. Mais, comme avec Emma rien n'est jamais bien calme pour longtemps, elle geint rapidement.

— Eden, lève-toi !

Pour ponctuer sa phrase, elle parsème mon cou de baisers appuyés.

— Tu es insupportable, tu le sais, ça ?

Sans aucun ménagement, je me détache d'elle et roule le plus loin possible. Je l'entends bouder.

— Bébé, ce n'est pas drôle ! Les autres vont bientôt arriver.

Je remonte la couverture sous mon menton.

— Tant pis.

Il y a un blanc, puis elle soupire.

— Ça vaut le coup de se casser le cul à te faire des cadeaux.

Aïe ! Là, je l'ai vexée. Je me maudis intérieurement en fermant les yeux. Je me tourne. En effet, ma copine a cette fois la mine fermée et les yeux fuyants.

— Em', c'est pas ce que j'ai voulu dire…

— Mais tu l'as dit, me coupe-t-elle.

— Je ne le pense pas.

Elle n'a pas l'air convaincue alors je me redresse et j'embrasse doucement ses lèvres à plusieurs reprises. Je la sens sourire finalement. Cette fille ne perd jamais sa gaieté.

— Recule, se moque-t-elle en me poussant à bout de bras, ton haleine est fétide.

Je pousse un gémissement outré, et elle se marre. J'attrape le premier truc qui me tombe sous la main, soit un oreiller, et je le lui lance. Elle l'esquive de justesse avant de sortir de ma chambre en trottinant et en riant aux éclats. Je manque de me prendre les pieds dans ma couette en voulant la suivre précipitamment.

— Emma, reviens ici !

Mes jambes ont du mal à me porter et je tangue un petit peu au départ, mais finalement c'est à grandes enjambées que je la rattrape au niveau des escaliers. Je m'empare de sa main à la volée et nous arrivons bras dessus, bras dessous dans le salon, hilares.

— Joyeux anniversaire, ma puce !

Je suis surprise par l'exclamation de ma mère et lui tombe dans les bras. Elle me frotte le dos et je l'embrasse sur la joue, avant de faire de même avec mon père, qui me le souhaite aussi tandis qu'il est déjà bien occupé sur son ordinateur.

— Quand tu seras vieux, tu seras aveugle à cause de ça, plaisanté-je.

Il hausse un sourcil.

— Parce que je ne suis pas déjà vieux ? Mon bébé a dix-huit ans aujourd'hui !

Il fait mine d'essuyer une larme et je hausse les épaules en prenant place à côté de ma copine. Il n'y a vraiment qu'à moi que cet événement ne fait rien ?

— Je suis allée acheter des croissants et pour toi, Emma, un donut. Pas question que vous fassiez ce voyage le ventre vide, rouspète ma mère.

Elle s'active et nous apporte nos viennoiseries. Emma trempe tout de suite le bout de sa langue dans le nappage au goût de fraise. Voilà une fille comblée pour la journée ; ma mère la connaît si bien. Ce n'est pas étonnant après tout, cela fait un an et demi que nous sommes ensemble. Je n'aurais jamais pensé tomber amoureuse d'une fille et pourtant aujourd'hui cette petite pelote de nerfs blonde partage ma vie. Mes parents l'ont très bien pris et mieux encore lorsqu'ils l'ont rencontrée. Je dois avouer que c'était le jour le plus stressant de ma vie.

J'engloutis mon croissant en écoutant mes parents parler de boulot dès 7 heures du matin. Ils sont tous les deux avocats et associés. Ce sont eux qui ont défendu Swan à son procès. Pas franchement une réussite…

— Pourquoi tout le monde est là ? Y a pas école, si ?

Une petite touffe bouclée brune fait son apparition ainsi qu'un pyjama bleu nuit. Mon petit frère se gratte la joue à l'aide de son doudou.

— Benjamin, trésor, qu'est-ce que tu fais debout ?

Le petit bonhomme de six ans ignore ma mère et se hisse sur mes genoux.

— C'est aujourd'hui que tu pars avec ton amoureuse ?

Il me sourit avec ses dents de devant manquantes.

— Oui, pour une semaine, tu te rappelles ?

Mon frère se jette à mon cou.

— C'est long.

Je frotte son dos.

— Mais non. Dis-toi que ça te fait plus de dessert pour toi tout seul.

Son visage s'illumine.

— Tu pars qu'une semaine ?

Emma rigole fort à côté et mon frère l'imite.

— Benji, retourne au lit. La nounou arrive bientôt. Tu seras sage avec elle ?

Le petit garçon rejoint finalement sa mère, lui réclame un câlin et lui murmure que oui. Ma mère part le recoucher.

— Ta valise est prête ? me questionne mon père.

Je considère la grosse valise d'Emma qui traîne dans le salon.

— Elle n'est pas aussi remplie que celle d'Emma, mais oui. Tu sais qu'on part qu'une semaine ?

Elle roule des yeux.

— Oui, il y a des affaires pour sept jours, plus des au-cas-où.

Je me moque d'elle et elle lâche :

— Tu peux pas comprendre…

Un coup de klaxon décomplexé rugit dehors.

— C'est pour nous ! s'empresse de dire Emma.

Je termine mon verre de jus de fruits et cours récupérer ma valise et me préparer. J'enfile rapidement des affaires et je vérifie une dernière fois qu'il ne me manque rien en balayant la pièce des yeux. Tout est OK. Je plante une casquette à l'envers sur mon crâne. Quand je descends, deux garçons sont dans le salon et discutent avec mes parents. Je reconnais tout de suite Thomas à son teint bronzé. L'autre, c'est Loïc, son cousin, nous a-t-il dit.

Mon tout premier ami du lycée me prend dans ses bras.

— Joyeux anniversaire, Edenounette.

Il me colle un bisou sonore sur la joue et je le repousse.

— Chut, murmure ma mère, le petit vient de se rendormir.

Thomas grimace et s'excuse.

— Tu as pensé à tout prendre ? s'inquiète finalement ma mère. Crème solaire ? Crème contre les piqûres ?

Je secoue la tête.

— Ne t'en fais pas, maman !

— Tu as intérêt à bien t'amuser, menace mon père. C'est le premier anniversaire que tu passes loin de nous.

Il affiche une mine triste et je les prends dans mes bras.

— Embrassez Benji pour moi.

Ils acquiescent et me laissent enfin à mes amis.

Une fois dans la voiture, après un dernier signe de main, nous démarrons enfin.

2

Les cheveux couleur miel d'Emma volent dans le vent qui pénètre par la vitre ouverte de la voiture. Un grand sourire orne son visage. Elle est heureuse et cela s'entend aussi aux fredonnements qu'elle laisse échapper en suivant la musique qui s'élève du poste radio.

Moi seule, à l'arrière avec elle, peut les entendre et ça gonfle mon cœur.

Loïc tape aussi des doigts sur le volant. Une sorte de béatitude règne dans cet espace clos. C'est Thomas qui, en secouant ses boucles brunes, pousse vraiment la chansonnette quand *Havana*, de Camila Cabello, retentit. Il se lâche complètement et je laisse échapper un rire tant il chante faux. Très vite, Emma le rejoint en criant à pleins poumons le refrain. Là, je rigole franchement. Elle ferme les yeux et y met tout son cœur. Thomas se tourne vers elle, ils échangent un regard complice, et je me surprends à chatonner aussi.

Maintenant nous sommes quatre à beugler des paroles que nous ne comprenons pas forcément.

Nous n'avons effectué qu'un tiers du trajet. Bientôt, nous passerons le panneau qui indique le changement de région, et le paysage sera différent. Bientôt, mes premières vacances sans mes parents commenceront.

Je sens la main de ma copine se glisser dans la mienne et la serre. Avec le soleil, ses yeux affichent de jolis reflets ambre. Et je peux y voir une lueur d'excitation. Elle se penche pour embrasser ma joue. Je n'ai même pas le temps de tourner la tête vers ses lèvres que je devine qu'on nous épie. Un coup d'œil dans le rétroviseur me montre le regard plissé de Loïc qui nous détaille.

Il ne le détourne pas quand ses yeux accrochent les miens, et demande plutôt :

— Depuis combien de temps vous êtes ensemble ?

— Un an et demi ! répond fièrement ma copine.

Elle serre ma main plus fort sans s'en rendre compte.

— Le couple le plus improbable, plaisante Thomas.

Il s'étire pour me toiser à son tour dans le rétroviseur. Je lui tire la langue tandis que son cousin nous demande pourquoi.

— Em' est beaucoup trop surexcitée et Eden, trop renfermée. L'une aime beaucoup trop le genre humain et l'autre est asociale.

Il a complètement raison. Emma est le soleil, la chaleur. Elle s'apparente à une douce journée de printemps, à une journée de forte chaleur. Elle respire l'amour. Pour ma part, je suis la lune, froide. Je suis une journée pluvieuse aux longues heures interminables. J'inspire l'hiver par mon comportement glacial, mes sarcasmes. Nous n'avons rien à voir. Rien à faire ensemble.

Et pourtant ! Je roule des yeux en marmonnant :

— Les opposés s'attirent.

Loïc n'est pas dans le même établissement scolaire que nous, alors il pose encore deux, trois questions sur notre rencontre. Emma répond avec plaisir tandis que je reste distante sur le sujet.

Je ne pourrai jamais expliquer à quel point Emma a été un baume pour mon cœur meurtri.

Mon cœur bat soudainement plus vite et, prise d'un élan d'amour, je pince les joues de ma copine et ses lèvres forment un cul-de-poule. Je les embrasse alors rapidement.

— Et dire que je comptais sur ces vacances pour pécho… se plaint Loïc.

— En effet, c'est mal parti. On est toutes prises. D'ailleurs, Adèle arrive quand ? me renseigné-je.

Thomas passe une main dans ses boucles que le vent malmène.

— En début de soirée, elle vient avec son nouveau copain.

— Ah bon ? m'étonné-je.

Adèle est notre meilleure amie commune depuis le début de la terminale. Nous étions et sommes toujours inséparables. Cependant, elle n'a jamais vraiment été trop intéressée par l'idée de former un couple. Je suis donc surprise, même si je crois au coup de foudre. Elle ne m'en a même pas parlé, je suis un peu vexée.

— Je l'ai invité pour faire connaissance, ajoute Thomas.

Je hoche la tête et Emma tape dans ses mains.

— Ça va être trop bien !

Je les contemple, elle et les reflets miel de ses cheveux. Elle est si belle, le soleil lui va tellement bien. Je réalise que j'ai vraiment beaucoup de chance et je me surprends à penser que je reviens de loin.

J'esquisse un sourire. Peut-être que ce trou béant dans ma poitrine se refermera un jour. Qui sait ?

Le trajet se poursuit et se termine plutôt rapidement.

Très vite, des espaces verts se dessinent et la voiture s'engage sur un chemin plus caillouteux. Les pneus crissent et nous nous arrêtons finalement dans une petite clairière. Un énorme chalet s'y dessine. Très chaleureux, il est situé près d'un étang. Le soleil miroite sur l'immense surface d'eau. Au loin, je peux distinguer d'autres habitations dans le même style que la nôtre.

À peine le moteur est-il coupé qu'Emma saute de son siège en ouvrant brusquement la portière. Elle lâche un petit rire clair et se met à tournoyer sur elle-même.

— Dis donc, elle manque pas d'énergie, ta copine.

Je hausse les épaules, et Thomas réplique :

— C'est Emma.

Je défais ma ceinture et comme les garçons je m'extirpe du véhicule. Un air frais m'accueille et le soleil lèche ma peau. C'est tellement agréable. Je prends cinq minutes pour écouter le concert des différentes sortes d'oiseaux. Ça devient tellement rare en ville.

Je sens qu'on attrape ma main et je suis tirée fortement vers un plus petit corps.

— Ça va être la plus belle semaine de notre vie !

Emma fait une tête de moins que moi et elle se tord le cou pour m'afficher son grand sourire.

Je parsème ses joues de baisers dans un élan de joie. Il se pourrait bien qu'elle ait raison !

— Les filles, vous pouvez nous donner un coup de main ?

Je me tourne rapidement vers les deux autres. Thomas a les bras chargés de cartons et Loïc a le nez dans le coffre.

— Vous avez tout prévu, dites donc !

Je m'exclame en contemplant des paquets de chips, des bières et plein d'autres cochonneries.

— Moi qui comptais peaufiner mon *summer body*, ricané-je.

Emma me pince les fesses.

— On s'en fout, tu prends tout dans les fesses.

Elle me tire la langue avant de réceptionner un paquet de gâteaux que Thomas lui a jeté.

— C'est pas faux. Contrairement à certaines...

Elle fait mine de s'offusquer alors qu'elle n'a pas un gramme de graisse car elle est très sportive.

— Connasse, souffle-t-elle.

Je lui fais un clin d'œil en me saisissant d'un sac rempli à ras bord.

— Dis, Thomas, tu crois qu'y a moyen que je dorme avec toi ce soir ?

Elle trottine derrière lui et je grogne en rigolant.

— Alors toi !

Je ferme le coffre tant bien que mal et rejoins le petit groupe, qui déjà s'installe. Je monte les trois marches menant à la grande terrasse en bois avant de passer enfin la porte. Une odeur de bois me monte immédiatement au nez et je suis ébahie en découvrant l'ambiance chaleureuse que dégage ce lieu.

Il y fait assez bon étant donné que tous les rideaux sont tirés. Thomas s'empresse de laisser entrer le soleil tandis que son cousin nous guide vers la cuisine. Tout ici est très rustique. Ma copine contemple le vieux gaz rouillé.

— Ça fonctionne, affirme Loïc.

Emma hoche la tête. Loïc commence à ranger les aliments dans le frigo et nous l'imitons. La cuisine est peut-être la seule pièce récente dans cette demeure.

— Laissez, on s'en occupe. Allez déballer vos affaires plutôt.

Thomas nous prend par les épaules et nous congédie gentiment. Nous rouspétons d'autant moins qu'il a déchargé nos affaires. Elles nous attendent sagement au pied d'un grand escalier tout en bois, et à notre droite le salon s'étend.

— Deuxième porte à gauche, on nous apprend depuis la cuisine.

Emma hisse son sac à main sur l'épaule et soulève sa valise, je l'imite. Nous grimpons les marches en émettant des craquements horribles.

— Bon sang, mais cet escalier ne va jamais résister, râle Emma.

Même si elle est devant moi, je devine qu'elle lève les yeux au ciel. Finalement nous arrivons sans encombre dans une jolie petite pièce. Tout comme ailleurs dans la maison, les épais rideaux sont fermés. Je les ouvre et le soleil réchauffe la pièce. On y distingue alors un peu mieux le lit tout en bois, comme la commode et l'armoire.

Je fais un tour sur moi-même.

— Hé, un tour à Narnia, ça te dit ? pouffe Emma.

Je l'observe alors qu'elle a le nez dans l'épaisse armoire.

— T'es bête.

Elle range soigneusement ses affaires tandis que je reste muette. Un étrange sentiment de bien-être a envahi mon corps et je ne peux m'empêcher de sourire. Il y a bien longtemps que je ne me suis pas sentie aussi bien.

Je passe une main dans mes cheveux pour retirer l'élastique qui les retenait prisonniers. Ma crinière châtaine retombe mollement tandis que je secoue la tête.

— T'es joliiie, chuchote ma copine en encerclant ma nuque de ses petits bras.

— Petite menteuse.

Nous savons toutes les deux que la plus jolie de notre couple, c'est elle. Et pour cause, Emma était une fille populaire au lycée, idolâtrée par chaque élève. En prime, elle a un cœur d'or. Sensations garanties. Je me demande parfois comment il se peut qu'elle soit avec moi.

Ses cheveux blonds rebelles lui tombent sur les yeux et des petites taches de rousseur parsèment son nez. Je me souviens qu'à mon entrée au lycée je la détestais. Elle était tout ce que je n'étais pas. Avec Thomas, nous étions plutôt du genre à ne pas nous mélanger aux autres, ceux assis près de la fenêtre pendant les cours. Lui avec sa timidité et moi avec mon âme cassée.

On se suffisait tellement à nous-mêmes qu'il nous arrivait de coucher ensemble. Il n'a jamais eu connaissance du malheur qui me ronge, mais il tentait tout de même de l'apaiser. Puis Emma s'est intéressée à moi. J'ai appris par l'intermédiaire du journal du lycée que pendant les grandes vacances de seconde elle avait fait son coming out.

Toutes les filles se sont mises à la mépriser, pensant que c'était uniquement pour attirer l'attention, et puis un jour, au début de la première, alors que nous ne nous fréquentions même pas, un scandale a éclaté à la cantine. Cette petite blonde est montée sur une table, a lissé sa robe rouge et a proclamé :

— Je suis lesbienne et je vous emmerde. D'ailleurs je peux même vous dire que je suis amoureuse d'Eden Tomasy, ça vous fera parler un peu plus.

Ça a été un choc et je me rappelle avoir été très en colère contre elle en la regardant sortir la tête haute. Pendant des mois, les autres lycéens n'ont pas arrêté de me harceler. Ça pouffait et ça chuchotait dans les couloirs à mon passage, aggravant mon mal-être.

Je la détestais encore plus. Puis un jour elle est venue s'excuser et nous avons beaucoup discuté.

Un phénomène improbable s'est produit avec elle. Je ne ressentais plus la douleur sourde qui régnait dans mon cœur. J'ai eu beaucoup de mal à m'avouer que j'étais tombée amoureuse d'une fille. C'est elle qui m'a embrassée la première. Depuis, nous ne nous sommes plus quittées. Et j'ai réussi à enterrer mon passé.

— À quoi tu penses ?

Je secoue la tête.

— Au fait que les boutiques sont sacrément loin quand même.

Elle éclate de rire et c'est le son le plus mélodieux que j'aie jamais entendu. Emma m'a redonné confiance en moi et, si aujourd'hui des robes et des jupes trônent dans mon placard et que je sais appliquer du mascara, c'est uniquement grâce à elle.

— Je regrette finalement d'être venue ici, soupire-t-elle faussement. Comment allons-nous faire pour déguster notre caviar du dimanche ?

Je feins de pleurer et elle surenchérit :

— Ma nouvelle paire de Louboutin me manque déjà… Bouh.

Elle fait la moue et je ris à mon tour. Elle se serre contre moi en mimant des sanglots.

— Je veux rentrer à la maison.

Je l'entoure de mes bras et je nous laisse tomber sur le lit.

— Trop tard. Tu es prisonnière ici.

Elle se débat tandis que je commence à semer des petits bisous sur tout son visage. Elle se calme bien vite et poursuit notre étreinte en abandonnant nos affaires à déballer.

3

— Je suis… Bob l'éponge ? tenté-je.

Emma pouffe en portant une main à sa bouche.

— Loupé, dit Loïc en souriant.

Je tape mes paumes sur mes cuisses en boudant. Déjà trois fois que je me plante.

Je contemple les Post-it collés sur le front des trois autres. Sur celui d'Emma, il y a écrit Barack Obama. Loïc est Raiponce et Thomas, Teddy Riner.

C'est au tour de ma copine et elle tapote son index manucuré sur ses lèvres.

— Je suis… Barack Obama !

Thomas hoche la tête et ses grands yeux s'ouvrent. Elle tape dans ses mains.

— Oui !

— C'était trop facile aussi, me plains-je en roulant des yeux.

Assise par terre en face de moi, elle met ses poings sur ses hanches, vexée.

— Toi aussi, c'est super facile.

Elle me fusille tout de même gentiment des yeux. Je plonge la main dans un paquet de chips ouvert en réfléchissant. Il n'y a pas tant de personnages que ça dans *Bob l'éponge*, si ?

Quand c'est de nouveau à mon tour, je retente :

— Garry ?

Au sourire de Loïc je devine que c'est cela.

— Tu vois quand tu veux !

Je ne relève pas et bois dans ma canette de Coca.

Il est 20 heures et Adèle et son nouveau copain doivent arriver d'une minute à l'autre. Aussi nous attendons patiemment leur arrivée avec des jeux franchement nuls. Et je ne dis pas ça parce que je perds.

Loïc est le troisième à trouver si bien que Thomas, dépité, boit une grande gorgée de vodka.

— On en refait une ? propose Emma.

Thomas secoue la tête.

— Flemme…

Il est coupé par le bruit d'une moto puissante.

— C'est eux !

Emma est la première à se précipiter si bien que lorsque nous arrivons à notre tour les deux filles s'embrassent déjà. La nuit est en train de tomber dehors et le ciel arbore fièrement de jolies couleurs rosées. Adèle porte un gros blouson de moto et un énorme sac sur le dos. Je ricane de la voir dans cet accoutrement, elle qui est un peu la maman du groupe.

Derrière, son copain, dont le visage est dissimulé par un casque, coupe le contact de son engin tandis que sa copine me saute dans les bras.

— Joyeux anniversaire, petite chieuse.

Elle se pend à mon cou et m'embrasse sur la joue. Je fais mine d'être écœurée et la repousse. Je remarque que, cette fois, mon amie a les cheveux bleu électrique. Encore une de ses lubies.

— J'adore ! m'exclamé-je en enroulant une de ses mèches autour de mon doigt.

— J'espère bien, ça m'a coûté une fortune en coiffeur, cette merde !

Elle lève ses yeux verts au ciel et Thomas la prend dans ses bras.

— Je te présente mon cousin, Loïc.

Le blond s'avance et lui claque la bise. Elle paraît minuscule à côté de lui. Je remarque aussi que son copain est extrêmement grand. Il a retiré son gros manteau puis l'a calé sous son bras. Il est occupé à farfouiller dans son sac. Je m'arrête sur ses bras, que son pull léger sans manches, dans le style boxe, laisse entrevoir. Ils sont couverts de tatouages. Je trouve ça sublime et j'ai hâte de lui demander de me les montrer. Je remarque que ses mains aussi sont recouvertes d'encre.

— Et moi, je vous présente enfin mon copain, jubile notre amie.

— Ouais, d'ailleurs, comment ça se fait que tu ne nous en aies pas parlé, Addie, s'offusque ma copine.

Celle-ci baisse la voix.

— C'est récent et j'attendais de voir si c'était sérieux.

Puis elle se tourne vers le motard et l'appelle.

— Bébé, tu viens ?

Je le vois relever la tête et il lâche sa bécane et son sac pour s'approcher de nous. Je sens à mes côtés que ma copine est impatiente. Le garçon, qui paraît plus grand de près et beaucoup trop massif, soulève son casque au ralenti.

Et là, je reçois un choc. Que dis-je ? Un coup de poignard dans le cœur. Un coup de barre sur la tête. Une décharge électrique. J'ai l'impression qu'on déterre ma peine avec un tracteur. Ma tête se met violemment à tourner et ma vision se trouble. Mon cœur s'accélère et mes jambes tremblent. Ma respiration se fait saccadée. C'est *lui*.

Du moins, une version vieillie de *lui*. Ses cheveux noirs comme la nuit sont plus longs sur le dessus et retombent sur son front. Son visage affiche une mine dure, il ne reste plus rien de sa bouille rebondie d'enfant. Le voilà jeune homme et sa mâchoire est vachement carrée. Ses yeux possèdent toujours le même noir intense qu'avant avec, en plus, une lueur tourmentée. Ses longs cils les encadrent parfaitement.

Il a tellement changé. Je n'arrive plus à respirer désormais. J'ai devant moi la vision de mon passé qui me rattrape, vieillie mais bien réelle. Mon cauchemar vient de nouveau toquer à ma porte, me laissant dans l'incompréhension totale.

— Je vous présente Swan. Mon petit ami.

Je vacille. Son petit ami. Il ne devrait pas être là, il lui reste encore un an à faire. Un an où j'aurais eu le temps de partir loin de lui. Et pourtant il se tient là, devant moi, et je pourrais presque deviner un petit sourire sur ses lèvres pleines.

J'entends mon sang battre contre mes tempes et je suis sûre que bientôt je vais m'évanouir. Je cligne des yeux mais il est toujours là. Un joli démon. Mes amis s'avancent tour à tour pour le saluer. Adèle est tout sourire, elle est amoureuse de lui, c'est sûr. Et ça me fracasse encore plus. Il n'aurait pas dû revenir dans ma vie.

Des flash-back de cette nuit-là dansent devant mes yeux. Je revois un corps. J'éprouve la même brûlure aux poumons que lorsque nous courions. Je peux encore sentir ses lèvres contre les miennes. Nos corps en fusion alors que nous n'étions que des gamins. Ses anniversaires. Ses cascades à vélo. Ses compétitions de karaté. Nos enfance et adolescence ordinaires. Mes yeux me brûlent tandis que les larmes menacent de couler. Il reste un an, il ne devrait pas être là.

— Eden ? m'appelle Emma.

Je suis la seule qui ne lui a pas fait la bise et j'en suis incapable. Ses yeux sont plongés dans les miens et j'y décèle une lueur de folie. Je le connais sur le bout des doigts et je sais qu'il me nargue.

— Je… Je ne me sens pas très bien.

Je tente de me mouvoir mais je suis clouée sur place. Après un effort surhumain, je réussis à me retourner et à trottiner vers le chalet en tremblant. Mes pas sont peu assurés et, malgré le bourdonnement dans mes oreilles, j'entends la voix de Loïc.

— Il lui arrive quoi ?

Je laisse échapper mes larmes maintenant que je suis dos à tout le monde. Je cours et les marches craquent sous mon poids. Je les ignore et fonce aux toilettes. Désormais ce sont des sanglots qui parcourent mon être. Mon âme s'effondre à nouveau comme toutes les défenses que j'avais réussi à construire. Les larmes ne s'arrêtent plus, même lorsque je me jette à genoux, la tête dans la cuvette.

Je vomis une haine enfouie depuis plusieurs années, ma colère contre cette blessure qui ne semble pas vouloir se refermer. Je vomis ma faiblesse, ma tristesse et tous les sentiments que j'ai eus pour lui. Je voulais le rayer de ma vie et le voilà en chair et en os. Je vomis à m'en arracher la gorge jusqu'à ce qu'une petite voix s'élève :

— Mon cœur, ça va ?

Elle s'arrête un instant et panique.

— Eden !

Je lui mime de la main que tout va bien tandis que mon corps continue d'être parcouru de sanglots. Ma copine disparaît et revient quelques instants après avec un gant mouillé. Je la laisse m'essuyer la bouche et le menton. Elle caresse ensuite mes cheveux.

— Je crois que les chips sont mal passées, prétexté-je.

Elle n'est pas dupe et fronce alors les sourcils. Je baisse les yeux sur mes ongles peints en rouge tandis qu'elle m'interroge.

— À d'autres. Qu'est-ce qu'il se passe réellement ?

Je hausse les épaules. Emma ignore tout de mon passé. Je n'ose même pas imaginer sa réaction si elle savait ce que j'ai fait, ce que nous avons fait. Elle me considérerait comme un monstre, c'est sûr. Cependant, je ne peux pas lui mentir sur les raisons de mon malaise. Elle est assez intelligente pour ne pas accuser un paquet de chips.

— Parle-moi, insiste-t-elle.

Je modifie donc la vérité.

— Y a rien, je te jure. J'ai juste eu une trop forte montée d'émotions, vous voir tous ici… Pour moi, c'est trop intense.

Je hausse les épaules, elle me scrute longtemps, une éternité même, elle tente de discerner le moindre indice qui pourrait me trahir. Je joue la comédie en remballant mes émotions et en plaquant un sourire artificiel sur mon visage.

Je hoche la tête. Après l'accident, quand nous avions quatorze ans, Swan a été envoyé en pension en raison de son comportement qui se dégradait. Si bien qu'aucune de mes connaissances actuelles, hormis mes parents, n'est au courant de son existence ni ne sait pour notre ancienne relation. Notre secret m'a détruite et je n'en ai jamais parlé à quiconque. Quand Emma est arrivée dans ma vie, j'étais toute cabossée, j'ai longtemps hésité à me confier, puis j'ai vite compris que je pouvais tomber comme Swan si je parlais. Le temps s'est écoulé et j'ai presque réussi à cacher tout ceci.

Jusqu'à aujourd'hui, semble-t-il.

Elle ne doit pas savoir. J'emporterai ce secret dans ma tombe, personne ne doit le découvrir. Personne ne doit savoir que nous sommes des monstres déguisés en anges.

Lui, avec sa belle gueule de bad boy tatoué et moi, la jolie brune mystérieuse.

C'était son idée, son plan. Ce garçon est dangereux et désormais nous sommes piégés tous les trois ensemble, lui, l'amour de ma vie et moi, pour une semaine.

Un cauchemar déguisé en doux rêve.

4

— Nous voilà. Fausse alerte.

Emma m'aide à descendre tandis que je fais la moue. Mon cœur bat toujours comme s'il tentait de s'échapper de ma poitrine. Je voulais aller me coucher, me cacher sous les couvertures, loin de Swan. Emma n'était pas d'accord et de toute façon je refuse de la laisser avec lui. Je suis persuadée qu'il n'est pas ici par hasard.

Mes mains tremblent presque lorsque nous arrivons dans le grand salon. Les autres sont éparpillés sur les différents canapés et tous me fixent. Tous. Et surtout lui, ses yeux sont noirs et loin d'être bienveillants. Un de ses bras est passé autour des épaules de mon amie et j'aimerais lui crier de le retirer.

Je ne fais rien. Parce que je suis terrorisée. D'étranges sentiments s'élèvent en moi : la colère, la peur, l'amour, la tristesse. Tous sont négatifs. Pourtant, j'essaie de paraître sûre de moi lorsque Thomas me questionne, inquiet :

— Ça va ?

Oui super, mon ex-petit ami dont j'ai détruit la vie refait surface en étant le copain de mon amie. Mais tout va bien. Je garde mes sarcasmes tandis qu'il attend une réponse. Swan est malveillant et je suis persuadée qu'il souhaite détruire ma vie. Il est vital que je protège mes amis.

— Oui, oui. Je suis barbouillée par toutes ces émotions. Je suis heureuse que tu sois là, Addie.

Je reviens la prendre dans mes bras et la serre plus qu'il ne le faudrait. Elle ne sait pas dans quoi elle s'est embarquée. Elle est si innocente. Elle répond à ce câlin fermement.

Quand je me décroche, Emma sourit. Je leur ai servi la même version. Je dois garder la face, aussi je me tourne vers mon ancien petit ami en refoulant mes tremblements. Je lui tends simplement la main.

— Eden, enchantée.

J'essaie de mettre dans ma voix autant d'assurance que je peux même si je suis déstabilisée lorsque son regard noir vient à la rencontre du mien.

— Swan.

Sa voix me percute de plein fouet. Si rauque. Les larmes me montent aux yeux, le temps est passé si vite, tout a changé en lui. Il serre ma main et ce contact m'électrise. Un courant passe entre nous et je recule ma main comme s'il m'avait brûlée.

— Bon, tu connais tout le monde maintenant, se réjouit Adèle.

Oh oui et mieux que tu ne le penses…

— Qu'est-ce qu'on fait ? questionne soudain Loïc.

Je rejoins, encore troublée, ma petite amie.

— C'est ton anniversaire, Eden. Faut fêter ça.

Je vois Swan plisser les yeux, et le coin de sa bouche s'étire.

— Oh non, protesté-je. Et si on allait se coucher ?

Emma secoue la tête.

— Oh non, chérie, allez ! T'as dix-huit ans !

— Et si on faisait un jeu ? propose Adèle, euphorique.

Bien entendu, ma copine approuve, tout excitée. Je la supplie du regard mais elle dépose ses lèvres sur les miennes. Je me surprends à être intriguée par ce que pourrait penser le ténébreux.

— Je n'ai jamais ? lance Loïc.

— Oui ! s'exclament les filles en chœur.

Thomas va chercher six bières et nous les distribue. Emma fronce les sourcils et secoue la tête.

— C'est de la gnognotte, ça.

Elle s'empare aussitôt d'une bouteille de whisky. Aïe. Je lui lance un regard réprobateur. Elle ne tient pas l'alcool. Mais je ne dis rien, cela nous permettra peut-être d'aller nous coucher rapidement.

— Prêts ? nous défie Thomas.

Je bois une gorgée tandis que les autres secouent la tête.

— Je commence : je n'ai jamais embrassé une personne du même sexe que moi.

Thomas hausse plusieurs fois les sourcils dans notre direction. L'enfoiré.

— Connard, ricane Emma.

Adèle, Emma et moi portons notre bouteille à nos lèvres et je remarque que Swan hausse un sourcil.

— Adèle aussi ? questionne Loïc.

Celle-ci hausse les épaules.

— Entre filles on s'est déjà embrassées au moins une fois.

Je souris face au souvenir de notre bisou. Adèle était tellement bourrée qu'elle est ensuite tombée par terre.

Loïc enchaîne.

— Je n'ai jamais couché avec quelqu'un de cette pièce.

Il nous toise pendant que nous buvons tous. Adèle crie :

— Thomas, avec qui ?

Je baisse les yeux sur ma bouteille tandis qu'il lâche :

— Eden.

Emma semble s'étrangler.

— Comment ça ?!

Oups, j'ai oublié de le lui dire. Finalement, elle se met à rire.

— Vous deux ? Quand ça ?

— En seconde, confié-je.

Elle rigole de plus belle tandis que je jurerais entendre Swan marmonner : « intéressant ».

Je penche la tête en arrière et j'avale une grosse gorgée pour ne pas y penser. C'est un cauchemar.

5

— Ça peut pas continuer comme ça, mon ange !

Swan est en colère. Il fait les cent pas en tirant sur ses longs cheveux noirs. Je ne sais pas trop pourquoi il les laisse pousser d'ailleurs. J'évite son regard noir. On dirait une furie. Il jure dans sa barbe et je tremble. Des larmes perlent sur mes joues tandis que je me balance d'avant en arrière sur son lit.

— Il faut aller voir la police !

Un sanglot m'échappe et je me mords la lèvre. Il fait volte-face et son visage s'adoucit.

— Eden.

Il s'accroupit face à moi et ses doigts tentent d'essuyer mes larmes.

— Tu devrais pas vivre tout ça…

Il me prend dans ses bras, et les enfants de treize ans que nous sommes se bercent mutuellement.

— Je t'aime tellement.

◆

— Waouh, tu es magnifique.

Je tourne sur moi-même avant d'admirer ma jolie robe. Aujourd'hui c'est le mariage de la mère et du beau-père de Swan. Mon petit ami arbore fièrement un joli costume. On dirait qu'il a beaucoup plus que dix ans.

Il me sourit à pleines dents même s'il lui en manque une qui ne se décide pas à pousser. Il me prend la main et je chuchote :

— Un jour, j'aurai une vraie robe et c'est nous qui nous marierons.

Ses yeux s'illuminent et il dépose un bisou sur ma joue.

— C'est promis.

Tout défile, comme la pellicule d'un vieux film.

— *Merde, merde, merde… Fait chier !*

Swan fourre les dernières preuves dans son sac à dos avant de mettre en place une mise en scène plus que crédible.

— *Qu'est-ce qu'on a fait ? ne cessé-je de répéter.*

Il me fusille du regard. Il ne le montre pas mais je sais qu'il est terrifié.

— *Tais-toi !*

Son ton le trahit. Il tremble. Je tremble. C'est une catastrophe. J'entoure mon corps de mes bras.

— *Et si la police nous trouve…*

— *Ça suffit, Eden !*

Dans un mouvement de rage, ses deux mains viennent prendre en coupe mon visage. Il est tout près et je le sens respirer fort. Il tente de se maîtriser et colle son front au mien pendant un instant.

— *Plus rien ne t'arrivera désormais, mon ange. Mais maintenant il faut partir !*

Je me réveille dans un sursaut, le cœur battant. Une pellicule de sueur recouvre mon front. Mais combien fait-il dans cette pièce ? Il fait chaud, beaucoup trop chaud. À moins que ce ne soient les restes de mes cauchemars.

De mes souvenirs.

Emma remue à mes côtés tandis que je regarde l'heure : 6 heures.

Je suffoque encore un peu avant de réussir à calmer ma respiration. Il faut que je marche. De toute façon, je ne parviendrai pas à me rendormir. Ces scènes sont beaucoup trop ancrées dans ma mémoire. Il suffit que je ferme les yeux pour apercevoir le visage d'enfant de Swan.

Je secoue la tête avant de remonter mes cheveux en une queue-de-cheval haute. Je passe une main derrière ma nuque, essuyant la sueur. Dans la pénombre, j'attrape mon débardeur de la veille et je couvre ma poitrine.

Mes pieds rencontrent le bois et je tente de me mouvoir. Je fais le moins de bruit possible pour ne réveiller personne. Il faut que je respire.

J'avance à pas de loup et je descends au ralenti les escaliers qui gémissent sous mon poids. Je grimace avant de rejoindre très vite la terrasse.

Il fait encore sombre dehors, le soleil se lève paresseusement avec une couleur orangée. Tout est calme, même les oiseaux sont encore ensommeillés.

Je hume l'air frais et m'aventure dans l'herbe, pieds nus. Les brins chatouillent mes orteils alors que je gagne le petit ponton surplombant l'étang. L'eau est parfaitement lisse sauf lorsqu'un poisson vient frôler la surface, se forment alors de jolis cercles. Je profite un instant de ce silence reposant.

Je ferme les yeux et contrôle ma respiration, je suis tellement absorbée que je ne me suis même pas rendu compte que quelqu'un approchait.

— Tu as toujours aimé te lever tôt.

Cette voix me fait trembler comme une feuille. Je serre les dents et mon estomac se noue en même temps que mon cœur s'emballe. Je me retourne très lentement.

— Swan.

Il me fait face, penaud, les mains dans les poches de son short de sport. Ses lèvres n'affichent aucun sourire.

— Et toi, déjà debout ?

Il hausse les épaules.

— Une habitude de prison.

Boum ! Mon cœur prend un coup. Je suis pétrifiée, pourtant mes yeux s'emplissent de tristesse et ma voix n'est plus qu'un murmure quand je soupire :

— Oh, Swan…

Auparavant je me serais effondrée en larmes, désormais je le regarde simplement s'approcher. Lui, le garçon que j'ai aimé pendant de longues années, si imposant, si beau. Tout mon être se contracte. J'aimerais me jeter dans ses bras, lui dire qu'il m'a tellement manqué. Lui avouer qu'une part de moi l'aimera éternellement. Le gifler pour le punir de m'avoir embarquée dans cette tourmente mais aussi me confondre en excuses pour l'avoir envoyé en enfer.

Au lieu de ça, ma main se lève machinalement, elle reste en suspens un instant tandis que Swan ancre ses yeux dans les miens. Elle poursuit finalement sa route alors que des dizaines d'émotions me transpercent de toutes parts.

Timidement, elle se pose sur sa joue, où une barbe est en train de naître. J'ose la caresser délicatement de la pulpe de mes doigts. Il ferme les yeux et de la douleur apparaît sur ses traits.

— Ne me touche pas, s'il te plaît.

Son ton est ferme et me pique comme un choc électrique. Je recule instantanément, mais il ne me quitte pas des yeux. Sa réaction est tout à fait compréhensible. Il me déteste.

— Qu'est… Qu'est-ce que tu fais ici, Swan ? parviens-je à murmurer.

Contrairement à moi, sa voix ne tremble pas.

— Relâché pour bonne conduite.

J'ouvre de grands yeux. Moi qui pensais qu'il serait devenu fou en prison…

— Je sais ce que tu penses, je n'ai jamais été un bon garçon…

Il laisse sa phrase en suspens, et je le vois se rapprocher dangereusement de moi. Il glisse sa bouche tout près de mon oreille et murmure :

— Mais j'avais une bonne raison de me tenir à carreau.

Je peux presque le sentir sourire tandis qu'il me laisse dans l'incompréhension la plus totale. Je fronce les sourcils. Cette proximité me glace, j'ai du mal à réaliser que c'est bien lui, là, tout près. Quelque chose change dans l'atmosphère lorsqu'il se met à parler, quelque chose qui me paralyse. Je ne peux prononcer un mot. Il se recule en arborant un large sourire : il est parfaitement conscient de son pouvoir hypnotique.

Qui est-il ? Où est Swan ? Mon Swan ?

Il est ce que tu l'as obligé à devenir. Tu l'as détruit !

Je ferme les yeux en serrant les dents. Des voix tourbillonnent dans ma tête et je chancelle.

Ta faute, ta faute, TA FAUTE !

— Quelque chose ne va pas ?

Je le vois afficher un sourire presque satisfait.

— Swan… finis-je par articuler. Qu'est-ce que tu fous ici, bordel ?

Je répète ma question en m'énervant contre moi-même. Je suis si faible, si cruelle. J'ai peur, je ne contrôle plus rien, j'ai horriblement peur de la lueur dans ses yeux, de cette version de lui.

— Tu le sais bien. Je suis en vacances avec ma copine.

Il m'offre un franc sourire comme si cela était évident et ça l'est, n'est-ce pas ? Pourquoi ça ne le serait pas ? C'est juste une affreuse coïncidence…

— Adèle… soupiré-je.

— Addie, reprend-il, ma douce Addie.

Je le fusille du regard. Il a peut-être du poil au menton, une musculature beaucoup plus développée qu'autrefois mais ses expressions n'ont pas changé. Et il oublie que j'ai passé la plus grande partie de ma vie avec lui.

— Il n'y a pas une once d'amour à son égard dans tes yeux, craché-je.

Il prend une moue amusée en croisant les bras sur sa poitrine.

— C'est vrai, confesse-t-il. Difficile quand votre cœur appartient à quelqu'un d'autre.

Je n'ai pas le temps d'assimiler ses paroles qu'il bouge rapidement et se place dans mon dos. Deux bras m'encerclent durement, jusqu'à me faire mal.

— Deux années en prison, c'est long, ma belle.

Il glisse son nez à nouveau dans mon cou tandis que je me mets à trembler.

— Mais je ne t'ai pas oubliée. En même temps…

Il marque une pause et je suis persuadée qu'il hume mon parfum.

— Difficile d'oublier la diablesse qui m'a précipité en enfer.

Mon cœur se fige et ses bras se resserrent. Là, j'ai franchement mal. Je gémis et tente de me libérer.

— C'est bizarre, d'aimer quelqu'un et de le détester autant à la fois.

— Swan… Lâche-moi, articulé-je.

J'essaie de ne pas céder à la panique et de ne pas hurler. Ce mec est dingue ! Il est devenu cinglé.

Mais, au fond, ne l'a-t-il pas toujours été ?

Je remue de plus en plus mais rien n'y fait, il poursuit :

— Tu sais à quel point je t'aime, mon ange, alors imagine à quel point je te déteste.

Je n'en reviens pas. C'est un cauchemar, un pur cauchemar. Ce n'est pas possible, ce n'est pas réel. Ça ne peut pas l'être ! Sa voix est si calme et froide que ça confirme encore plus ma théorie du cauchemar et pourtant, j'ai beau cligner des yeux, ses bras serrent toujours mon corps, mes orteils nus sont ancrés dans le bois du ponton et des larmes roulent sur mes joues.

— Chut, mon ange, ne pleure pas.

Il semblerait que j'aie sangloté un peu trop fort, car désormais il me berce délicatement, ce qui a le don de me faire trembler.

— Pitié…

C'est le seul mot que je parviens à articuler. J'ai l'air si pathétique, je suis terrifiée et je ne sais plus de quoi il est capable, je ne peux imaginer les horreurs qu'il a subies.

— Eden… Mon amour, on s'habitue à l'enfer, ne t'en fais pas. Ma punition sera douce et amère.

Il dépose un baiser sur ma joue.

— De quoi tu parles ? sangloté-je, désemparée.

Il s'attarde encore sur ma joue avant de prononcer les mots de trop.

— Un meurtre, la drogue, deux ans de taule, je vais te faire payer pour tout ça, mon ange.

Sur ce, son étreinte se resserre encore plus et, mue par un instinct de survie, ma mâchoire s'abat sur son avant-bras. Je le mords de toutes mes forces tandis qu'il grogne comme une bête. Ça a le mérite de lui faire lâcher sa prise, je le repousse alors et m'enfuis aussi rapidement que je le peux.

6

Les larmes coulent à flots et j'arrive telle une furie dans le chalet, arrachant presque la porte au passage.

La plupart de mes potes sont déjà debout. Thomas, près du frigo, boit au goulot une bouteille de lait, son cousin somnole encore sur le canapé, et Adèle et Emma dressent la table du petit déjeuner.

Quand ils me voient débarquer, en pleurs et les joues sûrement rouges, ils stoppent leurs activités.

— Eden ? demande Thomas.

Je l'ignore et me concentre seulement sur ma copine.

— Emma, il faut qu'on parte.

Sur son visage, la joie laisse place à l'incompréhension.

— Quoi ?

— Maintenant ! Prépare tes bagages.

À cet instant, Swan fait son apparition. Je remarque que son masque froid et dur est devenu tendre et bienveillant.

— Mais qu'est-ce que tu racontes ? s'impatiente Emma.

Ça mouline dans mon cerveau, j'en perds mes mots, je ne sais pas quoi répondre, quelle version choisir. C'est très dur, comment lui expliquer que Swan est mon premier amour et qu'il n'aime pas Addie ? Qu'il est juste là dans un but de vengeance ? La protéger ou me protéger ?

— Je suis désolé, entends-je derrière moi. Je l'ai trouvée dehors quand je me suis levé et elle a fait une crise de panique. Je n'ai pas réussi à la calmer.

Je fais volte-face lentement. Adèle vient se coller à son copain tendrement et moi je le dévisage. Il assume totalement son mensonge.

Je rêve ! Le pire, c'est qu'il montre fièrement la trace de ma morsure à mon amie. Ses yeux s'arrondissent.

— Eden !

Je suis figée, glacée presque, c'est comme si je n'entendais plus personne. Je vacille et m'appuie contre Emma, qui semble paniquée.

— Eden ? Eden, ça va ?

Un bourdonnement résonne dans mes oreilles ainsi que les battements de mon cœur, sur lesquels je me concentre.

Boum boum, boum boum…

— Ses cauchemars ont recommencé, elle n'a pas arrêté de bouger cette nuit.

Je discerne la voix d'Emma, elle me prend la main et la caresse tendrement. Je serais presque tentée de m'asseoir. Une idée complètement aberrante naît dans mon esprit. Je me mords la lèvre inférieure très fort pour me faire pleurer.

— Mes crises ont repris, lâché-je faiblement. Pardon…

Emma tire une chaise de la cuisine et me force à m'asseoir.

— Elle fait beaucoup de crises d'angoisse, on ne sait pas trop pourquoi… explique-t-elle. On pensait que ça s'était arrêté, pourtant…

Ma copine porte ma main à ses lèvres et l'embrasse.

— Je comprends mieux, murmure Swan.

Lui sait parfaitement d'où viennent ces crises qui me hantent depuis mon plus jeune âge. Il a dû lui aussi les calmer. Effacer le souvenir de cet homme si fort, cette silhouette malveillante du passé, ce bagage douloureux que je traîne.

Mais Emma a raison, cela fait bien longtemps que je n'en ai pas eu…

Je ne fais plus de crises ni de cauchemars depuis un moment mais je ne nie pas. Pourquoi ? Je me protège. C'est la meilleure solution, je dois agir seule et discrètement en cachant ma noirceur.

— Je sais pas ce qui m'arrive.

Swan paraît satisfait, amusé même. Il sait que je ne peux rien dire et pour lui c'est une forme de torture, il s'en délecte, c'est presque jouissif.

Tous les regards sont posés sur moi.

— Je suis désolée, murmure Adèle en frottant le bras de Swan.

Il secoue la tête tandis que son regard se fait compatissant.

— Je ne t'en veux pas, Eden.

Moi si, de tout mon cœur.

Ça crée un long silence. Mes yeux sont secs, je passe vraiment pour une folle et j'ai horreur de ça. Tant d'années à essayer de sortir la tête de l'eau pour, au final, replonger en si peu de temps. C'est désolant, j'ai envie de me gifler.

Il a l'audace de s'approcher de moi et même de s'accroupir devant moi. Ses cheveux noirs tombent négligemment sur son front. Ses lèvres pulpeuses forment une moue inquiète. Il n'y a pas à dire, il sait vraiment bien sauver les apparences. Le fils de Satan, le péché déguisé en tentation, un cauchemar aux allures de rêve.

— Oublie cette histoire, je suis résistant, j'ai pas mal, tente-t-il de plaisanter.

Il examine son bras où la marque persiste au milieu de ses tatouages, avant de sourire de toutes ses dents. Deux mains se placent alors sur mes épaules et me les massent.

— Qu'est-ce que tu nous fais, ma petite Eden ? dit Thomas. T'es tendue. Tu devrais retourner te reposer.

J'ai horreur de leurs yeux inquiets et de leurs voix mielleuses, je ne déraille pas – enfin, presque pas. Je ne suis pas malade, ni folle. Mais je me cache derrière mon mutisme car c'est plus facile ; il gagne la bataille mais pas la guerre. Et c'est donc une guerre silencieuse qui a débuté dès qu'il a foulé le sol de ce chalet. Un contre un, douleurs contre douleurs. Je plante mes yeux dans ceux de mon adversaire, ignorant Thomas.

J'y trouve les ténèbres, un voile froid m'entoure presque. Swan est déroutant, impassible et pourtant je lis tellement de choses en lui. Je suis frappée d'y voir une certaine forme d'amour. Je m'affale un peu plus sur ma chaise, je dois trouver à tout prix un prétexte pour partir d'ici et protéger tous mes amis. Il n'aura de pitié pour personne.

7

Sans m'excuser davantage de mon comportement, j'ai suivi le conseil de Thomas et je suis partie me recoucher sous des regards compatissants à gerber. Ce n'est que plusieurs heures plus tard que j'émerge, la tête lourde et le ventre criant famine. Mon téléphone portable m'annonce qu'il est déjà 12 h 20.

— Tendez vos assiettes, nous sollicite Thomas.

Son cousin pose un gros saladier de frites sur la table tandis que mon ami répartit les steaks hachés dans les assiettes.

En descendant j'ai vite été frappée par une ambiance beaucoup plus détendue et je suis soulagée qu'ils aient abandonné leurs regards désolés. On dirait presque que l'épisode de ce matin est oublié. Pas pour tout le monde en tout cas. Il ne cesse de me tourmenter et de me malmener. Comment tout ceci peut être réel ? Qu'est-ce que je fais ici ?

Le comédien en face de moi envahit tout l'espace dans mon esprit. Je ne cesse de l'observer, de sa tignasse rebelle à ses longs cils en passant par sa musculature parfaite. Comme ça, je comprends tout à fait pourquoi il plaît à mon amie mais, si je creuse un peu plus, tout chez lui respire le malheur, la détresse.

Ça me torture, il ne peut pas avoir changé à ce point, j'en suis convaincue. C'est quelqu'un de sensible, il faut que je lui parle. Je peux lui faire entendre raison. Je l'espère de tout cœur. J'aimerais retrouver le Swan qui collectionnait les jolies plantes dans son immense herbier, celui qui refusait de tuer une fourmi. Le vrai Swan, protecteur, doux.

Au fond de moi ça s'agite, je ne sais pas comment j'aurais réagi s'il était réapparu en étant le même qu'avant. Peut-être que d'un côté la situation est positive, ça me permet de le détester plutôt que d'affronter mes anciens sentiments. Notre amour beaucoup trop fort pour être réel.

Je n'ai jamais été aussi tourmentée qu'en sa compagnie. Notre secret n'a jamais autant flotté dans les airs que depuis son arrivée. C'est comme s'il ne demandait qu'à s'échapper de nos lèvres, à prendre forme. C'est non seulement lui qui me terrifie, mais aussi ce passé que nous partageons. Swan a les pleins pouvoirs pour me faire tomber… Lui n'a plus rien à perdre, moi si.

— Eden, des frites ?

Je sursaute presque quand Emma pose une main sur mon bras. Je ferme un temps les paupières pour revenir sur terre et lui tends nonchalamment mon assiette, qu'elle remplit copieusement.

— Alors, meuf, dis-nous tout, tu veux faire quoi cet après-midi ? C'est toi qui choisis, m'interpelle Adèle.

Je reste stoïque un instant.

— Pourquoi moi ?

Elle ricane.

— Bah parce que c'est ta semaine, Einstein, on est là pour toi.

Je plaque un faux sourire sur mes lèvres.

— C'est vrai, je murmure.

— Alors qu'est-ce que tu veux faire ? questionne Loïc.

Je n'en ai pas la moindre idée, à vrai dire je n'ai pas encore eu le temps de me détendre…

— On pourrait…

Je cherche une idée alors que tout le monde attend patiemment.

— … se baigner au lac tout simplement. Avec cette chaleur, c'est une bonne idée, ricané-je

D'où m'est venue cette idée ? Je déteste l'eau ! À la joie d'Emma, je comprends très vite que cette suggestion vient de mon subconscient. Elle replace une mèche de ses cheveux couleur miel en collant sa bouche sur ma joue.

— Super idée, ajoute Thomas.

Apparemment tout le monde a l'air ravi, y compris mon ex, qui arbore un drôle de sourire. Il me connaît par cœur, il doit trouver drôle lui aussi que j'aie choisi cette option… Je garde mes pensées pour moi tandis que ma copine me demande mon avis sur deux articles qu'elle doit acheter en ligne. Elle ne veut pas m'écouter et choisir la jupe beige en velours, préférant la bordeaux. Têtue, elle boude en refusant d'admettre que j'ai raison et que le bordeaux ne lui va pas au teint. Le repas se finit tranquillement sur des sujets aussi légers que celui-ci et j'arrive même à me détendre et à oublier la menace pesante.

Tout le monde se sépare finalement pour enfiler son maillot.

— Waouh, il te fait un cul, celui-là !

Je m'admire dans le miroir tandis que ma copine me déshabille du regard – bien que je sois déjà très peu habillée. Elle tente d'attacher les lacets de son haut en me complimentant.

— Arrête, il est trop petit, c'est pour ça, il faut que je le change l'année prochaine.

Elle noue ses cheveux en chignon en continuant de me mater.

— Garde-le au cas où. J'adore comment tes seins sont mis en valeur.

Elle s'approche avec un air coquin en entourant ma taille.

— Tu n'aimes pas l'eau, tu es sûre que tu veux y aller ?

Je ne relève pas ses sous-entendus mais l'embrasse passionnément tout de même.

— Tu veux abandonner les autres ?

Elle mord ma lèvre inférieure.

— Carrément.

Je secoue la tête avec un grand sourire.

— Allez, viens.

Je dois absolument parler à Swan et ça ne peut vraiment pas attendre, même si je rêverais de la déshabiller là, tout de suite.

— Je t'aime, tu sais.

Elle frotte son petit nez contre le mien.

— Moi aussi je t'aime.

Je la serre fort contre moi avant que, brusquement, elle ne me tire hors de la chambre avec une gaieté hors-norme. C'est Emma, elle est comme ça.

Je laisse échapper un petit rire en traversant le salon, agrippée à sa main.

Il fait super chaud dehors si bien que, même presque nue, je commence déjà à suer. Les autres ne nous ont pas attendues et sont déjà dans l'eau. Emma court les rejoindre tandis que je m'assois près de Thomas, qui profite du soleil dans l'herbe fraîche qui borde le lac.

— Ça va ? Tu te plais ici ?

Je hoche la tête.

— Malgré l'événement de ce matin… lâche-t-il.

— Ne t'en fais pas. Je suis désolée.

Il passe un bras autour de mes épaules et m'amène à lui.

— J'aime pas te voir mal.

Je souris timidement. Sa présence et cette marque d'attention me font du bien. Même si je dois me battre contre Swan, mes amis ne me lâcheront pas. Il embrasse le sommet de mon crâne et je jette un coup d'œil à Emma. Elle joue avec Adèle, ignorant complètement Loïc et Swan, qui discutent un peu plus loin. Tant mieux. Plus elle sera loin de mon ex, mieux je me porterai. La situation est ironique en y pensant. Je suis en vacances avec ma petite copine et mon ex, qui sort de prison. Ça ferait un bon roman, ça…

Comme si Swan avant senti mon malaise, il porte son regard dans notre direction. Thomas le regarde aussi et me murmure :

— Il est un peu bizarre quand même.

Je préfère ne pas répondre.

J'observe Swan se diriger vers le rivage.

— Tu devrais lui parler, m'incite mon meilleur ami. Histoire de bien briser la glace.

Oh, ça… C'est prévu…

— Je vais me baigner.

Thomas me plante volontairement tandis que le ténébreux, tout en muscles et dégoulinant, s'approche. Je reconnais que sa vision me coupe le souffle. Il n'y a pas à dire, il est vraiment très beau. Et ce côté rebelle lui va à merveille.

— Eden, me salue-t-il.

Je grimace, sentant un poids sur mes épaules.

— On peut se parler ?

— Volontiers.

Je tente moi aussi un sourire, mais ça se transforme en grimace. Il frotte ses cheveux trempés avant de me rejoindre avec une certaine distance.

— Tu es magnifique, me lance-t-il.

Il a cette faculté de changer d'attitude à volonté, c'est déroutant, je suis déstabilisée.

— Ton corps a changé et je dois dire que j'aime beaucoup.

— On n'est pas là pour parler de ça, réponds-je froidement.

Il laisse échapper un rire terrifiant.

— J'aimerais que tu partes d'ici, Swan.

Il tourne un visage amusé vers moi.

— Partir ? Mais on vient à peine de se retrouver, mon amour…

Ces mots flottent dans l'air et me projettent des années en arrière. Quand ses lèvres étaient mon goût préféré, et son cœur, mien.

— Pourquoi tu cherches à me faire du mal ?

Cette question est tellement stupide… Il en rit même.

— Je te l'ai dit. J'ai beaucoup de haine envers toi et en même temps je te veux. Tu as toujours été mienne.

— Qu'est-ce que tu racontes ?

Tout s'emmêle dans ma tête et je n'arrive plus à organiser mes pensées.

— Je ne sais pas à quoi tu joues avec cette blondasse… Mais tu m'appartiens.

Pour ponctuer ses propos, il se penche un peu plus vers moi. Ses yeux si sombres m'hypnotisent et transpirent le danger. Mes poils se hérissent et je me recule précipitamment. Il esquisse un sourire.

— Tu n'as plus rien à faire dans ma vie, Swan !

Il rit cette fois à gorge déployée.

— Oh que si, mon ange. J'ai quelque chose que je garde précieusement qui pourrait t'envoyer croupir en taule jusqu'à la fin de tes jours.

Il promène un doigt le long de mon épaule.

— Imagine ce petit être en prison, tes codétenues ne feraient qu'une bouchée de toi. Ce serait dommage.

Son doigt vient soulever mon menton mais je me dégage avec beaucoup de haine.

— Ferme-la. Tu bluffes.

Il penche la tête sur le côté avec une petite moue.

— Des empreintes sur un flacon, c'est une preuve suffisante, tu crois ? L'ADN, c'est formidable…

Il laisse sa phrase en suspens en mordant sa lèvre. Je sais qu'il ne plaisante pas, parce que je me rappelle ce flacon que j'ai pris sans gants et que je connais la minutie de ce gars. J'ai vraiment très peur et mon premier réflexe est de le gifler. Aussi fort que je le peux. Avec toute ma haine. Je laisse une trace rouge sur sa joue et, Dieu merci, les autres ne nous voient pas. Lui semble encore plus amusé.

— Tu peux me frapper autant que tu veux, je suis résistant. Tu sais… J'ai beaucoup réfléchi, mon ange…

Les larmes me montent aux yeux et je tente de me lever, mais il m'en empêche en me maintenant par les épaules.

— J'ai voulu te tuer et, crois-moi, je n'aurais eu quasiment aucun remords, juste un cœur brisé. Mais tu l'auras compris, je suis encore fou amoureux de toi…

Sa main glisse derrière ma nuque.

— Je t'aime depuis le premier jour, la première minute et ça n'a jamais cessé. Pourtant, je veux te voir souffrir, payer.

Ses phrases ne sont désormais plus que des sifflements.

— J'ai mis longtemps à trouver un plan. Oh non, ne pleure pas, trésor.

Son pouce vient malgré moi essuyer la larme qui glisse sur ma joue.

— Ça vient à peine de commencer, continue-t-il, sadique. Écoute-moi bien.

Il exerce une plus grosse pression sur ma nuque et je lâche un gémissement de douleur.

— Tu vas venir me rejoindre. J'ai un petit empire. Tu vas venir avec moi et devenir ma reine. Et bien sûr… Comme je sais que tu es une femme de caractère, tu ne vas pas accepter si vite, et tant mieux, ce serait trop facile.

Il passe sa langue sur ses lèvres.

— Je suis prêt à tuer tous tes amis et ta famille, un par un, à les faire souffrir sous tes yeux jusqu'à ce que tu me suives. Je suis prêt à tout.

Il se rapproche encore et colle sa bouche sur mon front. C'en est trop, trop d'informations arrivent en moi. Il faut que j'appelle la police. Que je le fasse retourner en enfer. J'ai horriblement peur soudain qu'il soit si proche de moi, alors je me débats. Je le tape et tant pis si les autres me voient. Je le pousse.

— Tu es taré. Cinglé ! Ne m'approche pas. Je vais appeler les flics, tu vas retourner pourrir en cellule.

Je n'ai plus aucun espoir pour lui, il est perdu. Je parviens à me détacher et à me camper sur mes deux jambes.

— Fais-moi tomber et tu tombes aussi. Ta seule issue, c'est de venir avec moi.

Avec la vitesse d'un félin, il saute sur ses pieds et me domine avec ce sourire carnassier et ce regard fou. Je tente à nouveau de fuir mais il m'attrape par le bras avant de m'attirer à lui. Je me sers de mes ongles pour le griffer, même si je ne comprends pas très bien ce qu'il fait. Il passe un bras sous mes genoux et en un rien de temps je me retrouve dans ses bras au-dessus du sol. Il n'a aucun mal à me porter vu ses kilos de muscles. Je me rends compte tardivement qu'il s'est mis en mouvement. En mouvement vers l'eau. J'ai juste le temps d'apercevoir les autres revenir vers le bord et d'entendre Emma crier :

— Qu'est-ce que tu fous ?!

Il l'ignore et continue ; sa taille est désormais entourée par l'eau et je suis tétanisée. J'ai peur de l'eau et donc je ne sais pas nager. Il ne s'arrête pas et s'enfonce toujours plus. Je me débats encore et toujours, sachant que c'est peine perdue.

— Putain, Swan, ramène-moi.

Il pose son regard sur moi.

— Si je me souviens bien, tu ne sais pas nager.

Il me maintient plus fermement, m'immobilisant.

— Apprécie ce doux sentiment, tu ne contrôles plus rien. C'est bon, ça !

Je le vois inspirer un grand coup alors que l'eau lui arrive presque aux épaules. Vu où nous sommes, je n'ai pas pied et je sens la panique me gagner. Je me mets à pleurer de joie au moment où je vois au loin Emma se précipiter vers nous, mais ça redevient de la peur quand j'entends Swan chuchoter :

— Joyeux anniversaire, ma princesse.

Ses bras musclés me propulsent le plus loin possible dans l'eau. Je plane quelques dizaines de secondes avant de rencontrer la surface tiède du lac.

8

Je ne reste pas longtemps sous l'eau mais suffisamment pour me faire peur et faire exploser mon cœur. Deux bras me remontent et me tirent tandis que j'offre de l'air à mes poumons et que je recrache le surplus d'eau qui s'est faufilé dans ma bouche. Beurk, ça me répugne ; l'eau du lac est verdâtre et j'ai un haut-le-cœur en la recrachant.

Mes pieds rencontrent enfin une surface rocheuse et je peux me tenir debout sans aide.

— Ça va ?

Je tousse un instant en me frottant les yeux.

— Abruti ! Elle ne sait pas nager !

Je reconnais facilement la voix d'Emma, très en colère. Pour ma part, je ne suis pas capable de prononcer un mot. Ça ne servirait à rien de me joindre à elle et d'incendier Swan. Il savait, il le savait très bien. Combien de fois, dans mon enfance, a-t-il tenté de m'apprendre ? Combien de fois j'ai bu la tasse ? Quand je parviens à le regarder, il a un air désolé, presque horrifié, sur le visage. Si je n'avais pas parlé avec lui il y a cinq minutes, j'aurais pu penser qu'il ne l'avait pas fait exprès. Mais là…

Ce mec est dangereux, et Emma va devoir me croire, car je ne reste pas une minute de plus dans ce chalet.

— Ne m'approche plus, articulé-je finalement. Reste très loin de moi.

— Eden, je ne savais pas, sinon je n'aurais jamais fait ça…

Mensonge, mensonge, mensonge. Et il a le culot de me regarder droit dans les yeux. De me supplier presque. Ma tête tourne, il va me rendre folle, vraiment.

— Viens, bébé.

Emma glisse sa main dans la mienne et me tire vers la rive, je la suis volontiers avec une once de fierté, elle est très remontée contre lui. Peut-être qu'elle acceptera de partir.

— Eden ! Ça va ? s'empresse de me demander Thomas.

Je hoche la tête et tente de sourire pour ne pas l'inquiéter. Il me serre dans ses bras.

— Il est complètement taré, s'énerve-t-il en voyant Swan approcher.

— Il ne savait pas ! le défend Adèle.

Thomas la fusille du regard.

— Tout le monde lui a demandé d'arrêter !

Swan trottine vers nous.

— Je suis vraiment désolé.

— On t'a dit d'arrêter, mec.

— Je n'ai pas entendu, pour moi ce n'était qu'une simple blague…

Il a l'air vraiment triste et blessé que tout le monde l'accuse. Encore une fois, c'est du pipeau. Je peux deviner à la lueur meurtrière dans ses yeux qu'il jubile. Et ça, c'est vraiment flippant.

— Ça ne colle vraiment pas entre vous deux, alors restez loin l'un de l'autre, impose Thomas.

— Ce n'est pas toi qui décides ! s'énerve Adèle en secouant ses mèches bleues.

Elle a l'air vraiment furax et je me demande si elle est dans le coup. Si elle sait qui est réellement Swan et si elle est au courant de son plan. Elle ne le laissera pas me faire du mal, si ? C'est pire qu'un *Cluedo*, cette situation, si j'en viens même à suspecter mes propres amis.

— C'est mon chalet !

— C'est celui de Loïc aussi !

Ils se mitraillent des yeux.

— Ça suffit ! intervient justement Loïc. C'est quoi ça ? C'est censé être une semaine détente !

Tout le monde le fixe, c'est la première fois qu'il hausse le ton et ça en impose.

— Alors tout le monde se calme. Swan, tu vas t'excuser et on n'en parle plus. Il ne savait pas qu'Eden avait peur de l'eau, et moi non plus d'ailleurs. J'aurais tout aussi bien pu faire ça, c'est mon style.

Touché. Il marque un point.

Je bouillonne, je n'arriverai donc jamais à le coincer !

— Eden, je suis sincèrement désolé. Excuse-moi.

Je secoue la tête en fermant les yeux ; je ne peux pas écouter de telles choses.

— Refusé, répond Emma à ma place en me tirant par la main.

J'entends Loïc soupirer en laissant retomber ses bras le long de son corps. Moi, je suis ma copine, qui avance d'un pas furieux vers le chalet.

Elle m'emmène dans la salle de bains, toujours en bougonnant dans sa barbe.

— Quel crétin.

— Emma ?

Elle me lance un regard presque las.

— J'ai besoin de me laver, cette eau pue le poisson pas frais.

Elle secoue la tête.

— Et toi, tu viens avec moi. Ça va me calmer.

Je reste muette en la voyant retirer son maillot entièrement. Elle refait son chignon, qui commençait vraiment à se faire la malle, et pénètre dans la cabine de douche.

— Alors, tu viens ?

Je sens qu'elle est tendue, alors je ne fais pas d'histoires. Peut-être que je vais enfin pouvoir lui parler de Swan. Je l'imite. Immédiatement, l'eau chaude m'accueille ainsi que son petit corps qui se colle au mien.

— Il m'a fait peur, ce con, m'avoue-t-elle.

Je caresse ses cheveux et me décide à lâcher la bombe.

— Il l'a fait exprès.

Elle se redresse instantanément.

— Quoi ?

Je hoche la tête en m'expliquant :

— Je lui ai dit que j'avais peur de l'eau et… Il le savait.

— Comment ?

La vérité est à deux doigts de glisser de ma bouche et je la ravale un peu trop tardivement. Je dois régler cette histoire sans révéler mon passé.

— Sur la berge, inventé-je. Je lui en ai parlé.

Ses sourcils se froncent.

— Avant qu'il te jette à l'eau ?

Je hoche la tête lentement.

— Putain, mais il est encore plus con que ce que je pensais !

Je me réjouis de la rage qu'elle nourrit envers lui. C'est bien, Emma est dans mon camp.

— Et il nous a menti sans sourciller !

Elle ressemble désormais à une petite tornade.

— Je vais me le faire.

Non !

J'ai l'étrange sentiment qu'il ne se gênera pas pour l'écarter de cette histoire. Un sentiment de peur s'est logé bien profondément dans mes entrailles après cet épisode. Je l'arrête en passant mes deux bras autour de son cou. Elle fulmine, alors que je me penche et j'embrasse ses lèvres. J'ai juste besoin d'elle à cet instant. Besoin de tout oublier.

Emma pose ses lèvres sur mon cou.

— On est vraiment trop à cran… lâche-t-elle.

Ma copine est toujours d'un naturel positif. Autant de négativité l'épuise, c'est pour ça que je sais très bien que, même si elle m'aime plus que tout au monde, elle ne haïra pas totalement mon ex et lui laissera le bénéfice du doute. Sacré caractère.

Elle me serre un peu plus contre elle en m'embrassant fougueusement. Je me laisse faire. J'ai tellement besoin de ce contact, de cette étreinte familière et rassurante. Emma a besoin de preuves, mais je sais qu'elle sera la parfaite complice. Je me demande seulement jusqu'où je dois lui dire la vérité…

Elle ne me laisse pas le temps de réfléchir et j'agrippe ses cheveux fermement en m'abandonnant complètement…

9

Dire que notre petite baignade de l'après-midi a jeté un froid sur le groupe serait un euphémisme. Tout le monde s'évite, aucun rire, aucune blague ne fuse. Rien. Nada. Niet. Seule la haine est palpable. On dirait presque que ce chalet nous rend fou.

Personne ne se regarde, alors même que nous sommes tous dans la même pièce. Il faut dire aussi que le salon est assez grand pour garder ses distances. Ça n'a pas empêché Emma de s'asseoir dans le même fauteuil que moi et sur mes genoux. Nous sommes concentrées sur son téléphone, où elle fait défiler les derniers vêtements tendance. Si d'ordinaire j'ai tendance à donner un avis critique et pointilleux, là, je peine à m'y intéresser.

En effet, depuis que nous sommes arrivés ici, mon esprit divague tout comme mon regard, qui se porte près de la cheminée où Adèle, les jambes négligemment posées sur les genoux de son petit ami, s'amuse avec ses cheveux. Ça me brise le cœur de la voir sourire ainsi. Il ne l'aime pas et elle a l'air si… accrochée. C'est mon amie et j'ai envie de m'arracher les cheveux parce qu'elle ne m'écoute pas. Je m'en veux de la laisser si proche de lui. Il pourrait la briser en un claquement de doigts comme il essaie de le faire avec moi. Inconsciemment, je serre Emma contre moi, ce qui la fait se retourner avec un petit sourire. Il peut faire du mal à Addie, mais aussi à Emma, et c'est ce qui me donne le plus envie de vomir. Je ne supporterais pas qu'il touche à un seul de ses cheveux. Je pourrais presque entendre mon cœur rigoler. Swan est mon premier amour, et je ne peux nier que je serai éternellement liée à lui, que quelque chose en lui dégage ce pouvoir magnétique. J'éprouve divers sentiments vis-à-vis de lui, essentiellement beaucoup de nostalgie. Et Emma… Oh, Emma, elle est tout ce que j'ai, elle est mon espoir, mon miracle, cette folie qui m'a fait remonter la pente. Je tuerais pour elle.

Je serre les dents si fort que j'en ai presque mal. Ma copine lâche quelques compliments sur une veste en jean, tandis que Loïc fait son apparition en tapant dans ses mains.

— Bon, on se croirait dans un cimetière ici, avec ce silence.

Personne ne fait attention à lui, mais il continue tout de même :

— C'est vrai, quoi ! On est censés faire la fête, s'amuser ! Là, tout le monde se fait la gueule, pas franchement fun… Allez, venez, on fait tous un jeu de société.

De profil, je vois ma copine rouler des yeux.

— Waouh, très bonne idée pour faire la fête !

Loïc lui adresse une grimace.

Emma n'a pas le temps de répondre que Thomas nous rejoint aussi.

— Je suis partant. Effaçons toutes ces tensions.

Il coule un regard glacial vers Swan et Adèle, une bouteille de vodka à la main. Il la porte à ses lèvres tandis que l'idée fait plusieurs tours dans le cerveau de ma copine, avant qu'elle saute sur ses pieds afin de m'expliquer pourquoi les garçons ont raison.

Loïc revient avec un *Mille Bornes* et quelques bières. Je le regarde installer le plateau, perplexe. Thomas est le premier à s'asseoir autour de la table basse, très loin des deux autres. Emma le rejoint et, à contrecœur, je les imite. Je n'ai vraiment pas la tête à ça, j'ai même l'impression de perdre mon temps, un temps précieux qui pourrait me servir à trouver comment empêcher Swan de nuire. Mais, ce soir, je suis prisonnière. Prisonnière de cette semaine d'anniversaire car, après tout, c'est pour moi que nous sommes ici. Ça ne devait être que fête et rigolade…

— Pourquoi pas, lance justement Swan.

Adèle glisse sa main dans la sienne et, comme un gentil petit couple, ils s'assoient l'un à côté de l'autre, toujours accrochés. Thomas fait circuler les bières et Loïc lance un fond musical. Dis donc, je jurerais que tout cela était planifié.

— Si vous avez faim, y a des trucs au frigo.

Personne ne relève et on trie nos cartes.

Les parties s'enchaînent sans grand enthousiasme, les bières sont vidées et des boissons plus alcoolisées sont apportées. Les joues rougissent et les langues se délient. Thomas tient ma copine par le cou et lui chuchote des bêtises à l'oreille. Je serais presque jalouse. Moi, j'ai arrêté de me méfier et de juger Loïc. Je me marre bien avec lui en gagnant plusieurs parties.

Au final, plus personne ne respecte les règles, tout le monde triche et abandonne. Il semblerait que l'atmosphère se soit détendue. Emma me regarde avec des yeux pétillant d'amour, elle est plutôt éméchée. Elle réclame de l'attention et je ne me gêne pas pour lui montrer à quel point je l'aime devant tout le monde et tant mieux si je peux toucher Swan au passage. Peut-être que, s'il se rend compte que j'ai tourné la page, il le fera aussi. Au risque de l'énerver encore plus…

Je ne suis pas suffisamment bourrée pour chasser toutes ces questions et ça m'agace. Thomas, lui, ne cesse de rire. Je jette un œil à Swan, je le vois fouiller dans sa poche un moment, d'où il sort finalement un sachet de poudre blanche. Adèle se mord la lèvre inférieure, tout sourire, et lui arrache le sachet, elle l'examine, et j'hallucine totalement. Perdue dans le temps. Adèle avec ça dans les mains ? Elle se proclamait contre toute drogue, et la voilà en train d'ouvrir ce sachet, prête à tracer une ligne sur la table.

Je tends le bras pour alerter Thomas. Il met un moment à comprendre ce que je veux lui montrer mais, dès que son regard atteint son objectif, plus rien ne peut l'arrêter.

Il bondit maladroitement sur ses jambes.

— C'est quoi cette merde ?

Adèle lui fait un clin d'œil.

— De la coco, tu en veux ?

Thomas, assez ivre, se met à rire sinistrement.

— Tu plaisantes ? Depuis quand tu touches à ça ?!

Elle roule des yeux.

— J'ai dix-huit ans, il était temps que quelqu'un comme Swan me montre comment on s'amuse.

Waouh. C'est violent. Et pour Thomas aussi.

— Pardon ? C'est toi, espèce d'enfoiré, qui lui as fourni ça ?

Thomas se penche et attrape mon ex-copain par le col pour essayer de le relever. Mais Swan est beaucoup plus musclé que lui et c'est seulement parce que Swan l'a décidé qu'il se retrouve en face de lui.

— C'est quoi ton problème ?

Thomas le pousse du bout des doigts.

— C'est toi ! Tu lui fais faire de la merde !

Thomas peut paraître excessif mais il aime Adèle comme sa petite sœur et il se sent obligé de la protéger, et je ne vais pas l'en empêcher.

— En fait, depuis que tu es arrivé, rien ne va, siffle mon ami.

Il le provoque et je suis sûre que Swan pourrait le mettre K.-O. en deux secondes. J'ai aussi peur des répercussions. Et si par la suite il lui faisait du mal, beaucoup de mal… Je suis cependant incapable de bouger. J'admire Thomas, qui a le cran de s'en prendre à Swan, et j'espère du fond du cœur que ça va dégénérer et que mon ami va congédier ce mec totalement fou.

— Baisse d'un ton, mon pote, le prévient Swan.

Thomas affiche un large sourire et le pousse à nouveau.

— Sinon quoi ?

Le visage de Swan se tord de haine et je le vois armer son poing.

— Attention, crié-je à Thomas.

Bien que ses réflexes soient ralentis par l'alcool, il parvient à esquiver. Heureusement, sinon je suis persuadée que nous aurions dû finir la nuit à l'hôpital.

Swan manque de trébucher et mon ami ne souhaite qu'une chose : lui sauter dessus. Son cousin le retient comme il peut tandis qu'il hurle :

— Barre-toi de mon chalet ! Casse-toi, putain !

Oui, c'est ça, pars le plus loin possible ! Et ne reviens jamais.

Adèle encercle la taille de son petit ami fou de rage.

— Thomas, arrête !

— Je vais le crever ! Barre-toi, je t'ai dit.

Emma se lève et se dirige vers Swan.

Non, non, non !

Elle est extrêmement proche et, pensant bien faire, elle pose une main sur son bras. Je le vois d'ici trembler de colère et j'ai vraiment peur qu'il la blesse.

— Vous feriez mieux de ne pas dormir ici cette nuit… leur conseille-t-elle d'une voix douce. Y a des hôtels en ville, je peux vous prêter de l'argent…

Ah, Emma, si douce, si serviable. L'alcool dans mon sang envoie une dose d'amour à mon cœur qui s'accélère. Elle est formidable.

— C'est pas la peine, répond sèchement Adèle. On y va et dès demain on part.

Elle tire Swan par la main. Je remarque que les yeux de celui-ci sont presque rouges, ses narines sont dilatées et ses cheveux, en pétard. On dirait un ange déchu qui aurait perdu sa sensibilité mais pas sa beauté. Adèle le pousse maladroitement dehors et récupère les casques de moto à l'entrée. Thomas, toujours très énervé, crache dans le vide comme pour l'insulter. Dégoûtant ; pourtant, ce n'est pas ce sentiment qui domine en moi, c'est la joie. Swan part, enfin, ça y est. Je connais Thomas et il ne le laissera pas revenir.

— Thomas, calme-toi, bordel ! s'énerve Loïc. Ils sont partis, c'est bon !

Celui-ci marmonne des paroles incompréhensibles en titubant. Il se laisse mollement tomber sur le canapé en se massant les tempes. Je ne sais pas quoi dire, alors je me contente de cligner des yeux.

— Moi, je vais me coucher.

Le petit corps à mes côtés enjambe les bouteilles et s'enfuit à toutes jambes vers l'escalier. Elle grimpe les marches rapidement. Quelque chose ne va pas.

— Je vais la rejoindre, annoncé-je.

Loïc hoche la tête et je tente à mon tour de monter les marches. Je suis la lumière que projette notre chambre dans le couloir et j'y parviens enfin. Emma semble faire le lit rageusement. Ce qui est un peu bête vu que nous allons nous coucher. Ça me confirme qu'elle ne va pas bien.

— Emma ?

Pas de réponse.

— Ça va pas ?

Elle se retourne finalement en hoquetant un petit « non ». Ses yeux sont humides et sa lèvre inférieure tremble. Je n'ai pas le temps de réagir qu'elle se jette dans mes bras.

— Oh, mon cœur…

Je lisse ses cheveux en la serrant contre moi.

— Pardon, pardon…

— Pourquoi ?

Je tente de faire cesser ses sanglots en frottant son dos énergiquement.

— Ces vacances sont ratées, c'est un carnage.

Elle me serre plus fort contre elle tandis que je la repousse à bout de bras.

— Hé, c'est pas du tout ta faute. Tu n'y es pour rien.

Elle baisse la tête.

— Ne t'en fais pas, tout va s'arranger.

— Non ! Adèle et son copain vont partir !

Je caresse sa joue.

Ça, ma belle, c'est tant mieux.

Je garde tout ça pour moi et lui dis :

— Ce n'est pas grave, on s'amusera très bien à quatre. Arrête de te tracasser.

J'ai soudain envie de danser. Je m'assois sur le lit et l'entraîne avec moi. Elle ne sanglote plus mais ses larmes coulent toujours.

— T'as vraiment réponse à tout.

Elle parvient à esquisser un sourire.

— Toujours être optimiste, c'est toi qui me l'as enseigné !

Elle laisse échapper un rire en se jetant à mon cou et en me faisant basculer. Je pousse un petit cri en atterrissant doucement. Elle se love dans mes bras et je la berce.

— Arrête de te préoccuper de tout.

Même s'il n'est pas tard, je continue de la bercer en fredonnant et elle s'endort quelques minutes plus tard. Je suis en paix, presque heureuse. Serait-ce la fin du cauchemar ? J'ai du mal à le croire, Swan avait l'air déterminé… Mais je préfère croire pour l'instant que ça l'est et je m'autorise à fermer les yeux. Jusqu'à ce qu'un petit son en provenance de mon téléphone me fasse sursauter. Sans réveiller Emma, je tends le bras pour l'attraper sur la table de chevet.

C'est un message Snapchat. D'un utilisateur que je ne connais pas. Mon cœur se met à tambouriner tandis que je l'ouvre.

> Rebonsoir, mon ange,

j'espère que Thomas s'est calmé.

10

> Rebonsoir, mon ange,
j'espère que Thomas s'est calmé.

Je relis plusieurs fois ce message dans la pénombre. J'ai le cœur qui bat tellement vite que je sens le sang affluer dans mes tempes et que ma vision se brouille. Les lettres noires sur fond blanc s'emmêlent pour bientôt n'avoir plus aucune signification. C'est comme si on venait de déconnecter mon cerveau.

Je vois sur la discussion que mon interlocuteur est en train d'écrire, et je suis pétrifiée.

> Quoi que tu fasses,
où que tu sois, isole-toi.

Mes poils se hérissent, je sais que de l'autre côté du téléphone il peut voir que je lis ses messages. Je sais aussi qu'il n'est plus dans ce chalet pour me faire du mal, nous faire du mal. Mais je me trompe… Ma chair de poule est justifiée quand je reçois une photo de sa part. Du bout des doigts, je l'ouvre. Une scène d'horreur s'y dessine. Je discerne en arrière-plan un bain débordant de mousse avec mon amie dedans, Adèle. Ils doivent sans doute être à l'hôtel. Elle est de dos, je ne distingue que sa nuque dégagée par son haut chignon. Elle semble se prélasser sans savoir ce qui se tient derrière elle. En effet, au premier plan de la photo, une main pointe du doigt le sèche-cheveux posé négligemment sur le rebord de la baignoire. Je reconnais la rose tatouée sur le dos de la main. Les mots latins sur l'index tendu. C'est bien Swan. Cette photo me glace le sang et, pour ne rien arranger, elle est accompagnée d'une légende très explicite.

`> Obéis, un accident est si vite arrivé.`
`On est bien placés pour le savoir, ma belle.`

Cet ordre m'est destiné. Je le relis plusieurs fois avant de sauter instinctivement sur mes pieds. Je bouscule au passage Emma, qui grogne en se retournant dans le lit. Parce qu'elle a le sommeil bien lourd, ses paupières restent closes, tandis que je n'ose plus faire le moindre mouvement.

La photo est toujours affichée sur mon téléphone, je suis tentée de réveiller ma copine et de lui prouver que je ne suis pas folle… Mais je suis ici, lui là-bas, et Adèle est en très mauvaise posture. Il n'hésitera pas, il n'a aucun scrupule.

Ses mains paraissent sûres d'elles, elles ne tremblent pas. Elles savent ce qu'elles font. Elles tirent le piston de la seringue, la remplissant de ce putain de liquide…

Ma tête tourne violemment, comme souvent ces derniers jours, je suis assaillie de souvenirs qui me font perdre pied. Je me ressaisis vite, cependant. Adèle est en danger.

Je tremble comme une feuille, je tape rapidement.

`> OK.`

Mes jambes me portent tant bien que mal, j'ignore les fourmis dans mes pieds et atteins le couloir. En bas, je peux entendre la voix de Thomas, il est en pleine discussion avec son cousin, je n'ai pas le temps de m'attarder. Je gagne rapidement la salle de bains, assez éloignée de notre chambre et de l'escalier. Je ne dois pas faire le moindre bruit, pour que personne ne m'entende.

> Ça y est.

Il m'envoie immédiatement un smiley tout sourire avant de m'appeler via Snapchat. J'hésite longtemps avant de répondre, mais il insiste. Le mobile vibre entre mes mains. J'appuie sur le petit combiné vert avant de lentement porter le téléphone à mon oreille.

Il est temps d'en finir. Je ne le reverrai plus. Je reprends un peu d'aplomb.

— Allô ?

Je suis fière de moi, ma voix ne tremble pas, je donne presque l'impression de gérer la situation.

— Enfin, j'ai failli attendre.

Il me nargue et je peux deviner d'ici son petit rictus.

— Éloigne-toi immédiatement d'Adèle.

Un son rauque s'échappe de sa gorge.

— C'est comme ça que je t'aime. Si féroce…

Je pourrais presque déceler du désir dans sa voix, voire de l'excitation. Il me dégoûte.

— Cependant, ce n'est pas toi qui décides, chérie. Vois-tu, c'est moi le maître du jeu… Même si je reconnais que la situation m'échappe un peu à cet instant…

— Tant mieux, je réponds du tac au tac. Je te promets que je…

— Que quoi ? Tu ne peux rien contre moi. Mon téléphone est prépayé, tu ne peux pas remonter à moi, les flics te riraient au nez, pour eux je ne correspondrai pas du tout au portrait que tu leur dresseras. Je suis un ange, un gamin sali par la drogue qui a retrouvé le droit chemin. Pour eux, je suis actuellement en Amérique.

Il y a un blanc de l'autre côté, tandis que j'assimile toutes ces informations. Puis je l'entends dire, très détendu :

— Je me demande bien quel son Thomas ferait si je lui coupais la langue.

Un frisson me parcourt l'échine.

— Tu ne tiens pas à le savoir, n'est-ce pas ?

Je suis incapable de répondre. Bien sûr que non, je ne veux pas le savoir !

— Adèle… Thomas…

— Où est Adèle ?

Je ne l'entends pas derrière.

— Toujours dans son bain avec son horrible musique à fond. Elle est saine et sauve, pour l'instant…

— Qu'est-ce que tu veux, Swan ? Ça ne te suffit pas de me faire passer pour une folle devant les autres ?

Il rit cette fois plus clairement et j'ai presque envie de vomir.

— C'est très drôle, je dois dire. S'ils savaient que je suis le premier à t'avoir vue nue.

Il s'esclaffe de nouveau. Ce mec est taré, fou, mentalement défaillant. Tant de qualificatifs me viennent à l'esprit, ainsi que des envies de meurtre.

— Je dois dire que tu me manques beaucoup, mon ange, et que ce cher Thomas me donne du fil à retordre dans mon plan… C'est pour cela que je vais avoir besoin de toi.

— Jamais de la vie, réponds-je précipitamment.

Il soupire.

— Comme au bon vieux temps, toi et moi, complices… De toute façon, tu n'as pas le choix. C'est la vie de ton amie qui est en jeu, ma belle. Je me demande bien comment je pourrais la tuer…

— Non ! lâché-je.

— Donc tu acceptes ma proposition ?

Sans même que je m'en rende compte, de grosses larmes roulent sur mes joues. Tout cela ne cessera donc jamais.

— Swan… Pitié, laisse-moi tranquille…

Je sanglote presque, je ne sais pas si cela le touche mais sa voix se fait mielleuse.

— On est faits pour être ensemble, bébé. Je ne te lâcherai pas tant que tu ne me suivras pas. Je te l'ai dit, j'ai déjà tué pour toi et je suis prêt à le refaire pour t'avoir.

Désormais, mes joues sont inondées et mon être est envahi d'une lourde terreur.

— Qu'est-ce que je dois faire ? me résigné-je.

— Tu comprends vite, c'est bien.

Sa voix douce brise encore plus mon cœur. Swan, le gentil petit garçon à qui on aurait donné le bon Dieu sans confession, a désormais pactisé avec le diable.

— Demain, tu plaideras ma cause auprès de ton ami et tu nous feras revenir au chalet. Adèle a prévu de rentrer dans la matinée, je la retiendrai. Je ne remettrai de toute façon plus jamais les pieds dans ce patelin.

J'ai une pensée pour sa mère, qui est devenue une bête de foire quand le jugement de son fils est tombé. Sait-il qu'elle et Yohan ont divorcé ? Qu'elle vit désormais seule et que la population la traite de folle ? J'aimerais lui poser toutes ces questions, elles sont sur le bout de mes lèvres, elles y flottent dangereusement. Peut-être qu'une part d'humanité reviendrait en lui ?

Il ne m'en laisse pas le temps.

— Demain midi, Thomas doit être convaincu. Je compte sur toi, n'oublie pas que je peux faire ce que je veux d'Addie.

Ce surnom dans sa bouche a un aspect ridicule et presque blasphématoire.

— À très vite, mon ange. Dors bien, je t'aime fort.

Sur ce, il raccroche, me laissant la bouche ouverte, en larmes, démolie. Je lâche tout ce que je retenais en moi en laissant tomber mon téléphone, qui s'écrase sur le carrelage. Comme pour me narguer, il n'a rien, comme si lui aussi m'obligeait à garder contact avec mon ex.

Je pleure en me tirant les cheveux. Je vis sous une perpétuelle menace. Je ne pourrai pas le vaincre, du moins pas maintenant, pas dans cette vie. Il ne me laissera aucun répit. Il veut me faire passer pour une folle, mais je vais vraiment le devenir.

Mon corps est parcouru de spasmes. Mon souffle est presque coupé, je frôle la crise d'angoisse. Je tente de calmer ma respiration, de trouver l'air nécessaire. De maîtriser ces sanglots.

Mon reflet dans le miroir fait peur, mes jolis yeux sont injectés de sang, mes lèvres sont rouges, tout comme mes joues. Mes cheveux sont emmêlés. Je suis affreuse.

Je me détourne, c'est insupportable, je me dégoûte.

Mes jambes me portent à peine, j'ai besoin de voir Emma. Je pousse fébrilement la porte du bout des doigts. Il n'y a plus aucun bruit en bas, personne dans le couloir. J'avais raison, personne n'a pu m'entendre, je suis presque déçue. Je traverse le couloir avec de la bile au fond de la gorge.

Notre chambre est toujours obscure, ma copine est roulée en boule sur la couverture. Si paisible, elle ne se doute vraiment de rien, sa seule crainte est de me voir tomber dans la folie. Si elle savait…

Le parquet grince sous mon poids, je me glisse à ses côtés le plus délicatement possible. Son petit corps bouge et s'agrippe au mien. Je laisse échapper les dernières larmes qui m'habitent, bientôt je ne pourrai plus pleurer.

— Eden ?

Je m'accroche à elle comme pour ne pas partir à la dérive, elle est ma bouée de sauvetage au milieu de cet enfer. Elle me frotte le dos, à peine réveillée.

— Qu'est-ce qu'il se passe ?

Je secoue la tête dans son cou.

— Un cauchemar.

Et c'est vrai, il est réel. Elle ne pose pas plus de questions mais me berce à son tour. Bientôt, le néant m'envahit. Je perçois seulement les murmures d'Emma, qui me chante une berceuse tandis que je me colle un peu plus contre son cœur. La seule chose belle ici.

11

Pour ne rien arranger, mes rêves n'ont pas été doux cette nuit-là. Swan m'a tourmentée encore et toujours, je n'ai plus de forces, je suis presque à bout mentalement, enfermée dans cette spirale infernale où la seule issue est ma perdition.

Je ne peux rien contre lui, je ne parviens pas à trouver comment le faire tomber, son désir de vengeance semble plus fort que tout. Ils l'ont changé, il est pourri jusqu'à la moelle et il veut que je le devienne aussi.

J'étouffe et, pour la millième fois cette nuit, je me réveille en sursaut et en sueur. La chaleur de la pièce n'aide pas. Mais cette fois la lune a cédé sa place au soleil, et Emma n'est plus à mes côtés.

Je tends lentement le bras, mon téléphone affiche 10 h 30 ainsi qu'un message de Swan qui me tord l'estomac.

`> Tic-tac.`

Je passe une main dans mes cheveux, je dois ressembler à un épouvantail…

Je reste un moment au bord du lit à contempler mes orteils, à les faire bouger. Je tente d'aérer mon esprit, de me concentrer sur autre chose que ma perte. Je prends finalement une grande inspiration, rassemble mon courage et descends.

Je suis la dernière à rejoindre la table du petit déjeuner apparemment. Les autres se sont installés dehors sur la table de pique-nique. Les tensions de la vieille semblent oubliées, tous affichent un franc sourire. Emma rigole avec Loïc, elle est rayonnante.

— Waouh, salut Eden. Tout va bien ? m'interroge Thomas.

Je dois vraiment avoir une sale tête pour qu'il me regarde comme ça.

— Mauvaise nuit, lâché-je seulement.

Je prends place en face de ma copine et à côté de mon meilleur ami tandis qu'on me tend un bol de café. Je le prends volontiers et j'en bois une grande gorgée, me moquant pas mal de la brûlure qu'il cause à ma langue.

— Eh bien… On peut dire que rien ne se passe comme prévu, glisse Thomas.

Je ne te le fais pas dire.

Je garde mes pensées pour moi.

— Au fait, je peux vous parler ?

Les trois autres me fixent.

— Je veux qu'Adèle et Swan reviennent.

Thomas hausse un sourcil.

— Quoi ?

Je ne réponds pas et sirote mon café, ces mots sont plus brûlants que n'importe quelle boisson, j'ai envie de m'arracher la langue.

— Hors de question, son mec est beaucoup trop con, t'as que des soucis avec lui d'ailleurs, je comprends pas…

— Adèle est mon amie, me justifié-je.

Emma roule des yeux.

— Oui, et la nôtre aussi, là n'est pas la question. Sérieux, il y a une trop mauvaise ambiance.

J'inspire profondément en pesant mes mots.

— J'ai dix-huit ans, vous m'avez préparé une super surprise et je veux vivre ça avec mon amie. Que son mec soit con ou pas.

Loïc hausse les épaules.

— On n'a qu'à lui dire de venir sans.

Thomas secoue la tête.

— Elle est amoureuse, elle voudra jamais. Eden, on fera autre…

— C'est pas négociable. Sinon c'est moi qui me barre.

Emma affiche une moue horrifiée.

— Eden !

— On n'a qu'à faire abstraction de lui, il ne reste plus que quelques jours.

L'expression peinée de ma copine me broie le cœur. J'ai envie de la prendre dans mes bras, de la câliner et de lui dire que non, je n'ai pas envie qu'ils reviennent, que je ne veux rester qu'avec eux et surtout qu'avec elle.

— Je les fais revenir à midi, terminé-je.

Thomas soupire en rompant son pain au lait.

— Comme tu voudras, c'est toi qui décides, mais te plains pas s'il t'embête.

— Promis, lâché-je, la gorge sèche.

Je viens de signer mon arrêt de mort, de me tirer une balle dans le pied. Swan revient et je viens de lui céder tout pouvoir.

— Essayez de faire des efforts vous aussi... pour Addie, tenté-je de les convaincre.

Les larmes piquent mes yeux et la colère gagne du terrain en moi. Je commence presque à voir rouge, à virer folle.

— Je vais me chercher un verre d'eau.

Je dois me tenir à la table pour ne pas perdre l'équilibre tant ma vision se trouble. J'ai des pulsions de meurtre, j'ai envie de crier et de tuer ce mec de mes propres mains, qu'importent les émotions contraires que j'éprouve pour lui.

Je m'éloigne à grands pas en entendant Loïc souffler dans mon dos.

— Elle est bizarre.

Dans la précipitation, je me cogne le petit orteil contre un meuble de la cuisine.

— Putain de merde ! pesté-je.

Je serre les dents en attrapant le tablier sur le comptoir et en le balançant avec rage. Je cherche de quoi passer mes nerfs. Je suis à deux doigts d'exploser un verre par terre mais je me contiens, les autres ne comprendraient pas. Je prends ma tête entre mes mains en tentant de calmer ma respiration, je m'arrache presque les cheveux avant de m'adosser à l'évier.

Je retrouve finalement un souffle régulier, mais mes mains tremblent toujours de colère quand j'attrape mon téléphone. Je distingue à peine ce que j'écris.

> C'est bon.

J'envoie seulement ça avant de saisir le vase dans un coup de folie et de le fracasser par terre de toutes mes forces, de toute ma puissance, de toute ma rage. Il se brise en mille morceaux dans un grand vacarme, comme ma dignité depuis que Swan est revenu dans ma vie. Il se casse, comme mes derniers espoirs de sérénité.

12

— Tu es vraiment une catastrophe ambulante, soupire Emma.

Elle termine de bander mon pied tandis que Thomas passe un coup de balai pour nettoyer les débris de verre éparpillés sur le sol.

— J'ai pas fait exprès, marmonné-je.

Et je ne mens pas totalement, éclater le vase était volontaire, mais m'enfoncer des bouts de verre dans la plante des pieds était une simple faute d'inattention.

— Et voilà, il est comme neuf.

Emma referme le flacon de désinfectant en libérant mon pied posé savamment sur ses genoux. Loïc aide son cousin à jeter les derniers morceaux à la poubelle. Dehors, on entend un puissant ronronnement suivi d'un crissement de pneus. Déjà ? Il est à peine 11 heures. Je suis lasse et épuisée d'avance. Je n'ai plus aucune énergie pour me défendre face à quoi que ce soit et je me demande même, presque avec amusement, quel sera le prochain tour de Swan.

— Il a intérêt à faire profil bas, grogne Thomas.

Loïc lui met une petite claque sur le haut de l'épaule.

— Détends-toi, mec.

Sur ce, il s'empresse de leur ouvrir la porte.

— Hé !

Je ne sais pas pourquoi mais lui aussi j'ai bien envie de l'étranger… C'est Adèle qui apparaît la première, emmitouflée, malgré la chaleur, dans son blouson de moto, le casque à la main. J'aimerais lui sauter au cou, pleurer de joie parce qu'elle n'a rien, qu'elle est saine et sauve, qu'elle lui a survécu. Au lieu de ça, je regarde de loin la scène, le regard vide. Elle secoue ses cheveux bleus en allant embrasser ma copine, puis vient mon tour, et elle me serre légèrement dans ses bras en murmurant :

— Merci et désolée.

Elle ne s'attarde pas plus et ça me serre le cœur de voir un fossé grandir entre nous. L'année prochaine, nous serons tous dans différentes universités, et j'appréhende déjà de ne plus la voir aussi souvent. Ça va nous éloigner, c'est sûr…

Swan, plus beau que jamais, ténébreux à souhait, fait son entrée aussi et c'est comme s'il possédait toute la pièce, comme si tous les éléments de cet environnement étaient attirés par lui. On ne voit que lui. Ses cheveux légèrement bouclés sur le dessus lui retombent presque sur les yeux et, malgré son gros blouson, je peux distinguer la fin d'un de ses tatouages qui lui grimpe dans le cou. Ses lèvres sont si roses qu'on dirait qu'elles n'ont pas cessé d'être malmenées. Son petit nez fin permet de mieux faire ressortir ses grands yeux. Dans un autre contexte, je l'aurais trouvé extrêmement sexy. À une époque, je me serais damnée pour ce garçon, abandonnant tout, juste pour ses beaux yeux sombres et son sourire charmeur. Pour son cœur d'or. Une époque qui me paraît bien loin.

Comment pourrait-on se douter de son changement radical de personnalité ? Évidemment que les autres ne me croient pas, Swan est bien trop envoûtant et beau pour être fou.

Il serre la main de Thomas en le remerciant et en marmonnant quelques excuses que je n'entends pas. Thomas hoche la tête, il n'est pas rancunier bien qu'un peu bougon sur les bords.

Il salue Emma avant de s'approcher de moi, ses yeux bien ancrés dans les miens. Me déshabillant, pénétrant mon âme, contrôlant ma peur.

Il pose une main à la fois douce et ferme sur mon épaule et tend sa joue. Je tremblerais presque mais je ne perds pas la face. J'avance aussi la mienne, qui claque la sienne. Des effluves de son parfum viennent chatouiller mes narines. Tout près de mon oreille, je l'entends susurrer :

— Bien joué, ma princesse.

Je me recule précipitamment comme si je m'étais pris une décharge de plusieurs volts. Je fronce les sourcils tandis qu'un petit sourire en coin se forme sur son visage.

— Bon, maintenant que tout le monde est revenu, on va faire en sorte que tout se passe bien pour les prochains jours, OK ? Chacun va faire des efforts, propose Emma.

Mes amis hochent la tête. Nous sommes mardi, les vacances ensemble sont censées finir samedi, et je ne sais pas pourquoi mais j'ai un mauvais pressentiment qui me colle à la peau, comme un vieux chewing-gum à la semelle d'une chaussure.

— Parfait ! s'exclame ma petite amie.

Thomas aide Adèle et Swan à ranger leurs casques et leurs blousons.

— Vous voulez faire quoi aujourd'hui ? questionne Loïc en finissant la vaisselle du petit déjeuner.

Me cacher sous la couette pour le restant des vacances, songé-je.

— Je sais pas, c'est une petite ville ici, y a pas grand-chose à faire, rappelle Thomas à son cousin.

— C'est vrai.

Il gratte son menton, où une barbe commence à naître.

— De toute façon, moi, j'ai déjà prévu un truc à midi pour Eden et moi.

Je hausse un sourcil en considérant Emma. Elle a un sourire super craquant et je remarque même que ses joues prennent une petite teinte rosée. Je l'interroge du regard, elle secoue la tête.

— Va te préparer, je t'explique tout après. Mets des trucs assez décontractés.

Ça m'intrigue, si bien que je reste campée sur mes pieds et que j'ai beaucoup de mal à bouger.

— Allez, me presse-t-elle.

Je suis un peu gênée aussi car tout le monde nous regarde sans comprendre. Emma me pousse par les épaules et m'oblige de sa petite force à gravir les marches. J'obéis en faisant gémir l'escalier. Je grimpe vite, avec une certaine excitation au fond du ventre. Je fais un rapide détour par la salle de bains. Je glisse mon corps sous de puissantes gouttelettes d'eau chaude créant de la buée dans toute la pièce. Je m'en moque pas mal, je me prélasse jusqu'à ce que ma peau soit rouge et que je commence à suffoquer. J'attrape une serviette et enroule mon corps dedans. Mes pieds laissent des traces d'eau sur le parquet si bien que je trottine pour rejoindre ma chambre.

Qu'est-ce qu'Emma me prépare ? Elle est pleine de ressources, donc je ne peux vraiment pas deviner. Plusieurs idées me viennent en tête mais j'en conclus que pour savoir il suffit que je me dépêche.

Je choisis un short beige ainsi qu'un haut rouge dégageant mes épaules dans un style très romantique. Je noue le petit nœud devant avant de boucler la ceinture du short. Je m'attaque alors à mes longs cheveux, les brossant simplement. Je prends aussi deux minutes pour m'admirer. Avec toute cette pression, je me suis presque oubliée. Mon reflet me satisfait, ce top est vraiment super joli, il souligne ma poitrine à merveille. Parfait pour un moment en amoureuses. J'applique une touche de mascara avant de ranger mon téléphone dans le tiroir de la table de chevet. Je n'en aurai pas besoin.

Je passe une main dans mes cheveux une dernière fois et retourne d'où je suis venue. Je balaie le rez-de-chaussée du regard, ne trouvant pas Emma. Swan n'y est pas non plus. Mon cœur s'emballe et je me précipite, manquant de me briser le cou dans les escaliers. Pas d'Emma dans le salon. Je pivote et je respire enfin. Elle est avec Thomas dans la cuisine en train de garnir un petit panier en osier. À mon entrée, elle pose ses yeux marron sur moi avec une douceur extrême.

— Tu es prête ?

Je remarque que pendant ma douche elle a eu le temps d'enfiler une petite robe moutarde. Elle est magnifique, avec un goût pointu pour la mode.

— Oui.

— OK, alors comme tu es assez stressée en ce moment, je t'emmène faire un pique-nique.

Un large sourire éclaire mon visage et je la prends dans mes bras.

— Tu es adorable.

Elle se blottit contre moi en embrassant mon cou.

— Je suis contente que ça te plaise.

Je glisse ma main dans la sienne et j'entrelace nos doigts. C'est ridiculement cliché, mais une colonie de papillons semble s'affoler dans mon ventre alors que j'ai envie de couvrir ma copine de baisers.

— On y va ?

J'approuve et je la laisse me guider. Toute trace de peur, d'inquiétude, de tourments, se dissout. Je ne pense qu'à elle, qu'à nous. Elle pousse la porte du chalet et nous baignons dans un grand soleil.

Dehors, sur la pelouse, Loïc, Adèle et Swan semblent en pleine conversation. Je les ignore, ne voulant pas entacher ou refouler ce petit bonheur naissant.

Cependant, je ne peux m'empêcher d'accrocher le regard de Swan. Il nous dévisage de loin, je peux deviner qu'il a les yeux plissés. Il ne bouge pas, ignorant les autres. Il me regarde tout simplement. Tout son être paraît habité par la colère. C'est flagrant. J'accélère un peu plus le pas tandis qu'Emma me guide.

— Tu vas voir, apparemment c'est super beau, c'est Thomas qui m'a conseillé ce coin.

Nous contournons le chalet et marchons un temps près du lac. Finalement, à quelques mètres de là, un petit bosquet se dessine, et nous nous y engouffrons. Il fait chaud, aussi je ne sens aucune odeur propre à la forêt, tout semble sec, excepté les feuilles vertes à souhait.

Je me félicite d'avoir mis de solides baskets. On suit un petit chemin sous le chant des oiseaux pour finalement atterrir dans une petite clairière. L'herbe est jaunie par le soleil et, en plein milieu, un tronc d'arbre est couché à côté d'un gros rocher.

— Viens, on va s'installer là.

Je ne dis rien et la suis. C'est elle, la chef. Le tronc est sec et propre, alors nous y posons nos fesses. Ma copine déballe ce qu'elle a préparé et me tend une boîte contenant une salade composée. Elle me connaît trop bien, elle sait que je raffole de ça. Presque impoliment, je me jette dessus tandis qu'elle rigole. Avocat, saumon, olives, tout y est, tout est là pour que je me régale. C'est en quelque sorte la cerise sur le gâteau. Emma paraît bien silencieuse, ce qui est assez étrange et inhabituel.

— Quelque chose ne va pas ? je demande.

Un rayon de soleil vient titiller son visage en cœur tandis qu'elle secoue la tête.

— Non, non. Enfin…

Ah, j'avais raison.

— Oui ?

Elle se tord les mains et je commence à m'inquiéter. Est-ce grave ?

— Je voulais te parler de quelque chose.

Elle fuit mon regard, visiblement stressée.

— Tu sais qu'à la rentrée nous allons étudier dans des facs différentes…

Je hoche la tête. En effet, je pars en droit tandis qu'elle va en licence de mathématiques. Nous serons chacune à une extrémité de la ville, mais je ne vois pas très bien où elle veut en venir.

— Je sais que ça ne fait pas longtemps que nous sommes ensemble.

Un an et demi quand même.

— Mais voilà, je t'aime, plus que tout au monde, et, comme tu le sais, mes parents m'ont trouvé un appart et…

Elle glisse une main dans la poche de sa robe. Elle en sort un petit objet métallique qu'elle me tend. Sa main tremble presque.

— J'aimerais que tu viennes vivre avec moi.

Alors là, je tombe des nues. Pour une surprise, c'est une surprise, nous n'avons jamais abordé ce sujet, il était convenu que je prendrais une chambre universitaire.

— Ta part de loyer est largement dans tes moyens, charges comprises.

Ma bouche s'ouvre. Je ne sais pas quoi dire même si mon cœur est prêt à exploser. J'ai presque envie de pleurer.

— Dis quelque chose, m'implore Emma en grimaçant.

Je hoche la tête frénétiquement.

— C'est oui.

Son visage change du tout au tout et elle me tombe dans les bras, désormais surexcitée. On se serre mutuellement en riant. Je suis tellement heureuse, le cauchemar semble désormais loin, j'aperçois un semblant d'arc-en-ciel. Et ça, c'est beau. Cette fille est ma sauveuse, mon ange gardien.

On passe notre fin de repas à faire tout un tas de projets, elle me montre des photos de l'appartement et nous envisageons déjà notre espace. Il est petit mais parfait pour un couple. Je nous imagine déjà. C'est l'euphorie totale entre nous et elle se poursuit encore quand nous rentrons quelques heures plus tard. Nous nageons en plein bonheur, si bien que les autres nous dévisagent. Thomas me lance un clin d'œil. Lui semble être au courant, par contre. Emma ne peut s'empêcher de crier en plein salon.

— On va habiter ensemble !

Elle sautille sur place tandis qu'Adèle nous saute dans les bras en nous félicitant. Elle nous serre contre elle et par-dessus son épaule j'entraperçois le regard glacé de Swan, qui cache sa fureur, on dirait le diable en personne. Je ne peux m'empêcher de compatir, et une pointe de culpabilité m'envahit. Il y a longtemps, nous rêvions aussi, lui et moi, d'habiter ensemble, même si nous n'étions que des enfants. Je suis consciente de ses sentiments pour moi, même s'il me terrifie et que je le trouve complètement fou. Je reste cependant un être humain et lui, un ancien amour que j'ai aimé de toute mon âme.

Je le vois se dresser, les muscles bandés. Fulminant, telle une bête en cage. Si fier, si féroce, il passe à côté de nous en collant son téléphone à l'oreille. Prétextant un appel, il s'échappe. Je ne suis pas idiote, il n'y a personne au bout du fil, pourtant je fixe son dos tandis qu'il monte les marches et gagne l'étage.

J'ai complètement oublié Adèle et Emma, qui rigolent à gorge déployée. Il faut que je parle à Swan. Peut-être que, s'il voit qu'Emma et moi c'est du sérieux, il lâchera l'affaire. Je suis partagée entre plusieurs sentiments. Il ne peut pas avoir changé autant.

— Je vais me changer, annoncé-je. Enfiler un truc un peu plus cool.

Ma copine approuve d'un bisou sur ma joue et je grimpe à mon tour, mais je ralentis dans le couloir. Qu'est-ce que je vais faire ? Je suis à deux doigts de prendre mes jambes à mon cou. Au fond, tant pis s'il souffre. Je secoue la tête et me ressaisis. Il est meurtri. Je devine qu'il s'est réfugié dans la salle de bains. J'avance péniblement et je pousse délicatement la porte.

Une vision d'horreur se dessine alors, il est bien là, appuyé contre le lavabo. La tête penchée, dos à moi. Je peux voir que sa respiration est rapide et qu'il est en pleine crise de colère. Je suis sûre que sa peau est brûlante. Je suis terrifiée mais, au lieu de partir, j'avance une main. Je ne peux pas faire demi-tour, j'en suis incapable, je veux le protéger, l'apaiser. Il reste Swan, peu importe si c'est le diable. Il y a ce lien qui me fait grimacer, il semblerait que, peu importent ses folies, je ne puisse pas le laisser tomber et ça, ça me pétrifie et ça me donne presque envie de vomir. Ma main rentre en contact avec son dos et je murmure :

— Swan ?

Il se retourne précipitamment, j'ai juste le temps de percevoir la lueur meurtrière dans ses yeux et de voir sa main approcher vite. Bientôt je sens une forte pression sur mon cou et je suis presque soulevée. L'air n'arrive plus à mes poumons et ma vue se trouble. Sa main serre toujours plus fort.

13

— Ça t'amuse, de me provoquer ?

Je vois des points noirs danser devant mes yeux, telles des ballerines passionnées. Je sens ses doigts s'enfoncer encore plus dans ma chair, je suis sûre qu'il va y laisser une trace. Mes pieds ne touchent presque plus le sol tellement il est fort, tellement il contrôle la situation.

— S'il te plaît…

Mes poumons me brûlent, je parviens à peine à susurrer. C'est difficile, c'est douloureux. Le sang pulse dans mon crâne, si bien que je pourrais presque décrire les contours de la Grande Faucheuse. Il me reste quelques forces alors je tente de me mouvoir, de l'atteindre. Sans succès. Ses traits sont tirés, déformés par la rage, il n'a plus rien d'humain. Je peux même percevoir une lueur de satisfaction dans son regard si sombre. Il ne fait que jouer avec moi, pourtant, je peux aussi voir, ou plutôt deviner, que la situation le touche. Pourquoi me poursuivrait-il ainsi sinon ? Par vengeance ? Il semble avoir planifié toutes ses actions depuis qu'il est ici. C'est bien plus qu'une simple vengeance.

Je balance tout mon corps, tentant de toucher une partie de son corps qui le ferait lâcher prise.

— T'es une belle garce. Ça te fait rire, de me pousser à bout comme ça ?

À mon plus grand soulagement, il desserre sa prise sans pour autant me lâcher. Il m'écrase contre le mur et s'appuie contre moi pour m'empêcher de bouger. Sa main remonte plus haut sur mon cou et il vient saisir mon menton de sa poigne. Il n'y a rien de tendre, et je me demande même ce qui me fait le plus mal entre ses gestes ou ses paroles.

— Regarde ce que tu me fais faire…

Sa bouche a glissé tout contre mon oreille et le bout de son nez effleure mon lobe. Il s'attarde en installant un silence. On peut seulement entendre ma respiration lourde. Il descend pour que ses lèvres effleurent la peau fine de mon cou.

Ça suffit, je ne serai pas la proie de ce chasseur fou. Je rassemble mes dernières forces et me secoue le plus possible, cherchant une brèche.

— Arrête !

Il fait un peu plus pression contre mon corps en appuyant sur mon menton, écrasant mes joues.

— Je ne… comprends pas… parviens-je à souffler.

Il rit, ce mec est vraiment dingue. Il n'est qu'émotions, pulsions et folie. Oui, voilà ce qui le caractérise le plus. Il mordille mon lobe, me procurant un frisson de dégoût.

— Toi… Et Emma… À quoi tu joues ?

Il plante ses yeux dans les miens, je suis sûre que la peur s'y lit mais je tente de la masquer. Je soutiens son regard autant que je le peux, avec toute la fierté qu'il me reste. Des mèches noires lui tombent sur les yeux en bouclant légèrement. Joli Lucifer. Ses lèvres sont tirées dans un profond rictus.

— Tu n'es pas gouine, Eden. Tu veux seulement me provoquer.

Il paraît convaincu à souhait.

— Le monde ne tourne pas autour de toi, craché-je.

Il secoue la tête pour dégager son front.

— Le tien si, et il en sera ainsi pour encore bien longtemps.

Il se mord la lèvre inférieure comme pour ponctuer sa phrase.

— Je ne t'aime plus ! grogné-je.

Et c'est la stricte vérité, même si un pincement au cœur me fait comprendre que j'aurais aimé que nous soyons amis.

Ça a le don de l'énerver encore plus apparemment, puisqu'il remet de la vigueur dans sa poigne, je ne peux plus parler.

— Tu vas quitter Emma, tu m'entends ?

Moi ? Étonnamment, je suis prise d'un fou rire. C'est du grand n'importe quoi, comment ont-ils pu le laisser sortir ? Sérieusement, n'ont-ils pas détecté ses problèmes mentaux ? Je commence à croire réellement que sa place se trouve en hôpital psychiatrique et ça me brise le cœur. Si mes parents savaient dans quel bourbier je me suis fichue. Je n'ai personne vers qui me tourner désormais. Il n'y a que lui qui connaît les moindres détails de toute ma vie. Mon meilleur allié est devenu mon pire ennemi et il connaît toutes mes failles, c'est pour ça qu'il est dangereux en plus d'être sacrément intelligent. Et il le sait.

— Ne rigole pas. Je vais t'y obliger.

C'est plus fort que moi, je rassemble le peu de salive que ma bouche sèche peut m'offrir et lui crache à la figure, car il semblerait que ce soit mon seul moyen de défense. Il pince les lèvres mais ne cille même pas.

Il passe une main sur sa joue avant de l'essuyer sur son pantalon.

— Je ne rigole pas, Eden. Tu vas la quitter, tu es à moi.

La colère a atteint son seuil maximum et je bouge dans tous les sens en hurlant, dans l'espoir que les autres m'entendent. Immédiatement, sa main écrase ma bouche et étouffe mes sons.

— Tu te souviens de votre petit moment de détente, hier ? La douche ?

Une expression de douleur s'affiche sur son visage.

— J'ai tout vu, tout filmé.

Cette fois, c'est moi qui me décompose, je fonds presque à vrai dire. De quoi veut-il parler ? Mais, je sais qu'il ne bluffe pas, comment pourrait-il le savoir ? Mes yeux se sont tellement arrondis qu'il en sourit presque.

— Ne me sous-estime pas, mon amour. Y a des caméras dans à peu près tout le chalet, je contrôle tout…

Sa main libre glisse dans mes cheveux, qu'il caresse, cet aspect pervers me donne envie de vomir, de crever sur place.

— J'ai une jolie sextape de toi et ta petite copine. Je ne comprends d'ailleurs pas comment tu peux te satisfaire de ça.

Je parviens à mordre sa paume de rage. Il étouffe un juron en m'écrasant un peu plus contre le mur. Si je le pensais fou de rage avant, là c'est bien pire. Ses mains agrippent mes épaules et il me plaque brutalement. Ma tête cogne fortement contre le carrelage du mur, j'ai mal mais pas autant qu'à mon ego.

— Ça suffit maintenant !

Je le vois perdre pied, être désemparé et je ne sais pas si ça me fait plaisir ou si ça me paralyse encore plus. Sûrement la seconde option, vu que je n'arrive plus à parler.

— Tu vas faire ce que je vais te dire, bordel ! Je peux détruire ta vie, OK ? Alors, obéis !

Je ne me retiens plus de pleurer, c'est la seule chose qu'il me reste à faire de toute façon, et je peste intérieurement contre les autres, qui ne viennent pas à ma rescousse. Je leur en veux presque de ne pas voir le petit manège qui se joue dans leur dos.

— Un clic et cette vidéo détruit ta vie et celle de ta petite amie. Alors, chérie, tu vas me faire plaisir et la quitter, tout de suite. Ce soir, au plus tard.

Sa bouche se tord dans une grimace de rage, ses yeux sont fous, peut-être rouges, ou alors c'est ma vision qui l'est, à cause du choc sur ma tête. Je ne sais pas, je ne sais plus.

— Pourquoi tu fais tout ça ?

Je secoue la tête, accentuant ma douleur et ravalant mes larmes.

J'ignore pourquoi mais cette question le fait de nouveau basculer, mais cette fois dans la peine, il a l'air meurtri. Il recommence cependant à me malmener en me cognant contre le mur.

— Parce que tu es la femme de ma vie, putain ! C'est à mes côtés que tu dois être.

Je ne peux entendre ces mots qui n'ont rien de réels, pourtant la douleur de son regard me persuade que ce sont vraiment ses émotions qu'il me livre.

Mon Dieu, je crois rêver, ses yeux luisent, mais oui ! Ils brillent de larmes. Non, ce n'est pas possible, je peux l'imaginer tout faire sauf pleurer. Il passe rapidement une main sur son visage et j'entrevois une faille d'humanité, je vois un bout de mon Swan, ce petit garçon enchaîné tout au fond de lui, cette innocence enterrée.

— Qu'est-ce que tu me fais faire, Eden…

Il me lâche et ses mains glissent dans ses cheveux, qu'il tire à s'en faire mal, je suis sûre. Quelque chose semble se jouer en lui, une bataille entre le bien et le mal, dont il semble être un simple spectateur. Peut-être que je peux l'aider, il suffirait de lui tendre la main.

— Swan… tenté-je, écoute-moi, ce n'est pas toi.

Ma voix est si douce qu'elle me surprend presque. Je dois être atteinte du syndrome de Stockholm, ce n'est pas possible. Je pourrais prendre mes jambes à mon cou et disparaître loin de ce chalet mais au lieu de ça je tends une main tremblante vers lui. Parce qu'il est tout ce qui me reste de mon passé, parce que comme moi il a été cassé et qu'il n'a simplement pas su gérer.

— Swan…

Il respire fort, si bien que j'ai peur qu'il s'étouffe. Son visage fin et sculpté est rouge.

Il pivote rapidement sur ses pieds dans ma direction et considère ma main mais ne la saisit pas. Au lieu de ça, je le vois se jeter sur moi, mais pas pour me bloquer cette fois, non, il me serre contre lui dans une étreinte désespérée, et je suis déboussolée. Mais que se passe-t-il ? Je ne comprends plus rien. Il enfonce sa tête dans mon cou en m'entourant atrocement fort de ses bras. Contre sa poitrine, je peux sentir son cœur battre la chamade et je retrouve espoir. Il est cassé, déçu sentimentalement, mais c'est tout, je peux le soutenir, le tirer de là.

— Je t'aime tellement…

Il murmure en m'enlaçant toujours plus fort. Je ne dis rien, de peur de rompre cet équilibre, un blanc s'installe tandis que timidement une de mes mains caresse son dos. J'ai presque envie de pleurer de joie.

Mais, comme toujours depuis son retour, il me fait vivre un vrai ascenseur émotionnel…

— C'est pour ça que tu vas la quitter. Pour être avec moi.

Il me lâche précipitamment en me surplombant de toute sa hauteur. Plus aucune trace de tristesse, c'est déstabilisant. Son regard est de nouveau fermé, fou, sans aucune émotion. Pas la moindre trace sur son visage de ces deux dernières minutes.

— Quoi ?

Il glisse une main dans sa poche et en sort son téléphone portable flambant neuf. Il tapote dessus avant de tourner l'écran vers moi. Je mets un moment à réaliser, il ne mentait pas. Devant moi, la scène très intime avec ma copine se joue, le rouge me monte aux joues plus rapidement que la colère.

— Tu as jusqu'à ce soir ou je balance la vidéo et, crois-moi, ça va faire du bruit. Je ne suis pas sûr qu'avec deux parents avocats ça passe inaperçu.

Quel connard ! Il m'offre un sourire victorieux. Ça me détruirait moi, mais aussi Emma, encore bien plus. Elle est si fragile quand on la connaît bien. Une amie à elle a connu une situation de ce genre et j'ai le souvenir qu'Emma m'avait dit qu'elle ne pourrait pas se relever d'un truc pareil. Je ne peux pas lui faire vivre ça… Mais de là à la quitter ? Je suis face à un dilemme, me demandant quelle serait la douleur la moins atroce à lui infliger.

Je l'aime de tout mon cœur, de tout mon être, de mon âme cassée. Elle est mon tout mais, peut-être que si je la quitte je pourrais ainsi l'éloigner de Swan et la mettre en sécurité. Cette situation est ridicule tant elle semble tirée d'un film. Mais peut-être aussi que, si cette vidéo sort, le coupable et tyran sera démasqué et que je pourrai reprendre ma vie normale en aidant Emma à remonter la pente. C'est bien égoïste. Je l'aime et ça me fait faire des bêtises.

— C'est d'accord.

14

— Y a quelqu'un ?

Son regard satisfait revêt de nouveau un voile noir, et Swan fixe la porte derrière laquelle la voix d'Emma retentit. Instantanément, il pose une main sur ma bouche, puissante et autoritaire.

— Oui, y a moi, Swan.

Je peux deviner le corps de ma copine qui se tend, je la connais par cœur, sur le bout des doigts, sur le bout de la langue, et je fusille mon ex des yeux tandis que sa poigne devient plus ferme.

— C'était quoi, tout ce bruit ?

Ma copine a toujours une oreille qui traîne partout, ce n'est pas pour rien qu'au lycée elle était toujours au courant de tout, elle est curieuse, ça crève les yeux.

— Euh… J'étais au téléphone avec un ami.

Je l'observe rebondir avec aisance, ce mec est un pro du mensonge, c'est dingue. Pas une fréquence de sa voix ne pourrait le trahir. Il y a un silence et je suppose qu'Emma analyse cette explication, elle doit lui paraître crédible puisqu'elle change de sujet :

— Tu sais où est Eden ?

Je me fige, vaut mieux pas qu'elle sache que je suis avec lui. Swan descend son visage vers moi, ses lèvres frôlant presque mon front.

— Je ne sais pas, répond-il avec un sourire. Ah si, je crois qu'elle est allée faire un tour, mais je ne suis pas sûr.

J'entends Emma soupirer et je peux percevoir sa frustration d'ici. Il est vrai qu'on ne passe pas énormément de moments seules.

— Merci.

Son ton n'est ni amical ni reconnaissant, juste froid. Une chose est sûre, elle ne peut pas le voir.

J'écoute ses pas s'éloigner tandis que la main de Swan se desserre, il tente de la glisser sur ma joue tandis que je rassemble mes forces. Une colère m'anime depuis bien trop longtemps et je commence à en avoir ras le bol de l'avoir dans mes pattes au détriment de mon couple. Avant même que son pouce ne frôle ma pommette, mon genou se fait violent en venant heurter ses parties intimes. Je bouillonne de rage. Peut-être un trop-plein ? Il se plie automatiquement en deux en poussant un cri de douleur, je vois sa respiration se couper tandis que le feu dans mes joues s'éteint progressivement. Il parvient à me jeter un regard rempli de douleur. Je jubile carrément.

— Tu vas… me le payer… suffoque-t-il.

Un rictus étire mes lèvres tandis que je le toise.

— Tu me pourris déjà assez la vie.

Je ne perds pas plus de temps et le laisse sur place à essayer de retrouver une certaine prestance.

Je ne peux pas quitter Emma, plus j'y pense et plus cette pensée meurtrit mon cœur. Ce sera elle et moi contre le monde entier. Il est hors de question que je fasse ce qu'il me dit et il faut surtout que je trouve une solution pour nous sortir de là.

C'est seulement quand je dévale l'escalier que je me rends compte que je respire enfin correctement, que l'air circule tout à fait normalement. Je me demande si Swan a toujours mal. Je l'espère en tout cas.

Le rez-de-chaussée du chalet est vide, je jette un coup d'œil dehors, il fait tellement beau en cet après-midi. Il a beau être près de 16 heures, le soleil brille toujours aussi fièrement.

Je m'aventure dehors, une main en visière pour améliorer ma vision. Je sonde les alentours et constate qu'Emma a abandonné ses recherches bien vite. Elle s'est jointe à Thomas et Loïc, qui semblent armés de cannes à pêche. Ils sont tous les trois un peu plus loin au bord du lac, les lignes à l'eau, en train de papoter avec un homme que je ne connais pas. Vu ses mouvements, il semble leur montrer deux, trois techniques, et mes amis boivent carrément ses paroles.

Non loin, je remarque aussi une femme en maillot de bain qui bronze tranquillement. Ce doit être le couple d'amis des parents de Thomas qui possèdent un chalet non loin du nôtre.

La pêche ne m'intéresse pas vraiment alors je ne vais pas me joindre à eux. De l'autre côté, à l'opposé du lac, je découvre Adèle, un livre à la main, qui se balance lentement sur la balançoire datant de l'enfance de Thomas. Elle paraît si paisible.

Je me dirige vers elle, elle est ma meilleure amie et pourtant, en ce moment, nous sommes comme deux inconnues avec toutes ces tensions.

— Hé.

Elle sursaute presque mais affiche un sourire.

— Salut.

Elle referme précautionneusement son bouquin tandis que je prends place sur l'autre balançoire. Mes longs doigts s'enroulent autour des cordes et moi aussi je me balance légèrement.

— Ça va ?

Elle hausse les épaules avant de répondre.

— Plus ou moins…

— On peut dire que ces vacances sont étonnantes.

Elle hoche la tête.

— J'aurais aimé que ça se passe autrement.

— Moi aussi… murmuré-je.

Tellement…

— Je suis quand même heureuse d'être ici, ajoute-t-elle. Vous allez beaucoup me manquer l'année prochaine…

En effet, mon amie part en Angleterre pour ses études, détail qui m'avait complètement échappé. Une question me vient :

— Comment vous allez faire avec Swan ?

Elle soupire avec un petit sourire.

— Il va venir avec moi. On va se trouver un petit studio.

J'ai envie de rire, de pleurer et de me frapper à la fois. Quelque chose me dit qu'il n'en a jamais eu l'intention. Mon Dieu que j'aimerais être folle et tout avoir inventé depuis le début. Adèle vivrait vraiment cette histoire qui l'anime, un amour si fort…

— Super ! J'espère que ça ira.

J'ai envie de lui crier de tout lâcher et, au contraire, je suis là à afficher de grands sourires beaucoup trop faux.

— Moi aussi, parce que c'est récent, je ne connais pratiquement rien de lui, au final.

Et elle ne croit pas si bien dire, elle ignore tout, il l'aurait déjà tuée sinon.

— On n'a pas vraiment pris le temps d'en parler : comment vous vous êtes rencontrés ?

Je m'en veux de me servir de mon amitié pour trouver un truc qui le fera tomber. Mais je n'ai pas le choix. C'est un mal pour un bien. Mon cœur se fend un peu plus lorsque ses yeux se mettent à pétiller et qu'elle se penche un peu plus vers moi.

— C'était complètement fou. Tu te rappelles le dernier jour des épreuves du bac ?

Je hoche la tête.

— Kara avait invité toute la classe à aller en boîte, complété-je.

— Exactement ! Eh bien, vous n'avez pas voulu venir avec Emma, et j'y suis allée quand même et je l'ai rencontré là-bas. On a passé la nuit ensemble et ça a tout de suite accroché, j'avais l'impression qu'il me connaissait depuis toujours.

Parce qu'il savait qui tu étais…

Ça fonctionne vite dans mon cerveau. Peut-être que, si j'avais été là à cette soirée, elle ne l'aurait pas approché. Peut-être que, si j'avais insisté pour qu'elle vienne au ciné avec Emma et moi, rien de tout ceci ne se serait produit. Tout est ma faute, sur toute la ligne. Quoi que je fasse, j'ai tout faux et je m'enfonce un peu plus. Même sans le savoir.

— Il m'a expliqué qu'il venait voir des amis ici.

Pourquoi, après sa sortie, personne ne l'a-t-il remarqué ? Il a complètement changé de vie, il semblerait.

— Un vrai coup de foudre.

Seigneur !

Je suis sûre que son cœur bat à mille à l'heure dans sa poitrine, comme le mien lorsque je parle d'Emma.

— C'est comme si nous étions destinés à nous rencontrer.

Ou que quelqu'un avait forcé le destin. Quelqu'un se prénommant Swan. Je vais le tuer, car c'est un manipulateur. Je n'ai plus de pitié pour lui, il aurait dû pourrir en prison. Bizarrement, la culpabilité qui me rongeait durant toutes ces années s'envole.

Soudain, je me surprends à penser que j'aurais aimé que notre erreur soit découverte et qu'il morfle. Il aurait pris perpétuité et il ne serait jamais revenu.

Je me mords la lèvre pour m'empêcher de pleurer. Je suis horrible et je me dégoûte presque.

— Il me fait penser à toi par moments.

Elle ne dit pas ça en mal puisqu'un sourire plane sur ses lèvres.

— Indomptable et si fougueux. C'est peut-être pour ça que je vous aime aussi fort tous les deux. Lui, c'est mon âme sœur en amour et toi, mon âme sœur amicale.

J'ouvre de grands yeux. Adèle est pudique, Adèle est nonchalante. Elle ne dévoile jamais ses sentiments, du moins elle ne pose jamais de mots dessus. Dans un réflexe et malgré les cordes qui nous séparent, je l'attrape dans mes bras. Elle paraît surprise mais ne se gêne pas pour me serrer en retour. Je l'aime si fort. Ses cheveux bleus chatouillent mon nez mais je m'en moque. Je réalise pour la première fois que je ne ferai pas mon entrée à la fac avec elle, que nos moments ensemble seront rares, et ça fait mal. Maudit cœur, à toujours me faire souffrir…

Amour, haine… Il ne régule rien…

15

Je dois avouer que ce moment de douceur m'a un peu apaisée, même si je me tue durant toute la soirée à éviter Swan. Un coup en essayant de ne pas me retrouver seule avec lui, un coup en l'ignorant quand il essaie de me parler. C'est épuisant.

Le soir, à table, je me mets le plus loin possible de lui, aux côtés de ma copine, qui est étrangement calme. Thomas nous sert et l'atmosphère est terriblement pesante. Personne n'a oublié les tensions même si nous nous sommes promis de faire des efforts. Personne ne sait trop quoi dire.

Et comme d'habitude, comme si son rôle était celui de médiateur, Loïc tente de détendre l'atmosphère.

— Ça fait longtemps qu'on s'est pas pris une cuite ? Sérieusement, on dirait des vacances de petits vieux.

Son cousin roule des yeux. C'est vrai qu'on ne s'est pas vraiment amusés. Et dire que je devais fêter mon anniversaire… Il semble intercepter mes pensées.

— C'était ton anniversaire. T'as même pas soufflé tes bougies avec nous.

— Vous êtes là, c'est cool déjà.

À vrai dire, je ne suis pas d'humeur à faire quoi que ce soit, surtout pas boire. Je perdrais le contrôle, m'éloigner de Swan serait plus compliqué, et il pourrait même en profiter.

— Allez, quoi ! On n'est pas obligés de faire un gros truc…

— Pourquoi pas, concède Thomas.

Moi aussi, je suis tellement lasse que je pourrais presque dire oui à un truc qui me détendrait l'esprit.

— Ouais, dis-je en haussant les épaules.

Loïc est tout content et s'apprête à balancer une idée mais un raclement de chaise l'interrompt.

— Ce sera sans moi.

J'ouvre de grands yeux en regardant Emma, blasée, quitter la table. Comme une ombre, elle disparaît sans un mot. Je me disais bien qu'elle était bizarre.

— Génial. C'est ouf comment y a toujours une mauvaise ambiance, s'énerve Loïc.

Thomas l'ignore et me questionne du regard, je secoue la tête. Si Emma s'y met aussi, on n'est pas sortis de l'auberge. Je laisse moi aussi tout le monde en plan et rejoins notre chambre. Ma copine est affalée sur le lit, un long tee-shirt recouvrant son corps et un chignon négligé retenant ses cheveux de lumière. Elle est absorbée par son téléphone et se ronge le pouce. Ça n'a pas l'air d'aller.

— Chérie ? T'as rien mangé, ça va ?

J'opte pour la manière douce, car je n'ai pas la force de me battre avec elle. Je triture le bas de ma robe tandis qu'elle lâche.

— Ouais.

Mensonges, mensonges.

— Et pour de vrai ?

Elle me fusille du regard sans un mot. Le problème vient donc de moi. La panique me gagne ; elle a peut-être découvert que j'étais dans la salle de bains avec Swan. Je garde toutefois mon calme et m'assois près d'elle.

— Qu'est-ce qu'il se passe ?

Je promène mes doigts sur ses jambes dénudées. Ses dents sont serrées et elle me scrute avant de souffler :

— Je sais pas si c'est une bonne idée qu'on habite ensemble.

Je m'étrangle de surprise.

— Pardon ?

Qu'est-ce qu'elle raconte ? Elle est tombée sur la tête ?

— T'es pas sérieuse, là ?

Je plante mes yeux dans les siens, c'est une grosse blague, elle ne va tout de même pas me retirer ma seule source de joie ! Elle soupire, il semblerait qu'elle ait remarqué qu'elle m'a blessée. Elle s'adoucit.

— Non mais… Je sais pas, on dirait que tu m'évites !

Je fronce les sourcils.

— Qu'est-ce que tu racontes ? Absolument pas !

Je place mes poings sur mes hanches en attendant des explications. Elle délire totalement. Elle rabat une de ses mèches derrière son oreille en soupirant.

— J'ai l'impression de passer mon temps à te chercher…

Et elle a raison, mais je ne l'admettrai pas devant elle car c'est bien trop compliqué et délicat.

— Je suis là, *babe.*

Elle secoue la tête frénétiquement tandis que son chignon remue au même rythme. Sa coiffure est définitivement ruinée.

— Non ! s'emporte-t-elle à nouveau. Pas là comme je le voudrais. Tu n'es plus tactile, ça fait un bail qu'on n'a pas vraiment rigolé et j'en passe !

Je me laisse tomber lourdement sur le lit, bien trop lasse.

— Je ne comprends pas…

Et c'est vrai, du moins en partie. Je ne comprends pas comment j'ai pu être autant focalisée sur Swan et moi et être aussi mauvaise actrice. C'est cruel, je suis cruelle, ou alors peut-être que je perds la tête, je ne sais plus trop. Je fixe mes pieds nus, mes ongles peints en rouge me narguent. Je la fais souffrir. Encore et encore. Quoi que je fasse. J'étais persuadée d'être suffisamment douée pour que ça ne change rien entre elle et moi, pour qu'elle ne ressente rien.

— Est-ce que tu m'aimes vraiment toujours autant ? me questionne-t-elle en murmurant.

J'ouvre de grands yeux et je me tords le cou pour l'observer. Je m'étranglerais presque.

— Je veux dire, c'est normal, les coups de mou dans un couple, mais faut en parler…

Je suis prise d'un fou rire nerveux qui secoue tout mon être, coupant Emma au passage. Un fou rire qui tord mon estomac et plisse mes yeux.

— Un coup de mou ? Mais je ne t'ai jamais aimée autant que maintenant.

Je glisse ça avec un hoquet et je vois son visage rougir d'incompréhension. Elle ne sait pas à quel point je suis folle d'elle et ça a un côté vraiment touchant.

Swan a tort, je ne sors pas avec Emma parce que j'ai peur des garçons ou que je me suis trop écorchée auprès d'eux. Non, je sors avec elle parce qu'elle est tout ce qu'un homme ne pourra jamais être.

— Eden…

— Non, écoute-moi.

Elle paraît surprise de mon ton un peu brusque, mon corps se tend vers elle et ma main frêle glisse sur sa joue.

— Tu es mon petit rayon de soleil, l'ambiance ici est vraiment zarb', je te l'accorde. Mais quand on va rentrer on va avoir notre chez-nous et tout ira pour le mieux.

Mon pouce suit le contour de sa pommette avant d'effleurer ses lèvres ; elle l'embrasse furtivement et c'est mon index qui vient ensuite tracer la ligne de sa clavicule avant de descendre en ligne droite.

Là, entre ses seins, dans ce petit creux, est dessiné à tout jamais notre lien. Un petit soleil pour elle et, entre les miens, un croissant de lune. Si différents et pourtant si complémentaires, le froid et la chaleur. Une vieille légende lie ces deux astres et les qualifie d'« amants ». Ça me va, c'est gravé en nous.

Elle sourit légèrement et je trouve ça vraiment craquant.

— Je t'aime à en crever, Emma, et je m'en veux que tu penses le contraire. Je n'ai jamais aimé aussi fort et tu devrais le savoir.

Elle glisse sa main dans la mienne et les pose sur son cœur. Il bat atrocement vite et c'en est douloureux. À l'amour et la fierté se mêlent dégoût de moi-même et peur. Peur de la perdre, peur de ne plus contrôler les événements. Il suffit que je ferme les yeux et je peux la voir me détester lorsque notre vidéo sera diffusée. Inconsciemment, elle me détestera alors que moi je saurais au fond de mon être que mon amour est réel.

Non, mon amour, je ne te néglige pas, bien au contraire. Je te choisis, toi, dans toutes les dimensions.

Sa jolie frimousse est baissée, mais je peux quand même voir sa petite lèvre trembler.

Oh non…

Sa tête se relève rapidement et j'aperçois, comme je le craignais, deux perles au coin de ses yeux.

— Je t'aime tellement.

Ce sont les paroles qu'elle prononce avant de se jeter à mon cou et de sangloter. Je frotte machinalement son dos en humant son parfum. Je sens qu'elle joue avec mes cheveux pour se calmer, alors j'embrasse son front.

— Promets-moi que jamais on ne se séparera.

Je la tiens à bout de bras, ignorant le monde entier, y compris la musique forte qui s'élève d'en bas.

— Je te le promets mille fois.

« Jamais », ce n'est pas assez long, ce n'est qu'un pâle reflet de l'éternité et moi j'en veux plus à ses côtés.

Son visage fond sur le mien avec une ardeur incroyable, elle pousse un soupir contre mes lèvres. Elle a un goût de vanille, on dirait un bonbon, si bien que je mordille sa lèvre inférieure. Ses mains rejoignent mes cheveux alors que je pose les miennes sur elle. C'est notre manière préférée de nous réconcilier. C'est notre manière préférée de nous aimer.

Simplement, en laissant parler nos cœurs et nos corps. Pas de mots, que des soupirs lourds de sens. Ils crient tous « je t'aime », « je te veux ».

Je fais glisser son tee-shirt par-dessus sa tête et j'admire sa beauté mise à nue. De la base de son cou à son nombril, en passant par les pointes rosées de ses tétons. Dieu qu'elle est belle ! Aphrodite en personne. Une beauté si simple.

Ses gestes à elle sont plus désespérés si bien que je l'aide à me déshabiller. Je ne sais pas comment ces vacances vont se finir, je l'ignore totalement, comme je fais abstraction de ce sentiment d'inconfort. Pour l'instant, je profite de ce petit corps nu à califourchon sur le mien.

Mon souffle est rapide quand je perds le contrôle et m'abandonne totalement à elle. La seule possédant l'entièreté de mes sentiments. Pourtant, quand elle se glisse dans mon intimité, je ne peux m'empêcher d'avoir une pensée pour Swan.

S'il savait à quel point ça va être difficile de nous séparer et comme je le hais d'avoir fait disparaître cet amour que je lui portais. Il aurait pu avoir tout ça.

Non… À cause de toi, de ton enfance, c'était écrit, tu n'aurais pas pu te relever.

Une caresse et tout disparaît, les voix dans ma tête mais aussi les doutes. Je profite d'elle et de cette tendresse qu'elle m'apporte avec, dans un coin de ma tête, l'idée que c'est peut-être la dernière fois. Demain, Swan balancera la vidéo et peut-être que notre couple n'y survivra pas…

16

— Eh bien, on dirait qu'eux aussi se sont bien amusés hier soir.

Je shoote du bout du pied dans une canette de bière vide qui jonche le sol.

— Beurk ! Loïc a vomi, y en a sur le fauteuil ! s'exclame Emma.

Elle affiche une mine de dégoût tandis que j'observe le piteux spectacle devant nous. Il semblerait qu'une soirée improvisée se soit déroulée ici tandis que nous nous réconciliions, avec ma copine.

Rien n'est vraiment en désordre, hormis les bouteilles et les paquets de chips vides qui traînent. Il y a du mouvement sur le grand canapé. C'est Thomas, qui se frotte automatiquement le crâne en grognant, ses cheveux lui retombant sur le front.

— Où est Swan ? questionne Emma.

Mon sang se glace en balayant la salle du regard. Il ne fait pas partie des corps étalés dans des positions étranges. Où est-il ? Des scénarios catastrophes tournent dans mon crâne. Et s'il nous avait encore espionnées, avec Emma ? Et s'il avait tout vu ? Le pervers se serait régalé !

— Je suis là.

Je me tourne beaucoup trop rapidement et l'observe descendre les marches de l'escalier grinçant lentement. Il semble endormi et surtout il est torse nu. Comme chaque fois que je suis dans la même pièce que lui, un sentiment d'inconfort me gagne et mes ongles s'enfoncent dans mes paumes.

— J'avais pas trop envie de boire à outrance. Histoire d'être maître de moi-même… Pas comme eux.

Il me coule un regard. Ce gars planifie tout, ce gars a un sang-froid glaçant et un esprit vraiment tordu. Emma ne relève pas et ne me laisse pas davantage le temps de paniquer.

— Debout là-dedans ! se met-elle à hurler.

Mon meilleur ami encore mal réveillé grimace en posant ses mains sur ses oreilles. Des grognements s'élèvent tandis qu'Addie, très peu sexy, est prise d'une quinte de toux. Ça a le mérite de la réveiller rapidement. Elle semble déboussolée puis fixe son copain avec un regard niais.

— Je suis au paradis, c'est ça ?

Swan croise ses gros bras sur sa poitrine et il a un regard que je connais bien. Il semble irrité, agacé et las. Encore une preuve qu'il n'en a vraiment rien à faire d'elle. Ça me brise le cœur autant que ça m'angoisse.

— Tu peux la fermer de bon matin, crie Loïc en se mettant en boule.

— Tu feras gaffe, Einstein, tu dors sur ton vomi, glousse Emma.

Elle réussit à me faire sourire.

— Quoi ?!

Elle rit de plus belle, et je glisse un bras autour de sa taille. Grave erreur. J'intercepte le regard noir de Swan. Il vient de comprendre. Je la choisis elle plutôt que lui et ça l'atteint, du moins je le crois. C'est maintenant, à cet instant même, que j'espère que ses menaces étaient du bluff, juste pour me faire peur, et qu'il va comprendre que ce n'est pas en jouant l'ex-petit ami blessé qu'il va réussir à nous séparer, Emma et moi. Je décide de ne plus avoir peur de lui. Il ment, personne ne peut être aussi méchant et dérangé, ça n'existe que dans les films, ça.

Même si mon cerveau me repasse toutes ses colères, tous ses actes, toutes ses menaces. Adèle, Emma… Je m'accroche à l'idée qu'il est juste malheureux et mythomane sur les bords. Je me cramponne aussi aux vieux souvenirs de lui, doux et tendre. Personne ne change à ce point, alors je me colle à ma copine et j'embrasse même sa joue sans aucune pudeur.

En arrière-plan, Loïc grommelle, Thomas s'étire et Adèle se masse la nuque. Une belle équipe de bras cassés, mais un grand sourire s'affiche sur mon visage. Aujourd'hui je n'ai plus peur, aujourd'hui je suis de bonne humeur parce que tout est réuni pour que je sois heureuse. Mes amis, ma copine, ce chalet, ces vacances. Swan ne peut pas tout gâcher. C'est impossible, il bluffe. Et je suis bien déterminée à lui parler, d'autant plus que la semaine de vacances se termine dans deux jours et après, bye bye, l'ombre du passé, du moins je l'espère…

— Petit déj dans dix minutes, les morts-vivants, se moque Emma.

Mon sourire s'efface dès l'instant où je surprends le regard meurtrier de mon ex sur ma copine. Ses pupilles sont deux lames qui déchiquettent le corps d'Emma. Ma gorge se serre. Il y a tellement de haine dans ce regard que, s'il pouvait la tuer sur place, il n'hésiterait pas.

— Eden, tu trembles !

— Je… Je peux pas…

Il grogne, je ne l'ai jamais vu autant en colère et nerveux. L'homme devant nous empeste l'alcool et semble inerte, alors qu'il dort simplement.

Mes mains tremblent, je suis sûre qu'à tout moment je pourrais renverser ce flacon ou le laisser tomber. Je suis aussi frémissante qu'une feuille. Mon cœur cogne vite tandis que mes yeux se perdent sur ce taudis que j'ai tant côtoyé, enfant. La maison du cauchemar. Elle me file des frissons. C'est pour ça qu'on est là. Pour lui. Pour ses actes. Pour ces blessures bien trop ancrées en moi. Ce secret inavouable que seules les personnes dans cette pièce connaissent.

— Donne-moi ça !

Son ton est dur, ses yeux sont noirs et ses joues sont rouges. Il ne tremble pas, lui, il a l'air déterminé, prêt à passer à l'acte et à affronter les conséquences s'il devait y en avoir. « Une dose de plus ou de moins, si ce connard faisait une overdose, ça ne serait pas étonnant », m'avait-il dit une fois.

Ses doigts sont emmitouflés dans des gants en laine. Il m'arrache le flacon des mains et, avec l'expérience d'un enfant, il plante la seringue dedans.

-◊-

Je sors presque brutalement de ma transe, ressentant d'anciennes émotions trop douloureuses. Des sensations que je pensais enfouies. La sensation de saleté, la rage, la panique, la peur. Tout se mêle et je ne peux m'empêcher de le fixer. Et je ne sais pas pourquoi mais, à cet instant, j'ai envie de me jeter à son cou. Parce qu'il est le seul qui connaisse tout de moi. Parce que c'est lui qui a absorbé ma folie.

Mes doigts s'ancrent un peu trop dans le canapé, me faisant mal. Retour à la réalité, *play*, tout le monde s'est mis à bouger autour de moi. Tout le monde a rejoint la table. Emma fait passer les bols, Adèle avale un cachet, Thomas se chamaille avec son cousin et Swan a les yeux rivés sur son téléphone.

Je gagne machinalement ma place et j'avale étonnement beaucoup trop de céréales. Je capte à peine les conversations autour de moi même si j'essaie d'y prendre part. Il faut que je retrouve ma bonne humeur, que je ressente à nouveau ce sentiment de plénitude et de bien-être. C'est nécessaire pour ma santé mentale.

J'y parviens un peu en oubliant le poids du regard de Swan. Je ris même, ça me paraît pourtant étrange. J'ai la désastreuse impression de renouer avec mon ancien moi, avant Emma, avant cette vie. Alors je lutte et ça marche. À la fin du petit déjeuner, mon sourire n'est plus artificiel.

— On pourrait aller fait du karting cet aprèm. Il y en a un pas loin, proposé-je.

Je dois m'aérer. Emma tape dans ses mains.

— Grave cool. Et on pourrait même manger au restau et y aller après.

Thomas ricane.

— Pas sûr que nos estomacs tiennent.

Je hausse les épaules.

— Moi, en tout cas, je vais me préparer ! clame Emma.

— Il est à peine 11 heures, gloussé-je.

Elle me tire la langue.

— M'en fiche.

Je m'empresse de lui pincer les côtes aussi frénétiquement que je le peux et elle se tortille. Regarde bien, Swan, Regarde comme je l'aime. Regarde comme tu n'aurais pas dû revenir dans ma vie.

Elle tombe presque de sa chaise sous les rires d'Adèle. Ma copine sait qu'elle ne gagnera pas, alors elle prend ses jambes à son cou et gravit les escaliers en me narguant. Je secoue la tête, ravie.

— Bon, moi, je vais dormir un peu, annonce Adèle. Histoire d'effacer cette mine affreuse.

Elle passe une main dans ses cheveux bleu électrique.

— Bah moi, je vais aller courir autour de l'étang. Rien de tel pour faire disparaître la gueule de bois.

Thomas paraît déterminé et son cousin ajoute :

— Pas con, je viens aussi.

Je hoche la tête lentement tandis que mon amie se lève, suivie des deux garçons. Elle tend la main vers son copain.

— Tu viens, bébé ?

Il ne lui porte même pas un regard et lâche un « non » assez sec.

— Ma tête à moi va très bien.

Je vois Addie écarquiller les yeux.

— La mienne aussi !

— Je vais aider Eden à débarrasser.

Elle lui lance un regard hautain, plein de reproches, qu'il ignore. Ils ne vont vraiment pas ensemble. Mais ce n'est pas mon souci premier.

— Euh, en fait, j'allais aller…

— Il faut tout nettoyer et je ne compte pas le faire tout seul, tranche-t-il. Tu es la seule qui ne sois pas occupée.

Un panneau rouge clignote dans ma tête. Il est très énervé.

— Waouh. Tu vas te détendre, mon garçon, l'engueule Addie.

Je sens qu'elle n'est pas d'humeur, sa voix est encore rauque et en temps normal elle n'a pas beaucoup de patience, alors là…

— Vas-y, tu me saoules, salut.

Elle lâche l'affaire avec un rictus mauvais au coin des lèvres et part à l'étage. Me laissant seule avec mon cauchemar. Encore.

J'entends les garçons dehors, personne ne peut me sauver. C'est à moi de le faire, aussi je choisis de passer en mode ignorance.

Je m'applique à la tâche et récupère les bols qui traînent pour les mettre dans l'évier. J'essaie de ne pas me concentrer sur les bruits de mouvements de Swan. Il vient vers moi, son pas est lourd, menaçant. Je fais couler l'eau puis la coupe rapidement. Un frisson me parcourt le dos. Il est derrière moi et je le remarque aussitôt.

Une de ses mains s'abat fermement sur mon bras.

— Je croyais avoir été clair, tonne-t-il.

Je frissonne. Il est tellement tendu qu'une veine palpite sur son front, sa mâchoire est serrée, ses yeux sont plissés et tous ses muscles bandés. Ça sent pas bon. Mes jambes deviennent molles tandis qu'il me secoue. Je tente de me dégager.

— Tu me fais mal.

Je suis fière de l'aplomb que j'ai mis dans ma voix, même si ce n'est pas encore tout à fait cela.

— Je m'en contrefous, putain !

Il crache sans crier pour ne pas que les autres nous entendent.

— Mais lâche-moi !

Sa poigne est de plus en plus serrée et on dirait presque que j'ai un garrot. L'adrénaline s'empare de mon corps et je tente de frapper son torse nu. Ses mouvements sont tellement rapides que je n'ai pas le temps de voir qu'il a désormais saisi mes poignets et les a plaqués sur son torse. Je gesticule.

— Tu devais la quitter, Eden ! Je ne sais pas à quoi tu joues mais je tiens à te prévenir que tu perdras !

— Je ne veux plus écouter tes conneries !

Il réduit l'espace entre nous.

— Tu préfères que le monde entier voie la chatte de ta copine plutôt que de m'obéir ?

Je parviens à reculer et lui crache au visage.

— Oui.

Il ricane.

— Tu es tellement conne.

Il paraît presque déçu, je suis à deux doigts de crier et il le comprend vite, alors une de ses mains se plaque sur mes lèvres.

— Je peux faire bien plus que balancer une simple vidéo. Ne cherche pas à jouer avec moi. Je gagne toujours, beauté.

Il susurre presque tant ses lèvres sont pincées.

— Tu as choisi ton camp. Je n'aurai plus aucune pitié.

Je tortille mon poignet, qu'il tient toujours, et crie dans sa main en même temps. C'est peine perdue, le son est étouffé.

Je l'observe redresser vivement la tête, il regarde quelque chose derrière moi. Je ne peux pas voir quoi mais ça vient de l'escalier.

— Dis-moi, Eden, tu ne saurais pas où est mon mascara, par hasard ?

Emma.

En moins de temps qu'il n'en faut pour respirer, deux mains se posent sur mes joues, relâchant mon poignet qui retombe mollement sur le torse de mon agresseur. Je me sens pressée contre le lavabo et une bouche se colle à la mienne.

Non !

Des lèvres que je ne souhaite pas embrasser effleurent les miennes dans un baiser atroce. Plein de colère. Je les serre tandis qu'il essaie d'insérer sa langue en caressant ma joue. J'entends quelque chose tomber par terre avec fracas, puis une plainte douloureuse.

— Eden ?!

17

La pression sur mon corps se relâche et je peux enfin tourner la tête. Derrière moi, Emma se tient, bouche bée, sa trousse de toilette au sol, le contenu éparpillé. Ses yeux brillent déjà. Je tente de reculer pour m'éloigner de Swan, mais il retient toujours mon poignet et son autre main a glissé au creux de mes reins. Notre position est très suggestive. Je suis horrifiée par ce qui est en train de se passer, j'ai l'impression d'être spectatrice de la scène.

— Emma, tenté-je. C'est pas du tout ce que tu crois.

Je reprends contenance et retrouve toute ma rage. Bordel, il est en train de détruire mon couple ! La douleur dans les yeux de ma copine est insupportable, je sens qu'elle bout tandis que je me débats enfin pour me dégager de cette étreinte. Swan, lui, affiche un air faussement désolé.

Je me précipite vers Emma et pose mes deux mains sur ses épaules mais, comme je le redoutais, elle se dégage beaucoup trop brusquement. C'est douloureux, et bien trop injuste ; c'est un coup monté !

— Ne me touche pas ! hurle-t-elle.

Ça y est, l'hystérie a pris le pas, ça va être plus difficile de me justifier, mais comme je la comprends… À sa place, je nous aurais tués tous les deux.

— Emma, je te promets que c'est pas du tout ce que tu crois !

Je tente de lui prendre la main mais elle s'éloigne toujours plus de moi.

— Ah ouais ! Je pense surtout que c'était très clair ! T'es une belle garce.

Ses yeux luisent de souffrance et j'aimerais lui dire mille choses, mille vérités, mais tout s'embrouille.

— C'est lui qui m'a embrassée ! Je n'étais en aucun cas consentante !

Elle ricane en essuyant une larme sur sa joue.

— S'il te plaît, Emma, tu crois quand même pas que je pourrais embrasser un gars comme lui !

J'entends Swan grogner derrière moi, mais je l'ignore, ce n'est vraiment pas ma priorité !

— Si, justement si !

Emma semble devenir folle, je peux presque voir ses yeux virer au rouge.

— J'ai été tellement bête, tout est clair pourtant.

Je hausse un sourcil, ne comprenant pas.

— Emma, chérie. Montons, tu sais que je t'aime et que c'est ce gars qui nous cause des problèmes depuis le début…

— Je ne trouve pas ça juste, intervient Swan en bon acteur. Il faut arrêter de lui mentir, Eden. On ne peut plus faire semblant, c'est trop facile de tout mettre sur mon dos.

Il vient de lâcher un mensonge qui a des conséquences horribles sur ma copine. Pas juste ? Il se fout ouvertement de ma gueule. Il tue mon couple et cherche à gâcher ma vie. J'aurais aimé qu'il crève en prison. Ces pensées me blessent mais elles sont vraies.

— Ta gueule ! crie Emma.

Peut-être qu'elle va revenir à la raison et m'écouter.

— Emma, vraiment n'écoute pas ce qu'il…

— Toi aussi ferme-la, Eden !

Elle me mitraille de ses jolis prunelles. Je ne sais pas du tout comment m'en sortir. Emma est très jalouse, ça n'aide pas… Je sens mon cœur se briser à chacun de ses cris et mes yeux me piquent.

— Je suis trop conne, c'était tellement évident !

Ses longs doigts viennent s'enfoncer dans ses cheveux.

— Depuis qu'on est ici, tu m'évites, il y a tout le temps des histoires entre vous, vous vous cherchez tout le temps ! Tu n'es plus la même avec moi !

Tout est contre moi, mais si seulement elle savait à quel point elle a tort ! Que nous ne partageons pas une jolie histoire d'amour mais un terrible passé. Je dois lui dire même si je m'en sens incapable. Il faut que je le lui dise pour ne pas la perdre. Même si je suis sûre qu'elle prendrait ses jambes à son cou.

— Emma, tu délires. Je te promets c'est pas du tout ça, tu es à côté de la plaque.

Je parviens à poser une main sur sa joue mais aussitôt elle vient la retirer et ses doigts serrent les miens trop fort.

Je geins, elle me fait mal, mais c'est mérité, je suppose. S'il n'y avait pas eu de mensonges entre nous, nous n'en serions pas là. C'est ma punition.

— À côté de la plaque ? Oh que oui, je l'étais avec toi ! En m'inventant un avenir avec toi ! En pensant que tu m'aimais comme je t'aime ! Putain !

Ses mots me transpercent comme des lances acérées. Elle me lâche finalement pour essuyer son visage dégoulinant. Je pleure moi aussi car je vois l'amour de ma vie douter de moi, partir loin de moi. Je ne le supporte pas.

— C'est quoi, tous ces cris ?

Mon regard se porte sur une Adèle encore tout endormie sur la dernière marche des escaliers. Ses yeux s'arrondissent quand elle découvre le visage anéanti de ma copine, si je peux encore l'appeler comme ça. Elle panique.

— Qu'est-ce qu'il se passe ?

Emma relève le menton en ravalant sa douleur, les joues inondées.

— C'est fini entre Eden et moi.

Elle me dit ça droit dans les yeux et je m'effondre, un sanglot m'échappe.

— Non ! Tu n'as pas le droit !

Ces cris viennent du cœur, mais elle reste impitoyable. Dure. Figée.

— Comme toi d'embrasser Swan, mais tu vois je le fais, je te quitte.

Son regard change et je reconnais la Emma que nous détestions avec Thomas au début du lycée. Une sacrée garce.

— Quoi ?! atterrit Adèle. Elle a quoi ?

— Je les ai surpris en train de s'embrasser, explique ma copine.

Adèle se décompose.

— C'est pas vrai ?

— Adèle, intervient Swan après tout ce temps de silence. Ça ne va plus entre nous… Tu le sais…

L'enfoiré, il tente de se dédouaner. En même temps, c'est facile quand on n'a pas de sentiments.

— Je suis tombé amoureux d'Eden.

Cette phrase me fait péter un plomb. Elle me met en transe, me jette dans une colère extrême. Alors je m'en prends à lui, la cause de tous mes malheurs.

Je me jette sur lui, le prenant par surprise. Je lui frappe le torse, mais tout est confus et je crois bien que ma main atteint sa joue. C'est la panique. Je sens juste au bout d'un moment que je suis soulevée et tirée en arrière. Je me débats en pleurant.

— Je te hais !

Le corps qui me porte n'est pas assez fort alors je retombe lourdement. Ma vision devient un peu plus nette tandis que ma poitrine s'agite rapidement. Beaucoup trop, tout comme mon cœur.

— Partez. Tous les deux.

C'est Adèle qui m'a portée, elle est derrière moi. Contrairement à Emma, elle ne montre pas ses sentiments, mais je sais qu'elle est blessée et déçue. Sa mâchoire est serrée et une mèche de cheveux lui retombe sur les yeux. Swan se frotte la joue. Il a mal, et tant mieux.

— Prenez vos affaires et barrez-vous, ça suffit. Ça a trop duré.

Je me tourne vers Emma, qui paraît si petite dans son coin, ses bras entourant son petit corps soulevé par des hoquets. Elle intercepte mon regard et me brusque :

— T'es sourde ou quoi ? Casse-toi.

Sa voix se brise dans un sanglot.

— Je ne partirai pas avec lui.

— Alors prends le train !

Emma est rouge et je suis sûre qu'elle meurt d'envie de m'étrangler.

— La gare la plus proche est à plus de trente kilomètres.

Elle s'apprête à répliquer mais elle est coupée par Loïc, qui déboule. Son attitude contraste vraiment avec les acteurs de cette tragédie quand il lance sur un ton léger :

— Mec, t'as un pneu de ta moto crevé.

C'en est trop pour Emma, elle s'enfuit vers les escaliers. Elle s'enfuit parce qu'elle comprend que je vais devoir rester le temps que la moto de Swan soit réparée car j'ai besoin de lui pour rentrer. Partir loin d'elle.

Adèle secoue la tête avec une mine de dégoût. Moi, je ne sais plus quoi dire, quoi faire, quoi penser. Je suis totalement dépassée. Addie rejoint Emma à l'étage, sans doute pour la consoler si c'est possible.

— Bah, qu'est-ce qu'il se passe ici ? interroge Thomas, qui vient à peine d'arriver.

Mon corps est parcouru de spasmes. Emma m'abandonne pour rien du tout, pour un quiproquo, pour un connard. Les sanglots me submergent, je ne suis qu'une loque. Un tas de pleurs. Il faut que je prenne l'air avant de commettre un meurtre moi aussi. Ma vision est brouillée si bien que je bouscule tout le monde pour atteindre l'extérieur. Je suffoque et l'air a beaucoup de mal à entrer dans mes poumons.

Emma et moi, c'est fini.

18

Je ne sais pas combien de temps je suis restée là, dans ce bois, à hurler ma douleur et à ressasser des idées noires. À me casser la voix, à me briser le cœur avec pour seul écho ma peine résonnant sur les troncs massifs des arbres. Heureusement que les voisins ne sont pas nombreux par ici. Je ne sais pas combien de temps j'ai mis à me calmer, à me remettre les idées en place, à élaborer un plan, à me raisonner. Mais une chose est sûre, quand je suis rentrée, la voix éraillée et les yeux bouffis, le regard de Thomas m'a tout de suite fait comprendre qu'on l'avait mis au courant de tout et qu'il m'en voulait profondément.

Je n'ai pas la force de l'affronter, je n'ai qu'une seule obsession : tout raconter à Emma. Tout dans les moindres détails, les plus noirs de ma vie. Tout réparer. J'ai trop mal. Je ne pensais pas que ça se finirait comme ça, et pour cause, ça ne peut pas se terminer.

Un pied sur une marche, bien déterminée, je suis pourtant arrêtée.

— Je te conseille de la laisser tranquille.

Je me retourne lentement, les yeux fatigués. Thomas me toise méchamment.

— Ne me regarde pas comme ça, Thom'.

— Comme quoi ?

Il paraît las. Loïc, à ses côtés, nous regarde tour à tour, blasé.

— Comme si j'étais la pire garce du siècle.

Il se met à ricaner doucement.

— Je t'aime et tu le sais, mais là c'est trop. Je ne te connaissais pas comme ça et je suis déçu. Et Dieu seul sait que j'ai vu pas mal de tes facettes.

Un autre poignard vient se loger dans mon cœur. Droit dans le mille. Mes fissures s'agrandissent un peu plus. Après ma copine, c'est mon meilleur ami qui me tourne le dos.

— C'est vraiment nul, on était là pour toi. Emma avait tout organisé. T'as tout fichu en l'air, et pour quoi ? Pour un connard de punk ?

Je sens qu'il s'énerve et je frissonne. Je suis à deux doigts de pleurer, encore. Mes forces m'abandonnent.

— On va finir ces vacances sans toi, sans vous. Dès que Swan aura trouvé une nouvelle roue pour sa moto, vous dégagez.

Ma lèvre se met à trembler tandis que je replace une mèche de mes cheveux derrière mon oreille.

— Non, je ne laisse pas Emma comme ça !

— Bien sûr que si, Eden. Arrête de faire de la merde. T'avais tout pour être heureuse, alors à quoi tu joues ? Emma a raison, depuis le début c'est le cirque avec ce mec. Laisse-la tranquille, tu ne la mérites pas.

C'est assez ironique comme situation vu que Thomas ne pouvait pas encadrer Emma par le passé et que maintenant il la défend bec et ongles sans chercher à me comprendre ni à m'écouter. Peut-être que j'ai trop usé sa confiance en moi. Il est vrai qu'Emma est tellement plus douce avec lui que je ne le suis, tellement plus facile à vivre.

— Pourquoi tu es aussi méchant ? le questionné-je fébrilement.

Il se pince l'arête du nez et je suis heureuse de surprendre de la tristesse dans ses yeux. Je suis sa meilleure amie quand même.

— Parce que je ne peux pas te défendre sur ce coup-là, je peux juste te remettre à ta place. Tu as détruit ta copine et ta meilleure amie. Tu ne mérites plus mon respect. Vraiment, Eden, tu nous as tous déçus et tu as tout foutu en l'air. Tu détruis tous les gens qui sont là pour toi !

Cette phrase me cloue sur place et surpasse toutes ses méchancetés précédentes. Elle fait rouler les larmes sur mes joues. Je peux sentir le sang battre dans mes tempes. Il a raison, je ne suis peut-être pas coupable pour ce baiser avec mon ex mais il a raison. J'ai détruit Swan alors qu'il m'a sauvée. J'ai détruit Emma en lui cachant la vérité sur moi. J'ai détruit Adèle en ne la protégeant pas de ce monstre.

— Emma… Il faut que je la voie.

Elle est mon ancre, je vais perdre pied, céder aux voix dans ma tête.

— C'est fini, Eden.

Cette voix si douce et si brutale à la fois provient de juste au-dessus. Emma descend les escaliers, accompagnée d'Adèle. Elles sentent fort le parfum et pour cause, elles sont splendides. Emma a les cheveux lâchés. Ils encadrent joliment son visage rehaussé par une bouche rouge à souhait. Ses yeux sont mis en valeur par ses longs cils et son corps est vêtu d'une robe jaune légère. Elle est à tomber. Une vraie beauté, une déesse. Adèle l'est tout autant, dans son style plus rock, en combinaison noire.

Emma a la tête haute et je sais que c'est parce qu'elle souffre. Elle a retrouvé son regard de garce et j'ai bien peur de l'avoir perdue à tout jamais. J'ai l'impression de mourir sur place. J'aimerais la toucher, d'ailleurs c'est ce que je tente de faire mais elle me repousse bien vite avec une moue triste.

— Il faut qu'on se parle. Laisse-moi t'expliquer.

Elle secoue vivement la tête, ce qui a le don de lui donner un côté sauvage.

— C'est trop tard. Je t'ai prévenue dès le début de notre couple. Je ne pardonne pas la tromperie. Je ne ferai pas cette erreur deux fois. Laisse-moi, Eden, et bonne continuation.

C'est à cet instant que je meurs. Que mon cerveau se déconnecte, je ne peux plus répondre, plus penser.

— On sort, avec Addie. On a bien besoin de se vider la tête.

Elle me lance un regard en biais qui veut tout dire. J'attrape son poignet à la volée.

— Ça suffit ! Je ne vais pas te laisser me détester pour quelque chose dont je ne suis pas coupable !

Ma vue est brouillée mais je sais qu'elle me prend de haut et elle assène avec une voix brisée :

— C'est ta bouche qui était sur la sienne et Dieu seul sait où elle est allée traîner aussi ! Arrête de me prendre pour une conne, tu m'as trompée !

Elle se libère brusquement, si bien que je manque de tomber.

— On ne peut pas vous pardonner, lâche tristement Addie.

Je sanglote tandis que j'ai envie de me jeter à leur cou. J'ai tellement besoin d'elles dans ma vie et, même si la fac va nous faire évoluer dans des directions opposées, je veux les garder près de moi.

— OK, soupire Thomas, nous, on va rester ici.

Elles passent à côté de moi sans un regard de plus et sortent. Une pointe de jalousie se glisse dans mon être. Je devrais être près d'Emma, ma main dans la sienne. Je devrais me noyer dans son rire et dans ses paroles beaucoup trop rapides. Me baigner dans sa bonne humeur. Au lieu de ça, je l'ai fait pleurer. Je vais tuer Swan. Je le jure.

Une violente migraine saisit ma tête, je vais m'effondrer. Mais seule. Mes pas tremblants me portent à peine jusqu'à ma chambre. Je me jette sur le lit, les draps sentent Emma. Je les hume profondément en fermant les yeux. Je crois que c'est comme ça que je me suis endormie. Que j'ai lâché prise, que je me suis abandonnée aux ténèbres.

Jusqu'à ce que l'objet de mes cauchemars revienne me tourmenter…

19

— Princesse, il est temps de se réveiller.

Une main se balade sur ma joue, des doigts dans mes cheveux, un souffle sur mes lèvres. Je crois d'abord que c'est Emma, c'est pourquoi un léger sourire étire mes lèvres. Puis je me souviens bien vite qu'Emma n'est pas un garçon, que sa voix n'est pas aussi rauque que le rugissement d'un ours.

Alors je me réveille en sursaut. Si vite que ma tête se met à tourner. Elle commence à en avoir marre de se faire malmener. Mon corps n'est pas habitué à tant de souffrance.

Une vision d'horreur se dessine. L'individu qui est venu troubler mon sommeil n'est autre que Swan, un éternel sourire sur le visage. Comme si rien ne s'était passé, comme s'il n'avait pas perdu sa copine lui aussi.

Je m'éloigne autant que je le peux dans ce lit pas si grand et ça le fait bien rire.

— Casse-toi d'ici.

Je n'ai plus la force d'observer une quelconque politesse. Ma rage est à son maximum. Il ricane légèrement en dégageant son front de sa tignasse.

— On doit parler.

Je me dresse sur mes pieds, qui tremblent et peinent à me porter. Je vacille mais retrouve vite mon aplomb. Après le chagrin, je dois extérioriser ma colère. Je contourne le lit rapidement pour m'enfuir loin de ce démon.

— Pas question. Je dois voir Emma.

Une main s'abat sur mon poignet et me tire fermement.

— Ils ne sont pas là. Ils sont partis.

— Tous ? Où ça ?

Mes yeux sont grands ouverts, mais quelle heure est-il ?

— Dans un bar en ville pour nous oublier, je pense.

Il m'offre un clin d'œil ignoble.

— Quelle heure est-il ?

— 19 heures.

19 heures ?!

J'ai dormi tout ce temps ? Pourquoi j'ai l'impression d'être toujours autant à plat ? Je suis déboussolée par cette information, mais mon premier réflexe est de secouer vivement mon bras.

— Lâche-moi immédiatement.

Pour me narguer, il resserre sa prise. Je redouble d'efforts et j'essaie de le pousser, ça le fait rire comme d'habitude. Il est détraqué.

— Putain, mais lâche moi !

Son autre main tente d'attraper mon autre poignet mais je lui saute dessus.

— Je vais te tuer !

Il a beaucoup plus de force que moi, il n'a donc aucun mal à se protéger des coups que je tente de lui donner. Mes ongles sont sortis comme les griffes d'un chat et je les agite près de son visage. Mes mains se ferment et forment de puissants poings. J'atteins son épaule et rien d'autre. J'enrage encore plus.

— T'es super excitante quand tu t'énerves. Une tigresse, c'est ça que je veux.

Je percute son menton avec fracas et là il ne rigole plus du tout. Ses deux mains sont fixées sur mes bras et il me soulève tellement que je ne touche presque plus le sol.

— Calme-toi !

Je ne l'écoute pas, je ne l'écoute plus. Pour moi, ce ne sont que des mots sans signification. Je lutte encore et cette fois avec les jambes. Mes pieds martèlent ses tibias. Durs comme du roc. Il n'a pas l'air de sentir grand-chose, je tente alors d'atteindre plus haut son point faible. En vain. Il semble agacé, alors il me secoue.

— Tu vas te calmer, oui !

Je lui lance un regard de haine, dont, je suis sûre, Satan serait jaloux. Mes dents se serrent et ses paroles ont l'effet inverse. Même si mes bras sont maintenus, je tente de l'étrangler. C'est peine perdue mais je me tue à la tâche. Mes bras sont trop courts et lui se recule légèrement. Il jure quand mon ongle le griffe violemment au cou.

— Putain.

C'est une furie lui aussi, son regard est noir et je peux sentir ses pulsions meurtrières. Il semble perdre pied et je me sens propulsée. Heureusement, mon corps atterrit mollement sur le lit. Mon souffle est tout de même coupé et il me faut un temps pour reprendre mes esprits. Grave erreur, j'ai perdu de précieux instants. En une fraction de seconde, son corps surplombe le mien et il ramène mes bras au-dessus de ma tête. Il est tellement grand qu'il peut faire ça tout en maintenant son corps à cheval sur moi. Je suis prise au piège. Mais je garde espoir.

J'ai perdu Emma à cause de lui, mon innocence aussi. Il est la personne que je déteste le plus au monde.

Quitte à jouer le tout pour le tout, je tente le coup de boule, mais me redresser est assez difficile et, comme lors de mes précédentes tentatives, j'échoue. Il ricane même. Ça le fait rire de voir que j'essaie de garder un minimum de dignité.

— Tu vas t'épuiser pour rien.

— Je m'en balance.

Son regard se promène sur mon visage presque fier.

— Tu es prête à m'écouter maintenant ?

— Surtout pas. Lâche-moi ou j'appelle la police.

Son corps est agité d'un fou rire.

— Et comment ? Tu ne peux pas bouger et je suis sûr qu'ils seraient ravis de boucler une criminelle pour meurtre. N'oublie pas le petit flacon.

Il ajoute cela tout près de mon oreille. Il se permet même de déposer un baiser sur ma joue. Je tente de mordre férocement le premier bout de peau qui passe par là. Quoi que je fasse, il a toujours une longueur d'avance sur moi, je fais un pas, il en fait quatre. Il a tout calculé, toutes les options possibles. Je perds toute contenance et hurle :

— Espèce de malade, relâche-moi ! Ça te suffit pas, de gâcher ma vie ?

Il me fait son plus grand sourire.

— C'est le but, je suis assez satisfait pour l'instant. Mais le meilleur reste à venir.

Je commence à avoir mal aux poignets. Je suis sûre que des marques vont se former. Ma gorge me brûle d'avoir trop hurlé aujourd'hui. Mes yeux me piquent et ne peuvent plus pleurer. Il n'y a plus de larmes dans mon corps. Je suis vide.

— T'es malade…

Je craque et je sanglote presque. Il libère une de ses mains en attrapant mes deux poignets de l'autre. Ses doigts caressent ma joue tandis qu'il murmure un « chut » léger.

— Je sais, chérie, je sais. Tout ira mieux quand nous serons chez nous.

Je secoue la tête.

— Fous-moi la paix… Swan, je t'en prie, s'il te plaît. Laisse-moi tranquille. Reste en dehors de ma vie.

Ses doigts viennent serrer mon menton et il me force à le regarder.

— J'ai toujours été dans ta vie, bébé. C'est comme ça. On est faits pour être ensemble.

Il tente de m'embrasser mais je tourne vivement la tête, ses lèvres rencontrent ma joue, qu'il ne se prive pas d'embrasser.

— Demain, tout sera réglé. Un ami à moi va venir te chercher et t'emmener dans mon empire. Le royaume va retrouver sa reine.

Ses lèvres frôlent mon lobe d'oreille.

— Mon plan est parfait.

Quand il plonge à nouveau ses yeux dans les miens, c'est à mon tour de rigoler.

— Tu crois réellement que je vais te suivre ? Mes amis ne veulent plus de moi par ta faute alors je vais rentrer chez moi et faire comme si tu n'existais pas. Parce que tu n'es rien pour moi.

Si je pouvais lui cracher à la figure, je le ferais, mais je n'en ai pas le temps car sa grosse main encercle mon cou assez fort pour que je suffoque.

— Oh que oui, tu vas venir ! Ce n'est pas toi qui décides. Tu n'as plus de libre arbitre. Tu n'es que mon vulgaire toutou. J'ai tellement de rancœur contre toi.

— Je préfère prendre… perpétuité que de… partir avec toi.

Ce ne sont que des bruits de gorge mais il comprend, ses traits sont déformés, on dirait une bête.

Sa main serre plus fort et ma vision commence presque à se troubler. Il a l'air prêt à me supprimer. Le pire c'est que je ne ressens aucune peur. Je suis juste lasse. Emma m'a quittée, quelle est ma raison de vivre désormais ? Quelle est l'énergie qui m'anime ? Mon rayon de soleil ?

Par chance, son téléphone sonne dans sa poche arrière. Il peste en libérant une de ses mains pour choper l'appareil.

— Quoi ? Ouais… Demain, j't'ai dit… Le matin… On verra sur place.

Il semble agacé par cet appel si bien qu'il relâche un peu son attention. J'en profite et je saisis l'occasion. À califourchon sur moi et en jogging, il représente une cible facile. J'arme mon poing et je frappe de toutes mes forces dans ses bijoux de famille. Ça a le mérite d'être efficace. Ça le coupe dans sa conversation et il pousse des cris de douleur. Atroce, on dirait qu'il est en train de mourir. Tant mieux. J'aimerais que ce soit le cas.

Je le repousse de toutes mes forces et il bascule en se tenant l'entrejambe. Même les plus grands psychopathes ont ce point faible.

Je ne demande pas mon reste et détale comme un lièvre. Je dérape dans le couloir et me rattrape de justesse. J'enfile comme je peux des baskets tout en guettant la silhouette de mon ex en haut. Il ne semble pas avoir repris des forces alors je me précipite dehors, avec une idée en tête : retrouver Emma, la forcer à m'écouter et me barrer d'ici.

J'emprunte la seule route possible et je cours à en perdre haleine. Mes pas résonnent sur le bitume aussi vite que mon cœur. Swan n'est plus le même, Emma n'est plus la même et je ne suis plus la même. Je suis déterminée à affronter mon passé. Enfin.

20

Je ne remercierai jamais assez les nouvelles technologies. Sans elles, j'aurais erré dans ces rues que je ne connais pas. Heureusement qu'Adèle est accro aux réseaux sociaux, ainsi je n'ai pas eu de mal à trouver leur position. Je ralentis mon allure et tente de calmer mon rythme cardiaque. Je suis essoufflée et je meurs de chaud. Je remonte en queue-de-cheval mes longs cheveux qui commencent à se coller à ma nuque.

Je passe une main sur mon visage et suis les indications de Google Maps en jetant régulièrement un œil derrière moi. À tout moment, je m'attends à voir Swan surgir de nulle part. Pourtant, mon coup l'a mis K.-O., c'est certain, mais je ne peux m'empêcher d'être effrayée.

Automatiquement, mes foulées s'allongent et je bouscule même un couple qui se balade main dans la main. Je bredouille un vague « pardon ». Je dois avoir l'air d'une folle. Heureusement que cette mini-ville n'est pas très active le soir. Un vrai paradis de retraités.

Je gagne enfin le lieu qui semble être le seul endroit animé de la ville. Une musique rock affreusement forte s'échappe lorsque je pousse la porte. L'ambiance est tamisée, si bien que je ne vois pas à trois pas. Mes oreilles se mettent aussitôt à bourdonner à cause de la musique que joue le groupe sur la scène. L'air est plus difficile à respirer ici et il fait extrêmement chaud. Ça renforce mon anxiété à tel point que je suis obligée de prendre une grande inspiration.

Seul point positif : il n'y a pas beaucoup de monde, donc trouver mes amis devrait être facile.

En effet, je distingue Loïc en premier, un verre en l'air, près de la scène où il acclame le groupe. Non loin de lui, assis à une petite table, Adèle et Thomas semblent discuter. Elle est penchée à son oreille et lui hoche la tête. Je ne vois pas Emma cependant. Je m'approche timidement en balayant la pièce des yeux pour chercher ma copine. Du moins, si je peux encore l'appeler comme ça. Mais où est-elle ?

Les deux bavards écarquillent les yeux en me voyant m'asseoir à leur table. Rapidement, Adèle prend un air contrarié en s'emparant d'un shooter. Elle renverse sa tête et vide le contenu dans sa gorge. Elle grimace tandis que Thomas demande :

— Qu'est-ce que tu fais là ?

Il est obligé de crier pour couvrir la musique.

— Je viens voir Emma, hurlé-je à mon tour.

Il soupire mais je remarque aussi qu'il n'a plus le même regard dur envers moi. Il est plus compatissant.

— Eden, je t'ai dit que…

— Elle est aux toilettes. Avec une copine, balance Adèle.

Elle me lance un regard vicieux ainsi qu'un sourire narquois. Ma bouche s'entrouvre tandis que mécaniquement je me lève. Adèle semble satisfaite et se réjouit en descendant un autre shooter.

— Rentre, Eden, me crie Thomas.

Je l'ignore totalement et disparais. Je déglutis en découvrant un panneau indiquant les toilettes.

Je me fraye un chemin avant d'emprunter un petit couloir rouge. Plus je m'éloigne et plus le son diminue. C'est plus supportable, ce ne sont plus que des bruits étouffés. Au bout du couloir, je reconnais les toilettes grâce aux portes taguées. Il n'y a pas la queue et celles des filles semblent vides. Je commence à me demander si Adèle ne m'a pas menti. Mais très vite, je perçois un petit rire que je connais par cœur. Et pour cause, j'en ai entendu toutes les teintes.

Je fais volte-face et mon regard se porte dans un petit recoin. Mes yeux s'accommodent à l'obscurité et je remarque deux silhouettes. Une contre le mur et l'autre collée à elle. C'est Emma qui est contre le mur, les bras autour du cou d'une nana tout en rouge. Des cheveux à la robe. Elle semble faire rire Emma, mais je discerne sa bouche bien trop près de ma copine. Je succombe à une jalousie atroce. Presque sauvage. Mes joues me brûlent alors que miss Red se penche.

— Hé !

Je les fais sursauter toutes les deux.

— Éloigne-toi, pouffiasse !

Elle paraît choquée puis rapidement très énervée. Emma est simplement étonnée. Eh oui, c'est moi, et je ne vais pas lâcher l'affaire.

— Mais tu te prends pour qui ?

L'inconnue me toise, les mains sur les hanches. Ah non, je commence à en avoir assez qu'on me regarde comme si j'étais une moins que rien !

— Sa copine, alors dégage.

— Ex ! s'empresse d'ajouter Emma.

La fille en rouge se met à rire à gorge déployée.

— Je crois que c'est à toi de te barrer. On n'a pas fini nos affaires.

Son ton devient salace et je perds le contrôle. Je la bouscule un peu trop fort, en transe. Avec ses talons, elle perd presque l'équilibre.

— T'es tarée !

Je dois avoir affaire à une teigne puisque, au lieu de déguerpir, elle revient à la charge et m'assène une violente gifle. Ma joue me brûle immédiatement, alors que ma tête est projetée sur le côté. Mes yeux se mettent à piquer.

Ça fait mal, merde. Je commence à en avoir marre de me faire brutaliser de tous les côtés. Je porte une main à ma joue, sonnée.

— Eden !

Emma se précipite vers moi, paniquée. J'entends la fille s'éloigner en grommelant, furieuse.

— Eden, ça va ?

Je masse ma joue silencieusement. Des petits doigts s'emparent de mon menton et me forcent à exposer la zone rougie.

— Putain, elle n'y est pas allée de main morte.

Du dos de la main, j'efface une larme qui s'est échappée contre ma volonté.

— T'aurais pas dû venir.

Son ton est doux. Parce qu'elle est comme ça, Emma, elle sait que se braquer ne servirait à rien.

— On doit parler.

Elle secoue la tête en laissant retomber sa main.

— S'il te plaît, laisse-moi t'oublier maintenant. Tu as fait une erreur, ça s'arrête là.

J'ai l'impression qu'elle parle à une enfant. Ses mots sont lents et elle a ses yeux dans les miens pour vérifier que je comprends bien.

— On est presque des adultes, hoqueté-je. On doit parler avant de se séparer.

Elle soupire.

— Pour dire quoi ? Eden, j'ai mal, OK ? Je souffre comme j'ai jamais souffert mais je ne peux pas te pardonner, alors ne me complique pas la tâche.

Son visage est marqué par la douleur.

— J'ai tellement de choses à te dire.

Elle rit jaune en secouant la tête.

— T'es têtue, c'est pas possible.

Je m'adosse au mur, mes jambes me paraissent si frêles et mon corps si lourd.

— S'il te plaît, la supplié-je.

Elle ferme un temps les yeux en inspirant profondément. Son rouge à lèvres n'est plus aussi vif et je me doute qu'elle a embrassé l'autre fille. On dirait une enfant. Elle a l'air si vulnérable. Elle se tord les mains, elle semble réfléchir.

— Tu promets de me laisser tranquille après ?

Cette phrase lui écorche la bouche et ça me blesse parce qu'elle m'aime tellement, et moi aussi je l'aime. Je ne veux pas que ça se finisse comme ça mais je me sens désemparée.

— Promis.

Je mens comme un arracheur de dents et je suis sûre qu'elle peut le remarquer. Elle ne fait aucun commentaire pourtant et hoche la tête.

— OK, rentrons.

21

— Si jamais tu me mens, je te jure que je fais demi-tour.

Emma me menace, les bras croisés sur la poitrine et ses pas foulant le bitume. Nous ne sommes plus très loin du chalet et heureusement car elle s'est refermée et ne cesse de me lancer des piques. Si la situation n'était pas critique, je l'aurais plantée là et je serais rentrée sans elle. Mais le contexte ne me le permet pas.

Je marche quelques mètres devant elle, sans vraiment lui répondre.

— On y est bientôt.

— Je suis pas aveugle.

Je soupire profondément.

— Emma, s'il te plaît, arrête de te braquer.

Ce que je vais lui révéler va nécessiter une grande compréhension de sa part et vu son état ça semble plus que jamais risqué. Je vais devenir folle avec toutes ces histoires, je n'arrive pas à croire que je vais faire ce que je m'apprête à faire. Après tous ces efforts pour tout enfouir, pour l'oublier. Toutes ces larmes, toutes ces cicatrices en cherchant à me pardonner.

— J'en ai parfaitement le droit.

Elle ne sait pas ce qui l'attend, pour elle c'est juste une tromperie banale suivie d'une rupture classique. Douloureuse mais classique. Elle ne s'attend pas à découvrir une histoire de dingue.

Je jette un œil par-dessus mon épaule avec un regard triste.

— Je te suis uniquement parce que notre histoire était importante pour moi et que tu es sans doute la personne que j'aime le plus. On ne va pas se remettre ensemble, j'espère que tu le comprends.

Oh oui, je ne sais pas combien de fois tu me l'as répété…

Mais je garde espoir, car mes raisons sont valables et peu communes.

— N'enfonce pas plus le clou, s'il te plaît.

Elle ne dit rien et serre un peu plus son corps avec ses bras. Comme si elle avait froid ou comme si elle tentait d'empêcher son cœur brisé de s'éclater sur le bitume.

Tout est ma faute.

Cette phrase ne me quitte pas alors que le paysage défile lentement sous un ciel rempli de couleurs. Du rose, de l'orange, du jaune, du bleu. Si on attribuait une couleur à chaque émotion, je pourrais aisément dire que ce ciel me représente.

Nous empruntons un chemin qui se rétrécit, et le béton laisse place aux gravillons. Puis c'est de l'herbe fraîche que nous foulons avant de grimper les marches du chalet.

Un détail me revient : quand je suis partie, j'ai abandonné Swan, courbé, hurlant de douleur. Aussi, je pousse prudemment la porte.

— Swan ?

S'il est ici, les choses vont s'avérer plus difficiles que prévu. J'espère qu'il a eu la bonne idée de me poursuivre en ville.

— Quoi ?! Il est là, cet enfoiré ? Tu m'as fait venir alors que…

— Non, regarde, ses chaussures ne sont plus là.

En effet, à l'emplacement des chaussures – car Thomas tient à ce que nous les enlevions –, les siennes n'y sont plus.

— Je ne sais pas à quoi tu joues mais…

— Suis-moi, on va en haut.

Elle soupire, exaspérée. Emma est quelqu'un de gentil, alors elle me suit sans faire d'histoires et nous gagnons notre chambre.

— Alors, je t'écoute : quelles sont tes dernières paroles ?

Elle s'assoit telle une princesse sur ce lit où il y a encore une journée nous nous témoignions tout notre amour. Elle croise les jambes et attend sagement. Ses yeux ne reflètent plus aucune méchanceté. Pour elle, nous sommes au point final et elle préfère être franche niveau sentiments. Laisser toute rancœur de côté. Elle est comme ça, Emma.

Je m'assois précautionneusement à côté d'elle en me tordant les doigts.

— OK, alors je ne veux pas que tu me coupes, s'il te plaît.

— Pas de problème.

Elle hoche la tête. Bien. Je prends une grande inspiration. Ça y est, c'est le moment. Le grand saut dans le vide. Les yeux fermés. Y aller rapidement comme pour retirer un pansement en priant pour qu'elle ne parte pas encore plus loin.

— Je n'ai pas consenti à ce baiser, il m'a…

— Eden, pas de mensonges, je t'en prie.

Je la fusille des yeux.

— Ne me coupe pas.

Je risque de perdre tout mon courage sinon. Elle se renfrogne avec une petite moue.

— Je n'arriverai pas à te croire.

— Il le faut, écoute-moi et essaie au moins, je t'apporterai les preuves après.

Je la vois serrer les dents et je continue :

— Ce baiser, c'est lui qui l'a provoqué. Jamais je ne l'aurais embrassé, premièrement, parce que je t'aime, Emma. Oh que oui, je t'aime, et c'est même fou tout cet amour que mon corps peut contenir…

— Ne dis pas des choses comme ça.

Elle tourne la tête avec un regard triste. Je décide de passer aux choses sérieuses pour éviter de remuer le couteau dans la plaie trop fraîche.

— Deuxièmement, je ne l'aurais pas embrassé car ce garçon est la réincarnation du diable.

Elle secoue la tête et je m'explique :

— Ce garçon ne m'est pas inconnu. Je le connais depuis longtemps.

Elle me regarde vivement en fronçant les sourcils.

— Adèle te l'avait déjà présenté et tu ne m'as rien dit !

Je saisis son poignet et me penche vers elle.

— Swan fait partie de tous mes souvenirs, aussi loin que je me rappelle.

Là, je l'ai perdue totalement. Il est vrai que je ne suis pas très claire. Je tourne autour du pot, l'information brûle mes lèvres mais je l'empêche de sortir. Je ne sais pas quel effet elle aura.

— Je comprends rien !

Je me masse la nuque et fonce en retenant mon souffle.

— Je connais Swan depuis mon enfance. Nous avons grandi ensemble et il est devenu mon premier amour.

La bombe est lâchée, je me permets de respirer de nouveau en attendant la réponse d'Emma. Comme je m'y attendais, elle se met à rigoler.

— Qu'est-ce que tu racontes ?

Elle ne se gêne pas pour me montrer à quel point mes propos paraissent ridicules.

— Emma, s'il te plaît, crois-moi. On a vécu une longue amourette d'enfant et...

Elle rit plus fort presque en se tenant le ventre.

— Mais tu ne sais plus quoi inventer, c'est dingue !

Je commence à être énervée et j'envisage de passer aux choses sérieuses beaucoup plus tôt que prévu.

— Tu ne me crois pas ?

Elle secoue la tête.

— Bien sûr que non, c'est aberrant ! T'es ridicule à inventer je ne sais quelle histoire pour te trouver des excuses.

J'encaisse. Je m'y attendais.

— OK, alors attends.

Je me redresse et j'attrape ma valise, qui traînait dans un coin de la pièce. Heureusement que Thomas m'a demandé de prendre mon disque dur riche en films. Dommage que nous n'en ayons regardé aucun. Je fouille parmi mes affaires et débusque mon petit boîtier noir avec son câble.

— Viens avec moi.

Elle résiste et je l'encourage d'un signe de tête. Ses rires ont cessé, désormais elle soupire encore et toujours.

Si j'ai bien écouté ce que Thomas m'a dit, la porte au fond du couloir, à côté des toilettes, donne accès au bureau. Je la pousse. Et normalement il y a un ordinateur parfaitement opérationnel.

Bingo. Mes mains tremblent lorsque je branche l'appareil et que j'allume l'ordinateur. Emma se tient derrière moi et ronchonne :

— Qu'est-ce que tu fais ? J'en ai marre que tu me prennes pour une imbécile.

Je tire la chaise du bureau et l'invite à s'asseoir. Elle jette un coup d'œil à la pièce assez épurée et s'exécute. Heureusement, l'ordinateur n'est pas vieux et j'accède rapidement à mon disque dur.

Plusieurs dossiers s'y trouvent : films, photos, documents, papiers. Et notamment un appelé « archives ». Il y a longtemps que je n'ai pas mis le nez dedans, et mon cœur se met automatiquement à tambouriner dans ma poitrine. J'ai peur de me retrouver face à ces nombreuses images.

Ma mère, amatrice de photographie, ne s'est pas gênée pour prendre d'innombrables clichés et aujourd'hui ils vont m'être d'une grande aide. Je clique sur le dossier et des centaines de photos apparaissent. Je sélectionne la première tandis que mes yeux s'humidifient.

Sur cette dernière, nous avions sept ans et c'était son anniversaire. Il trônait à côté d'un gros gâteau au chocolat, une dent manquante. Je suis juste à côté de lui, le regardant avec des yeux émerveillés.

— C'est toi, là.

Emma est penchée et regarde attentivement. Plus aucun sourire sur le visage.

— Et là, c'est Swan, ajouté-je.

Elle secoue la tête.

— Impossible, ils n'ont rien en commun.

Qu'est-ce qu'elle est butée ! Je soupire un « OK » en m'aventurant un peu plus dans le dossier pour trouver des photos plus récentes.

Je clique, et celle qui apparaît frappe mon cœur et cause un joli bleu à mon âme. Nous sommes plus grands, treize ans environ, c'est avant le drame. Je ressemble à celle que je suis aujourd'hui, mes cheveux sont un peu plus courts et je porte une frange, mais on me reconnaît facilement. Et Swan aussi. Même s'il est plus grand et beaucoup plus musclé, son visage reste le même. Avec des formes plus enfantines, mais c'est bien lui. La même coupe, ses cheveux lui retombant sur le front, les mêmes yeux noirs. Il a un air rieur comme d'habitude tandis qu'il me tient dans ses bras.

La pose est très suggestive, c'est nous qui l'avons prise, celle-là. Lui, une main sur mes reins et moi, pendue à son cou. Ma respiration est coupée, j'ai si mal. Nous nous aimions tellement, on n'oublie jamais son premier amour et surtout la douleur qu'il cause. Elle est toujours présente malgré tous mes efforts, malgré Emma. Tout me revient en pleine tête. C'est comme ouvrir une cicatrice avec une lame de rasoir.

— C'est impossible.

Je me rappelle soudain le but de tout ça, Emma a la bouche ouverte.

— C'est lui !

Elle paraît affolée.

— C'est impossible ! répète-t-elle.

Bingo, j'ai presque gagné. Je continue de faire défiler les images. À chaque photo de nous, complices, amoureux, j'observe le visage d'Emma changer du tout au tout. Quand j'arrive à la fin, elle est totalement déboussolée.

— Comment c'est possible ?

Je ferme le dossier pour éloigner ma douleur.

— Je te l'ai dit, nous avons grandi ensemble, je le connais très bien.

Elle se prend la tête entre les mains.

— C'est quoi cette histoire ? C'est du délire !

Je passe une main dans son dos.

— Tu savais qu'il sortait avec Addie et qu'il allait venir ici ?

Je secoue vivement la tête en m'asseyant sur le bureau.

— Non ! C'est pour ça que j'ai mal réagi, tu te rappelles ? Que j'ai vomi et tout…

Elle passe une main sur son visage.

— Oui, je m'en souviens très bien. Mais pourquoi je n'ai jamais entendu parler de lui ?

Elle se redresse et commence à faire les cent pas dans cette petite pièce en bois.

— Il est parti en pension et, à seize ans, il est allé en taule.

J'ai l'impression de lui avoir asséné un coup de massue.

— En prison ?!

Je hoche la tête.

— Pour trafic et consommation récurrente de drogue.

Elle retient un cri, une main sur sa bouche.

— Il était censé faire une année de plus, mais il est sorti pour bonne conduite, pourtant il est fou, Em'.

Elle s'arrache presque les cheveux.

— Il est taré, Emma, depuis qu'il est ici, il me menace. Il est là pour moi, il ne me lâche pas et j'ai peur !

Elle recule loin de moi.

— Toi aussi, tu trafiquais ?

Je fronce les sourcils.

— Quoi ? Non ! Jamais ! Il est toujours amoureux de moi et veut me récupérer.

Son visage est ravagé, ses yeux sont perdus dans le vide et ses cheveux sont en bataille.

— C'est du délire, répète-t-elle, je peux pas le croire.

C'est le moment de sortir mon dernier atout. L'as dans ma manche, ma dernière carte. Elle sera forcée de me croire. La vérité sera révélée, finis tous ces mensonges.

Ma main attrape tant bien que mal mon téléphone dans la poche arrière de mon short. Swan a peut-être une vidéo de nous mais moi aussi j'ai un enregistrement. Il m'a énormément sous-estimée.

— L'autre jour, quand nous avons annoncé que nous allions habiter ensemble, il a très mal réagi et j'ai essayé de lui parler dans la salle de bains. J'ai enregistré la conversation.

Emma me fixe, j'ai l'impression de l'avoir projetée dans un autre monde, dans un monde où elle ne contrôle plus rien. Elle me regarde appuyer sur le bouton « play » avec mon index tremblant. La touche finale, la dernière balle du barillet. Nos voix s'élèvent dans ce bureau…

22

« **T***oi… Et Emma… À quoi tu joues ? (…) Tu n'es pas gouine, Eden. Tu veux seulement me provoquer.*

— Le monde ne tourne pas autour de toi !

— Le tien si, et il en sera ainsi pour encore bien longtemps.

— Je ne t'aime plus !

— Tu vas quitter Emma, tu m'entends ? (…) Ne rigole pas. Je vais t'y obliger. (…) Je ne rigole pas, Eden. Tu vas la quitter, tu es à moi… Tu te souviens de votre petit moment de détente, hier ? La douche ? (…) J'ai tout vu, tout filmé. (…) *Ne me sous-estime pas, mon amour. Y a des caméras dans à peu près tout le chalet, je contrôle tout…* »

J'arrête l'enregistrement, c'en est trop, pour moi comme pour Emma, qui est dévastée. Elle pleure désormais, une main devant la bouche, doucement, faiblement.

— Il faut que tu me croies. Tu vois bien que je dis la vérité. Tu vois bien que ce mec est un malade.

Elle hoche la tête en hoquetant.

— C'est quoi, cette histoire de vidéo ?

Encore un problème de plus à justifier.

— Il ne va rien en faire. Du moins, je l'espère, la rassuré-je immédiatement. Comme tu l'as entendu, il voulait que je te quitte en me menaçant de balancer cette vidéo sur les réseaux…

— Oh mon Dieu…

Emma, entière comme elle est, se prend une vague de nouvelles et encaisse plus ou moins bien chaque révélation.

— Je t'ai choisie, Emma, jamais je ne t'aurais quittée et, quand je le lui ai dit, il m'a tendu un piège en m'embrassant pour que ce soit toi qui me quittes.

Ses pleurs redoublent d'intensité mais elle parvient tout de même à murmurer :

— Alors, pendant tout ce temps, il jouait un double jeu et te menaçait, te persécutait en privé. C'est pour cela qu'il y avait tant de problèmes entre vous, que vous étiez ensemble, toujours à faire des messes basses.

J'approuve d'un mouvement de tête.

— Si tu savais comme je me suis sentie désemparée…

— Pourquoi tu l'as fait revenir quand il est parti alors ? C'est toi qui as insisté !

Je ricane.

— Parce que si je ne le faisais pas, il allait faire du mal à Addie, il m'a menacée. Je suis son pantin, putain !

Cette révélation me heurte et je frappe le bureau du plat de la main. Ce qui me cause une violente douleur.

— Je ne gère plus rien, il peut tout détruire.

Un frisson me parcourt. Soudain, battre Swan paraît impossible. Je ne dois pas pleurer, pas encore, plus jamais. J'en ai ras le bol.

Contre toute attente, l'inespéré se produit. Emma, mon amour, se jette dans mes bras, m'emportant presque en arrière.

— Pourquoi tu ne m'en as pas parlé ? murmure-t-elle dans mon cou. Pourquoi avoir souffert toute seule ? Je suis là pour toi !

Pourquoi ? Parce que tu ne connais qu'une partie de l'histoire, Emma, parce qu'il y a des choses que tu ne dois jamais savoir, des choses sombres dont tu ne me soupçonnerais jamais capable. Une part sombre qui sommeille et que je peine à faire taire ces derniers temps.

— Je ne sais pas… mens-je. J'avais peur pour toi. Qu'il s'en prenne à toi.

Elle me serre un peu plus fort contre son cœur, joue contre joue, si bien que nous ne savons plus à qui appartiennent les larmes qui dégoulinent dans nos cous.

— Il faut prévenir les autres.

Je secoue la tête.

— C'est trop risqué, dis-je.

— Ce sont nos amis, Eden. Ce serait plus dangereux de ne rien dire. On ne peut pas faire comme si de rien n'était et on ne peut pas partir sans eux.

Je réfléchis rapidement, elle n'a pas tort. Bon sang, j'ai l'impression de ne plus rien contrôler et de n'avoir pensé à rien. Tous ces événements sont si confus, tout s'emmêle, mais je sais qu'elle a raison. Même si les risques de découvrir mon secret augmentent.

— Ils ne sont pas là, on va quand même pas aller…

— On va attendre demain. À la première heure, on leur explique et on coince ce fou.

Son attitude a changé, elle essuie presque rageusement ses larmes, elle a arrêté de pleurer et ses yeux sont plissés, signe qu'elle réfléchit à toute allure.

— Ça paraît si facile à dire… Et si les autres ne nous croient pas ? Et si ça n'arrêtait pas Swan ?

Elle hoche lentement la tête.

— C'est pour ça qu'on doit trouver un truc pour le balancer aux flics. L'enregistrement ne suffira pas, il n'y a pas d'image, on peut très bien croire que c'est un montage ou je ne sais quoi.

Elle s'agite tandis que je me glace.

— Aux flics ?

Elle n'a même pas pris la peine de m'écouter et s'éloigne déjà dans le couloir.

— Chercher de quoi renvoyer ce diable pourrir en enfer.

Je l'imagine déjà, si frêle mais pourtant si déterminée. J'imagine Swan au commissariat encore une fois, mais lui aussi peut me faire tomber.

— Comme ça, on sera sûres qu'il disparaîtra, insiste Emma.

— Non, bredouillé-je, on n'a qu'à… le faire chanter… le menacer…

— N'importe quoi. On n'est pas dans une série. Laisse-moi gérer. Non justement, j'aurais aimé que tu restes bien loin de tout ça.

— Non, Emma, on… Où tu vas ?

23

— Emma, l'appelé-je en la rejoignant.

Je la vois pousser la porte d'une chambre qui n'est pas la nôtre. C'est celle de son nouvel ennemi. Une boule d'angoisse est logée au creux de mon ventre, j'ai les joues en feu et je ressens une sensation de froid intense. Elle ne m'écoutera pas. Je sais que Swan n'est pas là, pourtant je ne me retiens pas de jeter un coup d'œil au rez-de-chaussée. Personne. Ça ne calme en rien ma nervosité.

Il faut que je trouve des arguments pour la sortir de cette chambre afin d'éviter qu'elle découvre quelque chose qui pourrait créer plus de soucis ou qui me relierait à une quelconque histoire du passé.

J'y entre à mon tour, presque tremblante. Emma est déjà à l'action et fouille les tiroirs du petit bureau tandis que je balaie la pièce des yeux. Elle est plutôt petite, comparée à la nôtre, et plus sombre. Des affaires jonchent le sol, c'est la pagaille et ça ne m'étonne pas vraiment.

— Je suis sûre qu'on va trouver quelque chose, c'est obligé.

— Pas forcément.

Il est méticuleux quand il s'agit de choses compromettantes. Trop même.

— L'armoire ! s'exclame Emma.

Elle fonce dessus et ouvre les portes. Elle est à deux doigts de se mettre en colère.

— Allez, un petit indice, même un tout petit.

Elle a devant elle les sacs à dos du couple, qui contiennent leurs affaires. Elle ne se préoccupe pas du violet au porte-clefs farfelu. Elle se précipite plutôt vers celui couleur nuit. Elle l'éventre en un tour de main et verse le contenu sur le sol. Rajoutant un peu plus de bazar. Des caleçons en tombent ainsi que des stylos et un paquet de chewing-gums. Emma fouille toutes les poches.

— Y a rien !

Elle s'énerve en secouant encore plus le sac.

— Pas étonnant…

— Attends !

Elle glisse sa main à l'intérieur avant d'afficher un sourire victorieux.

Il y a une ouverture dans la doublure de la poche.

Elle grimace en tentant de retirer sa main. J'entends le tissu craquer et Emma soupirer, vaincue.

— Un passeport…

Elle y jette tout de même un œil. Et apparemment ça vaut le détour puisque son expression change radicalement. Elle est livide.

— Eden, regarde.

Elle me le tend à bout de bras, presque tremblante. Mon cœur bat fort et ma vision est parsemée de petits points noirs dus au stress. Le petit carnet est déjà ouvert à la première page. Je parcours les informations inscrites dessus avant de me figer. Il y a, en effet, la photo de Swan. Avec une expression presque méchante. On dit souvent que sur les photos d'identité nous semblons sortir de prison, eh bien, il en est la preuve. Il a des cernes profonds sous les yeux, aucun sourire sur les lèvres, mais au contraire une expression de mécontentement. Les yeux fixés sur un point devant lui, comme s'ils lançaient un défi.

Mais ce n'est pas ça qui me perturbe le plus, qui bloque ma réflexion et met à mal ma compréhension. Ce sont les informations à côté. Si mon ex-petit ami s'appelle Swan Mayers, ici, il n'en est rien. À côté de « nom » et « prénom » figure « Eben Soccers ».

Mes yeux sont prêts à sortir de leurs orbites. Qu'est-ce que c'est que ce délire ? Ce n'est pas lui !

— Non ! Il y en a un autre.

Emma ressort en effet de sa cachette un autre petit carnet qui arbore le drapeau espagnol. Je le lui arrache presque des mains et l'ouvre férocement.

— Sandro Lopez Hernandez, lis-je à voix haute.

Ma voix ressemble presque à un son étouffé tellement ma gorge est serrée.

— Des faux passeports, en déduit Emma. Pourquoi ?

Je secoue la tête, sans cesser de passer en revue ces deux passeports. Je ne veux pas y croire. Ce mec pense vraiment à tout et j'ai même envie de rire tellement je ne suis pas étonnée d'avoir trouvé ça.

— Quel enfoiré ! juré-je.

De lointains souvenirs ressurgissent peu à peu comme des corps remonteraient à la surface d'un lac. Plus jeune, lors de cette fameuse nuit alors que nous n'étions que des enfants, pas encore des adolescents, Swan avait mentionné la fabrication de faux papiers, si jamais on commençait à être suspectés. Je pensais que ça n'existait que dans les films. Que, dans la vraie vie, personne ne faisait ça. Il faut croire que j'étais naïve mais aujourd'hui cela semble changer. Si ces papiers existent, c'est que cet ex-petit ami trempe dans des magouilles sordides.

Se pourrait-il qu'il… ? Non ! Impossible.

— C'est le genre de preuve qu'il nous fallait, c'est parfait.

Je ne l'écoute qu'à moitié, car un débat s'est ouvert en moi.

Il n'est plus celui que tu as connu.

Il est cruel, dévoué au mal. Il te l'a prouvé !

Les voix dans ma tête ne s'arrêtent pas et bientôt j'entends celle du juge qui a condamné Swan à la prison pour possession, vente et consommation de drogue. Ne me dites pas qu'il…

— On va les garder précieusement et demain on ira chez les flics.

Elle me les prend des mains et se redresse vivement, replaçant le reste du contenu du sac à l'intérieur avant de le remettre là où elle l'a trouvé.

— Non !

Je me lève et lui fais face. La police ne sera au courant de rien.

— On va le faire chanter.

C'est absurde, mais il faut qu'Emma croie que ça peut marcher, qu'il peut nous lâcher avec ces simples passeports.

— S'il possède ça, c'est que des affaires plus graves ont lieu ailleurs. Crois-moi, il ne voudra pas que ça s'ébruite, surtout avec mes parents avocats.

— Eden… Je ne pense pas…

— Fais-moi confiance.

Tu ne devrais pas… Elle devrait partir loin d'ici, elle devrait ne m'avoir jamais rencontrée. Je n'ai aucun plan en tête, j'espère juste qu'il bluffe, qu'il n'a rien en sa possession contre moi et qu'il repartira dans son trou à rat. J'en doute fort, énormément même, car je ne le connais que trop bien. Soudain, le futur me semble bien sombre.

Comment je vais pouvoir m'en sortir ? Je suis bloquée. *Réfléchis !* Peut-être que si je me dénonce à la police avant que lui ne le fasse, ma peine sera moins lourde ? Après tout, j'ai des circonstances atténuantes. Je ne peux plus fuir. Je me sens impuissante face à cet iceberg qui ressurgit de l'eau.

Emma, que j'avais presque oubliée, hoche la tête lentement.

— Je te fais confiance.

Il faut que j'arrive à parler à Swan, seul à seul. Encore une fois. Je suis épuisée.

— On va aller se coucher et, demain matin, on en parlera aux autres et on demandera des comptes à Swan.

On devrait me remettre un oscar pour parvenir à jouer aussi bien un double jeu. Je sais que je fonce dans un mur, mais je ne peux pas le contourner, je l'ai déjà trop fait.

Ma copine se mord la lèvre. Elle stresse. Cette situation est insupportable. Elle doit être triste que son cadeau tourne autant au vinaigre.

Je la prends dans mes bras.

— Ça va aller.

Elle secoue la tête.

— Je n'arrive pas à le croire, il nous a tous bernés.

Je frotte son dos avant de la presser.

— On va aller s'enfermer dans notre chambre en attendant demain.

Elle pose de grands yeux sur moi.

— Et les autres ?

Je soupire.

— Faut attendre demain. On va s'occuper de nous d'abord.

Elle me tend les passeports et je les glisse dans la poche de mon short. Elle prend ensuite ma main et nous repartons dans notre chambre.

Je me précipite pour fermer la porte à clef et, pour la première fois de la soirée, je m'autorise à souffler enfin. Du moins à prendre une autre inspiration.

La vision de ma copine en boule sur le matelas me brise le cœur. Je pourrais tuer ce démon d'infliger ça à Emma.

Je ne peux pas me confier à elle, lui dire à quel point j'ai peur, que tout part en vrille, que je ne contrôle plus rien. Je dois être forte pour deux. Alors je me glisse dans son dos, la serre aussi fort que je le peux et la berce. Contre mon cœur.

Elle pleure aussi, tard dans la nuit, alors qu'elle pense que je dors. Mais je l'entends, j'entends chacune de ses larmes résonner dans ce silence. J'ai l'impression de toucher l'enfer du bout du doigt.

24

Les flammes chatouillant mes orteils, des lances s'enfonçant lentement dans tout mon être, mon cerveau se tordant dans tous les sens. Ça a été la pire nuit de mon existence, si bien que je suis surprise de me réveiller saine et sauve. Mais ruisselante. Je passe une main sur mon front, puis dans mes cheveux.

Emma est en boule de l'autre côté du lit. Mon téléphone, par sa luminosité, crève l'obscurité de la pièce. Il n'est que 7 heures. Je suis tout de même étonnée d'avoir dormi autant. Je vais réveiller Emma et nous allons nous jeter dans le vide. Les passeports et l'enregistrement entre nos mains.

Mon plan à moi est de le mettre au pied du mur devant les autres et par la suite de lui poser un ultimatum.

Soit il part mener son business en nous oubliant, soit nous nous battons encore et je n'hésiterai pas à me dénoncer à la police pour le faire couler. Je prie pour qu'il soit assez intelligent et qu'il ne m'aime pas autant qu'il le prétend.

Ma main s'élève et se pose délicatement sur le bras de ma copine. Je la secoue très doucement. Elle a déjà été assez chamboulée comme ça. Elle ne bouge pas ni ne grogne. J'accélère mes mouvements, il faut dire qu'elle a vraiment un sommeil de plomb.

— Bébé… chuchoté-je à son oreille.

Je me permets même d'y déposer un baiser aussi tendre que de la barbe à papa.

— Réveille-toi.

Elle ne remue toujours pas. Je fronce les sourcils et parle plus fort.

— Emma. Plus vite on règle ça, plus vite on se tire loin d'ici.

Je réussis à la faire pivoter. Sa tête tombe mollement sur l'oreiller, ses cheveux entourant son visage comme une couronne dorée. Ses lèvres sont légèrement entrouvertes et ses paupières sont closes. Je presse sa main en répétant :

— Emma !

J'essaie de ne pas trop crier mais ça commence à me préoccuper. Je la secoue par les épaules mais cela ne produit aucun effet. Je panique, mon cœur s'emballe, ma respiration s'accélère et je commence presque à pleurer. Je jette un coup d'œil à son ventre, qui pourtant se lève et s'abaisse lentement. Pourquoi elle ne se réveille pas alors ?!

— S'il te plaît, réveille-toi !

Je me moque pas mal de faire du bruit désormais. Je la secoue maintenant comme un prunier.

— Ça ne sert à rien.

Dans la précipitation, je ne prête pas attention à la voix qui parle derrière moi et tente d'ouvrir les yeux de ma copine avec mes doigts.

— Tu vas juste lui faire mal.

Un petit rire s'ensuit et c'est là que je me retourne tellement vite que ma tête tourne. Une vision d'horreur s'offre à moi. Swan est là, appuyé contre le mur, les bras croisés, un rictus aux lèvres. Il est dans cette pièce, alors que j'avais fermé la porte hier soir. À double tour, j'en suis persuadée. Cet affreux sourire qui barre ses lèvres me heurte comme un javelot. Je pousse un cri en bondissant du lit.

— Qu'est-ce qu'elle a ?!

Il me réceptionne au vol tandis que je le frappe aussi fort que je peux. J'aimerais le battre jusqu'à étancher ma haine, jusqu'à ce que cette malice s'efface. Je cogne sa mâchoire, son torse, je griffe ses avant-bras tatoués. Il rit de plus belle, d'un rire affreux.

— Réponds, salaud !

Il me regarde de haut, avant de me projeter contre le mur d'un seul mouvement, comme si je ne pesais rien du tout. Vu sa corpulence, je suis surprise de ne pas me blesser en atterrissant. Je l'observe s'approcher du corps étendu de ma copine. Je le vois attraper son petit menton entre ses doigts et tourner sa tête dans tous les sens, comme s'il voulait s'assurer de quelque chose.

— Kétamine, en intraveineuse.

Intraveineuse, soit injection à l'aide d'une seringue au plus profond de ses veines.

— Elle va mourir ! paniqué-je.

Il se moque de moi.

— Non, elle est seulement profondément endormie, anesthésiée, tu vois, comme tous les gens de ce chalet sauf toi et moi.

Il se permet de passer une main dans les cheveux de ma copine et c'est le geste de trop. Chancelante, je me mets sur mes deux pieds et hurle :

— Enfoiré, pourquoi tu fais tout ça ?! Ne la touche pas.

Je lui ceinture la taille et tente de le repousser le plus loin possible d'Emma, si innocente. Je vois rouge, c'est comme si le démon en moi avait pris le dessus, je suis étonnée par ce flot de haine qui me traverse.

— Elle en sait trop, n'oublie pas, Eden, la maison est sur écoute. C'est fini, tu t'es bien battue mais j'ai gagné.

Je suis parvenue à l'éloigner du lit de quelques mètres, mais c'est tout. Je rassemble les faibles forces qui agitent mes bras pour le pousser loin de moi. Lui aussi se met en position de défense, il semble avoir perdu patience.

— Je me suis bien amusé à te regarder te débattre comme une poule face à un renard mais maintenant tu vas me suivre. J'ai beaucoup trop de choses contre toi !

Mes yeux le foudroient alors que le sang afflue dans mes tempes, j'en ai presque mal. Sa grosse voix se répercute sur tous les murs de la pièce si bien que mon cri paraît ridicule en comparaison.

— Moi aussi ! Un enregistrement ! Des passeports ! Des photos ! Tu ne vas pas t'en sortir comme ça !

Un éclair traverse son regard de ténèbres et il se jette sur moi, saisit mes épaules à me faire mal et me secoue.

— Tu es devenue complètement stupide ? Je peux ruiner ta vie, t'envoyer en prison, te faire devenir la risée de tout le monde avec votre sextape, je peux tuer toute ta famille et tous tes amis sans le moindre scrupule ! Tu n'en as pas déjà la preuve ?

Il désigne du bout du doigt le corps assoupi de ma copine.

— Pas si je me dénonce à la police et que je leur explique tout en leur montrant toutes les preuves contre toi.

Une de ses mains, celle où il y a un gros scorpion tatoué, glisse vers mon cou. Je l'ai déstabilisé, sans doute ne me pensait-il pas capable d'affronter mon passé, d'être courageuse. Eh bien si, s'il le faut. Il sert bien plus fort que les fois précédentes et je suis surprise de voir que mes pieds ne touchent presque plus le sol. Mes mains viennent encercler son poignet et tentent de le faire lâcher prise.

— Je vais… me… rendre, articulé-je péniblement. Je… vais me… rendre.

Une grimace de haine vient étirer ses lèvres tandis que le noir de ses yeux s'intensifie. Bientôt je manque d'air et ma vision se trouble, de petites taches apparaissent. Il va me tuer, c'est sûr, il va tous nous tuer, la pression qui s'intensifie me conforte dans cette idée.

Tout va s'arrêter, sans que personne sache l'entière vérité, ajoutant un meurtre de plus à la liste de Swan…

25

Je halète, je ne distingue plus Swan devant moi, des petits bruits sortent de ma bouche alors que je ne parviens plus à me débattre. J'aimerais regarder Emma une dernière fois mais même ça j'en suis incapable. Alors que je pensais passer l'arme à gauche, je me sens tomber violemment et heurter une surface dure qui me meurtrit les fesses.

L'air s'engouffre à nouveau dans mon œsophage, si rapidement que je respire fort ; mes doigts se portent à mon cou tandis que je tousse. Petit à petit, le flou cède du terrain et je peux distinguer les contours du monde qui m'entoure. Et particulièrement Swan, accroupi devant moi.

— Regarde-toi, tu es si faible, ma belle. Tu te vois en prison ? À subir les violences des autres femmes, les viols ? Tu es si belle… Elles ne feraient qu'une bouchée de toi.

Il secoue lentement la tête en me dévisageant. Je ne dois pas avoir peur. C'est ce qu'il y a de mieux à faire.

— Je vais aller… chez les flics…

Avec les forces qui me restent, j'étire mon bras pour essayer de ramper, je sais que je ne pourrai aller nulle part comme ça, mais je pourrai au moins trouver un téléphone. Pour toute réaction, Swan se redresse et n'a aucun scrupule à m'écraser le dos de la main avec sa botte. Je pousse un cri de douleur, rauque à cause de la strangulation.

— Tu veux aller chez les flics ? Très bien.

Il piétine un peu plus ma main, me faisant gémir, avant d'arrêter son supplice et de se diriger vite vers le lit.

Mes mouvements à moi sont plus lents, je me redresse sur les fesses et je le vois à genoux sur le lit, tenant dans ses bras le corps de ma copine. Il se tient derrière elle et la maintient bien droite, seule sa tête retombe mollement. Cette vision m'arrache presque un cri. Ainsi pantelante, on croirait qu'elle est morte. Ce qui vient pourtant me scier la gorge, m'empêchant de hurler ma douleur, c'est la petite lame qu'il brandit sous le cou d'Emma. Brillante et narquoise.

Regarde-moi, je suis là, tourne les yeux et je tranche, regarde-moi, tu ne contrôles plus rien.

Elle semble chuchoter, murmurer, me tourmenter avec ses mots.

— Swan !

C'est la seule chose que je parviens à crier. Alors que tout mon poids pèse sur mes poignets, je tente de me relever.

— Je vais la buter, tu m'entends ?

Il semble avoir perdu son sang-froid tant sa voix est caverneuse. Une goutte d'eau tombe sur le plancher devant moi. Je pleure. Encore.

— Non !

Je ne suis pas sûre qu'il m'ait entendue tant il semble en transe. Il redresse Emma dans ses bras et appuie un peu plus la lame sur sa peau dorée, là où d'ordinaire je la couvrais de baisers, d'amour.

— Tu vas venir avec moi, Eden, sinon je te jure que je la tue !

Je parviens à m'asseoir sur les genoux, une main devant moi, mes cheveux me collent aux joues à cause de mes pleurs.

— Laisse-la, Swan, s'il te plaît… tenté-je de le raisonner.

Je le vois serrer les dents et sa poigne se resserre en même temps. La lame fait un peu plus pression, elle a l'air affûtée.

— Swan ! rugis-je.

Il ne m'écoute pas.

— Tu vas venir ?

Je suis déstabilisée, pour la première fois, il semble être désemparé, juste une fraction de seconde.

— Non, Swan, tu vas partir de ton côté et tout s'arrêtera là…

J'ai à peine le temps de cligner des yeux qu'il relâche Emma avant d'exécuter des mouvements rapides et nets. Il s'empare de ses mains et tranche ses poignets.

— Non !

Mon cœur se brise et mon âme crie en voyant ses bras retomber, elle ne se réveille pas, elle ne se doute de rien. Je sanglote en me précipitant à son chevet. Des cris ne cessent de m'échapper tandis que je caresse son visage si paisible. Je le couvre de larmes.

Je tente d'attraper ses poignets pour y faire un point de compression comme on nous l'a appris au lycée mais je suis projetée en arrière.

Il m'éloigne encore d'elle. Je tombe du lit, je me fais mal mais peu importe, rien n'est comparable à la douleur de voir Emma dans cette situation.

Swan m'empêche d'approcher et brandit à nouveau la lame. Le sang coule sur les bras de ma copine, tachant les draps, tachant sa pureté. Elle souffre sans même le savoir.

— Elle va se vider de son sang !

Swan paraît presque amusé, il a un regard fou qui me provoque un haut-le-cœur.

— Connard, je vais te faire payer !

Je suis à bout de forces, autant mentalement que physiquement, ma bouche est pâteuse, mon esprit anéanti et mon visage inondé. Mes cris de douleur transpercent l'air car je n'ai pas pu la protéger.

— Je vais t'obliger à regarder et à compter chaque goutte de son sang. Je vais te laisser admirer la vie la quitter…

Il passe la lame sur les joues d'Emma sans y laisser de marques mais assez pour me faire trembler.

— Si tu ne viens pas avec moi, je les tuerai tous un par un, et ce souvenir te hantera toute ta vie.

Ses lèvres s'étirent en un large sourire tandis qu'il me fixe.

— Tu auras leur sang sur les mains, tout ça à cause de toi… Des innocents tués…

— Je viens avec toi !

J'ai crié tellement fort que ma tête tourne violemment et je sens le malaise approcher.

— Par pitié, arrête !

Mes mots sont à peine audibles avec tous ces sanglots qui s'échappent de mon corps.

— Je viens, répété-je en boucle en me balançant d'avant en arrière.

Mes mains sont serrées contre mon cœur tandis que je pleure ma haine impuissante. J'aimerais arracher à mains nues les lattes de ce parquet et partir loin d'ici. Abandonnant tout le monde derrière moi. Je n'en peux plus de me battre.

Une caresse dans mes cheveux, une main sur le sommet de mon crâne.

— Tu as fait le bon choix.

Il a dû se baisser puisque je sens son souffle sur ma joue, chaud et humide.

— Laisse-les, s'il te plaît.

— Si tu m'obéis, ça devrait pouvoir se faire.

Il ricane, IL RICANE. Ça me donne envie de vomir.

— Va la voir.

Je mets un temps à comprendre ce qu'il dit puis, comme un robot, je marche à quatre pattes pour grimper sur le lit près de mon amour. Ses lèvres rosées m'appellent comme toujours. Tout est ma faute. Je lui en veux d'être tombée amoureuse de moi, de cet être tout cassé portant d'innombrables secrets.

Je la serre contre moi tandis que son sang coule toujours. Il doit me tacher sans doute mais je m'en fiche. Le rouge est déjà la couleur de mes péchés. Le bleu est celle de mon âme tout abîmée. Je serre Emma en lui murmurant que je l'aime et que je suis désolée. Je la berce même en embrassant sa joue, la salissant de mes larmes coupables.

— Tu vas faire exactement ce que je te dis et je prendrai soin d'elle.

De mes yeux injectés de sang, je le fusille.

— Tu es incapable de prendre soin de qui que ce soit.

Ma voix est tellement éraillée que je ne la reconnais pas. Il s'avance lentement vers moi telle une panthère. Ses doigts attrapent mon menton et il susurre :

— Tu n'es pas en position de me provoquer. Lève-toi !

Il saisit mon épaule et me force à me mettre sur mes pieds qui ne me portent vraiment plus.

— Dans deux heures, ils se réveilleront tous. Je vais préparer tes affaires et toi, tu vas écrire une lettre.

— Une lettre ?

Il attrape ma valise et commence à l'ouvrir.

— Oui, expliquant à tes amis que tu es partie en avance découvrir ta future ville. Que tu as besoin d'être seule, de prendre du recul, etc. Que tu leur donneras des nouvelles prochainement mais qu'ils n'essaient pas de te joindre.

Je ne suis plus apte à comprendre ce qu'il me dit alors je ne pose aucune question mais il semble les deviner.

— Moi, je resterai là, histoire de leur montrer qu'on ne part pas ensemble. Je vais bien évidemment soigner ta chère et tendre et lui remettre les idées en place quant à son intention de me balancer.

Il fouille dans le placard et jette mes habits un à un dans la valise. Ses gestes sont rapides, contrastant avec mon immobilité.

— Tu partiras avec un ami à moi tandis que je me chargerai de transmettre tes adieux à tes amis et de vous rejoindre après. Bien sûr, je laisserai un gars à moi pour surveiller ta copine et la buter si elle ne suit pas les règles.

Il ferme la valise. Il fouille dans le petit bureau de notre chambre, déniche un vieux bout de papier et sort un stylo de son jean.

— Écris, m'ordonne-t-il.

26

Chers tous,

Je vais vous décevoir une fois de plus. Après tout, j'ai découvert que j'étais douée pour ça. Pardon, Emma, pardon, Adèle. Vous vous étiez donné tant de mal pour mon anniversaire… Je préfère partir plus tôt, m'isoler et prendre mes marques dans la ville de mes prochaines aventures. Faire le point sur moi-même, sur mes sentiments.

Je ne sais plus où j'en suis, ni même ce que je souhaite faire. Je ne pourrai jamais vous demander pardon. Je mets mon téléphone en off, je vous donnerai des nouvelles quand même, du moins si vous les acceptez.

Je vous aime tous fort, je vous demande pardon, mais il y a beaucoup trop de tensions dans le groupe, par ma faute. Pardon, Swan, de t'avoir embarqué aussi dans tout ça. J'ai prévenu mes parents, ne vous en faites pas. On se revoit vite. Je vous aime.

Ce sont les mots que pourront lire mes amis à leur réveil : cette lettre si fausse mais aux allures de vérité. Je n'en ai pensé aucun mot, c'est Swan qui m'a tout dicté. J'ai juste été sa main. Il me l'arrache des doigts et m'ordonne :

— Allez, tu y vas.

Il me pousse vers la porte mais je résiste avec l'énergie qui me reste.

— Je veux lui dire au revoir.

Par-dessus mon épaule, il observe le corps de ma petite amie que je vais quitter lâchement.

Non, tu vas la protéger ainsi, elle et les autres. Benji, papa et maman.

— Dépêche.

Il s'appuie contre l'encadrement de la porte.

— Sans toi, exigé-je.

Il souffle, exaspéré.

— J'aurais dû la tuer, putain.

Il grogne mais exauce ma prière. Je l'entends descendre les escaliers. Je chancelle mais parviens à me jeter sur le bureau. Comme Swan précédemment, je fouille les tiroirs et j'en sors un autre petit bout de papier. Je griffonne d'une écriture presque illisible :

« Fais tout ce que te dit Swan, je t'en prie. Ne dis rien aux autres ni à la police. Il m'emmène avec lui. Fais semblant de croire à ma lettre. Fais semblant de ne rien savoir. Il a engagé quelqu'un pour te tuer si jamais tu parles. Je t'aime, Emma, tout ira bien pour moi, je n'appellerai pas. Je trouverai un moyen de te joindre. Je t'aime, ne l'oublie pas. »

Je le plie, les doigts tremblants, en autant de morceaux que je peux, avant de le glisser dans une des mains de ma copine. Je referme ses doigts dessus avant de caresser lentement les bandages que lui a faits Swan. Il a tenu sa promesse, tout ira bien pour elle. Tout ira bien tant que je serai loin d'elle. J'espère de tout cœur qu'elle écoutera ce mot et que son caractère fougueux saura obtempérer.

Ma bouche se perd sur ses lèvres, les savourant une dernière fois. Je prends mon temps et j'en goûte tous les arômes. Elles sont un peu salées à cause de mes pleurs. J'admire son beau visage encadré par ses longs cheveux de soleil. On dirait Ophélie, la belle noyée d'Hamlet.

— On y va.

Cette voix autoritaire me fait grincer des dents. Mais je n'ai pas d'autre choix que d'obéir, du moins pour l'instant. Je n'ai plus aucune force mais il a tort de penser que je ne lutterai plus.

Pour l'instant, je fais ce qu'il me dit et j'abandonne l'amour de ma vie. Le cœur en pleurs.

Il m'attrape le bras et me fait presque dévaler les escaliers. En bas, dans ce salon autrefois chaleureux, gît Adèle, avachie sur Thomas. Eux aussi endormis par la kétamine. Impossible de les réveiller, impossible d'avoir de l'aide. Je ne peux me détacher de cette vision de mes deux amis, ceux en qui j'ai le plus confiance. Mes étincelles de vie.

— Dans un peu plus d'une heure, ils se réveilleront. Comateux, mais ils mettront ça sur le compte de l'alcool. Moi, j'irai voir Emma et elle leur dira qu'elle a tenté de se suicider après votre rupture, hier soir.

Il énumère tout ça comme si ça l'agaçait.

— Tu es un monstre.

— C'est blessant, sachant que je me donne tout ce mal seulement pour toi. Si tu avais coopéré dès le départ, ils ne seraient pas dans cet état.

Coopérer ? Ou pactiser avec le diable ? Je ne vois pas beaucoup de différences.

— Allez, avance.

Il me pousse d'un coup dans le dos. La porte d'entrée est ouverte, si bien que, dehors, je peux voir une grosse voiture noire, le moteur allumé.

Deux garçons sont adossés à elle. Un grand et assez costaud au teint mat, et un autre plus petit, brun aux yeux clairs.

— Sohëm, Noah, voici la fameuse Eden.

Ils m'adressent un signe de tête peu aimable.

— Voici Noah, celui qui sera chargé de surveiller ton ex et de l'abîmer s'il se passe quoi que ce soit.

Swan tape sur l'épaule du plus petit, qui lui sourit en retour.

— Et Sohëm, c'est celui qui est chargé de t'emmener chez nous.

— Enchanté, me nargue-t-il.

Ils sont au courant de tout. Absolument de tout. Je suis en lambeaux et pourtant j'évalue le terrain pour chercher à m'enfuir. Si je cours assez vite, je peux gagner la maison du pêcheur et peut-être prévenir la police.

— T'as son portable ?

Swan approuve face à la question du grand et tire de la poche de son jean mon mobile. Je remarque aussi que, sur ses multiples tatouages, du sang s'étale, ainsi que sur son tee-shirt gris. Il est atroce.

— Tu vas appeler tes parents, leur expliquer que tu pars et que tu as besoin de temps. Si tu tentes quoi que ce soit, mon amour, je te promets que je n'hésiterai pas à t'amocher et à faire pareil avec ta copine.

D'une main, il me tend le combiné et de l'autre il tient fermement son couteau. Comme pour me montrer qu'il est sérieux, il l'appuie sur mon ventre. Assez pour que j'aie mal mais pas assez pour me blesser. Je plante mes dents dans ma lèvre inférieure en tapant le numéro de mes parents. Je suis à deux doigts de m'écrouler.

— Allô ?

C'est une petite voix qui décroche après plusieurs sonneries. Un frisson me parcourt l'échine et je réprime un sanglot.

— Benji, mon grand…

— Oh, Eden ! Tu rentres bientôt ?

Un petit rire nerveux est presque tenté de me secouer.

— Bientôt, mon chat. Est-ce que papa ou maman est là ?

Il semble réfléchir un temps avant de conclure :

— Oui. Maman ! C'est Eden.

Je peux entendre ses petits pas courir sur le carrelage et je me rappelle avoir passé une bonne partie de mon temps à lui dire de ne pas marcher pieds nus.

— Eden ?

— Maman.

Un soupir douloureux s'échappe de mon corps.

— Ça va ? Tu as… une petite voix.

Je hoche la tête même si elle ne peut pas me voir.

— Oui, tout va… En fait, non.

Je gémis quand je sens le couteau de Swan appuyer un peu plus sur ma peau.

— Qu'est-ce qu'il se passe ? s'inquiète ma mère. Il t'est arrivé quelque chose ?

Je prends une seconde pour défier Swan du regard, il me suffirait d'une phrase pour que mes parents comprennent. Mais à quel prix ? Serait-il vraiment capable de me tuer, moi ?

— Non. Non, on s'est séparées avec Emma…

Je préfère ne pas jouer avec le feu.

— Quoi ?

— Oui, on n'arrêtait pas de se disputer et… C'est mieux ainsi.

Ma mère semble mal assimiler tout ce que je lui raconte, j'entends mon petit frère derrière demander avec sa voix de bébé ce qu'il se passe.

— Hmm, d'accord, c'est votre choix… Tu rentres, du coup ?

Je prends une grande inspiration tandis que Swan, d'un geste de la main, m'indique de ne pas traîner.

— Justement, non. Je vais aller passer un moment dans un petit hôtel à Montpellier. Pour quelques jours, histoire de souffler un peu…

— Déjà ? me coupe ma mère. Mais on avait prévu de venir t'aider à t'installer ! Et puis, comment tu vas faire pour trouver un appartement ? Tu étais censée emménager avec Emma, non ?

— Elle vous en a parlé ?

Mes yeux me brûlent et et j'ai le cœur brisé.

— Oui…

Swan soupire tandis que Noah s'appuie contre la voiture, agacé.

— Écoute, maman, j'ai besoin d'être seule pendant un moment.

J'ai la chance d'avoir des parents assez cool et à fond pour le développement personnel de l'enfant. Leur pédagogie a toujours été d'écouter nos besoins au lieu de nous imposer des règles strictes.

— Bien, si tu penses que tu en as besoin…

— Ne t'en fais pas pour moi. Je suis grande, ricané-je.

— J'ai confiance en toi.

Tout mon être tremble.

— Prends tout le temps dont tu as besoin, chérie, je comprends tout à fait ton état.

Merci, maman.

Il ne manquerait plus qu'eux aussi soient des cibles de Swan.

— Merci, maman. Je vous appellerai de temps en temps.

— D'accord, je suis navrée que ton séjour se finisse comme ça, ma puce.

Oh, tu ne peux pas savoir à quel point c'est une catastrophe ! Pendant que je parle, je regarde Swan promener la lame sur tout mon ventre en appuyant un peu plus de temps en temps et en m'arrachant une grimace. Il s'impatiente.

— Je dois te laisser, maman. Embrasse papa et Benji pour moi.

— Ce sera fait, fais attention à toi et profite du mois et demi qu'il te reste pour te remettre. On t'aime fort.

— Moi aussi, soufflé-je en raccrochant.

Je reste un instant à fixer le téléphone devant moi. Entendre ma mère m'a sortie de ma transe et m'a fait le plus grand bien. Alors que je m'apprête à le ranger dans ma poche, on me l'arrache brutalement et on le fait tomber par terre. Swan le piétine avant d'y mettre des coups de talon. J'ouvre de grands yeux affolés.

— Non, arrête !

J'attrape son bras et je tente de le repousser, mais il est beaucoup trop lourd et beaucoup trop déterminé. Je ne peux que regarder mon téléphone se briser en mille morceaux en me demandant comment je vais pouvoir rester en contact avec Emma.

— Tu n'en as pas besoin là où tu vas, ma princesse.

Il pose une main sur la mienne, toujours sur son bras, avant de la décoller et de me pousser vers la voiture.

— Vous pouvez y aller. N'oublie pas : ne lui montre pas du tout le chemin.

Le dénommé Sohëm approuve et clame :

— En voiture, ma belle.

Il m'ouvre la portière avant en faux gentleman et, tel un robot, Swan m'arrête.

— Sois sage, trésor, et je t'offrirai un empire.

Il glisse une main sur ma joue et je tente de me dégager.

— Belle et rebelle, comme on dit. J'ai hâte que tu découvres notre chez-nous.

Il m'offre un petit grognement qui serait presque coquin dans un autre contexte.

Je soutiens son regard et crache à ses pieds.

— Enfoiré.

Ma gorge me brûle, c'est comme des lames de rasoir qui s'enfoncent quand je parle. Il ricane avant de me pousser gentiment vers la voiture.

Je m'installe à côté de ce Sohëm, le cœur au bord des lèvres. À deux doigts de la crise de panique.

— Bonne route.

Ce sont les derniers mots que m'adresse Swan avant que la voiture ne démarre en faisant crisser les pneus. Avant que je ne parte loin de ce chalet, loin d'Emma. Je tente de me persuader que je protège mes amis, qu'ils seront en sécurité ainsi. Mais les savoir seuls avec Swan ne me tranquillise pas. Il a gagné. Je pense à mes parents, qui me laisseront tranquille après mon appel. Ils ne se douteront pas une seconde de ce qu'il m'arrive…

Et Emma ? Que va-t-elle penser de moi ?

27

— Tu ferais mieux de dormir, la route va être longue.

Comment le pourrais-je ? Cela fait à peine cinq minutes que nous avons dépassé le panneau de sortie de la ville et j'essaie déjà d'anticiper la suite. Incessamment. Tous les scénarios sont possibles. Je ne sais pas où je vais, ce que l'on compte faire de moi. J'espère de tout cœur que mes amis ne vont pas se fier à la lettre et qu'Emma se rebellera contre Swan. Même si je ne souhaite pas qu'ils se mettent en danger.

— Et je ne veux pas de quelqu'un qui pleurniche, reprend-il. Sinon c'est dans le coffre.

— J'en aurais le droit pourtant, lâché-je, fatiguée.

Sohëm laisse échapper un petit rire.

— Vois ça comme une pincée de piment dans ta misérable vie.

Cette réflexion m'arrache à ma fausse contemplation du paysage de campagne.

— Ma vie se portait très bien sans vous.

Lui aussi lâche un instant la route des yeux.

— J'ai beau chercher, je ne comprends toujours pas ce que te trouve Swan.

Il me regarde, me détaille du sommet de mon crâne au bas de mon débardeur taché de sang.

— Moi non plus, c'est pour ça que je n'ai rien à faire ici.

Il m'ignore en accélérant, me collant presque au siège. Tout son être respire le danger, on dirait un cerbère. Aboyant comme un chien, les muscles bandés, tenant fermement le volant. Il a une apparence de mauvais garçon avec son crâne rasé, son piercing au nez, ses multiples tatouages et sa peau couleur sable. Une apparence pouvant plaire à certaines, néanmoins.

Notamment à Adèle. Je me surprends à penser à Adèle, si fière, presque arrogante. Je l'entends presque dire :

— *Très bien, c'est son choix. Bon débarras.*

Nous avons beau être meilleures amies, pour elle je l'ai trahie et elle ne me le pardonnera jamais.

Plusieurs émotions pèsent sur mon cœur : la culpabilité, la peur, la tristesse, la colère. Si bien que je ne parviens pas à réfléchir comme il se doit.

Je me ronge l'ongle du pouce tandis que ma jambe tressaute d'angoisse.

— Arrête ça !

Ses yeux, tout aussi dorés que sa peau, me transpercent.

— C'est insupportable.

— Attention !

Je m'époumone alors que notre voiture, qui a dévié de sa trajectoire à cause du manque d'attention de son conducteur, fonce sur un camion.

Sohëm braque à droite aussi vite qu'il le peut et nous l'évitons de justesse. Il peste dans sa barbe tandis que mon cœur bat à mille à l'heure.

— Je te jure que si j'ai autre chose à te dire, tu finis dans le coffre !

Je m'enfonce dans mon siège.

— T'avais qu'à regarder la route.

Je ne le connais pas mais j'arrive à distinguer qu'à cet instant il rassemble tout son self-control pour ne pas faire une bêtise.

— Je ne suis pas sûr que tu arrives en un seul morceau là-bas.

Je serre les dents en croisant mes bras sur ma poitrine. Bizarrement, cette perspective ne me déplaît pas. Morte, Swan ne pourra plus rien tirer de moi et le manque de nouvelles attirera mes parents, et surtout Emma. Ainsi, ils pourront le coincer. C'est peut-être la meilleure solution.

— Ouvre la boîte à gants et passe-moi mon paquet de clopes.

Je ne réagis pas tout de suite, je n'ai pas du tout envie de faire ce qu'il me dit mais je m'exécute finalement. Si je l'énerve trop, je suis persuadée qu'il va me mettre dans le coffre et, là, toutes mes chances de fuite seront anéanties. J'appuie sur les petits boutons et ça s'ouvre. Le premier truc que je vois, c'est effectivement son paquet mais, bien vite, un détail me saute aux yeux et me glace le sang. Un peu plus au fond, un pistolet est posé sur les papiers de la voiture et deux trois emballages de capotes.

Je me fige. Une idée prend forme dans mon esprit. Et si je parvenais à l'attraper, à le cacher ?

— Ferme ça !

Il sait très bien ce que je suis en train de regarder.

— N'y pense même pas.

Son regard est dur et il m'arrache le paquet de cigarettes des mains. Un petit sourire étire mes lèvres tandis que mon esprit travaille à mille à l'heure et qu'un plan émerge. Je vais devoir être patiente. Je ne ferme pas complètement la boîte à gants et il n'y prête même pas attention. À mes pieds, je remarque qu'une veste à moi traîne. Swan a dû la mettre là, au cas où. C'est la première fois depuis que je l'ai revu que je le remercie intérieurement.

Tout est parfait, je n'ai plus qu'à attendre. Je me détends un peu. Une porte de sortie s'offre à moi.

— On va où ?

Je le questionne en essayant de paraître la moins suspecte possible. S'il pense que je suis prête à coopérer, ce sera plus facile.

— Ça, c'est pas tes oignons.

Sa réponse est accompagnée d'une fumée nauséabonde. Je tousse un peu mais garde la face.

— Un peu quand même. C'est presque du kidnapping.

Il ricane, faisant tomber sa cendre dehors, un bras par la vitre.

— Crois-moi, tu as le droit à un traitement de faveur.

— Ah, parce que vous faites ça souvent ?! m'étranglé-je.

Ça le fait rire encore plus, il se moque clairement de moi.

— Généralement, ce ne sont pas des chieuses comme toi. Plutôt des traîtres.

Ce mec parle par énigmes, je vais devoir lui tirer les vers du nez.

— Des traîtres ? Pourquoi ? C'est quoi, votre business ?

D'un mouvement, il balance sa cigarette par la fenêtre alors que nous entrons dans une ville. Le nom sur le panneau ne me dit rien et je me maudis d'être aussi nulle en géographie.

— Ça ne te regarde pas non plus.

Je ne suis pas bête, je sais très bien ce qu'ils font, ce pourquoi Swan a fait de la prison. Ça ne lui a pas suffi, on dirait !

— OK, donc, si je résume, je vais je ne sais pas trop où avec un gars qui est je ne sais pas trop qui et mêlé à je ne sais pas trop quoi.

Je me masse les tempes, ce serait plus facile s'il était un peu plus bavard.

— C'est ça. Tu as juste besoin de savoir que tu ne dois pas dire ton prénom et que tu ne seras mêlée à rien du tout.

— Mon prénom ?

Il hoche la tête.

— Tu dois t'en trouver un autre. Sohëm n'est pas mon vrai prénom. Comme tous ceux que nous allons rejoindre. Question de sécurité, c'est plus facile de ne pas connaître le passé des autres. Et cette règle marche aussi pour toi.

— Pourquoi ? Toi, tu le connais mon prénom, l'autre gars aussi, et Swan aussi. Et vous connaissez celui de Swan.

Il se racle la gorge, agacé de devoir tout m'expliquer.

— Swan a confiance en nous, c'est pour cela que nous sommes les seuls à le connaître, et Swan, c'est le leader, cette règle ne le concerne pas. Pour toi, on ne sait jamais, quelqu'un pourrait se prendre d'affection pour toi et chercher d'où tu viens.

Je secoue la tête.

— On n'est pas dans un film, vous êtes ridicules.

Si jamais mon plan ne fonctionne pas, mon prénom pourrait donc m'aider. De multiples possibilités s'offrent désormais à moi. Swan est malin, mais il a beaucoup trop confiance en moi et en ma fidélité envers lui.

Un rictus étire ses lèvres et il me jette un regard en biais qui me fait presque trembler.

— Boucle-la maintenant, c'est tout ce que tu dois savoir.

Je souffle. Sa concentration sur la route m'apprend que je ferais mieux d'obéir. Je laisse retomber ma tête sur le siège et ferme les yeux. À force de trop pleurer, ils doivent être rouge sang, tout comme ma main, que Swan a piétinée. Je la contemple sous tous les angles. Je vais avoir un sacré bleu. J'espère juste qu'elle ne va pas me handicaper dans mes plans. Je bouge les doigts lentement, tout va bien. C'est plus moche que douloureux.

Nous traversons ville après ville, paysage après paysage. Les panneaux défilent, tout comme les heures, sans me permettre de me repérer. Je sais seulement qu'il est 13 heures. Et que nous ne prenons pas l'autoroute, sans doute pour ne pas laisser de traces avec les paiements. Aussi, le trajet paraît atrocement long et je m'assoupis quelque temps, tout en restant aux aguets. Je ne fais pas confiance à ce Sohëm. Mon cœur bat à un rythme soutenu depuis que nous sommes partis et une horrible boule a élu domicile dans mon estomac, qui pousse d'affreux grognements. Le pilote semble bien s'en moquer, il enchaîne cigarette sur cigarette, empestant l'habitacle.

Il n'y a plus aucune parole entre nous, aucun son ne s'échappe du poste de radio. Seul le bruit du moteur un peu poussé vient parfois troubler ce silence. Ce silence de mort qui me rend folle. Si bien que, lorsque le téléphone de Sohëm sonne, je sursaute.

Une main sur le volant, en ne quittant pas la route des yeux, il prend l'appel.

— Ouais ?

Je tends l'oreille pour essayer de savoir avec qui il parle.

— Nickel… Il nous reste encore pas mal d'heures… Euh, ouais, OK.

Je devine qu'il parle à Swan.

— Oui, promis, je ne l'abîme pas mais elle me tape sur le système, ta copine.

Je le fusille du regard mais il s'en moque royalement.

— Et toi ? Tu n'as eu à défoncer personne ?

Ma bouche s'entrouvre et je ne peux m'empêcher de frapper Sohëm à l'épaule. La voiture effectue un léger écart, ce qui me vaut des jurons en réprimande.

— Non, tout va bien, c'est ta copine qui est tarée… Du caractère ? Elle est suicidaire plutôt, oui.

Il grogne et je devine que Swan est en train de le sermonner, il semblerait que je sois intouchable. Premier point positif. Pas sûr cependant que ça le soit entièrement, Swan vaut bien mille hommes et, lui, personne ne l'empêchera de me faire du mal. Je déglutis. Il faut que je m'échappe avant d'arriver.

— Ouais, vas-y, à plus. Je vais m'arrêter, de toute façon.

Sur ce, il raccroche et balance son téléphone sur ses genoux.

— T'as faim ?

Je ne réponds pas. Même si mon ventre crie famine, je ne pourrai rien avaler tant ma gorge est nouée. Je le vois souffler en tapotant du doigt sur le volant. Je lui tape sur le système, comme il dit. Peut-être que, si je l'énerve, il me laissera partir par lassitude…

Je délire complètement, je suis tellement désespérée que la moindre option paraît réalisable.

À la sortie d'une ville bien excentrée, une petite station-service se dessine fièrement. Je remarque que l'allure de la voiture diminue tandis que je commence à stresser. Mon plan va commencer plus tôt que prévu et ça a le don de me faire monter le sang aux tempes. Suis-je vraiment prête ? Et si ça ne fonctionnait pas ?

— Je vais mettre de l'essence et acheter à manger.

La voiture ralentit considérablement et il s'engage vers les pompes à essence.

Respire, Eden. Je repense aux séances de méditation qu'avait tenté de m'apprendre Emma.

Non ! Il ne faut pas que je pense à elle, je vais perdre tous mes moyens.

Je calme ma respiration et j'inspire profondément.

Mon plan peut commencer.

28

— Tu restes dans la voiture.

Sohëm s'extirpe du véhicule tel un félin. L'odeur de l'essence vient chatouiller mes narines, s'ajoutant à ma fatigue, et ma tête se met à tourner. Je dois me cramponner au siège. Ce n'est pas le moment de flancher.

— Je dois aller aux toilettes.

Il ferme la portière côté conducteur mais me dit tout de même à travers la vitre ouverte :

— Je t'accompagnerai après.

Je soutiens son regard.

— Non, maintenant.

— Ne t'avise pas de sortir.

Je le provoque et tire le loquet pour ouvrir la portière. Immédiatement, il passe son gros bras par la fenêtre et serre le mien extrêmement fort.

— Tu restes ici, je t'ai dit.

Je gémis tant sa prise est puissante.

— Continue comme ça et la suite du trajet se passera dans le coffre, tu vas apprendre à m'obéir.

Il peste entre ses lèvres.

— C'est clair ?

Je ne réponds pas et me dégage d'un mouvement brusque. Il faut que j'évite de le froisser et de finir dans ce foutu coffre, sinon, si ma tentative foire, je n'aurai plus aucune autre possibilité. Aussi, je l'insulte dans ma barbe et reste bien sagement sur mon siège.

Il m'observe, s'assurant que je ne vais pas faire de bêtises, et se détourne prudemment. Je le vois faire le plein, il ne me quitte pas des yeux, prêt à bondir à tout moment. Son tee-shirt laisse paraître sa puissante musculature. Bien qu'elle soit moins imposante que celle de Swan, je suis sûre qu'il ne ferait qu'une bouchée de moi. Il pourrait briser mes os d'une seule pression, mon bras encore douloureux peut le prouver. Tout ça ne diminue en rien mon stress. Il faut que je passe à l'action.

Tandis qu'il est dos à moi en train sans doute de taper son code de carte bleue, je me penche, le plus discrètement possible pour ne pas attirer son attention. Je faufile mes doigts dans la petite ouverture de la boîte à gants pas tout à fait fermée. Celle-ci s'ouvre et offre à ma vue le pistolet. On dirait presque qu'il m'attend sagement, posé sur son flanc.

J'approche mes doigts presque tremblants et je l'effleure dans un premier temps. Je suis impressionnée, j'en avais seulement vu dans les films. Le toucher me coupe presque le souffle. Et dire qu'il est ma seule chance de m'en sortir ! J'entends une voix mécanique s'élever de la pompe à essence.

— Merci, et à bientôt.

Précipitamment, je m'empare de l'arme et la cache sous ma veste, que je roule en boule sur mes genoux avant de fermer la boîte à gants. La portière s'ouvre et je tente de faire comme si de rien n'était. Mais mon cœur bat tellement fort que je suis sûre que Sohëm peut l'entendre.

— C'est bien, t'as été sage.

Il me nargue avec un sourire horrible et ses yeux dorés rieurs. Je ne perds pas la face et réplique :

— Très drôle.

Il démarre pour aller se garer un peu plus loin.

— Je te préviens, t'as intérêt à ne rien tenter.

Oh, si tu savais… Il fait le tour de son véhicule pour venir m'ouvrir la portière et m'attrape le poignet. Toujours aussi fermement. Je récupère ma veste d'une main et sens l'arme sous l'étoffe.

— Pourquoi tu prends ça ?

Il m'observe, suspicieux.

— Je suis couverte de sang, c'est pour me changer.

Je remercie mon cerveau d'être aussi réactif pour trouver des excuses. Il faut dire qu'il a été entraîné si jeune…

-◊-

— *Je suis tombée au parc, maman, ne t'inquiète pas.*

— *Ma puce, ton bras est couvert de bleus ! Tonton Cédric ne t'a pas surveillée ou quoi ?*

— *Si, si, j'ai juste été maladroite…*

-◊-

J'ai toujours eu un don pour le mensonge, et on dirait bien qu'il se renforce ces temps-ci.

Sohëm semble hésiter mais, agacé, il lève les yeux au ciel en me laissant passer. Il ne me lâche pas jusqu'aux toilettes, non loin de la petite supérette de la station. Comme je l'avais prévu, il m'accompagne même dans les toilettes des femmes.

— T'as pas le droit d'entrer.

Il referme la porte derrière nous.

— Je m'en fous totalement.

Je fais un rapide état des lieux. Ces toilettes sont vraiment minuscules, il n'y a que deux cabines et ça sent extrêmement mauvais. Je remarque cependant qu'il n'y a rien de dangereux avec quoi Sohëm pourrait se défendre. Plus le moment fatidique se rapproche, plus mes mains sont moites. J'ai peur de faire un faux pas et de tout gâcher.

— Dépêche-toi. On n'a pas que ça à faire.

Je pousse rapidement une porte et m'engouffre dans une des cabines. Les toilettes sont vraiment dans un état pitoyable, heureusement que je n'ai pas vraiment envie de les utiliser.

Du bout des doigts, je déplie ma veste, libérant le pistolet, que je coince entre mes cuisses après avoir vérifié que la sécurité était bien enclenchée. Je passe ma veste sur mon cœur frêle et la ferme. Ensuite, je tire la chasse pour finaliser la mise en scène.

L'arme entre mes mains me paraît atrocement lourde, j'ai peur de ne pas savoir m'en servir. J'ai peur de tirer là où il ne faut pas et d'avoir un mort de plus sur la conscience. Je ferme les yeux un instant pour me concentrer et rassembler mes esprits.

Tu n'as pas le choix, Eden. C'est toi ou lui.

J'expire et inspire de longues minutes. Je retire la sécurité et tente de calmer les tremblements et frissons qui me secouent le corps.

Je déverrouille la porte et, prise d'une poussée d'adrénaline, je bondis hors des toilettes, l'arme pointée devant moi.

Sohëm ouvre de grands yeux, la panique s'empare un instant de lui, mais bien vite ses yeux redeviennent moqueurs et il se permet même de ricaner.

— Pas un geste ! clamé-je.

Mes bras ne tremblent plus, même si je suis terrifiée. Je l'ai dans le viseur, les mains fermées sur la crosse et un doigt sur la gâchette. Sohëm lève les mains en l'air à hauteur de sa tête.

— J'en étais sûr.

Je suis aussi ridicule que ça ? Je ne me démonte pas et le menace.

— Passe-moi les clefs de la voiture !

Il rit de plus belle.

— Maintenant !

Il secoue la tête.

— Allez, rends-moi ça, Swan va me tuer si jamais tu te blesses.

Il tend une main vers moi comme pour que je lui rende l'arme. Je ne bouge pas d'un millimètre et crie plus fort :

— Ne bouge pas sinon je tire !

Ma vision est presque brouillée à cause de l'adrénaline. Je peux sentir battre mon cœur au bout de mes doigts. Je prie pour que quelqu'un rentre à ce moment-là. Que quelqu'un me sorte de cette situation, ainsi je pourrai me rendre à la police et sortir de ce cauchemar.

Sohëm se précipite sur moi et je recule. Alors que je suis prête à me battre et à ne pas lâcher ma seule chance de survivre, je suis surprise de voir que Sohëm ne cherche pas à me désarmer, mais qu'au contraire il colle son front au canon et qu'une de ses mains tient fermement mon poignet, renforçant ma prise.

— Vas-y, tire.

Une noirceur passe dans son regard et mon sang se glace, on dirait le regard de Swan. Mes yeux me piquent et mes mains se mettent à trembler, il me maintient un peu plus et crie :

— Tire, je te dis !

Il est fou de rage. On dirait qu'il va se changer en monstre prêt à me dévorer. Je pourrais l'abattre d'une seule pression du doigt mais je n'y parviens pas. Il me suffirait d'appuyer, de prendre la voiture et de retourner chez moi. De me confier à mes parents et de tirer un trait sur ce cauchemar. Mais je suis tétanisée. Je ne parviens pas à franchir le cap.

Tire !

Ma noirceur intérieure hurle, le démon au creux de mon ventre me supplie d'assouvir ce désir de sang. Mais j'en suis incapable, et Sohëm le comprend vite. Un rictus déforme ses lèvres et rapidement il me désarme. Je trébuche et me retrouve au sol, mes dents mordant sauvagement ma langue. Un goût de fer emplit ma bouche rapidement tandis que je ravale mes larmes.

— Tu es beaucoup trop faible. Swan n'aurait jamais dû te choisir.

Sohëm me domine de toute sa hauteur en glissant l'arme dans sa ceinture comme pour me narguer. Retour au propriétaire.

— Maintenant que tu as fini ton cirque, on y va.

Je suis sonnée, je ne parviens pas à répondre. Je reste au sol, à regarder s'enfuir une de mes chances de m'échapper. J'ai le regard dans le vide, si bien que je suis surprise quand Sohëm me relève brutalement. Comme à son habitude, il me tient par le bras à m'en faire mal.

— Ne refais plus jamais ça. Tu ne gagneras jamais avec moi.

Je suis impuissante, la seule chose que je parviens à faire, c'est lui cracher au visage. Il se fige avec une grimace de dégoût. D'une main, il s'essuie la joue lentement avant de rapidement l'essuyer avec des serviettes.

— Tu vas morfler.

Sa voix résonne comme une sentence, à me faire trembler comme une feuille.

— Tu vas regretter ton audace, ma jolie.

29

— Avance, m'ordonne Sohëm.

Son ton est glacial, il est si près de moi que je peux sentir son souffle contre mon oreille. Nous déambulons dans la petite supérette, en quête d'une quelconque collation. Sohëm est presque collé à moi et presse contre mon corps un petit poignard qu'il gardait secrètement dans sa chaussette.

La lame est directement pointée sur mon flanc et il se tient tout près pour que je n'oublie pas qu'à tout moment elle peut s'enfoncer dans ma chair. Et surtout pour que le gros monsieur à la chemise douteuse qui tient la caisse ne se doute de rien.

Je n'ai pas envie de bouger, ni de tenter quoi que ce soit. Ma tentative d'évasion ayant échoué, je suis vide, lasse, presque désespérée. Et, même si mon cerveau s'active déjà à trouver un nouveau plan, je réalise que mes chances de m'enfuir sont proches de zéro.

Les bras croisés sur la poitrine, j'essaie au moins d'intercepter le regard du vendeur. Celui-ci est concentré sur son téléphone, le son est fort, aussi je peux deviner qu'il regarde un match.

Je tente des raclements de gorge discrets, peut-être que par le regard je peux lui faire comprendre que j'ai besoin d'aide. Tous mes neurones s'activent et mes muscles se tendent tandis que je suis Sohëm dans les rayons. La pointe toujours sur mon flanc s'enfonce un peu plus, elle est tellement aiguisée que je la sens même à travers ma veste. Il l'a fait exprès, c'est sûr. Sadique.

Je lui adresse un sourire mauvais tandis qu'il choisit un pot de beurre de cacahuète sur une étagère. Tiens, tiens, une idée me vient.

Le plus discrètement possible je m'éloigne de mon gardien de quelques millimètres, assez pour effleurer de mon épaule toute la rangée de pots en verre.

Il me suffit de les faire tomber et le vendeur se précipitera. Dans la panique, je pourrai m'enfuir. Ça pourrait marcher.

— Éloigne-toi.

Je me fige, la pression sur mon côté augmente tandis qu'il me menace. Je ne sais pas s'il a compris, mais il sent en tout cas que je suis à deux doigts de provoquer une catastrophe. Comme je ne bouge pas et que j'ose même le défier, sa main s'associe à sa parole et il me tire à lui.

— Tu vas apprendre à m'écouter.

Je me dégage d'un mouvement d'épaule, les lèvres pincées. Il me pousse du plat de sa main vers la caisse en murmurant :

— Pas un bruit.

Quoi qu'il en soit, bruit ou pas bruit, le gros monsieur ne semble même pas vouloir nous prêter attention. Sohëm est obligé de poser violemment les articles sur le comptoir. Le dénommé Xavier, comme l'indique son badge, sursaute avant de reprendre son travail. Il scanne tous les articles avec une lenteur extrême tandis que Sohëm, derrière moi, s'amuse à balader la lame discrètement dans mon dos. Un coup en appuyant plus qu'il ne le faudrait, un coup en m'effleurant juste. Contre ma volonté, je peux sentir la sueur perler le long de ma colonne vertébrale.

— Vingt euros et soixante-treize centimes, s'il vous plaît.

La voix de Xavier est tellement blasée que j'abandonne l'idée de lui demander de l'aide. Aussi, je reste sage lorsque Sohëm fouille dans ses poches en quête d'argent. Il dépose sur le comptoir un billet de vingt et un de dix. Xavier met tous les articles dans un sac en papier avant de récupérer l'argent.

— Gardez la monnaie, s'empresse de dire Sohëm.

Il me donne un coup sur l'épaule pour me forcer à avancer. Xavier ne voit rien, Xavier est retourné dans son monde. Loin de ma triste réalité. Je n'ai pas d'autre choix que d'obéir à Sohëm en élaborant un autre projet de fuite.

Plus le temps passe et plus mes chances me semblent réduites, aussi je reprends sagement ma place à côté du conducteur, la boule au ventre et la gorge nouée. J'ai envie de fondre en larmes comme un gros bébé. Encore une fois. Cette situation est irréelle, impensable. Pourquoi ça m'arrive à moi ?

C'est ce qui arrive quand on traîne de lourdes casseroles.

Sohëm ne dit pas un mot, ce qui accentue mon mal-être. Si seulement il avait été gentil… Mais je suppose que Swan ne choisit pas ses acolytes pour cette qualité. Il démarre sur les chapeaux de roue, laissant derrière nous Xavier, qui ne s'est douté de rien. Le paysage reprend sa place derrière la vitre, défilant aussi vite que mon cœur bat. Que mon cœur saigne. Que mon âme fredonne son requiem. Emma me manque tellement… Je tuerais pour la prendre dans mes bras. Il me semble entendre les nuances de son rire se mêlant au vent qui s'engouffre par la fenêtre ouverte de Sohëm. Il me semble voir ses cheveux de lumière dans les rayons du soleil. Que fait-elle ? Est-elle toujours en un seul morceau ?

Mes poings se serrent sur mes cuisses, si fort que mes ongles s'enfoncent dans ma peau. Mais je ne ressens plus la douleur, je m'y suis habituée. C'est presque inquiétant. Tout est inquiétant : cette situation qui me prive de mon libre arbitre, comme ces routes de campagne que nous sommes obligés de traverser. Quand deux voitures se croisent, elles se frôlent presque, mais Sohëm semble avoir l'habitude puisque sa vitesse ne diminue jamais.

Aussi, lorsqu'il ralentit finalement après avoir dépassé un énième village, je suis assez étonnée. La voiture dévie de sa trajectoire pour s'arrêter sur le bas-côté dans l'herbe. Un peu plus loin se trouve un bois qui a l'air sinistre

— Qu'est-ce que tu fais ?

Mes sens sont en alerte quand je le vois ouvrir sa portière sans répondre.

— Sohëm ?

Des milliers de scénarios me viennent en tête, la noirceur du bosquet contraste atrocement avec le grand soleil. Un frisson remonte le long de ma colonne vertébrale, et mon instinct de survie prend le dessus. Je vois dans le rétroviseur intérieur Sohëm faire le tour de la voiture par-derrière, son expression toujours neutre et sa mâchoire serrée. Il semble se diriger vers mon côté.

Nous courons à en perdre haleine. Mes poumons me brûlent. Swan, devant moi, tire plus fort sur ma main, me pressant. Il fait noir, un épais manteau obscur nous enveloppe, le cri d'une chouette retentit au loin, glaçant mon sang. Je déteste le noir.

J'ai appris à apprivoiser le noir avec les années. À cacher celui qui m'habitait. Aussi, je refoule mon angoisse et considère le bois comme une de mes chances pour m'enfuir.

Ni une ni deux, mon instinct s'empare de moi et j'ouvre la porte à la volée, m'extirpant de justesse du véhicule.

— Hé ! s'écrie Sohëm.

Je ne l'écoute plus. Mes pieds se sont mis à courir. Ils me portent aussi vite qu'ils le peuvent malgré mon épuisement. Je peux entendre derrière moi Sohëm courir. Il ne me rattrapera pas. Je ne louperai pas ma chance. Pas deux fois. J'accélère alors que la plante de mes pieds me fait déjà souffrir et que mes poumons sont en feu.

Bordel, je pensais ce bois plus près !

Un point de côté fait son apparition, je grimace mais ne me laisse pas submerger. De vieux flashs enterrés depuis longtemps refont surface devant toutes ces sensations familières.

Le vent malmenant mes cheveux. La bouche pâteuse. Le souffle court.

Je me revois plus jeune, fuyant encore et toujours mes terreurs. Je revois presque la tignasse sombre de Swan devant moi, ce qui me force à accélérer.

— Arrête-toi !

La voix est proche, beaucoup plus que ce que je pensais. Le bois n'est plus très loin. Mais va-t-il seulement m'aider ? Je risque de me prendre les pieds dans une racine, de me tordre la cheville. Il pourrait fracasser mon crâne contre un tronc et raconter que c'était un accident.

Une main puissante se pose sur mon épaule, me tirant en arrière. Je lâche un petit cri en tombant. Ma tête tape le sol, ainsi que mon dos, me coupant le souffle. Je suis sonnée alors que ma respiration est sourde. Pour ne rien arranger, je sens Sohëm empoigner mes cheveux et les tirer pour me forcer à me lever. Je gémis.

— Tu vas arrêter tes conneries, petite idiote !

Il me hurle au visage alors que mes jambes me soutiennent à peine. Elles tremblent contre mon gré et refusent de faire un pas de plus.

— Je te jure que je vais te tuer si tu continues. Swan aura ton corps en morceaux, tu m'entends ?

Il est rouge de colère ou alors de fatigue. Un peu des deux sûrement.

— Fais-le !

Je suis étonnée qu'un son aussi fort puisse sortir de ma bouche. Sohëm aussi apparemment. Ses yeux, malgré leur nuance dédaigneuse, sont arrondis.

— Fais-le, répété-je. Tue-moi, qu'on en finisse.

Un grognement lui échappe. Je n'en peux plus, je suis fatiguée. Je rêve de m'allonger là, sur cette herbe moelleuse, et de me laisser mourir tel le dormeur du val. Paisiblement. Toutes les parcelles de mon corps crient à l'aide.

Il ne bouge pas d'un pouce, les pieds bien ancrés dans le sol. Soit, s'il ne veut pas le faire, alors je le ferai. Il a laissé le pistolet dans la voiture. Cependant, je sais que la lame a retrouvé sa place.

Je me jette par terre, mes mouvements sont affreusement lents et brouillons, si bien que je me tords presque la cheville. Je fonce vers ses pieds et j'agrippe son mollet droit avec mes ongles. Je les ancre dans sa peau à travers son jean. Il hurle avant de se reprendre bien vite. Son jean le colle, aussi j'ai beaucoup de mal à attraper son arme. C'est même voué à l'échec mais je persévère jusqu'à ce que je me sente soulevée par les épaules. Il est bien plus fort que moi. Bientôt, mes pieds ne touchent plus le sol. Alors que je pense qu'il va me projeter loin et peut-être me briser le crâne, je me rends vite compte, au choc qui me plie l'estomac, qu'il a fini par me balancer sur son épaule.

Rapidement, le sang monte à mon front et accentue ma migraine.

— Lâche-moi !

Je frappe son dos de mes poings, je frappe aussi fort que je le peux mais je me fais plus mal qu'autre chose. Je gaspille mes forces en vain. Je me mets à battre des jambes, à me tortiller, rien n'y fait, il me tient fermement.

— Espèce de connard, relâche-moi !

Je m'époumone alors que le sang bat dans mes tempes douloureuses. Je hurle si bien qu'on ne distingue plus mes mots.

— Je commence à en avoir ras le cul de toi, tonne-t-il avant de se remettre en mouvement.

Comme si je ne pesais rien, il ne me tient plus que par un bras, telle une poupée de chiffon. Je me tords le cou pour voir la forêt s'éloigner. J'en déduis que mon petit cirque a assez duré et qu'il regagne la voiture à grandes foulées.

Ma tête est douloureuse et la pression sur mon ventre me fait grimacer. La voiture réapparaît rapidement. Bien plus vite que je ne m'en suis éloignée. Mes forces m'ont abandonnée. Je ne me débats plus. Du moins, pas avant de constater qu'il ne se dirige pas du tout vers le côté passager mais vers l'arrière de la voiture.

Non !

Je comprends bien vite qu'il va mettre ses menaces à exécution. Je crie en me secouant. Je tente de le blesser. Je mords la chair que je peux attraper dans son dos. Je hurle tandis qu'il me maintient plus fort en ouvrant le coffre d'une main.

— Ne fais pas ça !

Il m'ignore totalement.

— Sohëm !

Je hurle autant que je peux. D'abord des cris stridents puis, lorsque ma voix devient étouffée, je crie des « au secours ! » à qui veut bien m'entendre. Mais ce lieu a l'air désert, le bois inhabité et la route dépeuplée. Peu de voitures semblent passer par ici.

— Ferme-la !

Une fois de plus, il me projette, mais un peu moins fort. Néanmoins, ma chute est aussi douloureuse que les autres. Ce sont mes côtes qui prennent en heurtant le fond du coffre. Mon souffle se coupe et je halète. Me recroquevillant sur moi-même alors que le coffre claque, me laissant dans le noir. Je me tiens les côtes en frappant mes poings contre les parois qui m'enferment. Je suis persuadée qu'il ne m'entend pas mais je persiste. Je frappe, le souffle court, sans voix. Je frappe à m'en faire mal, encore et encore.

30

J'ai arrêté de bouger, j'ai arrêté ma révolte. Les genoux contre la poitrine, les mains sous la tête, je tremble de peur. J'étouffe, cet endroit est si petit. Je n'ai aucune idée de ce qu'il se passe dehors ou dans le reste de la voiture. Je sais seulement que toutes les secousses que je ressens sont amplifiées. Tout mon corps est meurtri mais je ne peux plus pleurer. Je murmure une berceuse que les gargouillements de mon ventre accompagnent :

« *Dans la chambre fermée,*
La nuit est tombée,
Et tout est si noir,
Mais on n'a jamais peur,
Quand on a le cœur
Rempli d'espoir. »

La boîte à musique résonne dans ma prison et meurt contre les parois de ce coffre. J'entends Emma chanter comme si elle était ici. Me caressant les cheveux doucement de ses longs doigts, avec son petit sourire. Et je ne sais pas si c'est cette mélodie qui m'apaise ou le souvenir de ma copine mais, petit à petit, mes paupières se ferment. Je m'endors au rythme des secousses de la voiture, des bruits étouffés de la musique de Sohëm.

Je donne à mon corps le repos dont il avait tant besoin et je rêve même. Entre cauchemars et doux songes. Entre Swan et Emma.

-◊-

— *Ton corps est tacheté de bleus, Eden. Parle-moi.*

— *Ce n'est rien.*

Je cache négligemment mes bras minces avec mes mains. Je ne veux pas qu'il les voie. Je ne veux pas qu'il pose de questions. Je veux qu'ils disparaissent.

— Tu as mal ?

Il repousse mes mains délicatement, du bout des doigts il palpe ma peau meurtrie, dans une caresse aussi douce qu'un souffle.

— Pas quand tu es avec moi, chuchoté-je.

Le visage de Swan s'efface et un soleil se dessine.

— Tu n'as jamais aimé de filles ?

— Jamais.

Le visage de cette jolie blonde est proche du mien. Bien trop proche. Je peux sentir son souffle sur mes lèvres, entendre son cœur battre. Elle va m'embrasser. Est-ce que j'en ai envie ? Bien sûr. Pourtant, nous n'avons rien en commun, même pas notre sexualité. Jusqu'ici je n'avais connu que des garçons. Jusqu'ici je n'avais abîmé mon cœur qu'avec des hommes.

Qu'ai-je à perdre ?

Les murs de sa chambre semblent se resserrer un peu plus autour de nous. Comme pour nous forcer à nous unir. Et c'est ce qui finit par se produire : Emma rompt cet espace entre nous et embrasse mes lèvres. D'abord, elle les goûte timidement. Mais c'est Emma, rien ne l'effraie, alors elle augmente la pression. Ce n'est pas désagréable, un feu s'allume dans le bas de mon ventre. Il y a longtemps que je n'avais pas ressenti ça. Serait-ce une fille qui va me guérir ?

Je réponds à son baiser en caressant sa joue. Tout ça est nouveau mais loin d'être désagréable.

Dans mon esprit, la lumière se bat avec les ténèbres comme le soleil avec la lune. Ils prennent tour à tour le pas l'un sur l'autre. Après une lumière éclatante viennent toujours de profondes ténèbres.

— Putain mais pendant toutes ces années ?!

Un cahier valse et atterrit sur le sol durement. Je ne peux plus le contrôler, Swan est fou. Je ne l'ai jamais vu comme ça. Ses yeux noirs qui ne m'ont jamais fait peur sont désormais effrayants. Et je sais que je ne pourrai pas le retenir. Je n'ai que douze ans, mes bras sont faibles et je suis bien plus petite que lui. Peine perdue.

— Eden, il faut le dire à tes parents !

J'ouvre des yeux aussi grands que des soucoupes.

— Non, surtout pas !

Je bondis à m'en faire mal aux pieds.

— Réfléchis, bordel ! Il ne peut pas continuer à te garder. Regarde le résultat ! Qu'est-ce que ce sera la prochaine fois ?

Je secoue violemment la tête, mes cheveux bruns me giflant les joues.

— Ma mère vient juste de le retrouver. Je ne peux pas lui faire ça. Il est clean.

Swan vire au rouge et me saisit par les épaules.

— Tu délires complètement, Eden !

Un cri me réveille en sursaut, si bien que je me relève brusquement et me cogne la tête.

— Aïe.

Je gémis en me remettant en boule, une main frottant mon front. Ma bouche est pâteuse, j'ai l'impression d'avoir dormi une éternité. Je me sens plus légère et je suis heureuse de constater que j'ai fait le plein de forces. Mon cerveau fonctionne à nouveau bien.

Je bouge un peu chacun de mes membres. Ils sont tout engourdis. Je n'ai rien à faire dans ce coffre. Dans l'obscurité, mes mains partent en quête d'un verrou à ouvrir. Du bout des doigts, je passe les rainures du coffre en revue. Il a l'air bien fermé. La seule chose que je parviens à faire, c'est à me mettre de la poussière et du cambouis plein les doigts.

Je donne de grands coups mais, comme tout à l'heure, la porte reste inébranlable, la sécurité ne peut pas s'ouvrir de l'intérieur, je n'ai aucun moyen de m'en sortir.

Je balaie l'espace des yeux tandis que ma respiration s'accélère. Je tâte aussi le sol recouvert d'un fin tapis auto à la recherche d'un outil ou d'un truc suffisamment pointu. Rien. Il a été prudent, je suis même certaine qu'il avait prévu depuis le début de me mettre là. Sérieusement qui a un coffre aussi bien rangé et propre ?

Je me force à inspirer et expirer lentement, je ne sais pas combien de temps je vais rester ici. Je dois économiser mon air.

— Doucement, Eden.

Ma propre voix me calme tandis que je ferme les yeux. Ma claustrophobie se réveille petit à petit. Il faut que je sorte pour pouvoir mieux réfléchir. Il faut que j'attire son attention. Je me remets à frapper contre la paroi qui nous sépare et à crier. Je prie pour que Sohëm ait baissé sa musique et qu'il m'entende.

— Sohëm !

Je mets toute la force que j'ai reprise dans cet appel.

— Sors-moi de là !

Les phalanges en feu, je me sers alors de mes pieds. Même si mes chaussures ne sont pas très épaisses, je parviens à faire de grands bruits. Mes efforts semblent porter leurs fruits puisque je sens la voiture ralentir. D'abord, je pense qu'il s'agit juste d'un ralentissement sur la route mais, lorsque je n'entends plus le moteur vrombir mais une porte claquer, mon cœur bondit dans ma poitrine et je me remets à hurler.

— Sors-moi de là !

Je frappe du plat de mes mains.

— Sohëm !

On ne peut plus m'arrêter, même lorsque le coffre s'ouvre par miracle, je continue, si bien que je frappe Sohëm sans le vouloir. Il ne cille pas et me surplombe de toute sa hauteur, son regard meurtrier braqué sur moi.

Pour la première fois depuis des heures, le soleil baigne mon visage, il n'est plus très haut dans le ciel, rejoignant doucement l'horizon et colorant le ciel d'un joli camaïeu de couleurs. Il doit être 21 heures, peut-être plus. Je ferme un œil, éblouie par cette soudaine lumière.

— Sors-moi d'ici, murmuré-je.

Son bras fort retient fermement le coffre, il pourrait le fermer brutalement d'un seul mouvement. Il ricane sans un mot, juste un son sec et humiliant. Je le vois fouiller dans sa poche arrière. Je fronce les sourcils quand il dévoile l'objet. Je n'ai pas le temps de dire quoi que ce soit que je ressens une vive douleur dans le cou, presque au creux de mon épaule. Je pousse un petit cri tandis que j'entends murmurer Sohëm tout près de mon oreille :

— Dors bien, ma belle.

Je porte une main à ma nuque alors qu'il retire la sienne, accompagnée de ce qui semble être une seringue. Il l'observe fièrement avant de me lancer un sourire narquois. Ma bouche s'ouvre mais aucun son n'en sort.

Des larmes perlent aux coins de mes yeux.

— Qu'est-ce que… parviens-je à susurrer.

— Recule.

Il joint le geste à la parole et me bouscule du plat de la main. Il me pousse si fort que je tombe à la renverse, toujours dans ce foutu coffre. Puis le noir vient m'envelopper, encore, accompagné d'un claquement qui me vrille les tympans.

Je masse mon cou sans vraiment savoir ce qui va m'arriver. Sans doute m'a-t-il injecté de la kétamine, comme Swan à Emma et mes amis. Sans doute n'a-t-il plus supporté mes cris.

Je me roule en boule contre la moquette rugueuse, me repliant sur moi-même pour prendre le moins de place possible. Mes paupières papillonnent rapidement puis tout doucement, jusqu'à ce que mon corps entier se détende, je ressens un bien-être m'envahir et mes yeux se gorger de fatigue. Ça y est, il m'a mise hors d'état de nuire. Ma main glisse sur mon épaule pour atterrir le long de mon corps. Un soupire m'échappe tandis qu'il m'est de plus en plus difficile de garder les paupières ouvertes. Lutter devient difficile, presque douloureux, ma respiration est anormalement lente et mon cœur très calme, je l'entends résonner dans cette prison.

Boum, boum. Boum, boum.

Mes paupières se ferment et le noir m'envahit. Mon esprit m'abandonne aussi, plus aucune image ne se forme dans ma tête.

Petit à petit, c'est comme si je tombais dans un profond coma, dans les ténèbres. Que je chatouillais la noirceur de ce monde.

31

Inconfort.

C'est le mot qui tourne en boucle dans ma tête tandis que je sens une lumière vive attaquer mes paupières, courir le long de mon visage. J'ai chaud. Je remue légèrement, les yeux toujours clos. Un drap m'enveloppe, me collant comme une seconde peau. Ma langue est lourde dans ma bouche sèche.

Inconfort.

Comme lors d'un lendemain de soirée, j'éprouve cette sensation de ne plus appartenir à mon corps, de ne plus le contrôler. D'être une loque qui peut se disloquer à tout moment. Je peine à ouvrir les yeux. Ils luttent contre moi, encore pleins de sommeil.

— Elle se réveille.

Des chuchotements me parviennent, d'abord lointains puis tout près. Je mets un moment à distinguer tous les mots puis une phrase. À qui est cette voix féminine ? Il ne me semble pas la connaître.

Je force sur mes yeux, ma main s'éloigne de mon corps et vient tâter le vide à côté de moi.

Où est Emma ?

Dans un effort surhumain, je m'oblige à ouvrir les paupières sur le monde qui m'entoure. Tout est flou d'abord, puis la mise au point se fait, beaucoup trop lentement, si bien que ça commence à m'énerver.

Pourquoi je me trouve dans cet état ?

Je suis confuse et ce sentiment s'aggrave lorsque j'observe un visage penché sur moi. Un visage en cœur parsemé de taches de rousseur, une belle crinière rousse accompagnée d'yeux vairons. Un marron, un bleu. La terre, l'eau. Une bouche pulpeuse.

Et merde… Qu'est-ce que j'ai fait ? Emma va me tuer.

— Swan ! Elle est réveillée.

En entendant ce prénom, un éclair foudroie mon cerveau et je me relève brusquement, si vite que ma tête me fait mal. Je me recule le plus possible contre le mur derrière moi, en panique. La silhouette fière de Swan se dresse au pied du lit qui accueille mon petit corps. Si imposant, si beau et colérique. C'est comme si un halo de noirceur entourait son être. De ses cheveux ébouriffés à ses bottes. C'est peut-être dû à ses tatouages. Divers sentiments me parcourent : la haine, la peur, l'envie de vengeance mais aussi le soulagement. Pourquoi ? Peut-être parce que je ne partage plus mon espace vital avec Sohëm.

— Mako, laisse-nous.

La rousse assise tout près de moi hoche la tête et obéit. Je ne la connais pas mais j'aimerais qu'elle reste. Je ne veux pas me retrouver seule avec Swan, et, avec une rapidité qui m'étonne, je saisis son poignet dans un élan d'espoir. Ses pupilles surprises me dévisagent. Elle jette un coup d'œil à notre point de contact avant de se tourner vers Swan. Il semble lui faire un geste de la tête puisque, avec les doigts de son autre main, elle délie mon étreinte avant de me tourner le dos.

Un profond soupir m'échappe tandis que je la vois passer la porte.

À son tour, c'est mon ex-petit ami qui vient s'asseoir sur le lit près de moi.

— Comment tu te sens ?

Je lui coule un regard de haine.

— Mal.

Je suis étonnée de ma voix, si rauque, elle me fait presque peur.

— Je ne cautionne pas l'injection que t'a faite Sohëm.

Il a l'air sincère mais qu'importe ? Je m'en fiche. Une mèche de cheveux lui tombe devant les yeux, se mêlant au rayon de soleil qui joue avec son visage. Un nez pointu, une bouche pulpeuse, des yeux en amande, la mâchoire tranchante. Pourquoi faut-il qu'une telle beauté soit autant gâchée ?

Il n'arrête pas de me fixer, sans doute attend-il que je dise quelque chose. Il peut toujours courir. Je me fige en apercevant sa main s'élever dans l'espace qui nous sépare. Ses doigts se tendent vers mon visage. Il est à deux doigts de m'effleurer mais d'un mouvement brusque je le repousse. Ce contact est froid, il me brise presque le cœur.

— Je veux rentrer chez moi.

Mes yeux sont perdus dans le vide derrière moi et ma voix pleurniche dans un son caverneux.

— C'est impossible.

Je suis déstabilisée par la douceur de la sienne, elle caresse ma peau entière, hérissant mes poils.

Bien sûr que c'est impossible : il contrôle tout ! Si je fais un pas de travers, la vie d'Emma est en danger ; si je ne lui obéis pas, tout mon monde peut être sacrifié. Jusqu'où tout ceci va aller ?

— Je te déteste.

Je suis lasse et j'ai constamment les yeux humides, c'est rageant.

— Et moi, je t'aime. Tu ne le comprends peut-être pas, mais c'est vrai.

J'ai presque envie de rire.

— Quand on aime, on n'agit pas comme un psychopathe.

— L'amour n'est pas tout rose, mon ange, c'est une bêtise qu'on fait croire aux petites filles. Tu devrais le savoir. Il y a différentes façons d'aimer.

Je comprends rapidement son sous-entendu et un frisson me parcourt. Ma peau se met à tirer comme si elle se recouvrait soudain de milliers de bleus. Mes bras encerclent mon corps alors que je ferme les yeux, refoulant des dizaines de souvenirs.

— Il ne t'arrivera plus rien, Eden.

Sa voix n'est plus qu'un souffle. Cette phrase, je l'ai si souvent entendue de sa bouche. Elle était mon ancre, il l'était. Ma seule attache dans cette vie. Les larmes me supplient de couler mais je me retiens, me mordant la lèvre inférieure, restant toujours aussi droite dans ce lit.

Il me déshabille du regard, le corps tendu. J'ai envie de le frapper, de le blesser, de marquer son corps, son âme.

— Tais-toi.

Des flash-back défilent dans mon esprit, de notre amour, de notre enfance, je peux presque sentir la chaleur de ses bras, de sa peau. Ma lèvre se met à trembler et mon corps m'abandonne, je ne contrôle plus rien, si bien que les larmes débordent et roulent sur mes joues.

— Ne pleure pas.

Je le vois se précipiter bien trop près de moi. Je n'ai pas le temps de le repousser que déjà ses pouces épongent mes larmes silencieuses.

— Pourquoi ?

Je vire à la folie et je me surprends à agripper son poignet, si fort que mes jointures blanchissent. Il est surpris par ce contact.

— Pourquoi, Swan ? Ça aurait pu se passer autrement.

Il paraît soudainement si faible. Un instant, nous sommes projetés en arrière, lorsque nos paroles n'étaient que des promesses, des torrents d'amour. Il me semble si jeune pendant un quart de seconde.

— Non, chuchote-t-il.

Je ne sais plus sur quel pied danser, cette version de lui est si différente de celles qu'il m'a montrées ces derniers jours. Je touche son ancien lui du bout des doigts.

— On aurait pu réapprendre à se connaître. À se faire une place dans nos vies.

Ma voix est douce et mon cœur serré. Je pense vraiment mes mots, même si je les dis plus pour tenter d'ouvrir une porte de sortie.

— M'aurais-tu aimé comme avant ?

Il ancre ses yeux noirs dans les miens. La pulpe de son pouce caresse ma pommette. Je ne réponds pas. La réponse est « non » mais je ne peux pas le dire à voix haute.

— Tu vois.

Sa main retombe dans le vide tandis que je le sens s'éloigner de moi.

— Je t'aimerai toujours, Swan.

Il me considère, perplexe. Il ne me croit pas, pourtant je sais au fond de moi que ces mots ne sont pas faux. Ma peau réagit toujours à son contact, mon cœur aussi. On n'efface pas son premier amour, non, on lui crée juste une place dans son cœur avant de tourner la page. Avant de s'offrir à un nouvel amour.

— Pas comme je le voudrais, lâche-t-il dans un grondement sinistre.

Je le sens se refermer, verrouiller la brèche de notre passé qui s'était ouverte, retournant à un présent plus froid. Je ne peux rien lui répondre au risque de l'énerver. Il quitte le lit dans des mouvements extrêmement lents, il est blessé et il ne fait rien pour le cacher.

— J'aimerais qu'Emma n'ait jamais existé.

Il m'offre son dos tandis qu'il jette un coup d'œil à travers la minuscule fenêtre qui inonde la pièce de lumière. Sa phrase me fait froid dans le dos. Un monde sans Emma ? Impossible.

— Si elle n'avait pas été là, je ne serais plus de ce monde.

Cette vérité me glace le sang. Je serais six pieds sous terre à manger les pissenlits par la racine. Je n'aurais pas survécu à une vie de débauche, de tristesse.

Son corps est parcouru d'un spasme.

— Tu es à moi.

Il fait volte-face sauvagement, un rictus déforme son visage tandis que je secoue la tête, j'ai retrouvé mon aplomb. Je dégage mes jambes du drap et pose mes pieds nus par terre. Le parquet est chaud lorsque mes orteils le rencontrent, mes plantes de pieds se réchauffent délicatement et ça me conforte dans mon assurance.

Le caresser dans le sens du poil. Être douce. C'est la seule solution pour m'en sortir. Je dois le comprendre. Analyser son fonctionnement.

— Tu sais que me retenir ici n'est pas une solution.

Je ne suis qu'à quelques pas de lui. Je constate alors que mon corps est recouvert d'un large tee-shirt blanc. Sûrement l'un des siens, son odeur l'imprègne. Qui m'a déshabillée ? Lui ?

Je chasse ces pensées de mon esprit, mes jambes nues me rapprochent toujours un peu plus de lui.

— Ça se saura, les gens vont s'inquiéter… susurré-je.

Je glisse une de mes mèches derrière mon oreille avant d'effleurer son avant-bras du bout des doigts. Je suis le contour de ses tatouages si noirs, si violents. Un couteau est gravé. Je le dessine, lui causant la chair de poule.

Je ne respire plus, mon souffle est coupé alors qu'un frisson remonte le long de ma colonne. Il me laisse faire, la bouche légèrement entrouverte, ne me quittant pas des yeux.

J'essaie de ne pas exploser et de ne pas lui crier dessus. Je me concentre seulement sur ses tatouages et sur les souvenirs que j'ai de nous. C'est agréable, ce moment presque normal me réconforte, me donne du baume au cœur. Pourquoi ce n'est pas facile et léger entre nous ? Pourquoi ne puis-je pas l'avoir dans ma vie en tant qu'ami ?

Peut-on être ami avec son ex ? Son premier amour ?

Le poids de la prison pèse sur ses épaules, cela se voit à la façon dont elles sont courbées. Son âme est plus écorchée que la mienne désormais. J'aurai beaucoup de chance s'il ne finit pas par me tuer. Je suis si contradictoire. Partagée entre la culpabilité et la révolte.

— Je sais ce que tu essaies de faire.

C'est à son tour de me repousser.

— J'ai tout calculé, personne ne se doutera de rien.

Je hausse les sourcils tandis qu'il glisse une de ses mains dans la poche arrière de son jean.

— D'ailleurs, appelle tes parents pour les rassurer.

De ses longs doigts couverts d'écritures noires, il me tend un petit téléphone. Minuscule, avec un clavier. Un des premiers modèles créés, il me semble.

Je ne le prends pas et le considère simplement, dubitative.

— Prends. Et ne t'avise pas de gaffer. N'oublie pas, Noah peut faire d'Emma un souvenir.

Je tremble en imaginant la scène. Il a tout calculé, tout, au millimètre près. Je dois être plus maligne et j'ai une idée.

— OK.

Il paraît surpris mais se reprend rapidement. Je m'empare du téléphone, qui est bien plus petit que ma paume. Combien en a-t-il, sérieusement ?

— Dépêche-toi.

Il croise les bras sur sa poitrine en plantant ses yeux dans les miens, légèrement impatient. Je hausse un sourcil en ricanant.

— Sors.

Ses sourcils se froncent et il répond du tac au tac :

— Hors de question !

Sa tignasse s'agite tandis qu'il secoue la tête. C'est à mon tour de croiser les bras et de le défier, la voix plus froide que jamais :

— Très bien, alors pas d'appel. Dommage, mes parents risquent sûrement de s'inquiéter sans signe de vie de ma part. Et peut-être d'appeler la police. Des recherches seraient lancées et tout…

Je le considère du coin de l'œil tandis qu'il s'énerve. Je bluffe, mes parents sont assez souples pour me laisser respirer. Ils attendront patiemment mon appel sans s'inquiéter, qu'importe s'ils doivent attendre une semaine. D'ordinaire, j'aurais pensé que c'était un point positif, mais là je n'en suis plus trop sûre…

Mais ça, Swan ne le sait pas. Différentes émotions le parcourent, il est confronté à un dilemme infernal et je le vois lutter.

Tant mieux.

Sois tourmenté comme je le suis, doute comme tu me fais douter.

— Très bien ! Cinq minutes pas plus et, si jamais tu parles, j'égorgerai moi-même ta petite amie sous tes yeux avant de t'envoyer en taule avec moi.

Toujours les mêmes menaces, mais elles me procurent toujours le même sentiment. Peut-être parce que je sais qu'il en est capable.

Il claque finalement la porte, me laissant seule dans cette minuscule pièce, le téléphone entre les mains.

Mon cœur se met à battre rapidement et mes joues à chauffer. Mes doigts tremblent tandis que je compose le numéro que je connais par cœur.

Une sonnerie, puis une deuxième. Je prie pour que ça décroche. Trois sonne…

— Allô ?

32

J'aurais pu appeler la police, ou mes parents, comme Swan me l'a suggéré. Demander de l'aide à n'importe quelle personne sensée dont je connais le numéro. Crier au secours. En finir avec ce cauchemar…

Non.

C'est une minuscule voix qui répond, bien trop faible et étouffée.

— Emma ?

Ça sonne comme un soupir tandis que je me laisse tomber sur le lit.

— Eden ?!

Je connais son numéro par cœur, comme ceux de Thomas, d'Addie et de mes parents. Je n'ai besoin que d'elle en ce moment, c'est pour cela que je préfère ne pas me précipiter pour demander de l'aide. Qui sait ? Je serai peut-être morte avant que les secours arrivent.

— Oui, mon amour, c'est bien moi.

Elle étouffe un sanglot à l'autre bout du fil.

— Oh mon Dieu. Où es-tu ? Comment tu vas ? Qu'est-ce qu'il s'est passé ? Je…

— Emma, s'il te plaît, je n'ai pas beaucoup de temps, il faut que tu m'écoutes. As-tu eu mon mot ?

Mes yeux font sans cesse des allers-retours entre la porte et le bout de mon pied. Swan peut entrer à tout moment.

— Oui, mais c'est quoi cette histoire de mec qui me suit et cette lettre que tu as laissée ?

— Emma, écoute-moi !

Mon ton est dur et je peux d'ici la voir froncer les sourcils mais il faut qu'elle me laisse parler, que je lui fasse toutes mes recommandations avant la fin des cinq minutes. Bien qu'elle ait un caractère bien trempé, elle m'obéit.

— Tu dois faire tout ce que j'ai dit dans ce mot. Jure-le-moi.

Elle hésite, longtemps, m'offrant un silence pour toute réponse avant de murmurer :

— Je te le jure.

Je soupire.

— Je vais bien, je ne sais pas où je suis mais ça va. Il ne me fera pas de mal. Il faut que je trouve un moyen de m'enfuir d'ici. N'essaie pas de me joindre, il a cassé mon téléphone, je n'ai plus de preuves contre lui, plus rien.

Je débite ces informations à une vitesse folle tandis que ma jambe tressaute.

— Eden, il faut que tu le coinces. Son amour pour toi est son point faible.

Derrière la porte, du bruit se fait entendre, mon cœur s'emballe et je la coupe encore une fois en mettant de côté ce qu'elle me dit.

— Pour l'instant, la seule chose qui compte, c'est que tu m'obéisses. Ne laisse rien paraître devant les autres, fais comme si on s'était vraiment séparées, déteste-moi. Ne tente rien, vis simplement ta vie. Un gars te suivra en permanence, Emma, je t'en prie, ne sois pas imprudente. Va voir mes parents et explique-leur que ça n'allait plus, confirme ma version.

— Eden, je…

Sa voix s'écrase en un sanglot étouffé. Elle pleure. Mon cœur se serre, je meurs d'envie de la prendre dans mes bras, de la serrer contre moi et de lui dire que tout ça n'était qu'un mauvais rêve.

— Mon amour, ne pleure pas, je sais ce que je fais…

C'est totalement faux. À l'instant où je suis montée dans cette voiture, mon instinct de survie a pris le dessus.

— Tu n'as pas à vivre tout ça, bordel ! (Sa voix déraille et part dans les aigus, comme quand elle est énervée.) C'est digne d'un film, putain, c'est un psychopathe !

— Emma ! Garde ton sang-froid. Je m'en sortirai, je suis bien plus forte que tu ne le penses. Les autres ont-ils cru à la lettre ?

Je suis étonnée d'entendre un rire lui échapper.

— Bien sûr que oui, ils ont marché à fond, et puis Swan a bien joué la comédie en s'excusant de ne pas avoir pu contrôler vos sentiments.

Elle semble dégoûtée.

— Ils n'ont pas posé de questions. Thomas a un peu été intrigué mais mes mensonges l'ont fait passer à autre chose. Adèle est dévastée par sa rupture avec l'autre psychopathe. Tu l'aurais vu, bébé. Un vrai acteur, il a presque pleuré lorsqu'elle s'est jetée à son cou.

Un haut-le-cœur s'empare de moi, j'imagine très bien la scène. Addie, le visage baigné de larmes, enlaçant mon ex. L'amour rend vraiment aveugle.

J'entends des pas se rapprocher de la chambre, des pas lourds comme des bottes martelant le sol. Je panique et bredouille rapidement :

— Je dois te laisser. Fais attention à toi, ne fais rien de stupide. N'en parle à personne, je t'en prie. Je te recontacterai, je ne sais pas quand, mais je le ferai…

— Non, Eden, ne me laisse pas.

Elle fond en larmes et c'est très dur. Je dois raccrocher et c'est la plus grosse épreuve que j'aie à affronter.

— Sois forte, ma princesse. Je reviendrai bientôt, tout ira mieux, c'est promis.

À cet instant, la porte s'ouvre presque violemment et la haute silhouette de mon ex-petit ami se dessine dans l'embrasure de la porte tandis qu'Emma pleure à chaudes larmes en murmurant :

— Je t'aime tellement.

Swan me fixe, menaçant, en m'indiquant d'un geste de la main que le temps est écoulé. Je joue la comédie et clame :

— J'ai juste besoin de temps, je vous rappellerai. J'irai mieux, ne t'inquiète pas. Embrasse papa pour moi. Je t'aime plus que tout.

Emma ne doit rien comprendre, mais l'important, c'est qu'elle retienne bien ma dernière phrase. Swan se penche vers moi alors que je raccroche. Il récupère bien vite le petit téléphone avant de le laisser tomber par terre. Comme le mien, il l'écrase de son talon, le mettant hors d'usage.

Je ne réagis même pas, le regardant faire, vidée. Cet appel avec Emma m'a retournée. Je me sens encore plus perdue et triste. Elle me manque tellement. Je n'arrive plus à trouver d'échappatoire. Qu'importe ce que je fais, Swan a toujours deux coups d'avance sur moi.

Pourtant, une phrase tourne en boucle dans ma tête.

Son amour pour toi est son point faible.

Son amour pour moi le rend fou, et c'est sa plus grande faiblesse ; Emma a raison. La voilà, ma porte de sortie.

33

— Enfile ça, Mako est allée t'acheter des vêtements.

Swan me parle, le dos courbé, plié en deux sur le tiroir d'une commode pour récupérer ce qui semble être un legging. Sérieusement ? Alors que nous sommes en plein été ? Que la canicule sévit ?

Je ne dis pas un mot et j'accepte l'étoffe qu'il me tend.

— Enfile ça et suis-moi.

Je caresse le nylon du vêtement tandis qu'il me regarde, perplexe, les bras ballants.

— Qu'est-ce que tu fais ?

Je hausse un sourcil, ne comprenant pas très bien.

— Mets-le.

Je secoue légèrement la tête.

— J'aimerais prendre une douche d'abord.

Je suis répugnante, mes cheveux sont collés les uns aux autres à cause de la transpiration, mon corps est lourd, ma figure sale et, à certains endroits sur mes bras, j'ai encore du sang d'Emma.

— Plus tard.

Il paraît légèrement agacé, donc je n'insiste pas plus, il vaut mieux le laisser guider les choses, ne pas le froisser. Je déplie l'habit et lentement j'y glisse une jambe puis l'autre. Swan ne me quitte pas des yeux, c'est presque gênant, son regard lourd pèse sur moi, il détaille chaque parcelle de ma peau nue que je lui offre, il s'en lécherait presque les babines.

J'essaie de faire au plus vite, au risque de trébucher. Ce legging me colle comme une seconde peau et il est trop serré.

— Parfait, clame-t-il.

Parfait, parfait… Je ne suis plus qu'un tas de vêtements, j'ai perdu du poids avec toutes ces péripéties, je flotte largement dans le tee-shirt. Une masse informe de tissus.

— Tu es magnifique.

Comme s'il avait lu dans mes pensées, il me gratifie d'un sourire avant de porter une main à mon bras. Il ne sait pas trop quoi en faire, alors il me le caresse simplement de ses doigts maladroits. Son sourire est crispé, pourtant ses yeux disent tout le contraire. Oh oui, comme ils le trahissent ! Ils s'illuminent lorsqu'ils se baladent sur ma silhouette, fous de désir. Je me raidis, me reculant légèrement. Il le remarque et son sourire change du tout au tout.

— Merci, chuchoté-je

Ne pas le froisser. Le mettre dans ma poche.

Ça ne l'adoucit pas, du moins c'est ce que laisse paraître sa mine froissée.

— Suis-moi. Je vais te faire visiter.

Enfin !

J'enfile ma vieille paire de Converse rouges en piteux état, seul bien qui semble encore m'appartenir ici.

Après un dernier coup d'œil, il pousse la porte de cette chambre, m'autorisant à en apprendre plus sur ce lieu. Je me tords le cou pour essayer d'apercevoir ce qui se dessine derrière lui car il me bloque l'accès. Je fronce les sourcils.

— Sois sage.

Il me menace du doigt et ça m'agace. Je ne suis pas une enfant à qui l'on peut dire ce qu'elle a le droit de faire ou non.

— Je tiens à ma vie.

Mon ton est sec et ça le fait sourire. Il passe une main dans ses cheveux en soufflant.

— Je ne te connaissais pas comme ça.

Son sous-entendu me frappe de plein fouet. Une connexion semble s'être établie entre nous deux et il joue avec moi. Il sait qu'il ravive petit à petit des souvenirs douloureux. Que lui seul connaît. Une forte envie de lui tordre le cou me prend. Mes poings se serrent et je dois faire un effort surhumain pour ne pas le gifler. Ma peau me pique, j'ai mal à des cicatrices invisibles.

— Avance, ordonné-je à mon tour.

Il ricane avant de miraculeusement s'exécuter. Je prends une grande inspiration et j'essaie de faire le vide dans mon esprit, chassant toutes les pensées de mon passé. Je dois être efficace et retenir le plus d'informations possible de ce que je vais voir.

Je pose enfin un pied en dehors de la pièce qui m'a vue rentrer comateuse.

À ma grande surprise, nous débouchons dans un petit couloir à la moquette rougeâtre. Un peu comme dans un hôtel et, pour cause, nous traversons un couloir orné de différentes portes.

Numéro 3, numéro 6…

Il n'y en a pas énormément mais suffisamment pour ressembler à un mini-hôtel de route ou à une auberge.

— On est où ? ne puis-je m'empêcher de demander, bien trop curieuse.

Je promène un doigt le long de la tapisserie jaunissante, il est clair que cet endroit mériterait un petit rafraîchissement. Swan ne me répond pas et continue à avancer fièrement, me tournant le dos. Rapidement, un escalier se dessine devant nous. Il l'emprunte et je n'ai pas d'autre choix que de le suivre. Plus nous descendons et plus une petite musique de rock s'élève. Elle n'est pas très forte, suffisamment pour se réveiller.

Elle berce mes oreilles tandis que la scène d'un bar ou plutôt d'une brasserie se joue devant moi.

J'ouvre de grands yeux. Je m'attendais à tout sauf à ça.

— Bienvenue chez moi !

Le lieu est plutôt simple, dans le genre petit restau de village. Il y a quelques tables, une grande télé accrochée au mur et un bar immense derrière lequel je reconnais la jolie rousse. Elle astique énergiquement une pinte de bière tandis qu'un client en train de manger des œufs lui fait la conversation.

Un petit rire m'échappe, ce qui me vaut un regard foudroyant de la part de mon ex.

— Quoi ?

Il me fixe comme s'il pouvait lire dans mon âme. Je secoue la tête en osant m'éloigner de lui. Innocemment, je me perche sur un des hauts tabourets.

— Je ne m'attendais pas à ça.

— Et à quoi d'autre alors ?

Il tape du doigt sur le comptoir, agacé.

— Je ne sais pas, mais ça ne colle pas avec ta nouvelle image.

Dire que je suis surprise est un euphémisme ! Swan, patron d'une brasserie ? On dirait une mauvaise blague. Il fut un temps où j'aurais pu y croire. Petit, il adorait le contact humain, il était poli et toujours serviable. Mais son nouveau personnage fait tache dans ce décor.

Peut-être que le naturel est revenu au galop.

Non ! Ne te laisse pas berner.

Les armes, la drogue, les différents passeports, il y a quelque chose de pas net, alors je tente :

— Tu ressembles plus à un trafiquant de drogue qu'à un gentil patron de bistrot.

Il fronce les sourcils, sa mine pourrait presque paraître adorable. Il tente de dissimuler sa vexation sous de grands airs et c'est marrant à voir. S'il ne me terrifiait pas autant, j'aurais presque osé lui pincer les joues. Comme les grands-mères le font si bien.

— Eh bien, tu te trompes.

— Sympa, la tenue.

La serveuse, un torchon sur l'épaule, m'offre un grand sourire. Et, même si sa remarque est ironique, son sourire ne comporte aucune animosité. Elle est sans doute la personne la plus aimable que j'aie rencontrée jusqu'ici.

— Nouvelle collection, ironisé-je.

Elle lâche un rire clair. Swan observe la scène, légèrement blasé.

— Mako, me dit-elle en me tendant une main parfaitement manucurée aux ongles turquoise.

Je la lui serre en retour.

— Ed…

Je n'ai pas le temps de finir ma phrase que Swan se jette sur moi en plaquant une de ses mains sur ma bouche. Il appuie si fort que j'en ai presque mal. Il me colle contre lui. Je suis tentée de le mordre mais il jure avant :

— Putain, j'ai oublié de lui expliquer !

Mako roule ses yeux vairons avant de s'adosser négligemment au bar.

— La fameuse règle.

Toujours bâillonnée, je la regarde se pencher vers moi et expliquer à la place de Swan :

— Ne pas dire ton vrai prénom. On n'a pas le droit de connaître le prénom des autres, et le tien encore moins.

Elle me fait un clin d'œil avant de s'éloigner vers son client, qui règle son petit déjeuner. Justement, je veux qu'ils connaissent mon prénom, ma vraie identité. En priant pour que parmi eux se trouve une âme charitable.

Mais combien sont-ils au fait ?

Ce n'est vraiment pas le moment !

Je donne un gros coup de dents dans la paume de Swan, qui me maintient toujours fermement. Il lâche un petit cri, plus surpris que blessé.

— Eden, mon vrai prénom, c'est Eden !

Mon cri résonne comme un appel au secours. Le client déjà parti n'a pas entendu, mais Mako, elle, si ; c'est comme si on le lui avait crié tout près de l'oreille. Elle me considère un instant, jaugeant si oui ou non je dis la vérité, avant de lancer un regard paniqué à Swan.

— Putain, mais tu n'es pas possible !

Il tape du poing sur le comptoir, si fort que je grimace pour lui, il ne cille pas et me foudroie du regard. S'il pouvait m'étranger là, tout de suite, il le ferait.

J'ai peut-être fait une boulette. Jouer la fille sage s'avère plus difficile que prévu. Mais c'est comme si c'était ancré dans nos ADN, marqué sur nos âmes. Malgré notre amour, plus jeunes, nous avons toujours adoré nous titiller, aller au-delà des interdits de l'autre. Gentiment. Aujourd'hui, tout est devenu plus dangereux et ça me fait frissonner.

Jusqu'où cela ira-t-il ? Il faut que j'apprenne à me taire. À ignorer mes sentiments de révolte. À le laisser me façonner pour mieux le détruire.

On dirait une furie, ses joues ont pris une légère teinte rouge, il paraît plus sombre que jamais. Noirs ses cheveux, noirs ses yeux, noirs comme l'ébène.

— Toi, t'as rien entendu !

Il menace Mako de toute sa hauteur, je la vois se ratatiner sur elle-même en gardant la face. Mes joues chauffent, signe de mon agacement. Mako est gentille et douce, elle me rappelle Emma. Je ne veux pas qu'il lui parle comme ça.

Je n'ai pas le temps de protester que Swan reprend mon bras et m'entraîne comme une marionnette derrière lui. Comme si j'étais insignifiante, tout le contraire de ce qu'il me proclame depuis des jours.

Je ne bronche pas lorsqu'il nous fait traverser la brasserie pour rejoindre une petite porte dérobée, à l'abri des regards. Pour la trouver, il faut savoir qu'elle est là. La peinture brune s'écaille sur toute sa surface. De cet angle, je n'aperçois plus qu'un bout du bar et seulement quelques mèches de la chevelure flamboyante de Mako.

— Suis-moi.

Toujours la même phrase... Qui résonne lorsqu'il me pousse dans un endroit aussi sombre que la nuit.

34

Le noir m'enveloppe, je force mes yeux à s'habituer à l'obscurité. J'arrive à distinguer des nuances lorsque soudain un grand clic retentit.

Des rangées de néons au plafond s'allument tour à tour, donnant vie à l'immense salle qui s'offre à moi. J'ouvre de grands yeux, ce n'est pas n'importe quelle salle, non.

Celle-ci est équipée de sacs de frappe suspendus au plafond, d'haltères posés dans un coin et de caisses contenant ce qui semble être des cordes à sauter. Des tapis jonchent le sol, ainsi que des gourdes par-ci par-là.

— C'est quoi, cet endroit ?

Je suis bouche bée en admirant la pièce maîtresse. Un ring haut en couleur. Il semble tout neuf, resplendissant.

— C'est pas assez explicite peut-être ?

Il lève les yeux au ciel comme pour me dire « tu es stupide ». Je l'ignore en m'aventurant un peu partout. Je tape faiblement dans un sac, le faisant valser.

— J'ai ouvert cette salle pour les jeunes de la commune. Pour les canaliser.

— Et ça fonctionne ?

Je passe les cordes du ring en me pliant en deux et tâte le sol. En le touchant, j'ai l'impression que je peux ressentir toute l'énergie des combats passés. Défaite, victoire, c'est comme si toutes ces émotions me traversaient.

— On a déjà une centaine d'adhérents…

— Ah, quand même…

Un léger sourire étire mes lèvres. Swan a fait ça. Je touche du doigt le Swan que j'aimais tant et je suis prise de tendresse.

— C'est une autre source de revenus, avec la brasserie et l'hôtel.

Je secoue la tête.

— Je n'arrive pas à le croire, c'est trop… clean…

Il rit, beaucoup plus calme qu'avant. Il se masse la nuque en confessant :

— Tu as raison, il n'y a pas que ça.

Je hausse un sourcil tandis qu'il vient me rejoindre sur le ring. Il a plus sa place ici que moi. J'imagine bien son corps élancé et musclé mettre à terre tous ses adversaires. Le front en sueur, les tatouages ruisselant de transpiration. Alors que moi, je pourrais faire tache : un petit bout de femme, aux bras aussi épais que des allumettes, incapable de se sauver elle-même…

Je suis mal à l'aise alors qu'il fait exprès de se tenir tout près de moi.

— On organise quelques combats le soir, histoire d'attirer les paris. De l'argent en plus, quoi.

Il chuchote dans un demi-sourire.

Bingo, on touche à quelque chose. De l'argent ? Des paris ?

Je suis ravie de constater qu'il s'ouvre petit à petit.

Je m'éloigne en marchant lentement le long des cordes, une main posée dessus.

— Et ça vous rapporte beaucoup ?

Je pose cette question le plus innocemment possible en fuyant son regard. Il lève un sourcil amusé.

— Suffisamment.

Je serre les dents, car il reste évasif.

Patience.

— Attrape !

J'ai à peine le temps de me retourner que Swan me lance deux gros gants rouges. Je les réceptionne tant bien que mal en les serrant contre mon corps.

— Mets-les, m'ordonne-t-il.

Je le considère, surprise, la tête penchée sur le côté.

— Pour quoi faire ?

Il a son air joueur, son sourire découvrant ses dents blanches me met au défi.

— Fais-le.

Il ne me quitte pas des yeux, les mains dans les poches. Je ne comprends pas où il veut en venir mais je m'exécute. Je glisse une main dans un gant. Il est beaucoup trop grand pour moi mais je le ferme quand même.

Ma main ressemble à une boule armée de cette grosse protection, si bien que je me retrouve en difficulté pour enfiler l'autre. Le gant tombe à plusieurs reprises tandis que Swan se moque de moi. Je m'énerve en persévérant.

— Donne.

Il le ramasse. En se baissant, ses cheveux retombent sur ses yeux, il souffle pour les remettre en place avant de saisir ma main.

Je suis réticente et je me recule. Il me lance un regard pour me mettre en confiance, la main tendue vers moi. J'hésite un instant avant de glisser la mienne dans la sienne.

Elle est froide et rugueuse. Large et fine à la fois. Il caresse mes doigts. Je me laisse faire en serrant les dents, j'ai une pensée pour Emma, qui passait des heures à jouer avec.

Il approche finalement le gant et y glisse ma main avant de le refermer fermement. Je me sens soudain désemparée, j'ai l'impression de ne rien pouvoir faire avec mes mains. Je les contemple un instant, je ne sais pas comment m'en servir, je ne me suis jamais intéressée à la boxe, de près ou de loin.

— Frappe-moi.

Je redresse vivement la tête, plantant mes yeux dans les siens. J'y cherche un quelconque amusement, une sorte de blague. Il n'y a rien de tout ça, il est on ne peut plus sérieux. Je secoue vivement la tête et un voile de cheveux vient me cacher la vue. Oubliant que j'avais mes gants, je tente de les coincer derrière mon oreille. En vain, bien évidemment.

Swan me prend de vitesse et glisse ses doigts sur mon visage. Je me laisse faire, mon plan en tête. Je le laisse attraper du bout des doigts mes cheveux et les arranger le plus doucement possible. Il en profite pour prendre tout son temps. Je suis gênée, un pincement au cœur me blesse, cette douceur de sa part me frappe de plein fouet, de vieilles sensations ancrées dans ma peau me brûlent. Je les ignore et les repousse au plus profond de moi.

Ses longs doigts viennent s'enrouler autour de mon poignet tandis qu'il le porte à son torse.

— Frappe.

— Non, réponds-je fermement.

Du bout des doigts, il me bouscule, les enfonçant dans mon épaule.

— Frappe-moi, ordonne-t-il plus fort.

Sa voix résonne dans cette pièce vide. Mollement, je porte un coup à son torse.

— T'es content ?

Un rictus déforme son visage.

— Tu es toujours aussi faible.

Son ton n'est pas méchant, mais je le ressens comme une insulte qui me fait tourner la tête, comme une flèche qui me transperce de part en part.

J'arme mon poing et je frappe plus fort.

— Vaut mieux ça qu'être un salaud et faire du mal aux autres.

Je l'accuse, les poings hauts devant moi. Il tourne autour de moi, m'obligeant à pivoter pour ne pas le perdre des yeux.

— Tu n'obtiendras jamais rien dans la vie si tu n'y mets pas un peu de force.

Pour ponctuer sa phrase, il me bouscule à nouveau, me provoquant.

— Ce n'est pas une raison. On n'obtient que ce que l'on mérite.

Il rit à gorge déployée.

— Serais-tu toujours en vie si je ne m'étais pas montré violent ?

En vie ? Oui, et même heureuse avec Emma.

— On aurait retrouvé ton corps disloqué dans sa cave, toi, la jolie petite brune de la ville, si pétillante. Tes parents n'auraient rien compris.

Je comprends enfin ce qu'il entendait par « serais-tu toujours en vie ».

— C'est peut-être ce que je méritais.

Ma voix tremble en repensant à ce soir-là.

— Tu me dois la vie.

Son air hautain est insupportable mais, d'un côté, il n'a pas tort. Seule, je n'aurais jamais eu l'idée de me révolter et qui sait où j'en serais aujourd'hui si Swan n'avait pas partagé ma vie. Mais plutôt mourir que de l'admettre.

Je frappe dans son ventre. Assez fort cette fois, il grimace en se pliant légèrement.

— Dans tes rêves.

Il se redresse comme si de rien n'était, me défiant, joueur comme d'habitude. Il ouvre la bouche pour dire quelque chose, mais un fracas derrière lui retentit.

Je me tords le cou pour apercevoir que c'est la porte du gymnase qui s'est ouverte violemment.

— Swan !

Celui-ci se retourne vivement, le corps tendu. Nous découvrons trois garçons et deux filles, dont l'une est Mako. Un des garçons est très mal en point, son arcade est ouverte, un bleu s'étend sous son œil et sa lèvre est gonflée. Les autres sont obligés de le soutenir tandis que sa tête penche sur le côté. Il est à deux doigts de s'évanouir. Swan est figé dans une expression de folie.

Précipitamment, il descend du ring, manquant de tomber à cause des cordes.

Il rejoint le petit groupe alors qu'un des garçons, avec des traits asiatiques, prend la parole :

— On l'a…

— Pas devant elle ! tonne Swan.

Son ton nous surprend tous et nous sursautons. Il est vraiment énervé. Le garçon s'enfonce sur lui-même tandis que Swan les menace du doigt tour à tour.

— Pas un mot de tout ça devant elle ! C'est clair ?

Il hurle presque, d'une voix rauque. Un halo noir semble se former autour de son cœur. Il attrape le menton du garçon blessé avant d'examiner son visage sous tous les angles.

— Mako, ordonne-t-il. Emmène-la. Fais-lui visiter l'étage et apporte les vêtements que tu lui as achetés dans ma chambre.

La rousse hoche vivement la tête face à ce démon. Personne ne semble vouloir le contredire, cependant, moi, j'en ai le courage.

— Je ne veux pas dormir dans ta chambre !

Ça ne semble vraiment pas être le bon moment pour ce caprice mais il est hors de question que je le côtoie d'aussi près. Plan ou pas plan.

Il ne se retourne même pas vers moi et crie seulement :

— Pas maintenant, OK ?

Je frémis avant de tenter de croiser mes bras malgré mes gants.

— Tu suis Mako ! (En s'adressant à cette dernière :) Et toi, tu fais en sorte qu'elle trouve un autre nom. Vous, dans l'autre pièce.

Les deux garçons valides s'exécutent et portent celui qui traîne la patte, à demi conscient, vers le fond de la salle, suivis de près par une blonde.

Swan pivote vers moi et m'oblige à descendre du ring de son ton autoritaire.

— Obéis-moi pour une fois !

Qu'est-ce qu'il se passe ? Pourquoi se retrouve-t-il dans un état comme ça ? Qui est ce garçon ? Et pourquoi est-il comme ça ?

— Où est Sohëm ? interroge-t-il Mako.

Celle-ci secoue la tête comme pour dire qu'elle ne sait pas et Swan jure.

Il passe une main dans ses cheveux, nerveux, avant de donner d'autres directives.

— Va chercher Galane pour faire le service à ta place et Lowen pour ouvrir la salle. Ils doivent être ensemble. Et ne t'avise pas de dire un mot sur quoi que ce soit.

Il siffle ça entre ses dents et c'est comme s'il plaçait une lame sur le cou de la jeune fille.

Elle ne se laisse pas démonter et proclame :

— Je ne suis pas débile.

Elle passe à côté de lui et prend la petite clef qu'il lui donne. Elle la glisse dans sa poche et me tend une main pour m'aider à descendre. J'hésite avant de juger que c'est mieux, pour moi et pour la suite, d'obéir à Swan. Mieux vaut lui faire croire qu'il a les pleins pouvoirs. Mako m'aide à retirer mes gants avant de me pousser vers la sortie. Avant de passer la porte pour rejoindre l'autre côté, plus festif, je jette un coup d'œil par-dessus mon épaule. Swan, furieux, comme dans un état de transe, s'éloigne rapidement vers une des portes au fond de la pièce.

Je ne peux m'empêcher de me poser plein de questions, que je me promets de soumettre à Mako tandis qu'elle me fait traverser le petit restaurant et me tire à l'étage, là où tout a commencé.

35

— Il s'est passé quoi en bas ? tenté-je.

Mako est plutôt bavarde alors j'essaie mais je me heurte à un refus.

— Tu as entendu Swan, je n'ai pas le droit de le dire.

Je me rembrunis, déçue. Il faut vraiment que je parvienne à me faire un allié ici. Je ne m'en sortirai pas seule.

— Ce n'est pas fatigant, de toujours faire ce que quelqu'un décide pour toi ?

Peut-être que si je parviens à les monter les uns contre les autres…

— Non, s'amuse-t-elle. Si je n'avais pas rencontré Swan, je serais toujours en train de me prostituer. Maintenant j'ai un job, un toit et une protection.

Merde. Je comprends maintenant pourquoi elle lui voue une fidélité sans faille. J'essaie d'imaginer comment a pu être sa vie avant Swan tandis qu'elle m'adresse un petit sourire par-dessus son épaule. Un petit sourire naïf qui tente de me convaincre que Swan est quelqu'un de bien. Il a beau avoir construit des affaires sérieuses, je suis persuadée qu'un démon se cache en lui et qu'ils ne veulent me montrer que la partie visible de l'iceberg.

Nous traversons pour la deuxième fois le couloir aux murs jaunes, en direction de la chambre qui m'a accueillie. Comme Swan l'a fait précédemment, Mako récupère dans la commode plein d'affaires qui sont désormais les miennes.

— Pourquoi je ne reste pas là ?

Elle s'applique à bien plier toutes les fringues et j'ai le plaisir de voir qu'elle n'a pas mauvais goût en matière de mode. J'aurais dû m'en douter à la vue de son crop top bleu aux manches bouffantes, dans un style romantique, et de son short en cuir.

— C'est l'étage réservé aux clients. On fait hôtel.

— Où sommes-nous ?

Elle se redresse, une pile à la main, me faisant un clin d'œil pour toute réponse. Je commence à m'agacer. Ils n'en ont pas marre, de faire tant de mystères ? Swan veut que je me considère comme chez moi ici, mais comment est-ce possible quand on a le sentiment d'avoir été kidnappée et que tout vous est inconnu ?

— Suis-moi.

Comme toujours, j'obéis. Bouillonnant toujours un peu plus. Nous quittons la chambre pour rejoindre un escalier.

— Il y a encore un étage ?

Mako hoche la tête. Dis donc, c'est bien plus grand que ce que j'avais imaginé. Comment Swan a-t-il trouvé l'argent pour acheter une aussi grande propriété ? Il y a anguille sous roche. Et le garçon balafré n'a fait que conforter mon pressentiment.

— Oui, cet étage nous est dédié. Je te ferai visiter.

On grimpe les quelques marches en marbre pour débouler dans un couloir bien plus large et comprenant bien plus de portes.

— Vous êtes combien ?

Elle réfléchit un instant.

— Une petite vingtaine. Mais il en manque en ce moment.

— Ils sont où ?

Je veux tout savoir. Poser le plus de questions en quête d'un indice, d'une preuve.

— En vacances ou chez eux.

À cet étage, pas de moquette brune ni de murs vieillissants. La peinture a été refaite en gris et un carrelage blanc habille le sol. C'est bien plus joli et très déroutant. On a l'impression d'être dans un autre monde.

— Vous êtes quoi, en fait ? Une bande de potes ?

Devant moi, elle hausse les épaules.

— En quelque sorte.

Mako s'arrête brusquement devant une porte portant le numéro 6. Elle s'arme de son poing et frappe violemment. Bien plus fort qu'il ne le faudrait et bien plus rapidement. Après un certain temps, la porte s'ouvre sur une petite brune aux cheveux coupés à la garçonne. Elles frottent ses yeux encore pleins de sommeil, l'air ronchon.

— Ce n'est pas fini, ce bordel !

Elle a l'air furieuse, les cheveux en bataille.

— Faut que tu ailles faire le service. Lowen est là ?

La jeune fille toise Mako avec de grands yeux.

— Quoi ? Mais non, je suis en repos !

Mako roule ses yeux vairons avant d'expliquer, en me pointant du doigt :

— Je dois m'occuper d'elle.

Les yeux marron de la jeune fille se fixent sur moi et elle me scrute, les paupières plissées. Elle réfléchit un instant en bâillant avant de ricaner.

— Alors c'est toi, la fameuse princesse.

Elle se moque, ne se gênant pas pour me détailler de haut en bas. Il faut dire que dans ma tenue je dois faire tache. Remarque, elle n'est pas mieux avec son crop top Mickey et son short assorti.

— Il nous a fait chier, l'autre, à cause de toi.

Elle croise les bras sur sa poitrine.

— J'ai pas choisi, réponds-je froidement.

Elle glousse.

— Si tu es là, c'est que tu le voulais un peu.

Je plisse les yeux, abasourdie par sa réplique. Que je le voulais un peu ? Elle ne sait pas dans quel état j'ai retrouvé ma copine. La pression psychologique que j'ai subie.

— Si je suis ici, c'est pour sauver les gens que j'aime.

— Adorable de ta part, ironise-t-elle.

Mako pose une main sur mon bras, m'empêchant de lui renvoyer la balle. Je ne sais pas à quoi elle joue mais ça commence à m'énerver.

— Dépêche-toi, il n'y a personne pour l'instant.

— Comment tu t'appelles ?

Elle ignore totalement la rousse, son attention toujours sur moi. Mako serre mon bras, m'intimant de ne pas parler.

— Elle n'a pas encore choisi, tranche-t-elle.

Les lèvres pincées, j'attends patiemment une autre pique pour pouvoir finir la joute verbale. L'achever définitivement.

— Lowen est là ?

Mako se tord le cou pour essayer de l'apercevoir derrière la dénommée Galane.

— Ouais !

Galane se décale et on voit apparaître derrière elle un jeune homme particulièrement grand, à la peau très blanche. Ses cheveux sont rasés et, ce qui me marque le plus, c'est son nez pointu et sa mâchoire affûtée. Il porte juste un caleçon.

— Qu'est-ce qu'il se passe ?

Sa voix est plus agréable que celle de la fille et il est moins agressif.

— Faut que tu ouvres la salle. Y a eu un problème, Isaïa ne peut pas le faire.

— Un problème ?

Il se masse la nuque en attendant une réponse. Mako me coule un regard et il comprend. J'ai le droit à un grand sourire.

— Salut.

Je souris légèrement en retour, n'ayant pas vraiment envie de parler.

— OK, j'y vais.

— Merci. À plus, Galane.

Mako tire sur mon bras pour m'annoncer que nous partons. La brune nous adresse un sourire forcé avant de faire une rapide révérence.

— Au plaisir, Votre Altesse.

Je jette un œil derrière mon épaule pour la voir rigoler avec son partenaire. Je ne vais vraiment pas l'aimer, celle-là.

— Pas très aimable, cette fille, lâché-je à Mako une fois que nous sommes un peu plus loin.

Elle hoche la tête en m'expliquant :

— Elle a un sacré caractère et je pense qu'elle t'a dans le collimateur.

— Pourquoi ?

Elle hausse les épaules.

— Galane couche avec un peu tout le monde et son but, c'est d'atteindre Swan. Mais tout le monde sait que Swan est fou amoureux de toi.

Super, encore une nana avec un trop-plein d'œstrogènes. Je n'ai vraiment pas besoin d'ennuis supplémentaires.

— Elle ne te fera rien, ne t'inquiète pas. Ignore-la.

Facile à dire. À la chambre 10, Mako tire la petite clef de son short et la tourne deux fois dans la serrure. La porte s'ouvre sur une grande suite. Si le mobilier n'était pas aussi rétro, on se croirait presque dans une chambre d'hôtel.

— Voilà la chambre de Swan.

La première chose que je vois, c'est le lit taille XXL avec, au pied, un grand tapis duveteux. La chambre est très propre et je sens flotter dans l'air le parfum cuivré de Swan. Cette pièce dans les tons sombres est totalement à son image. Simple mais efficace. Les murs sont couverts d'affiches de films ou encore de photos. En face du lit, contre le mur, trône un petit divan. À côté, se trouve une porte.

— C'est la salle de bains, m'apprend Mako.

Je hoche la tête.

— Je pourrais prendre une douche ?

— Bien sûr ! s'exclame-t-elle.

Je parcours la chambre des yeux et j'admire la penderie. Des habits sont posés négligemment sur des cintres. Mako commence à y mettre mes nouvelles affaires.

— Je n'ai pas envie de dormir avec lui.

Elle soupire légèrement.

— Ce n'est pas à moi de gérer ça.

J'ai l'impression d'être face à un mur. Elle ne sait rien, elle ne gère rien. Ça va être difficile de la soudoyer. Je m'assois sur le lit, lasse. Une nouvelle confrontation avec Swan s'impose. Si je ne peux pas changer de chambre, le canapé fera l'affaire.

Mes yeux parcourent les murs. Je contemple les photos accrochées au-dessus du lit. Je reconnais une photo de sa mère et de son beau-père. Je me lève et m'approche. La caressant du doigt. Si seulement elle savait ce que son fils fait… Elle qui m'a accueillie comme une seconde mère…

Les autres sont des photos de leur groupe. Je repère le visage de Sohëm et puis, sur une autre, celui de Galane et Mako. Mes yeux divaguent et j'atterris sur une vieille photo. C'est nous, enfants, à la piscine. Swan arbore un grand sourire, faisant mine de me pousser à l'eau.

Plus loin, il y en a une autre, seulement de moi. Je suis endormie sur ce qui semble être son torse. Je suis si paisible, partie dans un autre monde. Mes yeux me piquent et mon cœur se fissure. J'aime Emma plus que tout au monde mais je donnerais tout pour prendre dans mes bras l'ancien Swan. Pour pleurer dans ses bras et lui dire à quel point je suis désolée.

— Ça va ?

Je sursaute en me retournant vivement, j'essuie le coin de mes yeux sans me cacher.

— Je suis désolée de te brusquer mais tu dois trouver un prénom.

Je me laisse tomber sur le lit.

— Je n'en ai aucune idée, soupiré-je.

Mako vient me rejoindre au bout du lit, à une certaine distance néanmoins.

— Je ne sais pas, tu peux choisir ce que tu veux. Un nom de film, celui de ton héroïne préférée, de gens que tu connais.

Mon cerveau fouille dans mon catalogue de prénoms. Cette idée est ridicule. Le plan de Swan est ridicule. Sérieusement, pense-t-il vraiment que ça marchera éternellement ? Que mes proches ne vont jamais s'inquiéter ?

Je croise les bras sur mon ventre et une idée me vient.

— Ébène.

Mako se penche, un air interrogatif sur le visage.

— Je vais m'appeler Ébène.

Elle secoue la tête.

— C'est proche de ton prénom…

— Je m'en moque, la coupé-je. C'est ce que j'ai choisi.

Ébène.

Si je dois rester ici, autant annoncer la couleur. La couleur de mes plans, de mon âme. Je serai une nouvelle personne impitoyable. Je dois être comme Swan pour le berner. Alors je serai aussi noire que lui, et cette transformation passe par mon prénom.

36

— Va pour Ébène, alors.

Je ferme les yeux en faisant rouler ce prénom sur ma langue, il sonne bien. Si Emma voyait ça, elle se tordrait de rire face à mon attitude ridicule. Bien plus rationnelle que moi, elle ne s'embêterait pas avec tous ces détails. Je me redresse vivement, rebondissant légèrement sur le lit.

— Je peux me doucher ?

Mako hoche la tête.

— Tu sais où c'est.

Je la plante là, tandis que je cours presque vers la douche. La salle de bains est majestueuse. Petite, mais très raffinée. Du lavabo en marbre jusqu'à la douche à l'italienne en passant par les toilettes d'un blanc immaculé. Je fais vraiment tache avec ma tenue grossière. Je verrouille la porte derrière moi. Mes yeux balaient la pièce et, même si je suis censée me doucher, je vérifie d'abord s'il n'y a pas une fenêtre. Bingo !

Je me précipite, manquant de me briser le cou sur ce carrelage glissant. Elle est plus haute que moi mais, en me mettant sur la pointe des pieds, je pourrais voir l'extérieur. Il suffirait d'ouvrir la fenêtre, de l'enjamber et de…

Tous mes espoirs se brisent lorsque, contrastant avec le bon goût de la salle de bains, je découvre de larges barreaux entravant la fenêtre. Je peste, dépitée.

Le salaud, je suis sûre qu'il l'a fait exprès.

Tu fais un pas, il en a déjà fait deux.

L'inconvénient est qu'il est mon ex-petit ami. Il me connaît bien.

Je passe mes mains dans mes cheveux emmêlés, rageuse. Je me félicite cependant d'avoir développé mon sens du détail et mon instinct de survie.

Vaincue pour le moment, je passe mon tee-shirt au-dessus de ma tête et fais glisser mon legging. Ils atterrissent tous les deux sur le sol, à côté de mes Converse, tandis que mes pieds nus arpentent le carrelage. Même si nous sommes en été, un frisson me parcourt l'échine lorsque je m'engouffre dans la cabine de douche. La mosaïque grise accueille la multitude de gouttelettes lorsque j'ouvre l'eau. Rapidement la chaleur m'envahit, et un soupir de bien-être m'échappe. L'eau martèle ma peau et je ne sais pas si elle cherche à me punir ou bien à me purifier. Je passe mes mains dans mes cheveux en faisant mousser le shampoing. J'ai la surprise de remarquer que le plein de produits féminins a été fait. Et ça m'agace. Swan a beaucoup trop confiance en lui. Je les utilise à contrecœur. J'astique ma peau à m'en faire mal. Peut-être que c'est juste un cauchemar et que, si je me fais un peu mal, je vais me réveiller. Ma peau me brûle à force d'être maltraitée et, dans un excès de rage et de tristesse, je me surprends à frapper de la paume le mur de la douche.

— Et merde !

C'est comme si j'avais été dans un état de transe et que j'en sortais soudainement. Les larmes ruissellent sur mes joues, se mêlant aux gouttelettes et mourant sur le sol en mosaïque. Je suis ridicule à vouloir jouer les héroïnes. Je vais échouer comme d'habitude, comme depuis le début. Emma me manque au plus haut point, elle qui d'habitude a toujours le bon mot pour rassurer, réconforter. Au fond de moi, j'aimerais qu'elle ne m'écoute pas et prévienne la police. J'aimerais qu'elle me sauve encore une fois. Comment peut-elle faire sa vie en connaissant ma situation ? Elle n'attendait peut-être que ça.

N'importe quoi. Je dis n'importe quoi.

Je suis injuste et beaucoup trop à cran. Bien sûr qu'Emma est tourmentée, elle l'est toujours à cause de moi.

Un sanglot m'échappe, me nouant la gorge. Je ne sais plus quoi faire. Peut-être que, si je le tuais, ce serait réglé ?

Je coupe rageusement l'eau pour faire taire mes pensées les plus sombres. Le plan, il faut que je suive ce foutu plan. Peu importe là où il me conduira. Il faut que je le coince une bonne fois pour toutes. Avec le soutien de mes parents avocats, ça va le faire. Encore faut-il découvrir ce qui se trame ici, leurs magouilles secrètes.

Je range mes doutes en essorant tant bien que mal mes cheveux. Le tas de vêtements par terre ne m'inspire pas. Hors de question que je les remette après m'être lavée.

J'enroule une serviette propre autour de mon corps et je récupère mes Converse. Je prends une grande inspiration avant de sortir de cette salle de bains. Je ne sais pas si Mako est toujours là, mais je plaque un grand sourire sur mon visage.

En effet, elle est toujours là, assise sur le canapé, un vieux téléphone à la main. Pourquoi ont-ils tous des téléphones aussi dépassés ?

— Qu'est-ce que vous avez fait de mes anciens vêtements ?

Mako sursaute, une main sur le cœur, avant de cacher bien trop vite son téléphone dans sa poche.

— On les a jetés, bredouille-t-elle.

J'affiche une mine déçue. Ma veste appartenait à Emma. Elle me la prêtait souvent, disant qu'elle m'allait mieux qu'à elle.

— La veste était à ma copine, j'aurais aimé la garder.

Elle fronce les sourcils.

— Ta copine ?

— Oui, ma petite amie. Elle s'appelle Emma.

Je maintiens la serviette, qui tente de s'échapper, autour de mon corps. Mako ne répond rien et je continue :

— C'est la personne la plus gentille que je connaisse et maintenant, à cause de moi… Elle risque de mourir…

Je baisse la tête tandis que Mako bafouille en se tortillant :

— Je pensais que… tu aimais encore Swan. Enfin, il ne nous a pas dit que tu avais une copine.

Je lâche un petit rire en considérant la penderie. Aimer Swan ?

— J'ai été kidnappée et forcée de venir ici. Swan est mon premier amour, chuchoté-je. Je l'aimerai toujours. Mais pas comme il le voudrait.

Je fronce les sourcils en voyant Mako très mal à l'aise. Je l'ignore et poursuis, peut-être que mon histoire va la toucher.

— Je suis amoureuse d'une fille. Et elle me manque énormément.

Je soupire en choisissant un short en jean ainsi qu'un tee-shirt gris tout simple.

— Tu ne devrais pas me révéler ça. Je ne suis pas censée être au courant.

Mako se masse la nuque, le regard dans le vague.

— La vérité doit sortir un jour ou l'autre.

Je serre les habits contre moi, contre mon cœur, en pensant à ma petite amie. J'espère que Thomas prend soin d'elle. Je l'espère du plus profond de mon cœur.

— Garde ton passé pour toi, ma belle, certains esprits mauvais pourraient s'en servir contre toi.

Elle fuit mon regard, visiblement ailleurs. Je fronce les sourcils, prête à lui demander où elle veut en venir, mais elle me devance :

— Allez, prépare-toi. Swan veut faire les présentations officielles dans le salon dans quelques minutes.

Elle tape sur ses cuisses avant de me faire un petit signe de la main pour m'inviter à disparaître dans la salle de bains.

Je ne proteste pas et m'exécute précipitamment, le cœur battant. Tout prend des proportions énormes, j'ai l'impression de me laisser submerger. De me faire engloutir par des eaux froides. Personne ne veut regarder la folie de Swan en face, personne ne veut l'affronter. Perdue, c'est le mot qui tourne en boucle dans ma tête.

37

Je ferme le bouton du short avant de remonter la braguette, pile au moment où Mako tapote à la porte de la salle de bains.

— Ébène, on doit y aller.

Ébène. Cette appellation sonne bizarrement comme mon prénom mais en révélant ma vraie nature. Je pousse la porte, me retrouvant nez à nez avec la rousse.

— C'est bon.

Ses yeux vairons me détaillent avant qu'elle ne tourne les talons.

— Quand tu as dit « les présentations », tu entendais quoi par là ?

Mako me pousse hors de la chambre. Je tente d'enfiler mes chaussures tout en marchant, tandis que la rousse s'avance dans le couloir.

— Swan va te présenter à la bande au complet.

Mes mains se figent sur mes lacets, le cœur battant. Je ne sais pas pourquoi, mais je stresse. Le même stress que lors d'une rentrée des classes. C'est bête, pathétique même.

Je me redresse en tirant sur le bas de mon short un peu court. C'est étrange, mais je me demande ce que vont penser les autres de moi.

Je devrais m'en ficher, après tout j'ai presque été kidnappée et mon but est de fuir. Pourtant, au fond de moi, j'ai toujours l'espoir de rencontrer une personne qui ne cautionne pas les actes de Swan et qui pourrait m'aider.

Pathétique, je disais.

Mako m'entraîne vers la gauche au fond du couloir. Une grande porte, bien plus large que les autres, en marque la fin. La poignée n'oppose aucune résistance lorsque Mako la tourne tandis que je tords mes mains moites.

— Bienvenue dans notre monde.

La porte s'ouvre dans un petit grincement, me dévoilant ses secrets. Comme me l'avait dit Mako, derrière les lourds battants se dessinent un grand canapé ainsi que de multiples fauteuils en face d'une télé allumée. La pièce est pleine de monde. Du garçon affalé sur le fauteuil à la fille aux jambes étendues sur un autre mec dans le canapé, en passant par des gens debout. Un petit brouhaha s'élève et vient envahir mes oreilles. Mako m'abandonne bien vite, retrouvant la blonde de ce matin. Je repère rapidement Swan. Les mains dans les poches, il est nonchalamment assis sur une table de billard, en pleine discussion. Un frisson me parcourt lorsque je reconnais la grande silhouette aux cheveux courts à laquelle il s'adresse : Sohëm.

Mon estomac est noué et j'ai du mal à déglutir. Qu'est-ce que je fais là ?

Après quelques secondes, Swan s'aperçoit enfin de mon arrivée. Ses grands yeux me déshabillent, accentuant mon malaise, avant que ses lèvres ne forment un sourire carnassier.

Il ne me lâche pas des yeux en se relevant et en proclamant :

— Hé, tout le monde ! Un peu de calme.

Il n'a pas besoin de hausser le ton pour qu'on l'écoute et lui obéisse. C'est flippant, une vraie armée.

Le rouge me monte aux joues lorsque toutes les paires d'yeux me repèrent. Swan me rejoint avant de passer un bras autour de ma taille. Je le laisse faire, pas vraiment consciente de son geste. Je vois Mako me gratifier d'un petit sourire. Tout le monde doit penser que nous sommes ensemble.

Leurs visages sont calmes, ils sont prêts à gober toutes les paroles que va déblatérer leur leader.

— La voici enfin.

Mes mains se glissent dans mes poches, je suis mal à l'aise. J'ai presque envie de pleurer. Mon être est comprimé, serré dans un étau comme dans une prison de peur et de crainte, encore et toujours. Une cage qui m'empêche d'être moi et de m'en sortir.

Je porte mes yeux vers mon ex et j'ai la surprise de constater qu'il me couve d'un regard tendre, doux. Je chancelle et ma bouche s'entrouvre.

Cette expression !

Elle me vrille le corps, me secoue. Je la connais par cœur. De ses sourcils légèrement haussés à ses lèvres étirées. À ses yeux d'une teinte si chaleureuse, rappelant une nuit d'été. Je ne peux me défaire de ce regard. Je m'y accroche comme à une bouée, il est là, mon Swan du passé est là.

Le nœud dans mon ventre diminue alors que Swan décide de rompre notre contact visuel, qui semble avoir duré une éternité.

— Je vous présente…

Il marque une pause, m'interrogeant silencieusement. Je fronce les sourcils, encore dans mes rêveries, ne comprenant pas, puis, très vite, mon trouble se dissipe et je reprends contenance.

— Ébène, je suis Ébène.

Ma voix, que j'aurais voulu grave et sûre d'elle, n'est en réalité que chevrotante.

Swan penche la tête sur le côté, surpris et me reprochant tacitement la proximité avec mon vrai prénom.

— Salut, Ébène.

Je tourne vivement la tête vers cette voix qui me fait serrer les dents. Sohëm, narquois, me toise en insistant sur toutes les syllabes de mon prénom. L'air moqueur, les bras croisés. Je lui lance le regard le plus noir dont je suis capable, les poings serrés dans mes poches.

Swan semble avoir capté son petit manège et le réprimande :

— Sohëm !

Son ton est ferme et sans appel, autoritaire et léger à la fois. Il n'a pas eu besoin de crier pour que Sohëm se tasse dans le canapé, un visage un peu plus neutre. J'ai presque envie de lui rire au nez. Voir qu'il a peur de mon ex me rendrait presque heureuse. Swan reprend :

— Tu connais déjà Sohëm et Mako. Voici Isaïa…

L'Asiatique me fait un petit signe de la main.

— Néo, Vicky, Sandro, Réda…

Tour à tour, au fil des présentations, j'ai droit à des sourires plus ou moins larges. Ils n'ont pas l'air si méchants. Bien que la plupart soient tatoués, leur look semble assez similaire à celui des jeunes lambda.

Ils sont presque une quinzaine. Je remarque qu'il manque Galane et Lowen.

Swan finit sa présentation.

— Je compte sur vous pour qu'elle se sente comme chez elle.

Ce n'est pas une menace mais ça sonne tout comme. Il porte ses yeux sur moi tandis que je secoue lentement la tête. Ils peuvent toujours essayer.

Ce n'est pas chez moi, tu m'as arrachée à mon chez-moi !

Mes yeux lui crient dessus tandis qu'il fait semblant de ne pas le voir. Je ne m'entendrai pas avec la moitié de ces personnes, car je n'essayerai même pas et je partirai rapidement.

La main de Swan descend un peu plus au creux de mes hanches, me procurant une petite décharge électrique. Je m'écarte bien vite tandis qu'il me rattrape et me glisse à l'oreille :

— Va faire connaissance.

Son souffle chaud effleure mon oreille tandis que je sens qu'on nous épie.

— Je n'en ai pas envie, sifflé-je entre mes dents.

Je l'entends ricaner silencieusement avant qu'il ne me surprenne en déposant un léger baiser sous mon lobe.

La décharge électrique de tout à l'heure remonte le long de ma colonne et je m'écarte d'un bond.

— Ébène, viens !

Mes yeux sont on ne peut plus ouverts, et je fusille Swan du regard. Comment ose-t-il ?

Après avoir séduit ma meilleure amie, menacé mes amis, ouvert les poignets de ma petite copine et m'avoir obligée à vivre ici ?

Mon cerveau diffuse une panoplie d'insultes que je me retiens de prononcer quand Mako m'appelle. Swan affiche un air rieur. C'est un jeu pour lui, un jeu excitant, d'autant plus que les autres ne remarquent rien. Je vais devenir dingue. Perdre les pédales. Je le sens petit à petit, j'ai du mal à garder le cap, et la folie grignote chaque jour un peu de mon esprit sain. Comme ce fameux jour où ensemble nous avons fait taire notre raison et libéré notre folie.

Une bouffée de violence m'envahit, je suis sûre que, si je le tuais, là tout de suite, maintenant, je n'éprouverais rien, ni regret, ni peine, ni culpabilité. Peut-être que je suis moi aussi une psychopathe.

Je n'ai pas le temps de creuser cette pensée car Mako me rejoint, pensant que je ne l'ai pas entendue. Mes yeux sont fixés sur le dos musclé de Swan, qui s'éloigne avec un petit clin d'œil.

— Ébène, je te présente Lana.

Mako tient par les épaules la blonde qui accompagnait le garçon mal en point ce matin. Je hausse les sourcils alors que ladite Lana me claque une bise.

— On a beaucoup entendu parler de toi, tu sais.

Ses cheveux mi-longs balaient ses épaules lorsqu'elle secoue la tête, les yeux au ciel.

— Énormément, ajoute Mako avec un petit rire. Je suis sûre que vous allez bien vous entendre.

Je l'espère, elle a l'air bien plus gentille que Galane en tout cas. Je suppose que cette dernière n'est pas là parce qu'elle travaille, et j'en suis bien contente.

— Et que t'a-t-on dit de moi ?

Lana se tapote les lèvres de l'index tandis que Mako m'adresse un regard en biais.

— Pas grand-chose à vrai dire, répond la blonde. On a surtout eu beaucoup de menaces à ton sujet.

Mako hoche vigoureusement la tête.

— Interdiction d'avoir des gestes ambigus envers toi, garçons et filles, interdiction d'essayer de flirter avec toi, énumère Lana. De rester seul dans une pièce avec toi pour les garçons. Et obligation de te tenir à l'écart de tout.

Je fronce les sourcils, assez hébétée par toutes ces règles qu'a fixées Swan et surtout par la dernière, qui vaut à Lana un joli coup de coude dans les côtes de la part de Mako.

— Roooo, ça va.

Mako roule des yeux, l'ignorant.

— Un vrai pervers narcissique, ironisé-je.

— Ou un petit copain jaloux.

La blonde hausse les épaules tandis que je murmure :

— Petit copain…

Alors, c'est ce qu'ils croient ? Que nous nous aimons ? Que nous sommes juste peu démonstratifs et très destructeurs ? Pas Mako en tout cas, ni Sohëm. Les autres savent-ils que j'ai été contrainte de venir ici ? Apparemment pas, et l'attitude gênée de Mako le prouve. Elle s'apprête à dire quelque chose, mais une voix plus imposante l'en empêche :

— Écoutez-moi tous.

C'est Swan, avec sa voix éraillée. Il tape une fois dans ses mains.

— Ce soir, le bar et la salle resteront fermés. Fête de bienvenue pour mon amoureuse.

Il m'envoie un baiser avec sa main tandis que je le fusille du regard. L'idée me déplaît énormément et apparemment je ne suis pas la seule.

— Quoi ? s'enquiert Isaïa. On va perdre un fric pas possible.

Swan secoue la tête avant de lui donner une claque dans le dos.

— Je m'en fous.

Il se met à rigoler à gorge déployée tandis que l'autre tire une tête dépitée en soupirant.

— Rien d'extravagant. Pas la peine de sortir vos robes de soirée.

C'en est trop. Mon sang ne fait qu'un tour, Swan m'insupporte. Comment peut-il fêter ça, mon arrivée en enfer ? Il m'a arraché le cœur en m'amenant ici et il veut fêter ça ? Sans moi.

Mako et Lana ont les yeux rivés sur le mâle alpha de cette bande et ne me prêtent pas attention. Je décide de tourner les talons et de partir le plus vite possible. Je suffoque, il faut que je trouve un téléphone, que j'appelle Emma. J'ai besoin d'Emma, de sa voix, de ses paroles rassurantes.

Les discussions ont repris, je n'ai donc aucun mal à me faufiler sans me faire remarquer, sans que les petits grincements de porte n'attirent qui que ce soit.

Je referme précipitamment avant de me retrouver à nouveau entourée de murs gris. Je regarde un peu partout même si ma destination semble claire. Suivre ce long couloir.

Je regarde derrière moi, la porte ne semble pas s'ouvrir et je me mets à marcher vite. Le sang bat fort dans mes oreilles, c'est comme si j'avais des œillères qui m'obligeaient à ne voir que les escaliers au loin. Je suis tellement concentrée que je n'entends pas la personne qui arrive derrière moi. Je sursaute lorsqu'une main puissante s'abat sur mon épaule. Je me fige. Les joues en feu et la respiration courte. Je tourne la tête pour détailler la main. Les tatouages me sont familiers. Agressifs comme un avertissement. Je me retourne lentement pour me retrouver face à une montagne de muscles.

— Où tu vas ?

Trouve un mensonge, vite.

Mon cœur bat tellement fort dans ma poitrine que je suis sûre qu'il peut l'entendre et que celui-ci va s'échapper de ma cage thoracique.

— J'avais besoin de manger un truc. Je suis affamée.

Même s'il est vrai que je suis affamée, je mens tellement mal que je me giflerais. Et Swan ne me croit pas, ça se lit sur son visage à la façon dont ses yeux me scrutent, de mon petit nez à mon grain de beauté sur la tempe.

— Quelle heure est-il ?

Il plisse les yeux, tentant de déceler une faille.

— Midi passé, murmure-t-il.

Je me tords les doigts tandis qu'il continue de m'analyser, immobile et silencieux.

— Viens, on va manger quelque chose.

Et merde !

— Euh…

Il passe une main dans sa chevelure, tentant de dégager sa frimousse de ses cheveux bouclant partiellement.

Je n'ai pas le temps de protester qu'il me saisit le poignet pour m'entraîner loin de là où j'aurais pu trouver un téléphone et me reconnecter avec mon monde. Je ne proteste pas, même si tant de mots me brûlent les lèvres. Je suis à cran, un pas de trop et tout s'embrasera.

Le souci, c'est que Swan a tendance à être ce pas de trop…

38

— Lâche-moi le bras.

Je tire d'un mouvement brusque, déliant ses doigts qui commençaient à me faire mal. Il se retourne rapidement, l'air réprobateur.

— Dépêche-toi, lâche-t-il tout simplement.

Je soutiens son regard un instant. Les yeux dans les yeux, deux âmes luttant l'une contre l'autre. Mais, jugeant ce petit manège puéril, il se retourne et poursuit notre route. Nous sommes presque arrivés aux escaliers qui mènent au rez-de-chaussée.

Je le suis en examinant minutieusement tout autour de moi, un éternel pincement au cœur persistant dans ma poitrine. Peut-être que, s'il ne m'avait pas rattrapée, j'aurais pu avoir Emma au téléphone. Ne serait-ce que quelques secondes.

Rapidement, des bruits de conversations dans une ambiance festive viennent chatouiller nos oreilles. Et pour cause, les petites tables carrées du bar sont pleines. Galane semble courir partout, et un garçon que je ne connais pas l'aide. Le comptoir aussi est bien occupé et bien animé. Devant moi, Swan salue deux, trois personnes avec un grand sourire. Il serre des mains et tape sur des épaules. Un joli manège. Mais pas plus impressionnant que celui de Galane lorsqu'elle arrive à sa hauteur. Son visage, fermé une minute avant, devient alors un masque de tendresse. Elle affiche une moue surprise et je l'entends s'exclamer :

— Salut, Swan !

Il lui claque deux bises tandis qu'elle le questionne, une main sur son épaule :

— Qu'est-ce qu'il te faut ?

Elle en pince pour lui. Mako avait raison, ça crève les yeux et, je ne sais pas pourquoi, ça titille mon cœur. Cette fille m'agace dans sa façon de se tenir et de se comporter avec lui. Je croise les bras sur ma poitrine, bien trop fière pour admettre que mon cœur ressent de la jalousie.

De la jalousie ? D'où ça sort, ça ?

Je ne l'avouerai jamais, je n'avouerai pas que mon cœur est toujours accroché à cette ancienne version de lui. Que mon âme est toujours marquée par nos multiples souvenirs et par nos baisers. Ce mec est un psychopathe, merde !

— J'ai faim, les interromps-je.

La quantité d'amertume dans ma voix me surprend, mais ça a le mérite d'avoir l'effet escompté, puisque Swan reporte son attention sur moi et stoppe tout flirt avec Galane.

— On va prendre deux burgers au poulet. Servis dans la petite salle.

Galane me lance un regard plus que dédaigneux. Elle me cracherait au visage si elle pouvait. Pathétique. Comment peut-on apprécier un gars comme Swan ? Elle doit être marteau.

Je l'ignore en tapotant des doigts sur mon bras.

— OK.

Sans en dire davantage, elle va annoncer la commande à la cuisine derrière le comptoir.

— T'es agréable, dis donc.

Swan me nargue, un sourcil levé et un affreux sourire narquois. Je sais à quoi il pense, mais il se trompe totalement.

— Te fais pas de films, le stoppé-je.

Il ricane en secouant la tête.

— Suis-moi.

Comme toujours !

Je soupire intérieurement. Mes bras retombent le long de mon corps tandis que nous slalomons entre les tables. Je ne m'en étais pas aperçue plus tôt dans la journée mais, derrière, à côté d'une petite estrade servant sans doute à accueillir des groupes de musique de passage, se dressent deux portes dans le style saloon.

C'est là que m'emmène Swan puisqu'il pousse énergiquement les portes, révélant une pièce assez lumineuse grâce à ses nombreux spots au plafond. Une table massive trône au centre.

Je laisse courir mon doigt sur le bois. Mon ongle gratte certains endroits abîmés.

— C'est quoi, ici ?

Swan désigne du doigt une chaise pour m'inviter à m'asseoir. Je m'exécute tandis qu'il m'explique :

— Quand on a envie d'être tranquille, loin de tout ce monde, ou pour… des réunions…

Il laisse sa phrase en suspens, la terminant dans un murmure. Je fronce les sourcils, les coudes bien plantés sur le bois de la table.

— Des réunions ? Concernant des affaires dont je ne dois pas être au courant et qui comprennent des gars amochés ?

Je le titille en faisant référence au mystère de ce matin. Eh non, je n'ai pas oublié et j'espère qu'il comprend que je ne vais pas lâcher l'affaire.

— En quelque sorte.

Il ne se démonte pas, les yeux droits dans les miens, croisant ses mains toutes tatouées.

— Et voilà, deux burgers.

Galane réapparaît, armée de deux grosses assiettes et de deux canettes de soda. Tout tient en équilibre sur ses bras, si bien qu'un léger coup de vent pourrait tout faire tomber.

Elle les dépose devant nous avec une mine quelque peu agacée. C'était plutôt rapide.

— Merci, Galane, la gratifie Swan.

— Pas de quoi, dit-elle, sans sourire et avant de disparaître à nouveau.

Tant mieux, je suis contente qu'elle ne s'attarde pas. Je contemple mon assiette, constituée de frites et du plus gros burger que j'aie jamais vu.

— Bon appétit.

Pour toute réponse, je lui offre un grognement sans lever les yeux. Je picore une frite tandis que Swan commence à mordre à pleines dents dans son burger. L'ambiance est pesante entre nous. C'est gênant, si bien que je ne peux m'empêcher de me tortiller sur ma chaise, agacée par ce silence.

— Alors… finis-je par lâcher.

Contrairement à moi, ce silence n'avait pas l'air de le gêner, il devait sans doute même l'apprécier puisqu'il sursaute.

— Qu'est-ce que je peux faire cet après-midi ?

Je ne le regarde pas et me contente de picorer des morceaux de mon burger. Jamais je ne parviendrai à le faire entrer totalement dans ma bouche.

— Je ne sais pas. Ce que tu veux.

Il hausse les épaules. Bien, je ne suis pas tout à fait prisonnière. Les journées risquent d'être longues si je dois me contenter d'admirer les murs de ma chambre.

— Sortir ? tenté-je

Il lève vivement la tête, les muscles des épaules tendus.

— Ne pousse pas trop quand même.

Ses yeux sont plissés et me scrutent, ses mains à plat sur la table, il est prêt à me poursuivre si je décide de m'échapper tout à coup.

— Alors je dois me contenter d'être en vie et de respirer, c'est ça ?

Ma voix trahit ma colère. Elle est atrocement rauque et sourde. Swan roule des yeux, il me prend vraiment pour un jouet qu'il peut manipuler à sa guise.

— Ede…

— Ébène ! m'emporté-je en frappant mon poing sur la table. Tu veux pousser ton délire, alors va jusqu'au bout des choses !

Mes paroles le brusquent et son visage se déforme de colère. Nous sommes tous les deux sanguins, cela n'aide en rien.

— Ne me parle pas comme ça !

Je me redresse férocement.

— Et comment alors ? On va vraiment parler de respect ? J'ai tout perdu à cause de toi ! Tu es un psychopathe, tu fais des choses horribles et tu voudrais maintenant me forcer à rester sagement croupir ici en faisant la serveuse et en fermant les yeux sur vos magouilles ? Non, ça ne marche pas comme ça !

Je suis essoufflée par ma tirade enflammée, les joues rouges, le regard fou et l'esprit tordu. Il s'affale un peu plus sur sa chaise, les mains croisées sur son ventre.

— Tu as la mémoire courte, ma belle. Tout ce que j'ai fait, je l'ai toujours fait pour toi. Si j'ai changé, c'est uniquement ta faute, je trouve ça normal que tu sois ici et que tu payes à ton tour. Tu n'as que la monnaie de ta pièce.

Son ton est si froid que des frissons me parcourent. Nous sommes, à nous deux, deux versions… Non, deux conséquences d'un drame, deux parcours différents, deux façons de réagir opposées.

— Tu as choisi de plonger. Pas moi.

Il hoche la tête lentement.

— C'est vrai. Mais je n'ai pas choisi d'être éternellement amoureux de toi.

Il se penche sur la table, les mains toujours croisées, le ton lugubre. Des mots me brûlent les lèvres, des mots horribles qui me blessent, si bien que les yeux me piquent.

— J'aurais préféré que tu meurs en prison.

Il me fixe avant d'exploser de rire, n'arrangeant rien à mes larmes.

— On sait tous les deux que c'est le cas.

Son rire emplit la pièce.

— Tu te trompes d'ennemi, mon cœur, n'oublie pas qui tu es. Tu as grandi dans la haine. Ici, c'est l'endroit rêvé pour toi, tu es ta propre adversaire. Arrête de te mentir à toi-même.

Il ébouriffe ses cheveux, qui lui retombent sur le front. Mon sang se glace et mon cerveau refuse d'assimiler toutes ses paroles. Il a tort, il ment.

— La violence, tu ne connais que ça. On sait tout de notre passé, réveille-toi ! Arrête de te dresser contre moi.

Il siffle entre ses dents, le regard noir ténèbres.

— J'étais heureuse avant que tu débarques.

Une larme coule sur ma joue, je l'essuie du dos de la main presque à m'en faire mal.

— Non, tu te berçais d'illusions, tu t'en rendras bien compte.

Je secoue la tête. Plus rien ne fonctionne correctement en moi, tout n'est que tristesse et haine.

— Tu le sens monter en toi ? Gonfler au creux de ton ventre…

Swan se relève très lentement tandis que je tente de réguler ma respiration. Il contourne la table, s'arrêtant à ma hauteur.

— Ne le renie pas. C'est né en nous, ça a grandi en toi au fur et à mesure des coups qu'il te donnait…

D'un doigt, il replace mes mèches derrière mon oreille, son souffle battant contre mon lobe.

— Tu ne peux pas faire semblant. Ça a mûri quand tu as vu son cadavre. Eden… Mon amour…

Je suis en transe, le regard perdu dans le vide, flouté par un voile de larmes. Ses mots me bousculent et viennent encercler mon cœur. Je suis figée, les ongles s'enfonçant dans mes paumes.

— Tu me remercieras de t'avoir amenée ici. C'est là qu'est ta place.

Tous mes plans semblent avoir disparu, je suis livrée à moi-même, mise à nue comme lui seul sait le faire. J'aimerais le tuer, effacer ce joli sourire de sa belle gueule, effacer son assurance et sa folie. Le faire taire une bonne fois pour toutes.

Il n'y a qu'en prison qu'il se taira, murmure la petite voix dans ma tête.

Je serre les dents. Mon but, quel est mon but ? Il n'y a que comme ça que je pourrai gagner. La mort n'est pas une issue.

Je ferme les yeux et respire très fort. Mon cœur bat anormalement vite.

Mes parents m'ont toujours enseigné le self-control. Je me blesse une dernière fois en enfonçant le plus possible mes ongles dans ma main. Me blesser pour me calmer, me ramener à la réalité.

Swan n'est qu'à quelques centimètres de moi. Il se délecte du mal qu'il me fait, un petit sourire sur le visage. Il n'aura pas ce plaisir. Je ne lui montrerai pas à quel point c'est douloureux, à quel point je souffre de toutes ses émotions qui se jouent en moi.

— Tu te plantes sur toute la ligne.

Je suis assez fière de moi, ma voix ne tremble pas malgré la tristesse. Elle est même plutôt sûre. Je tourne vivement la tête vers lui, il a un sourcil levé, surpris. Sans doute s'attendait-il à des pleurs, des cris. Perdu.

Je lui offre un grand sourire dévoilant mes dents, comme Emma les aime, avant de le repousser le plus loin possible de moi.

Je me surprends moi-même. Comment cette réaction est-elle possible ? Peut-être que je suis folle aussi ?

Je tourne les talons et pousse les portes, abandonnant mon repas derrière moi.

J'ai besoin d'un remontant, d'un gros.

39

Je titube jusqu'au bar, j'ai l'impression que ma vision est trouble. J'y parviens finalement par je ne sais quel miracle. Je me laisse tomber mollement sur un tabouret, les coudes étalés sur le comptoir, mes mains soutenant ma tête comme elles le peuvent.

Ce n'est pas Galane au bar puisqu'elle s'occupe de courir partout entre les tables. C'est un garçon dont je ne connais – ou n'ai pas retenu – le nom. Il m'offre un grand sourire en m'interrogeant :

— Qu'est-ce qu'il te faut ?

Pour être sûre d'aller mieux ? Deux bouteilles de vodka.

— Un whisky Coca bien chargé, s'il te plaît.

— Profite, c'est offert par la maison, se marre une voix à mes côtés.

Je tourne vivement la tête vers Lana, que je n'avais pas aperçue, accoudée à côté d'Isaïa.

— Quelque chose ne va pas ? questionne celui-ci, beaucoup plus rationnel.

Après tout, qui, sinon quelqu'un qui ne va pas bien, prendrait une telle boisson à une heure pareille ? Je n'ai presque rien mangé en plus.

Mon verre arrive et je me jette presque dessus pour en boire une gorgée.

— Tout va bien.

Je grimace en sentant l'amertume de l'alcool descendre le long de mon œsophage. Ça me donnerait presque envie de vomir, mais je me retiens. La vache, il l'a vraiment bien chargé.

— À cette allure, tu ne pourras même plus descendre de ton tabouret.

Je hausse les épaules en faisant tournoyer le liquide dans mon verre.

— Je n'ai rien de mieux à faire que de rester ici de toute façon.

Lana se commande un grand verre de limonade tandis qu'Isaïa me scrute, méfiant. Il ne me fait pas confiance, et il a bien raison.

— Swan ne t'a pas enrôlée dans son cours de boxe ? plaisante la blonde.

Je hausse les sourcils, perplexe.

— Parce qu'il donne des cours, en plus ?

Je ne cache pas mon mépris en reprenant une gorgée.

— On dirait bien.

Elle me désigne d'un signe de la tête l'endroit d'où je viens. Je pivote légèrement sur le tabouret pour regarder Swan sortir de la salle où nous étions et se diriger vers la porte du gymnase.

Je ne quitte pas son dos des yeux jusqu'à ce qu'il disparaisse, claquant la porte derrière lui, énervé apparemment.

— Je n'ai pas envie de rester avec lui, craché-je.

Lana me considère étrangement, m'interrogeant silencieusement. Je termine mon verre d'une traite en faisant la grimace.

— Vous parlez de quoi ?

Je roule des yeux lorsque Galane, essoufflée, détache son tablier de travail de sa taille en le balançant sur le bar. Visiblement, elle a fini son service. Je ne lui prête pas attention et joue avec le verre au risque de le faire tomber.

— De Swan et d'Ébène, explique Isaïa.

Le corps de la brune aux cheveux courts se secoue au gré de ses rires.

— Vous avez l'air bien différents.

Encore heureux !

— Ouais, marmonné-je.

— Difficile de croire que vous êtes ensemble, enchaîne-t-elle.

Je la fusille du regard.

— On n'est pas ensemble.

Elle soutient le mien en se redressant fièrement, la poitrine en avant comme pour montrer sa puissance. Avec un petit sourire, elle ricane, son regard me fuyant volontairement.

— Ce n'est plus qu'une question de temps avant qu'il ne te dégage, alors.

Ma mâchoire se décroche presque et j'ouvre les yeux comme des soucoupes.

— Galane ! la réprimande Lana derrière moi.

La brune ne se démonte pas et hausse les épaules.

— Bah quoi ? Il s'apercevra bien vite que tu n'en vaux pas la peine, que tu n'es pas à sa hauteur, et tu disparaîtras comme si tu n'étais jamais venue ici.

Elle affiche un sourire satisfait. C'est du délire ! Mon ego prend un coup tandis que je bouillonne. L'amour lui monte à la tête, on dirait bien, et je ne suis pas d'humeur à supporter sa méchanceté gratuite.

Disparaître ? Mais j'aimerais bien, ma belle. Partir loin d'ici et retourner chez moi ! Non, il ne se lassera pas, si ça avait dû être le cas, ce serait déjà fait depuis des années. Je suis trop abasourdie pour répondre, ce qui gonfle Galane de fierté car elle pense m'avoir cloué le bec.

J'ai envie de lui balancer mon tabouret en pleine tête et de prendre mes jambes à mon cou.

Eden…

Mes lèvres s'étirent tandis que j'abandonne mon verre vide. J'ai besoin d'être respectée, de me faire une place ici pour mieux m'infiltrer. Je dois m'affermir et m'affirmer. Je glousse entre mes dents serrées. Lana me lance un regard en biais, intriguée. S'attendaient-elles à ce que je pleure ?

Bien au contraire. Je ne suis plus que haine, que fureur. Ma main glisse sur le comptoir et attrape le verre à moitié rempli de limonade. Lana s'apprête à protester mais elle se retient lorsque, d'un mouvement vif, je renverse le contenu sur la mine fière de Galane. Sa mine se décompose tandis qu'elle s'étouffe de surprise.

Le bruit attire les regards si bien qu'un silence se fait dans le bar. Tout le monde nous observe tandis que Galane s'apprête à crier.

Je la devance et descends de mon tabouret, brandissant fièrement mon majeur juste devant sa figure.

— Cadeau.

Je me moque en tournant les talons, la laissant s'égosiller dans mon dos. Je suis fière de ne pas sentir mes joues s'enflammer, ni mon cœur s'emballer. Je contrôle la situation pour une fois. Un petit frisson me parcourt, accompagnant ma poussée d'adrénaline. Je reste fixée sur mon objectif et j'avance rapidement sans me retourner. La porte du gymnase rouge est juste devant moi, la poignée en fer glacée m'invite à y entrer et c'est ce que je fais.

Je retiens mon souffle lorsque, devant moi, j'aperçois la salle de boxe fourmillante. Elle n'a plus rien à voir avec celle de ce matin. Des bruits de coups, des cris, des rires résonnent. Il n'y a pas tant de monde que cela mais les athlètes présents s'en donnent à cœur joie.

Au centre, sur l'énorme ring, Swan s'exprime vivement avec de grands gestes devant un petit groupe de jeunes. Ils l'écoutent attentivement, buvant ses paroles comme si elles sortaient tout droit d'un livre sain.

Swan paraît lui aussi absorbé par son discours, il montre deux, trois mouvements dans le vide. Je m'approche à pas de loup, me frayant un chemin entre ses adeptes. La plupart sont des garçons, mais le petit groupe compte aussi quelques filles. Je ne porte pas du tout la tenue adéquate mais je ne vais pas faire demi-tour pour autant.

Les paroles de Galane résonnent encore dans ma tête à m'en donner mal au crâne. Il faut que je la fasse taire. Perdue dans mes pensées, je n'ai pas remarqué que le petit groupe s'était dispersé et je me retrouve alors nez à nez avec mon ancien petit ami.

Je lève lentement la tête, il me toise de toute sa hauteur avant de cracher :

— Qu'est-ce que tu fais là ?

Je soutiens le noir de ses yeux avec un sentiment de vertige, son ton me crispe mais je ne relève pas. Je bombe le torse, prête à le défier. Je ne suis plus la pleurnicheuse d'antan, plus tout à fait celle qu'il a connue. Comme lui, je veux changer.

— Je veux apprendre.

Ma voix est sans appel, elle retentit presque comme un rugissement. Swan ne paraît pas surpris, un petit rire lui échappe même. Je suis presque déçue.

— Hors de question.

Je me rembrunis et mes dents se serrent automatiquement. Il secoue la tête, persuadé que je plaisante. Je balaie les bords du ring avant de repérer une paire de gants. Je me baisse en tirant sur mon short. Mako l'a choisi trop petit et il a tendance à dévoiler davantage que ce que je souhaiterais. Je récupère les gants avant de lancer à Swan en me détournant :

— Tant pis, je vais demander à quelqu'un d'autre alors, un autre garçon.

Swan semble le plus qualifié dans ce domaine et je veux connaître absolument toutes ses failles, ses techniques spéciales. Je veux tout savoir pour mieux l'anéantir. Il faut que ce soit lui qui m'apprenne, aussi je n'ai aucun scrupule à tirer sur la corde de la jalousie. J'ai appris que c'était un de ses points faibles.

— OK, c'est moi qui vais t'apprendre.

Bingo !

Mon plus beau sourire s'affiche sur mon visage tandis que je me retourne.

Il n'a pas l'air ravi, mais ça m'est égal, j'ai réussi. Pour le provoquer encore plus, je lui offre un petit clin d'œil plein de malice.

— Ne perdons pas de temps alors.

Il ronchonne derrière moi tandis que j'enfile tant bien que mal mes gants.

Allons-y.

40

— Retire ces gants, tu vas commencer à t'échauffer avec la corde à sauter, comme les autres.

Il se moque presque de moi lorsque, empotée, je n'arrive plus à libérer mes mains. Il prend un malin plaisir à m'observer avant de finalement se décider à m'aider. Je le remercie dans un grognement avant de tourner la tête vers les autres.

Les cordes à sauter battent le sol, créant une ardente mélodie. Ils ont l'air si habiles, si concentrés. Alternant un pied puis l'autre puis les deux. Je vais paraître ridicule à côté mais je ne dis mot et j'attrape la corde que Swan me tend.

Il se place devant moi, les mains sur les hanches, bien décidé à ne pas me quitter des yeux. Comme si je l'avais agacé et qu'il allait me pousser exprès dans mes retranchements.

— T'as vraiment pas la tenue adéquate, soupire-t-il.

Mon regard se dirige vers le bout de mes chaussures. Elles sont en mauvais état et surtout ne tiennent vraiment pas la cheville. Je peux encore entendre notre professeur de sport de terminale réprimander les élèves osant venir en cours avec ce type de chaussures.

La remarque de Swan me fait sourire et je réplique :

— Je m'en fiche.

Je m'empare de la corde à sauter, mes yeux plantés dans les siens. Je suis déterminée à apprendre, à survivre.

— Encore cinq minutes, hurle Swan par-dessus son épaule. On ne s'arrête pas !

La plupart de ses élèves sont rouges mais ils ne ronchonnent pas. Le charisme de Swan les en dissuade.

— Allez, m'encourage-t-il.

Je comprends son ton autoritaire même s'il m'agace un peu. Je prends une grande inspiration avant de me lancer. Ma corde fouette l'air comme celle des autres, moins rapidement cependant, moins assurément aussi. Je sautille maladroitement et j'ai l'impression de retomber durement sur le sol chaque fois. Comme un éléphant, faisant un bruit infernal.

Je n'ai jamais apprécié la corde à sauter et, lorsque mes poumons commencent à me brûler et qu'un point de côté se fait sentir, je me souviens pourquoi je n'aimais pas ça.

— On dirait une sauterelle blessée, ricane Swan.

Bien trop essoufflée, je n'ai pas la force de lui lancer une pique tranchante. Je suffoque tandis que mes mollets et la plante de mes pieds me brûlent.

— On dirait Léa Faurras, avec ta queue-de-cheval.

Il croise les bras sur sa poitrine en me détaillant de la tête aux pieds, ravi de sa référence. Léa Faurras était une fille en primaire avec nous, passionnée de corde à sauter, l'ingrate petite-fille du maire. Le genre de personne née avec une cuillère en argent dans la bouche. Rien que d'entendre son prénom, je serre les dents.

— C'est bon, tout le monde ! Rassemblement devant le ring.

Swan frappe dans ses mains en m'abandonnant.

En bons élèves, ils se pressent et bientôt une masse dense se forme devant Swan, beaucoup plus imposant qu'eux tous.

Contrairement à tout à l'heure, il ne prend pas la peine de se percher sur sa petite estrade personnelle, sa voix naturellement rauque porte de toute façon assez bien.

— On continue l'échauffement avec les sacs comme la semaine dernière : dix minutes. Quatre minutes de mouvements libres, trois d'alternance entre directs bras avant et bras arrière et pour finir trois minutes d'alternance entre uppercuts et crochets avant et arrière. Allez !

Tel un seul homme, ses fidèles regagnent leur sac de frappe. Moi, je ne bouge pas, j'attends que Swan me prenne le bras comme une enfant.

— Toi, tu vas oublier les quatre minutes libres, tu me fais les deux autres exercices de cinq minutes chacun. Je vais te montrer.

Je ne dis rien et le regarde enfiler ses gants habilement, attachant le second à l'aide de ses dents. Je le détaille, les lèvres pincées, étrangement concentré : une fine couche de sueur s'est formée sur son front tandis que ses cheveux, pour une fois, ne lui retombent pas devant les yeux. Les muscles tendus, menaçant, il est prêt à frapper.

Danger, danger, danger, semble crier sa silhouette tatouée.

— Ébène, tu m'écoutes ?

Je détourne vivement les yeux du corbeau tatoué sur son avant-bras gauche.

— Ouais.

Un petit sourire lui échappe, lui donnant un air horriblement orgueilleux.

— Je disais…

Je l'écoute cette fois pour de bon et le regarde me montrer chaque mouvement en détail. Je suis étonnée face à sa patience, il répond à chacune de mes questions, même aux plus bêtes. Il recommence encore et encore les frappes, faisant tanguer férocement le sac. Les chaînes accrochées au plafond grincent sous sa force, il maltraite le sac, le domine, le blesse de ses poings experts et je suis sûre que, si ce sac pouvait parler, il hurlerait de douleur. J'en suis certaine, car je connais parfaitement ce rôle, le rôle du sac, celui où on encaisse les coups sans réagir.

Un nœud se forme dans ma poitrine, je ne pourrai pas frapper, je ne peux pas.

— À toi.

Swan m'enfile soigneusement les gants, l'un après l'autre. Je ne dis rien, bien trop préoccupée par la forme de petite fille que le sac a prise.

Bats-toi ! hurle mon être tout entier. *Bats-toi comme tu n'as jamais su le faire !*

Soudain, la situation me paraît étrangement ironique, j'aurais presque envie de rire. Je suis dans un lieu inconnu, retenue contre mon gré, et c'est ici que je vais devenir plus forte et enterrer le passé. Quelle ironie, le mal massacre le mal.

Ma vue est trouble, mon poing ne se lève pas très haut. Ma frappe est beaucoup trop faible, le sac bouge à peine. C'est comme si toutes mes forces étaient parties très loin, comme toujours.

— Allez, m'encourage Swan derrière moi. Frappe plus fort.

Je redresse la tête, honteuse d'être aussi démunie. Je pensais qu'Emma avait réussi à me débarrasser de tout ça. Il doit bien se marrer derrière moi. Je fusille le sac des yeux mais, une fois encore, ce n'est plus lui que je vois, c'est un homme d'une quarantaine d'années, gras et épais, bien habillé cependant, sauvant les apparences, cachant sa vraie nature. Les larmes me montent aux yeux tandis que les coins de ma bouche s'affaissent et que mes lèvres tremblent.

C'est un joli bordel dans ma tête, à base de voix entremêlées à des ricanements. Je la secoue vivement en murmurant :

— Je ne peux pas.

Mon corps est parcouru de spasmes.

— Ébène ?

Il pose une main lourde sur mon épaule, me forçant à me retourner. Son visage change lorsqu'il constate mon expression horrifiée.

— Eden ? insiste-t-il.

Je suis sans voix, des mots se forment au bout de ma langue, mais je ne parviens pas à les prononcer, j'ai la gorge nouée.

— Qu'est-ce qu'il se passe ?

Ses yeux délaissent leur masque froid habituel et j'y lis de la panique, ses deux mains campées sur mes épaules, il me secoue presque. Ma bouche s'ouvre et se ferme sans émettre un son. Je ne veux pas de sa compassion, c'est sa faute si je suis obligée de ressentir toutes ces émotions. Sans lui, je serais en train de me dorer la pilule au soleil avec ma copine, pas de me faire transpercer par un passé beaucoup trop persistant. Je serre les dents en haïssant son froncement de sourcils inquiet. Mes larmes ont disparu, me rendant la vue.

Je me détache de lui un peu trop précipitamment.

— Rien du tout, bégayé-je. J'ai simplement fait une mini-crise d'angoisse.

Il ne me croit qu'à moitié. Lorsqu'il penche la tête sur le côté, je suis sûre qu'il peut lire au plus profond de mon âme. Il sait pourquoi, il le sait aussi bien que moi.

— Tu devrais arrêter, me conseille-t-il, bienveillant.

Un rictus affreux déforme mes lèvres.

— Non. Retire-moi ça, je vais juste me rafraîchir.

Mes parents m'ont appris à persévérer, à combattre mes démons. Il se trouve que j'en ai deux. Swan et mon fantôme ivrogne. Je dois devenir plus forte, c'en est presque une question de vie ou de mort.

Swan semble vouloir dire quelque chose mais d'un mouvement de tête je lui intime de ne pas le faire. Je n'ai pas envie de l'entendre, je le déteste, à cause de lui mon être est tiraillé perpétuellement. Entre le désir de le massacrer et le besoin de retrouver mon partenaire d'antan. Je perds la tête. Peut-être que je suis en train de développer le syndrome de Stockholm.

C'est la pire chose qu'il pourrait m'arriver, mais pourtant ça ne m'étonnerait même pas.

Je titube en suivant la direction des vestiaires, que m'a indiquée Swan. Toujours une boule au creux du ventre et une pression sur les épaules, j'observe avec dédain les autres qui sont capables de faire ce que moi je ne peux pas. Swan doit être fier d'eux, peut-être qu'il sélectionne ensuite les meilleurs et les engage dans son équipe ? Une partie de moi les envie.

Je trouve facilement un robinet à l'entrée des vestiaires, je chasse les cheveux de ma queue-de-cheval qui s'attardent sur mon épaule avant de me pencher. Je bois de grosses gorgées d'eau gelée comme si je n'avais pas bu depuis des siècles. Ça semble faire son petit effet, puisque mes pensées les plus sombres s'estompent. Je joins mes mains en coupe pour récupérer le plus de liquide possible et m'asperger le visage. Je savoure cette morsure froide qui vient éteindre le feu se propageant dans mes joues. Des gouttelettes ruissellent sur mon visage, emportant avec elles mes immortels souvenirs. Comme à mon habitude, je les range dans un coin de ma tête en espérant les voir disparaître avec le temps mais, comme d'habitude, ça ne fonctionnera pas…

Mes pensées sont interrompues brusquement par une porte qui claque non loin de moi. Je tourne vivement la tête et j'ai juste le temps de voir passer, presque sous mon nez, un des garçons de la bande de Swan dont je n'ai pas retenu le nom.

Il a l'air pressé, si bien qu'il ne m'a même pas remarquée, mais moi si. J'ai malgré tout eu le temps de l'examiner, et un détail m'a horrifiée. Ça me glace le sang à tel point que j'oublie tout ce qui me tracassait précédemment.

Ses mains, à moitié enroulées dans un tissu, étaient tachées, tachées d'une couleur vive, agressive. Tachées de pourpre. Les yeux écarquillés, je ne peux m'empêcher de fixer son dos tandis qu'il se penche à l'oreille de Swan. Ils se murmurent quelque chose, ils sont si loin que, même avec toute la bonne volonté du monde, je ne parviendrais pas à lire sur leurs lèvres.

Immédiatement, à la stupeur se mêle la curiosité et mon regard se porte vers l'endroit d'où il est venu. Je reconnais la porte, c'est là qu'ils ont emmené le garçon ce matin. Mon sang ne fait qu'un tour.

Qu'est-ce qu'il se passe dans cette pièce, bordel ?!

Je suis presque agacée de tous ces secrets, je ne suis ici que depuis une journée et je deviens déjà folle. Je me sens irrésistiblement attirée par cette porte, j'ai envie de voir de mes propres yeux mes théories les plus folles. Après tout, je ne serais même pas étonnée de les voir se confirmer, tout ceci paraît tellement irréel. Sérieusement, qui serait assez taré pour kidnapper son ex-petite amie, la menacer de faire du mal à sa famille et la maintenir confinée ici ?

Et qui serait assez taré pour rester ici, ne pas avoir appelé la police et jouer à l'agent secret ?

Je déglutis difficilement, je n'ai jamais prétendu être saine d'esprit, juste plus que Swan.

Mes pas me guident vers la porte, je ne prends même pas la peine de jeter un coup d'œil par-dessus mon épaule. Je ne suis plus qu'à quelques centimètres et ma main se tend devant moi, tremblante. Je ne saurais dire si je suis terrifiée ou fortement intriguée.

La pulpe de mes doigts est prête à rencontrer le bois tandis que je sens une main se poser sur ma hanche gauche.

— Ébène, ça va mieux ?

Je sursaute en me retournant, sur le qui-vive. Décidemment, mon cœur n'arrête pas de battre la chamade ces temps-ci, pourtant je ne suis pas surprise de découvrir Swan planté devant moi. Il me scrute, le regard suspicieux. Je cherche mes mots en plaquant sur ma tempe des petites mèches de cheveux encore mouillées.

— Oui, merci.

Je ne respire pas la joie ni la gratitude.

— Tu faisais quoi ?

Un de ses sourcils se lève. Il me connaît, il sait très bien ce que j'allais faire et où j'allais. Pourtant, je mens encore et toujours, cherchant désespérément à me le mettre dans la poche et à avoir à mon tour un coup d'avance.

— Je visite.

La pression sur ma hanche s'accentue tandis que je retiens mon souffle, il semble prêt à entrer dans une colère noire à tout instant avec sa mâchoire serrée. Je me tortille sur place, mal à l'aise et dérangée par les petites décharges électriques que je ressens au contact de nos deux peaux.

— Tu devrais aller te reposer.

Je fais un pas en arrière et sa main se détache, je suis presque vexée. Dans ses yeux, je vois un reflet de moi-même qui ne me plaît guère : une petite pimbêche, seulement bonne à se peinturlurer les ongles. Ça doit être pour ça que Galane me déteste.

— Non merci, réponds-je fermement. Je continue l'entraînement.

Swan me décoche un petit sourire presque fier.

Espèce de taré.

Je lui offre un regard des plus hautains en prenant une grande inspiration. J'ignore les picotements persistant sur ma hanche et me détourne pour poursuivre cette séance catastrophique. Je prie de tout mon être pour ne pas reperdre pied et…

— Ça t'a fait repenser à… ?

Swan m'arrête, ses longs doigts enroulés autour de mon poignet. Je me fige net. Pourquoi a-t-il fallu qu'il pose des mots sur cette évidence ? La lame de poignard plantée depuis ma plus tendre enfance dans mon cœur s'enfonce de plus belle. Une grande haine accompagne la douleur persistante. Une peine qui bizarrement a pour origine Swan. Je ne m'étais pas trompée, il a deviné ce qui m'a troublée précédemment, il n'a pas oublié. Les mêmes souvenirs qui ont longtemps accompagné mes cauchemars sont toujours dans sa mémoire à lui aussi et, vu la haine dans sa voix, ils lui procurent les mêmes sentiments.

J'ai l'impression de récupérer une part familière de Swan et c'est ça qui m'attriste, nous nous retrouvons dans la douleur, dans la haine d'un homme dont nous ne sommes même pas capables de prononcer le prénom.

— Oui, je réponds froidement.

Je garde la tête haute malgré le tsunami d'émotions que je me prends en pleine face, droite comme un chêne. Pas la peine de me retourner pour voir son regard meurtri, je le ressens à la caresse de ses doigts sur mon poignet.

— Tu devrais vraiment aller…

— Non, le coupé-je, c'est du passé.

J'apprécie ses caresses qui repoussent mes larmes avant de recouvrer mes esprits et de me retirer brutalement.

— Tes élèves t'attendent.

Je m'éloigne précipitamment, sans un regard pour lui. J'ai beau le détester, je suis touchée, cette ouverture sur ce passé commun me donnerait presque envie de lui tomber dans les bras.

Je chasse toutes ces pensées à l'instant où Swan obéit et reprend sa place de professeur.

Le cours se poursuit comme si de rien n'était. Après tout, pour ses élèves, rien d'extraordinaire ne se passe. Ils sont spectateurs comme les autres. Le genre de personnes qui, au journal de 20 heures, témoignent leur surprise face à telle ou telle atrocité s'étant déroulée sous leur yeux.

J'en veux à la terre entière, si bien que je parviens à frapper dans ce foutu Swan et dans ses poings à l'exercice suivant. J'y parviens sans une once de nostalgie, sans une once de peur, seulement animée par la colère.

41

Ce n'est qu'une fois les muscles de mon corps totalement détendus et l'esprit à peu près apaisé que je sors mes orteils de la douche. La salle de bains est embuée par une épaisse vapeur, j'ai peut-être trop poussé sur l'eau chaude. Mais qui pourrait m'en blâmer ? Le bien-être que j'ai ressenti en accueillant les gouttelettes, comme si elles pouvaient me soigner, et cette douce chaleur me rappelant les bras d'Emma n'ont pas de prix.

J'attrape une serviette, le cœur noué, me demandant ce que je vais encore devoir affronter. Je m'enveloppe dedans avant de passer une main humide sur le miroir. Je parviens à en dégager une parcelle afin d'entrapercevoir mon reflet mélangé à l'eau qui persiste sur la glace. Je fais toujours aussi peur, malgré l'odeur d'amande douce qui se dégage de ma peau. Je passe une main dans mes cheveux emmêlés et dégoulinants. Je me surprends à me rappeler ce que Swan préférait chez moi à l'époque. Mes yeux, mes mains, ma bouche…

Je secoue la tête alors que mes souvenirs remontent : la sensation de ses yeux plongés dans les miens, de la pulpe de mes doigts caressant sa joue sans barbe, mes lèvres embrassant les siennes tendrement…

Je frappe du poing sur le marbre du lavabo, agacée par toutes ces pensées qui me rattachent à lui. Ce n'est plus le même et on dirait que mon crâne a du mal à l'intégrer, malgré toutes les horreurs impensables qu'il m'a fait subir.

Je balance mes cheveux par-dessus mon épaule en abandonnant mon reflet, que mon regard ne peut plus soutenir. Cette image me nargue. Mon reflet est libre, lui, juste témoin de ce que je vis, moqueur. Je resserre la serviette, m'y accrochant comme à une bouée avant d'aller me vêtir.

C'était sans compter sur la large carrure étalée sur le lit, les jambes croisées, les bras derrière la tête. Fatiguée, je ne sursaute même plus, je commence à être habituée à ce qu'on me surprenne sans cesse, et cette journée est affreusement longue.

— J'ai cru que tu ne sortirais jamais.

Je ne décroche pas un mot à Swan, seulement un regard las et lourd de sens. Je le vois promener ses yeux sur mon corps uniquement couvert de cette serviette. Je ne relève pas, je m'en moque pas mal. Nous connaissons tous deux nos anatomies respectives même si elles avaient quelques années de moins. Emma, par la suite, m'a appris à ne pas avoir peur de la nudité.

— Qu'est-ce que tu fous là ?

Dès l'instant où je pose cette question, j'ai envie de me gifler, elle est très stupide et surtout elle traduit ma nervosité.

— C'est ma chambre.

Bien évidemment.

— D'ailleurs, à ce propos… (Je me retourne, lui faisant face dignement.) Je ne veux pas dormir ici.

Il hausse un sourcil en se redressant, l'air joueur.

— Toutes les chambres sont prises.

Je lève les yeux au ciel en pouffant.

— Tu rigoles ? Il y en a je ne sais pas combien. Tu peux même me mettre dans une de celles que vous louez en bas.

Il esquisse un sourire en se levant. Avec une lenteur extrême, il s'approche de moi, son côté mâle dominant ressortant un peu trop à mon goût.

— Tu rigoles ?

Il se dresse devant moi de toute sa hauteur, ses yeux obscurs ancrés dans les miens, essayant de décrypter mes pensées. Sa main monte à hauteur de mon visage et de l'index il me relève un peu le menton.

— Je veux ce qu'il y a de mieux pour ma princesse.

J'en poufferais presque de rire. D'innombrables remarques cinglantes me viennent en tête mais je me retiens. Je dois rentrer dans son jeu.

— Alors, ce qui est mieux pour moi, c'est de t'avoir à mes côtés ? ricané-je doucement.

Il hoche la tête lentement.

— C'est ce que je me tue à te faire comprendre.

Il se penche légèrement, la voix langoureuse, pleine de sous-entendus, de promesses passées, de souvenirs lointains d'un amour brisé. Il va m'embrasser, je le sens à son souffle sur mes lèvres, à sa façon d'entrouvrir les siennes et à ses yeux soudain ivres, je le sais.

Je ne peux pas aller jusque-là. Je ne suis pas prête à ça, qu'importe ma « mission ». Délicatement, sans mettre trop les pieds dans le plat au risque de tout gâcher, je souris.

— Tu devrais pourtant savoir que je suis une tête de mule.

Emma ne se gênait pas pour me le rappeler souvent d'ailleurs…

Je brise notre contact en me reculant de quelques pas, mettant fin à ce flirt étrange. C'est la première fois depuis son retour que je rentre dans son jeu de séduction et ça me procure une sensation bizarre, inconfortable, presque des vestiges de sentiments.

Troublée, je me détourne rapidement en lui ordonnant :

— Je veux bien rester ici mais tu dormiras sur le canapé.

Cette fois, il rigole à gorge déployée.

— Tu me supplieras de revenir dans ton lit…

Le nez dans la penderie, je tente de le fuir mais son corps chaud se colle presque à moi pour me murmurer à l'oreille.

— De t'y rejoindre pour t'y faire crier mon nom… Tu te rappelles ?

Malgré moi, mes joues prennent une teinte cramoisie et je suis contente qu'il ne puisse pas les voir. Je m'étouffe presque en entendant ses paroles… déplacées. Ça s'agite dans mon bas-ventre tandis que des flashs se jouent sous mes yeux.

J'ai découvert mon corps avec Swan, peut-être trop tôt diront certains, mais je n'ai jamais regretté ces moments d'égarement où je n'avais besoin que de lui. Ces moments où lui seul me comprenait, alors que mes parents bien trop occupés par leur boulot me délaissaient.

Des sensations que je pensais éteintes ressurgissent avec force, m'ébranlant presque. Je suis obligée de me maintenir à une étagère pour faire face à cette vague.

— Bien sûr que tu te rappelles…

Sa voix susurre tel un ronronnement de chat. Je déglutis avant de me redresser, mes pensées s'assemblent après un effort surhumain et je m'entends proclamer :

— Tu te surestimes beaucoup trop…

Je fais un pas sur le côté, m'éloignant le plus possible. Je suis fière de moi, fière d'avoir repris contenance aussi vite.

— Emma est bien plus douée que toi.

Aïe…

Je sais que je l'ai atteint avec brio. Cependant, ce n'est pas vrai. C'est différent du moins, deux plaisirs opposés, deux versions des choses.

— Ça m'étonnerait, l'entends-je grogner.

Je me retourne pour l'affronter, ravie. Son sourire a disparu mais lui non plus ne se permettra pas de perdre la face devant moi.

— On en reparle dans quelques jours.

Il m'offre un haussement de sourcils suggestif avant de tourner les talons, fier d'avoir eu le dernier mot.

— Au fait, Mako t'attend dans le salon pour préparer la petite fête de ce soir.

Je l'ignore tandis qu'il s'engouffre à son tour dans la salle de bains, claquant la porte derrière lui.

42

— Mako ? appelé-je à mon entrée dans le salon.

— Lowen, Lana, vous vous occupez de déplacer le billard pour faire de la place au centre de la pièce. Ébène, tu viens avec moi.

Parfait !

Elle s'arme de deux sacs, ses bras sont si fins que j'ai peur qu'ils se cassent avec tout ce poids. Elle semble pourtant gérer, je récupère le troisième et la suit.

— Les bouteilles de ce côté et la nourriture par là.

Je m'exécute en vidant un à un les éléments.

— C'est sympa, de faire une petite fête pour moi, tenté-je.

Elle hausse les épaules, nonchalante, bien trop occupée par sa tâche.

— C'est Swan.

OK… Il va falloir que tu sois plus bavarde, Mako.

— Et… tu l'as rencontré comment déjà, Swan ?

Elle me répond avec le sourire même si je sais que je l'agace.

— Dans une mauvaise passe de ma vie, et lui sortait de prison. On a fait équipe avec tout ce beau monde pour se tirer de la merde…

Elle laisse sa phrase en suspens. Se tirer de la merde ? Sont-ils vraiment clean ? Elle fuit mon regard, un de ses défauts doit être de ne pas savoir dissimuler ses émotions.

— Et pourquoi c'est lui le chef ?

La rousse hausse les épaules, avare en paroles.

— Ça s'est fait naturellement.

OK…

Sous mes yeux désespérés, elle range comme une maniaque toutes les denrées.

— Et il a déjà eu une copine ici ?

Je refuse de croire qu'il persiste à m'aimer depuis tout ce temps, sans une once de sentiment ou d'attirance pour quelqu'un d'autre.

— Jamais. Il n'a même jamais couché avec l'une d'entre nous, au grand regret de Galane. Il a souvent mentionné une fille de son passé…

Elle me coule un regard tandis que ma main se resserre sur le goulot de la bouteille que je m'apprêtais à poser. Malgré moi, un sentiment de culpabilité et de tristesse m'envahit. Après tout ce temps, il n'a jamais cessé de m'aimer, pas même une seconde. Malgré sa descente aux enfers par ma faute et ses années en prison. Je me prends un coup en pleine face, si bien que je grince des dents. Pendant tout ce temps… il n'a pas tenté de refaire sa vie comme moi. Pourquoi ? Je ne sais pas si je dois être touchée ou avoir peur. Il aurait dû m'en vouloir à mort, après tout, je m'en suis sortie indemne… Presque fière de ne pas avoir perdu la tête comme lui, d'avoir su maintenir ma barque…

Une bouffée de chaleur me saisit tandis que je m'interromps dans ma tâche, cette vérité me fait trop mal. Je l'ai abandonné dans tous les cas : je n'ai pas su le relever, prendre soin de lui. J'en viens même à penser que je mérite ce qui m'arrive et que c'est même plutôt clément…

Je m'en veux soudain réellement et considère Swan sous un autre angle. C'est un véritable électrochoc. Mais comment pourrais-je regretter la vie que j'ai construite depuis ? Comment pourrais-je regretter Thomas, Addie, Emma… Ma douce Emma, son opposé. J'ai plus que besoin de l'entendre. Elle pourrait apaiser ma douleur, contrôler tous ces sentiments qui m'ébranlent, toute cette culpabilité et cette tendresse soudaine pour Swan.

— Mako, tu aurais un téléphone à me prêter ? demandé-je.

Elle me lance un regard navré et je devine déjà la réponse.

— Je ne peux pas…

Je hausse lentement la tête et elle paraît vraiment désolée. Elle s'empresse d'ailleurs de se justifier.

— C'est Swan qui gère ça… Je ne peux pas le trahir.

— Je sais… soufflé-je.

Comme tous les gens ici, on dirait… J'admire cette fidélité et je regrette de ne pas avoir eu la même à son égard. Mettre Mako dans ma poche s'avère plus difficile que prévu… Comment pourrais-je l'attendrir si même mon cœur en détresse ne le peut pas ?

— Ta famille te manque ?

Je me reconcentre sur la bouteille stagnant encore dans ma main et me décide enfin à la poser. Je hausse les épaules, terriblement déçue. Un seul nom tourne en boucle dans ma tête.

Emma, Emma, Emma.

Presque à m'en griller les neurones.

— Un peu… soupiré-je.

J'imagine d'ici Benji poser plein de questions sur mon absence et mes parents insouciants lui expliquer avec des mots d'enfant. J'avoue que cette vision me serre le cœur même si je sais que ce ne sont pas les plus inquiets pour moi.

— Et ta copine ? tente Mako.

Elle appuie sur la corde sensible et je ne peux m'empêcher de lâcher :

— Tellement…

Ça ressemble presque à un sourire mais ça a le don d'arracher une grimace à Mako, qui détourne rapidement la tête pour ne pas affronter mes grands yeux tristes.

— Tu devrais arrêter de penser à elle…

Je lâche un petit rire en finissant d'aligner toutes les bouteilles. Il y a vraiment beaucoup trop d'alcool, je ne sais pas si Mako n'avait pas tort quand elle disait que la plupart ne finiraient pas ivres…

— C'est impossible, tu ne peux pas comprendre, asséné-je un peu sèchement.

Elle ne relève pas mon ton irrité et m'assure d'une voix étrangement douce :

— Crois-moi, je comprends mieux que personne.

Elle m'offre cette fois un petit sourire cachant sans doute un peu de tristesse. Sa phrase semble cacher un amour passé et ma curiosité est piquée au vif. Mais, alors que je m'apprête à lui en demander plus, elle me devance et poursuit :

— Tu seras bien ici, tu verras, je suis sûre qu'il doit rester des vestiges de ton amour pour Swan. On n'oublie pas son premier amour comme ça.

Comme à son habitude, elle reste droite dans ses bottes, fidèle à Swan. Je suis agacée, comment peut-elle se faire juge d'une histoire qu'elle ne connaît pas ? Bien sûr qu'il reste des vestiges. J'aimerai Swan éternellement, mais elle n'a pas pris en compte que la manière d'aimer pouvait changer.

Je ne réplique pas, de peur de la froisser, elle est gentille avec moi et je suis sûre que petit à petit je parviendrai à la rallier à ma cause.

— Alors, les meufs, vous avez fini ?

Je tourne la tête vers Lana, qui s'approche tout sourire avant de passer un bras autour de mes épaules et de celles de Mako.

Cette dernière, les mains sur les hanches, considère fièrement notre travail très peu fatigant.

— Oui, ça me semble bien.

Lana hoche la tête avant de nous préciser :

— On a protégé le billard et Lowen a branché les LED.

— Les LED ?

Elle me désigne du doigt le plafond.

— Il y a des LED un peu partout, ça donne une meilleure ambiance à nos soirées.

Sympa, un tantinet too much mais… Pourquoi pas.

— Quelle heure est-il ? interroge Mako.

Lana lui présente son bras orné d'une jolie montre de créateur décorée de diamants.

— Presque 17 heures.

Mako fait un tour sur elle-même pour admirer la salle, qui n'a pas vraiment changé, hormis la table de billard habillée d'un drap blanc et poussée dans un coin.

— On n'a plus qu'à aller se préparer.

Les deux filles échangent un sourire complice tandis que je m'étonne :

— Déjà ?

C'est un peu tôt, à moins qu'elle souhaite commencer la fête à 18 heures.

— La préparation comporte toujours deux phases, tu ne sais pas ça ? me questionne Lana, presque choquée.

Je hausse un sourcil et elle m'explique, interloquée.

— OK, alors d'abord tu as la phase papote et ensuite la phase préparation.

Je n'ai pas le souvenir d'avoir déjà fait ça avec Addie, Emma et nos autres copines de lycée.

— En plus, on doit te faire un bilan de ce qui se passe ici, qui a des affinités avec qui et tout et tout, s'amuse Lana.

Mako roule des yeux tandis que j'accepte. Soit, je dois bien m'intégrer de toute façon, et peut-être que j'arriverai à grappiller des informations entre deux touches de maquillage.

— D'accord, alors.

Lana tape dans ses mains.

— Génial !

Et c'est ainsi que je me retrouve embarquée avec elles, qui m'ouvrent ainsi les portes de leur monde.

43

— Et du coup, Galane couche à peu près avec tous les mecs, mais Lowen est son préféré, c'est ça ?

Lana, allongée sur le lit de Mako, la tête dans ses paumes, me le confirme :

— C'est ça.

— C'est compréhensible, il est tellement gentil, ajoute Calypso, une amie des filles dont je viens tout juste de faire la connaissance.

Cette grande métisse s'est jointe à nous après une heure de ragots avec Mako et Lana. Elles n'ont cessé de me bombarder d'informations, que je juge pour l'instant inutiles, sur à peu près toute la bande, et depuis que Calypso est arrivée c'est pire. Bien que très gentille, elle a un avis bien tranché et elle n'hésite pas à le partager quand quelque chose ou quelqu'un ne lui plaît pas.

— Ils sont tous gentils, rectifie Mako.

— Pas Sohëm ! s'emporte Lana.

Elle se redresse presque d'un bond pour se mettre en tailleur.

— Quel caractère de cochon ! peste-t-elle.

Calypso, sur le rebord du lit, secoue la tête.

— Il est adorable…

— Ouais, dans le genre bulldog, réplique Lana.

Mako lâche un petit rire en approuvant d'un signe de tête. Et je suis bien d'accord. Comment pourrais-je complimenter un homme qui m'a enfermée dans son coffre de voiture ? Je ne dis pourtant rien et tends l'oreille.

— Mais non… soupire Calypso. Ça lui rajoute un charme et croyez-moi qu'au lit cet aspect est bien plaisant.

Elle lance un regard plein de sous-entendus aux filles tandis que Mako lui jette un coussin. Calypso et Sohëm, ça ne m'étonne qu'à moitié. Sérieusement, cette fille a l'apparence d'une déesse avec ses longues jambes interminables et ses cheveux tout bouclés.

— Vous êtes ensemble ? tenté-je.

Elle secoue la tête avec un petit sourire.

— Non, chérie, il n'y a pas de couple ici. On ne se supporte pas assez longtemps.

Lana ricane tandis que Mako fait une grimace indescriptible. Je fronce les sourcils, prête à la questionner, mais inconsciemment Lana m'en empêche en proclamant :

— Phase deux, les meufs ! À vos tenues.

Elle met ainsi fin à presque deux heures de discussion intense, durant lesquelles je n'ai pas vraiment pu ouvrir la bouche et j'ai juste appris deux, trois trucs qui ne me serviront sûrement pas.

— On se retrouve là avec vos fringues, ajoute-t-elle.

Je me tords les doigts en me relevant du fauteuil qui a bien voulu accepter mes fesses pendant tout ce temps.

— Euh… Je ne sais pas trop comment m'habiller.

Trois paires d'yeux se posent sur moi et c'est Lana qui s'avance pour me prendre les mains.

— On va aller voir ça. On a pris beaucoup de temps avec Mako pour t'acheter des fringues. Je sais déjà ce que tu peux mettre.

Elle enroule ses mains autour de mon poignet avant de quitter la pièce en lançant :

— À toute.

Elle me traîne dans le couloir, sautillant presque. Je suis ravie de constater que Mako a sa chambre non loin de celle de Swan, ça pourrait servir un jour, qui sait…

Arrivées à la porte de la chambre de Swan, Lana toque violemment et c'est sans attendre une quelconque réponse qu'elle entre, me tirant derrière elle.

Nous découvrons alors Swan, occupé à mettre sa ceinture dans les passants de son jean. Il se stoppe net à notre entrée, faisant les gros yeux.

— Tu peux sortir ?

Lana ne prend pas de gants, beaucoup trop guillerette à mon goût. Swan hausse un sourcil en laissant pendre sa ceinture, le jean déboutonné et la braguette ouverte, donnant à voir une fine ligne de poils se réfugiant dans son caleçon blanc légèrement apparent.

— Et pourquoi ça ? C'est ma chambre.

Il défie Lana de son regard ténébreux.

— On doit trouver une tenue pour Ébène.

Elle me désigne du pouce tandis qu'il affiche un petit sourire en me détaillant. Il n'y a pas à dire… Son regard change vraiment du tout au tout quand il me voit. Je me souviens d'il y a quelques jours, lorsqu'il est réapparu dans ma vie au chalet, ses yeux n'étaient que colère et vengeance. Aujourd'hui, je suis surprise d'y lire de la tendresse.

— Donc je suis viré de ma chambre ?

— C'est ça, terminé-je.

Il soutient mon regard alors que ses lèvres s'étirent.

— D'accord.

Je me détourne de ce contact visuel, me concentrant sur la toute petite parcelle de peau que laissent apparaître son jean et son tee-shirt. Il semble m'avoir surprise et ricane. Pour sortir, il passe tout près de moi et se permet de caresser la paume de ma main une fraction de seconde. Lana ne le remarque pas puisqu'elle a déjà le nez dans les vêtements et, lorsque la porte claque, elle m'a déjà sorti une tenue.

— Ça !

Elle me présente une robe minuscule mais respirant le soleil. Elle est courte, avec des manches retombant sur les bras dans un style romantique, tout comme le bustier qui se noue sur le haut de la poitrine, laissant les épaules décolletées. Son rouge parsemé de petits pois blancs est magnifique. C'est le genre de robes dont Emma raffole, le genre qu'elle porte dès que le soleil pointe son nez. Le genre de robes qui lui vont si bien.

— Et pour casser le côté un peu trop girly, tu vas mettre ces Dr. Martens montantes.

Elle me sort une paire imposante, tout en cuir noir. J'ai du mal à imaginer le look mais si Lana le dit. Elle a l'air plutôt calée question mode.

Elle me fourre tout dans les bras avant de me pousser vers la porte.

— Allons enfiler tout ça !

Nous faisons le chemin inverse pour nous retrouver à nouveau chez Mako. Calypso y est aussi et toutes deux sont déjà vêtues. Elles sont sublimes dans un style très décontracté.

Calypso porte une longue chemise blanche nouée à la taille par une ceinture noire, le tout accompagné de talons beaucoup trop hauts. Mako est habillée d'une petite jupe en daim, d'un crop top blanc et d'une paire de cuissardes. Elles sont à tomber.

— On est de retour ! s'exclame Lana. Occupez-vous d'Ébène, je vais m'habiller.

Elle disparaît aussi vite que nous sommes apparues, me laissant entre les mains de ces deux déesses.

— Tu peux aller te changer dans la salle de bains si tu le souhaites.

J'acquiesce en m'éloignant. Comme le reste de la chambre de Mako, la salle de bains est plutôt sobre. Elle comporte le strict minimum. Je me dépêche d'enfiler ma tenue pour ne pas les faire attendre, bataillant avec la fermeture dans le dos. J'ai l'impression d'être compressée dans cette robe. Je noue les petites ficelles devant pour être certaine que rien ne s'échappe.

Je ne comprends pas comment Emma peut porter ce genre de trucs. Je me promets de la lui offrir si j'arrive à sortir d'ici vivante. J'enfile ensuite les chaussures, qui sont nettement moins confortables que mes Converse. Finalement, le rendu n'est pas si mal, je n'ai pas été aussi jolie depuis plusieurs jours. Je tuerais pour que les autres me voient. J'entends presque les sarcasmes d'Adèle.

— Ébène ? Tout va bien ?

Je pousse la porte, me retrouvant nez à nez avec Mako, surprise. Elle m'offre un grand sourire en me détaillant de la tête aux pieds.

— Je comprends pourquoi Swan est raide dingue de toi, ricane Calypso derrière elle.

Je ne réponds pas et me contente de tirer sur le bas de ma robe pour cacher un peu plus de peau.

— Allez, viens. (Mako me prend la main.) Tu as l'habitude de te maquiller ?

Je hausse les épaules.

— Légèrement.

C'est ainsi que je me retrouve assise sur le lit à tracer mon trait d'eye-liner habituel tandis que les filles et Lana, de retour, discutent encore avec entrain en se coiffant et en se maquillant.

Je comprends enfin pourquoi elles s'y prennent si tôt pour se préparer, ça dure vraiment des heures. Je suis sûre qu'il y a déjà pas mal de monde entassé dans le salon.

— Bon, eh bien, je pense que nous sommes toutes prêtes !

Calypso s'admire dans le grand miroir en pied de la chambre.

— Oui, on peut y aller.

Mako range rapidement le bazar sur sa coiffeuse alors que les deux autres filles commencent déjà à filer. Je l'attends patiemment et sors en même temps qu'elle.

— Merci d'être toutes aussi gentilles avec moi.

Elle paraît surprise par cette phrase. Elle se dépêche de verrouiller sa chambre avant de me répondre avec douceur :

— C'est normal, on n'arrive à rien en se tirant dans les pattes.

Elle me prend le bras, toujours son éclatant sourire aux lèvres et ses yeux vairons pétillants. Je suis persuadée qu'elle et moi aurions pu être les meilleures amies du monde au lycée.

Elle me donne quelques conseils pour ne pas être timide alors que nous nous dirigeons vers le salon, d'où la musique s'échappe même si les portes sont fermées.

— Bon, nous y voilà.

Mako pousse la porte de ses deux mains, révélant ainsi un autre aspect du salon. Lana avait raison, les LED rendent hyper bien.

— Vas-y, entre.

Sans attendre, elle me propulse dans cet univers toujours plus surprenant, alors que mon cœur bat la chamade…

44

Mako passe une main derrière mon dos, m'incitant à m'avancer un peu plus. Je suis presque figée, mes yeux essayant de capter tous les détails qui s'offrent à moi. La lumière bleue plonge la pièce dans l'obscurité et, ne connaissant pas tout le monde, il m'est difficile d'identifier les gens rassemblés sur le canapé ou se dandinant au rythme de la musique.

Dans un coin de la pièce, je repère tout de même Swan, une bière à la main, en grande discussion avec Sohëm. Ils semblent bien s'amuser et je détourne le regard instantanément pour ne pas me faire remarquer. Mako aperçoit ses copines près du buffet. Elle commence à nous y emmener, et rapidement Lana me tend une bière, je l'accepte volontiers. Un peu d'alcool m'aidera peut-être à me détendre. Et si justement il ne fallait pas ? Après tout, je dois rester sur mes gardes.

J'ignore toutes ces pensées contradictoires et je bois une longue gorgée, les bulles me piquent un peu le nez mais je savoure cet agréable goût de houblon.

— Ébène.

Un chuchotement derrière moi parvient à atteindre mes oreilles malgré la musique. Je vois Calypso hausser un sourcil avec un petit sourire. Je jette un coup d'œil par-dessus mon épaule pour découvrir sans grande surprise Swan et son acolyte. Swan me déshabille de la tête aux pieds, presque subjugué.

— Tu es magnifique, me susurre-t-il à l'oreille.

Sa main se glisse sur mes hanches tandis que je n'ose pas le regarder ni lui dire merci. Sohëm m'offre, lui, un regard peu accueillant, comme à son habitude. J'ai du mal à comprendre ce que lui trouve Calypso.

— Viens, m'ordonne gentiment mon ex-petit ami.

Je ne lâche pas ma bière mais le suis tout de même en offrant un sourire feint aux filles.

Swan m'entraîne un peu à l'écart, là où, plus tôt dans la journée, Lowen a poussé la table de billard. D'ici, on a un grand angle de vue sur la pièce. Lana s'est mise à danser avec Mako et, tiens, surprise… Galane. Calypso a entamé un flirt avec Sohëm qui, bizarrement, semble beaucoup plus détendu. Tout le monde a l'air de bien s'amuser, des petits groupes se sont formés comme dans toutes les fêtes mais l'ambiance y est très familiale. Tout le monde semble aimer tout le monde.

— Ça va ?

Je me tourne enfin vers Swan, qui n'attendait que de capter mon attention. Je hoche la tête pour toute réponse avant d'avaler une autre gorgée de bière. Il soupire avant de grimper pour s'asseoir sur le billard.

— Détends-toi, ma belle, cette fête est pour toi.

Il a l'air sincère et presque inquiet, la lumière qui se reflète sur son visage lui donne aussi un air encore plus ténébreux que d'ordinaire. Il est beau, vraiment très beau.

— Je n'ai pas envie d'être ici.

Même si mon but est de le séduire, je ne parviens pas à me glisser complètement dans ce rôle, je ne peux m'empêcher de rester franche. Je me mords la joue instantanément après ces paroles, mais Swan rigole et ça me rassure un peu.

Il passe une main dans la poche arrière de son jean avant d'en sortir un joint, il me le tend tandis qu'il s'arme d'un briquet. Je fronce les sourcils.

— Non, merci.

Il sait très bien ce que j'en pense, il devrait se rappeler ce soir-là au chalet où nous l'avons foutu dehors avant qu'il ne me force à le faire revenir. Il hausse les épaules, ce souvenir sans doute en tête aussi. Il place le joint entre ses lèvres avant de l'allumer. Le bout d'ordinaire rouge apparaît ici presque violet. Swan recrache une épaisse fumée avant de s'adresser à moi.

— Cette robe te va vraiment bien.

— Merci.

Il secoue la tête, ses doigts abandonnent le briquet sur la table puis, hésitant, il pose sa main près de la mienne, qui tient ma bouteille. Ses doigts effleurent le dos de ma main, délicatement, avant de descendre vers mon poignet.

— Arrête de me résister, l'entends-je me supplier alors que la musique est moins forte.

Je fixe mes yeux dans les siens tandis qu'il relève la tête, fier comme toujours. Son regard semble meurtri, mais aussi froid, comme s'il ne souhaitait pas qu'on lise son mal-être. Je transfère ma boisson dans mon autre main, pouvant ainsi attraper ses doigts. Il paraît surpris mais ne cille pas, tout se joue dans son expression, il faut être experte pour la lire. Je caresse sa main de mon pouce. Mon souffle se coupe tandis que j'éprouve un certain plaisir à ce contact ; un petit sourire étire alors le coin de mes lèvres. Swan m'observe lui aussi, le souffle court. Je porte finalement sa main à mes lèvres et y dépose un baiser sincère. J'embrasse du bout des lèvres mon passé, renouant avec les souvenirs positifs. Je ne décroche pas mon regard du sien, j'essaie de lui transmettre toutes mes émotions, toutes mes pensées mais aussi l'attachement qui persiste en moi pour lui. Ainsi, par ce baiser sincère, je fais aussi un pas vers la liberté, un pas qui me permettra peut-être de prendre le dessus sur lui.

Il n'a pas bougé et mon cœur se gonfle quand je découvre son visage fendu d'un sourire presque triste, c'est comme s'il avait attendu ça toute sa vie et qu'il n'en croyait pas ses yeux. Je presse doucement sa main, m'électrisant un peu plus, avant de la laisser retomber. Je le vois soupirer de plaisir en passant une main dans ses cheveux.

— Tu danses ?

Je le remercie intérieurement de ne pas laisser le silence s'installer entre nous, ce qui m'aurait permis de réaliser mon geste. Il tire à nouveau sur son joint tandis que je finis ma bière.

— Pourquoi pas, dis-je en haussant les épaules.

Il descend de son perchoir, ravi, avant de me prendre la main. Je le laisse faire et j'abandonne ma bouteille sur le billard avant de le suivre. La musique n'est pas mauvaise, dans un style latino que nous connaissons tous. Nous rejoignons les autres sur la piste de danse improvisée. Nous ne sommes pas nombreux et tant mieux, ça m'évitera de me prendre un coup de coude ou de me faire bousculer. Swan offre son joint à un garçon sur le canapé, qui joue à la console avec d'autres. Il me rejoint ensuite alors que je tente de me détendre et de mouvoir mon corps en rythme. Swan ne cesse de me dévorer des yeux, il voulait danser, pourtant il ne bouge pas tant que ça. Je lui souris, un peu gênée. Je le vois secouer la tête en se mordant la lèvre inférieure avant de se pencher à mon oreille.

— Je t'aime tellement.

Il nous lie par une main sur mes hanches, ses lèvres toujours près de mon lobe. Ça a le don de me figer, mon être, ma respiration, mon cœur, tout. C'est le « je t'aime » le plus sincère et le plus désespéré qu'il m'ait jamais dit. Timidement, je pose une main sur son épaule pour me rapprocher à mon tour de son oreille afin de couvrir la musique.

— Tu dois me détester, Swan.

Cette phrase me brûle les lèvres quand elle sort. Il secoue la tête avant d'encercler ma taille de ses deux bras.

— Je te l'ai dit, en prison ça a été le cas, au chalet aussi, mais te voir ici… Je ne t'ai jamais autant aimée, tu es si belle, si… femme.

Mon cœur s'accélère et je suis persuadée qu'il peut le ressentir. Ses paroles agitent mon être et brouillent ma vue. Ma main se crispe sur son épaule, tandis que mon nez traîne toujours près de son oreille, se délectant des doux effluves de son parfum.

— Je croyais que ça devait être ma punition, ici…

— Ça ne l'est pas ? Tu es heureuse d'être ici ?

Ses lèvres sont bien trop près de mon lobe, l'effleurent, et je suis sûre qu'il le fait exprès.

— Non, me livré-je, mais tu m'avais habituée à moins de bienveillance. Je ne m'attendais pas à ça.

— Tu as tellement souffert déjà…

Un de ses bras se resserre autour de ma taille tandis que l'autre se décroche et que sa main monte à hauteur de mon visage, replaçant lentement une mèche de cheveux derrière mon oreille.

— Tu ne mérites pas de souffrir davantage.

Je me mords la lèvre, l'empêchant de trembler à cette discussion à cœur ouvert.

— Et toi ? Tu penses que tu méritais tout ça ?

Je n'ose pas prononcer le mot « prison ». Je pense à sa mère, qu'il a abandonnée, à son ancienne vie.

— Je suis heureux ici.

Le bout de son nez frotte le haut de mon cou, me faisant frissonner. Nous tanguons au rythme d'une musique beaucoup trop rapide. Je n'ose pas casser ce contact plein de tristesse, on en a besoin tous les deux. Je le laisse me tenir dans ses bras sans le haïr, consentante, j'apprécie ses bras qui s'accrochent à moi comme à une bouée, je laisse reposer ma tête sur son épaule, une main sur l'autre. J'ai presque envie de pleurer, on vient d'ouvrir une blessure mal recousue avec un canif et ça ne fait même pas mal, au contraire, c'est plein de douceur…

— Swan !

Je soupire contre lui, tout ça me prend tellement la tête que j'ai l'impression que la chanson aussi murmure son prénom.

— Swan !

Pourtant, ça devient de plus en plus insistant et fort. Ce n'est pas la musique, mais Isaïa, le regard fou, paniqué. Swan se tend et s'éloigne un peu de moi.

— Swan ! Ils sont en bas !

Les yeux d'Isaïa sont grands ouverts et Swan se détache complètement de moi.

— Quoi ?

— Coupez la musique ! crie Sohëm en se rapprochant de nous.

Son appel semble être entendu puisque le volume diminue instantanément. Un calme anormal se fait dans la pièce tandis que tout le monde observe le leader, se demandant ce qu'il se passe.

— Combien sont-ils ?

— Trois, nous apprend Isaïa.

Swan lâche une ribambelle de jurons, les yeux aussi noirs que du charbon, une lueur de folie dansant à l'intérieur. Il me prend le bras avant de me pousser contre Mako, qui a réussi à se frayer un chemin jusqu'à nous.

— Reste avec elle et empêche-la de descendre.

Je n'ai pas le temps de protester que Swan disparaît rapidement sous les lumières bleues, accompagné de Lowen et de Sohëm, qui s'est muni d'une batte de base-ball. Je n'ai pas le temps de comprendre que déjà leurs dos ne sont plus visibles. Mako me maintient fermement par les épaules.

Qu'est-ce qu'il se passe ? Pourquoi tout le monde semble aussi agité et pourquoi quelques filles et garçons les ont suivis ? Qu'est-ce qu'il se passe, bordel ?!

45

Je m'agite dans les bras de Mako. Je veux savoir ce qu'il se passe. Elle resserre sa poigne.

— Mako, lâche-moi !

Je secoue rapidement les épaules pour tenter de la faire lâcher prise, en vain. Elle est bien plus forte qu'on ne le dirait.

— Non !

Je bouge encore plus et je la vois s'énerver.

— Lâche-moi ! S'il te plaît.

Je crie, presque hystérique.

— Swan m'a dit…

— Je m'en fous ! la coupé-je.

Ça me fait presque de la peine de lui parler ainsi mais je laisse mes sentiments de côté et mets toute mon énergie à essayer de me libérer. J'y parviens enfin et, sans trop savoir où aller, je détale dans le couloir, persuadée qu'elle va me poursuivre et c'est le cas, car j'entends des pas derrière moi.

— Ébène !

Malheureusement pour elle, elle est fortement ralentie par ses bottes. J'atteins les premiers escaliers et débouche dans le couloir des chambres à louer, une dame en peignoir s'y tient.

— Pas de panique, ne vous en faites pas, madame.

Lowen tente de la rassurer et de la faire regagner sa chambre. Je lui passe sous le nez et j'ai juste le temps d'entendre « Hé ! » lorsqu'il capte qui je suis. Je me remets à courir. Dans les derniers escaliers, je manque de me briser le cou. J'atterris près du comptoir dans la brasserie. La scène qui s'y joue me cloue sur place, comme si je venais de me prendre un mur en pleine face. Je porte une main à ma bouche, les yeux écarquillés. Devant moi, la pièce est sens dessus dessous, des chaises et des tables sont brisées, projetées contre le mur, le comptoir aussi est saccagé, les chopes à bière sont toutes en mille morceaux, étalées ici ou là. C'est un carnage et au milieu de tout ça se joue le pire. Deux masses informes bougent dans l'obscurité de la salle, que seul le lampadaire de dehors éclaire. Je mets du temps à distinguer correctement ce qui se passe. Je reconnais finalement Swan à son imposante carrure, il semble se déchaîner sur quelque chose…

Ou quelqu'un.

NON !

Effectivement, Swan semble jouer des poings sur un corps qui ne parvient presque plus à rendre les coups. Il a l'air beaucoup plus mince que Swan, pourtant, malgré les droites que mon ex lui assène, il parvient à le repousser.

Je suis figée devant ce spectacle et encore plus lorsque Swan le rattrape par le tee-shirt avant de le projeter par terre. Le garçon tombe négligemment et Swan l'enjambe. D'ici je peux voir qu'il est penché sur le corps et qu'il… l'étrangle !

— Swan ! hurlé-je

Je suis aveuglée par la panique. Pas un autre meurtre, pitié…

Swan ne bouge pas, c'est comme s'il ne m'entendait pas. Derrière moi, je sens une main se poser sur mon épaule et tenter de me tirer en arrière, loin de tout ça. Je me dégage violemment, me surprenant moi-même. Je n'écoute pas ces appels et fonce plutôt sur Swan. J'enjambe comme je peux les débris un peu partout, je me jette sur lui, du moins sur son dos. En effet, il a ses mains autour du cou du garçon par terre, qui se débat comme il peut, ses forces diminuant à vue d'œil.

— Swan ! Lâche-lc !

Je tente de le tirer par les épaules mais rien à faire : il ne bouge pas, ne réagit même pas à ma présence. Il va le tuer !

E*ncore…*

— *Il est mort, Eden… Ça y est, tout est fini.*

Les flash-back se mêlant à la réalité me font perdre la tête et de grosses larmes brouillent ma vue tandis que je m'égosille.

— Swan !

Je frappe presque son dos alors que le garçon lâche de petits bruits étouffés.

— S'il te plaît.

Ma voix se brise comme une vague sur un rocher, douloureusement. Et ça semble être un électrochoc puisque ses mains se desserrent et qu'il se tourne vivement vers moi. Il semble réaliser qui je suis tandis que le visage qu'il m'offre m'effraie. Ses yeux reflètent une folie inhumaine et son visage est abîmé, sa lèvre inférieure est fendue et son arcade saigne abondamment. Je laisse échapper un petit cri.

— Qu'est-ce que tu fais là ?!

Il semble furieux tandis que, sous lui, son adversaire reprend son souffle, haletant et dans un piètre état, il est presque défiguré et tout en sang.

— Va-t'en !

Je secoue la tête alors que Sohëm apparaît, amoché lui aussi, sa batte de base-ball sur son épaule et le souffle court.

— Ils sont partis.

Il porte son regard sur son ami au sol.

— Putain, t'as failli le tuer.

Il est presque affolé alors qu'il nous rejoint. Il parvient à pousser Swan, qui retombe doucement sur ses fesses, épuisé.

— Et alors ?

Sohëm saisit par le col leur adversaire pour le relever, le garçon est terrifié.

— Il va servir de messager.

Swan lâche un petit rire en se relevant et en poussant Sohëm. Il surplombe le garçon avant de rapidement saisir son bras et de le retourner. Un craquement sinistre retentit, suivi d'un cri de douleur atroce. Je hurle face à la vision du bras plié dans un angle anormal. Le garçon semble à deux doigts de s'évanouir, mais Sohëm le maintient tandis que Swan me considère enfin. J'ai envie de le pousser pour qu'il le laisse en paix, ce n'est plus qu'une loque, mais on m'arrête avant et je suis projetée contre un torse, mon visage heurtant des pectoraux, une main appuyant derrière mes cheveux pour me maintenir.

— Ne regarde pas ça ! m'impose-t-on.

Je reconnais l'odeur de Swan, le nez dans son tee-shirt.

— Tu diras à ton leader qu'on est prêts à vous buter, tonne Sohëm.

J'essaie de me retourner mais Swan me maintient fermement et il n'a vraiment pas la même force que Mako. Je n'entends que des bruits, que des sons et je ne peux qu'imaginer ce qu'il se passe. Ce n'est que quand Swan juge que c'est terminé qu'il me lâche enfin, des traces de mon eye-liner ayant coulé sur son tee-shirt gris foncé. Je peux ainsi voir que le garçon a déserté et que Sohëm est en train de redresser les tables qui n'ont pas été cassées.

— Qu'est-ce… Qu'est-ce qu'il s'est passé ?

Je bégaie en balayant la pièce des yeux : un carnage. Les larmes ont cessé de couler même si je suis toujours sous le choc, la bouche ouverte, l'image du bras cassé toujours imprimée dans ma tête et une énorme colère contre Swan. Derrière moi, il n'a pas l'air décidé à me répondre, aussi je me retourne vivement en criant :

— Qu'est-ce qu'il vient de se passer ?

Il ne me prête pas plus d'attention, il a juste les yeux fixés dans le vide. Furieux, il a les poings serrés, respirant rapidement, le corps tendu, presque fumant. Il semble ailleurs. Derrière lui, je distingue plusieurs silhouettes nous observant en silence, tous entassés au bas des escaliers, Mako devant, secouant la tête.

— Swan ! insisté-je.

— Réunion de crise ! hurle-t-il à son tour sans se retourner. Tous au gymnase !

J'essaie de capter son regard, de chercher à comprendre qui était ce garçon qui vient de se faire tabasser sous mes yeux et pourquoi.

— Eden, va dans la chambre, s'il te plaît, chuchote-t-il pour que personne n'entende.

— Quoi ? Non, je veux…

— Bordel, va dans la chambre et écoute-moi pour une fois !

Il me hurle littéralement dessus, me faisant trembler, on dirait un animal, les crocs sortis. Je fais « non » de la tête pour montrer mon désaccord. Il n'en est pas question, je refuse de rester à l'écart plus longtemps.

— Sohëm, ramène-la.

Je fronce les sourcils alors que celui-ci s'approche de moi, la batte toujours à la main. Il me fait peur, ils me font tous peur, la façon dont Swan a cassé ce bras, avec une facilité, déconcertante me terrifie. Je serre les dents, un rictus sur les lèvres.

— Pas la peine.

En colère, je passe à côté de Swan en faisant exprès de lui mettre un coup d'épaule. Il ne relève pas, ne me court pas après. La tête haute, en tirant sur le bas de ma robe, je fais demi-tour. Plus personne ne campe dans les escaliers, ils ont tous écouté leur chef, tous, sauf Mako, bienveillante, qui semble m'attendre. Elle m'arrête en attrapant mes doigts.

— Ne t'inquiète pas trop, sois patiente, il va être obligé de te raconter.

Je ricane, peu soucieuse de la vexer, elle semble alors comprendre ma réaction et me laisse passer. Je ne jette même pas un regard derrière moi, car je sais que Swan me fixe.

Je monte rapidement les marches, les paroles de Mako toujours en tête, il y a donc bien quelque chose, c'est obligé… Je n'ai jamais été aussi proche de la vérité et ça m'agace de la toucher du doigt sans l'atteindre.

La même femme que tout à l'heure squatte dans le couloir, je la rassure comme je le peux, lasse, avant de poursuivre mon chemin, comme un fantôme. Aussi, je regagne la chambre une éternité plus tard, les pieds engourdis. Adèle, fan incontestée des Dr. Martens, n'avait pas menti : quand elles sont neuves, ça défonce les pieds.

Je pousse la porte non verrouillée.

Bordel, mais les clefs n'existent pas chez eux ? Ont-ils à ce point confiance en eux ?

Retirer ces chaussures est la première chose que je fais avant de me déboîter le bras pour faire tomber ma robe. Il faut que je trouve quelque chose à mettre. Swan ne m'en voudra pas de lui avoir piqué un tee-shirt. Je fouille entre les piles avant de trouver ce que je cherche. J'en choisis un au hasard, un blanc, que je passe rapidement par-dessus ma tête, il tombe parfaitement jusqu'à mes cuisses. Je fouille ensuite dans les tiroirs à la recherche des sous-vêtements que les filles m'ont achetés.

Je ne tombe pas sur les miens mais sur ceux de Swan et je découvre, comme par miracle, posé entre les multiples caleçons, un micro-téléphone, comme celui qu'il m'avait prêté au début de la journée. J'ouvre de grands yeux en me jetant dessus. Il est si petit dans mes mains que j'ai peur de le faire tomber et de le casser.

Je récupère une culotte dans le bon tiroir, l'enfile rapidement avant de me jeter sur le lit. Les mains tremblantes, je fixe ce petit mobile sans oser l'utiliser. Il faut que je l'allume et que j'appelle Emma. Mon cœur fait beaucoup de bruit dans ma poitrine, et j'ai un énorme nœud dans l'estomac.

Avec un doigt appuyé sur le bouton « raccrocher », j'allume le téléphone qui chantonne une petite musique. Comme l'autre, il n'a pas de fond d'écran, je pourrais aller fouiller dans les messages, dans les photos, mais je ne le fais pas. Automatiquement, mes doigts tapent un numéro que je connais par cœur.

Je ne sais pas quelle heure il est mais je sais qu'elle va décrocher…

— Allô ?

J'ai retrouvé ma lumière.

46

— Allô ?

Un sourire étire immédiatement mes lèvres tandis que je me masse l'arête du nez.

— Bébé… lâché-je juste.

— Eden ?

J'entends des voix derrière elle puis une porte qui claque.

— Comment ça se fait ? Tu peux téléphoner quand tu veux ?

Je soupire.

— Non, j'ai trouvé un téléphone, tu ne peux pas savoir à quel point je suis contente.

Je l'entends, au grincement de son lit, s'affaler, tout comme moi.

— Dis-moi que tu sais comment revenir ?

Le désespoir est flagrant dans sa voix.

— Non, suis-je forcée de répondre.

— Dis-moi, parce que demain je dois aller voir tes parents et je ne sais pas comment leur mentir.

Je serre les dents.

— S'il te plaît, ne me lâche pas…

— Pourquoi ? me coupe-t-elle. Ça me tue de te savoir autant en danger, ce mec est fou. Pourquoi tu ne me laisses pas prévenir la police ?

Je pivote sur le dos, une main sur le front.

— Parce qu'ils ne trouveront rien, je ne sais même pas où je suis, mais je sais que je commence à être assez proche d'eux, je touche au but.

— Eux ? Tu es où ?

— Je te l'ai dit, je ne sais pas, c'est une sorte d'auberge qui fait en même temps club de boxe. Ils forment une petite bande, ils bossent ensemble.

Elle réfléchit un instant, assimilant toutes ces informations.

— Et ils te traitent bien ?

— Étrangement, oui…

Elle soupire.

— Je ne suis plus sûre que ce soit une bonne idée…

— Emma, je ne risque rien, crois-moi….

Je me surprends moi-même et, à vrai dire, l'image de Swan qui casse ce bras si facilement me fait me poser des questions. Emma ne répond pas et je sais qu'elle ne me croit pas.

— Je te promets que, si ça tourne vraiment mal, je délègue à la police.

Toujours pas de réponse, si bien que je regarde l'écran pour m'assurer qu'elle est toujours en ligne.

— Et c'est quoi le plan maintenant ?

Je déglutis. Le plan ? Tomber dans les griffes de Swan… Je ne suis pas sûre que ça lui plaise.

— Déjà, je vais planquer ce téléphone, ensuite… Il s'est passé quelque chose ce soir… Une bagarre, et je sais comment découvrir ce qu'il se passe.

— Et comment ?

Je ne peux pas le lui dire, c'est impossible, ça lui briserait le cœur, mais je ne me vois pas lui mentir, pas dans ce contexte, j'ai besoin qu'elle connaisse le plus de détails possible, au cas où.

— C'est Swan qui gère tout alors…

Je l'entends soupirer un « oh mon Dieu ». Emma est particulièrement intelligente, elle a rapidement fait le lien.

— Tu vas coucher avec lui ?

Je m'étouffe.

— Quoi ? Non !

Jamais… Je m'en sens incapable, et pour Emma, et pour préserver mon cœur. Cet acte me projetterait des années en arrière et je suis persuadée que je ne pourrais plus enterrer mon passé après ça.

— S'il te plaît, tu peux utiliser tous les moyens que tu veux… Mais ne fais pas ça.

— Je ne le ferai pas. Je te promets.

Je l'entends étouffer un sanglot.

— Tu pleures ?

Alarmée, je me redresse brusquement.

— Bien sûr que je pleure, je ne fais que ça depuis que tu es partie, j'ai dû aller me faire recoudre les poignets, et le mec qui me suit n'arrête pas de me surveiller et pense que je ne le vois pas.

Mon cœur se fend d'entendre sa voix brisée par ses pleurs. Elle est vraiment à bout et je m'en veux de lui faire subir ça.

— Emma… Chérie, écoute-moi. Calme-toi.

Elle se tait tandis qu'un sentiment de panique me gagne.

— Tout ira bien. Je gère la situation, s'il te plaît, crois-moi.

Elle inspire profondément.

— C'est irréel…

— Je sais, soupiré-je.

Je l'entends prendre un mouchoir et se moucher bruyamment.

— Je t'aime, Eden.

Un frisson me parcourt la colonne vertébrale. C'est le deuxième « je t'aime » de cette soirée. Il me remue l'estomac et je me surprends à comparer cette sensation à celle que j'ai ressentie avec Swan.

— Moi aussi je t'aime, mon amour.

Elle renifle fort.

— Et Swan, comment est-il avec toi ?

Je sens qu'elle est avide de questions et qu'elle aimerait tout savoir maintenant qu'elle est un peu rassurée.

— Gentil, du moins il ne me fait aucun mal, il prend même soin de moi.

Je l'entends ricaner ironiquement et je me retiens de faire un commentaire.

— C'est pas comme s'il était fou amoureux de toi.

— Emma…

Elle marmonne des choses incompréhensibles avant de me surprendre par une nouvelle question :

— Est-ce que toi, tu l'aimes ? Est-ce que tu as de nouveau des sentiments pour lui ?

Je secoue la tête pour moi-même, ses questions résonnant dans mes oreilles et interrogeant directement mon cœur.

— Je suis attachée à lui… confessé-je. Il est lié à des souvenirs que je ne parviens pas à effacer.

Ses sanglots redoublent et je me frappe la tête. Ce n'était vraiment pas la peine de lui dire ça…

— Emma, je t'aime toi et rien que toi, d'accord ? Et tout ça… Tout ce merdier, là, ce n'est rien, OK ? Je n'ai qu'une envie, c'est de trouver un moyen de me casser et de rentrer.

Mon plaidoyer m'essouffle mais je sais qu'il la convainc, je peux la voir hocher la tête d'ici.

— Alors je te donne la permission de flirter avec lui si c'est la seule solution et que tu me jures que tu n'as vraiment aucun sentiment.

— Ça ne me fait pas plus plaisir qu'à toi…

Je l'entends souffler fort.

— Je n'en reviens toujours pas. C'est dingue, putain ! Je me ferai un plaisir d'aller le balancer aux flics une fois que tout ça sera fini !

Je ricane, me massant le crâne, car tout est si compliqué. Alors pourquoi suis-je aussi calme ?

J'entends des voix dans le couloir ainsi que des pas lourds. Je tends l'oreille. C'est bien Swan que j'entends, il discute avec quelqu'un mais je ne parviens pas à savoir qui.

— Mon cœur, je dois te laisser, il arrive. Fais bien attention à toi, s'il te plaît. J'essaie de te recontacter le plus vite possible. Je t'aime plus que tout.

Je raccroche sans attendre sa réponse. Mais j'ai trop besoin de ce téléphone pour me faire prendre la main dans le sac. Je sais qu'Emma m'écoutera, j'ai confiance. Je me lève d'un bond, fouillant la pièce du regard à la recherche d'une cachette. Je ne peux pas le mettre dans mes affaires car, si Swan s'aperçoit de sa disparition, c'est dans mes affaires qu'il cherchera en premier.

Je passe tout en revue, je me jette alors sur le canapé. Immédiatement, j'éteins le petit téléphone et je retire un des coussins. Il y a même une doublure dans la housse. Je glisse le téléphone à l'intérieur. J'ai juste le temps de remettre tout en place pour ne laisser aucune trace que la porte s'ouvre.

Je me relève, prenant l'expression la plus neutre possible, voire fermée. Après tout, Swan m'a vraiment effrayée et, même si Emma m'a apaisée, je ne dois rien laisser paraître…

47

— Eden.

À peine rentré, Swan passe son tee-shirt par-dessus sa tête et le balance par terre, me considérant à peine. Une chose est sûre, il est toujours furieux. Ma jauge de curiosité augmente encore et toujours. Je croise mes bras en attendant une quelconque parole de sa part. Il se laisse tomber sur le lit pour retirer ses grosses chaussures.

Il n'a pas l'air décidé à me parler, je force donc un peu le destin et je me campe devant lui.

— Swan, tu comptes m'expliquer ?

Il pose finalement ses yeux sur moi, si las, sa figure tuméfiée, couverte de sang séché. Il est presque méconnaissable. Inconsciemment, je porte une main à son visage, mes doigts restent en suspens dans l'air avant d'effleurer sa pommette rouge.

— Tu as mal ?

Je contemple son arcade entourée de sang.

— Non.

J'oublie toutes mes questions, toute ma colère, j'oublie presque Emma et mon but de séduction. Sincèrement, je lui dis :

— Ne bouge pas.

Je disparais dans la salle de bains, je fouille dans les placards et trouve finalement un gant. Je le mouille d'eau froide avant de l'essorer et de rejoindre Swan. Il n'a pas bougé, je me positionne de nouveau devant lui, l'interrogeant du regard pour savoir si je peux le nettoyer. Il m'indique que oui et je commence à appliquer le gant sur son arcade pour retirer le sang séché.

— La blessure n'est pas profonde, lui dis-je.

Les arcades explosées, ça me connaît.

— C'est mon tee-shirt.

Sa voix est rauque, comme s'il avait trop crié. Je passe ensuite à sa lèvre.

— Je ne savais pas quoi mettre.

— Tu as bien fait.

J'esquisse un sourire, il a l'air assez calme désormais.

— Il te va bien.

— Il est trois fois trop grand.

— C'est sexy.

Je lâche un petit gloussement. Je termine de nettoyer son visage en appuyant un peu plus sur les zones sensibles tandis que je sens derrière mon genou des petites caresses. Ma main se fige, tandis que je réalise le regard que me porte Swan : reconnaissant.

Je ne l'arrête pas, je fais comme si de rien n'était, les paroles d'Emma en tête. Je dois flirter avec lui… Mais les sensations que je ressens me font peur. Ce n'est pas normal que ces petites caresses nouent ainsi mon estomac.

— Et voilà, c'est fini.

Je laisse retomber le gant, son visage est beaucoup plus propre malgré les bleus qui risquent d'apparaître dans les prochains jours. Swan m'attrape la main et la porte à ses lèvres, comme je l'ai fait précédemment dans la soirée.

— Merci.

Je le gratifie d'un sourire avant de jeter le gant dans ce qui semble être une panière à linge. Je me tords les doigts tandis que je pose enfin la question qui me brûle les lèvres :

— Qu'est-ce qu'il s'est passé ?

Je fuis son regard tandis que ses doigts se crispent sur les miens.

— Rien du tout.

Il stoppe ses caresses pour se passer la main dans les cheveux, secouant sa tignasse, je ne veux pas trop le brusquer mais, s'il ne coopère pas, ça risque d'être compliqué.

— Tu as brisé le bras de ce gars.

Il hausse les épaules, les yeux dans le vide, comme s'il se rejouait la scène.

— Il s'en remettra.

J'ai l'impression de ne plus contrôler mon corps. Ma main, sans que je le veuille vraiment, se retire de la sienne et glisse sous son menton. Je le force à relever son visage afin qu'il me regarde. J'accroche son regard et j'essaie de paraître douce, presque langoureuse.

— Explique-moi.

Je vois ses muscles se tendre sous ses tatouages menaçants.

— C'étaient des petits voyous qui n'arrêtent pas d'essayer de nous cambrioler.

Je lis dans ses yeux que ce n'est pas vrai, on dirait seulement qu'il récite un texte.

— Je ne te crois pas.

Il soupire en retirant son menton, agacé.

— Alors pourquoi Sohëm a dit de dire à leur leader que vous étiez prêts à les défoncer ? Ne me fais pas croire que ce n'est que ça !

— C'est la stricte vérité ! s'énerve-t-il.

Il s'éloigne de moi en roulant sur le lit.

— Pourquoi tu ne voulais pas que je vienne alors ? Pourquoi l'avoir tabassé avec autant d'acharnement ? Swan, réponds-moi !

Je ne voulais pas crier mais il ne m'écoute vraiment pas, il a enfoncé sa tête dans l'oreiller et ne me répond même pas. Je grimpe sur le lit et le secoue. À bout, il crie :

— Non ! Non, je ne te répondrai pas, merde ! Ça ne te regarde pas !

Son visage abîmé prend une teinte rouge alors qu'il serre plus fort le coussin dans ses bras. Comme s'il était prêt à en faire des confettis pour passer ses nerfs.

Je prends une grande inspiration pour ne pas crier à mon tour et rassembler tout le self-control dont je suis capable. Je sais que ma question suivante va alimenter encore plus sa colère.

— Ça a un rapport avec le garçon de ce matin ?

Jackpot. Il me fusille du regard, les yeux plissés. La mâchoire serrée, il siffle :

— Non, aucun. Tu veux bien m'écouter, bon sang ?

Il ment. Et d'une façon tellement pitoyable que c'est comme s'il me le criait au nez.

— Bien sûr que si, ça a rapport avec lui.

Il soupire théâtralement avant d'enfoncer la tête dans l'oreiller et de pousser un grand cri.

— Parle-moi ou alors je vais voir de mes propres yeux ce qu'il se passe.

Je le menace et je l'entends rigoler. Il ne me prend pas du tout au sérieux, comme chaque fois depuis son retour. Comment le pourrait-il ? Qu'est-ce que je peux faire, moi, la petite brune aux bras aussi fins que des allumettes ?

Je décide de ne plus me laisser marcher sur les pieds. Je me campe sur mes jambes, bien décidée à faire la lumière sur tout ce mystère.

Swan me jette un regard noir, il ne bouge pas, attendant de voir si je suis sérieuse ou pas.

Je lui lance à mon tour un regard hautain avant de m'approcher de la porte.

— T'as pas intérêt à sortir.

— Je vais me gêner, grincé-je.

J'appuie sur la poignée alors que derrière moi j'entends un bruit. Il va m'en empêcher. Non !

Je tente d'être plus rapide et d'ouvrir la porte mais il la bloque d'un bras.

— Je t'ai dit de rester ici.

Je plaque mes deux mains sur ses côtes pour tenter de le faire bouger.

— Eden, je ne rigole pas. Arrête ça !

— Je veux aller le voir !

Je crie presque en frappant son torse. Il ne bouge toujours pas, aussi solide qu'un roc. Je l'entends grogner alors que je tente de défaire sa main, me libérant ainsi l'accès à la porte. Ça l'énerve encore plus et il m'attrape par la taille.

— Ça suffit.

Je me débats alors qu'il me soulève.

— J'irai quand même.

Il me plaque contre son torse et je sens son cœur battre la chamade. Il est au bord de la crise de nerfs. Et je crois que mon coup dans son tibia est le geste de trop puisque, immédiatement, je me sens soulevée et placée sur son épaule.

— Tu veux le voir, t'es sûre ? Alors, allons le voir !

Sa voix me fait trembler tandis que je me débats en essayant de mettre des coups de pied dans son torse. Ça n'a aucun effet.

Je le sens se mettre en mouvement et je redresse la tête. Effectivement, nous avons quitté la chambre. M'emmène-t-il vraiment ?

Je ne sais pas et je continue de me débattre, au cas où. J'ai horreur de ce sentiment d'impuissance qui m'envahit tandis que mes coups n'ont aucun effet sur lui.

Il marche vite, si bien que je suis tellement ballottée que je commence à avoir mal au ventre. Il dégringole rapidement les escaliers de chaque étage avant de nous replonger dans le décor d'horreur de tout à l'heure.

J'agrippe la peau nue de son dos tandis qu'il se fraye un chemin parmi le verre et le mobilier explosés.

Il appuie sur la poignée menant au gymnase avant d'allumer les néons. Ils font un bruit abominable. Le gymnase est atrocement silencieux et la chair de poule commence à apparaître sur mes bras. Je ressens de la peur et plus aucun bruit ne sort de ma bouche. Je laisse seulement Swan me conduire vers la petite porte à l'arrière, où je les ai vus transporter le garçon.

Swan ne me repose par terre que lorsque nous sommes devant cette fameuse porte. Il est brutal, si bien que je gémis de douleur lorsque mes pieds nus rencontrent le béton dur.

Swan ne s'est toujours pas calmé, ses yeux ont repris leur lueur de folie et un grand sourire étire ses lèvres.

— Tu veux le voir, c'est bien ça ?

Je n'ose même pas hocher la tête tant je suis effrayée par cet être, quelques minutes avant si doux et désormais si fou.

— Alors admire, mon amour.

Il ouvre la porte d'un coup de pied avant de me pousser sans ménagement à l'intérieur. Je me retrouve enrobée d'obscurité jusqu'à ce que Swan appuie sur l'interrupteur, me révélant l'horreur que je réclamais tant de voir…

48

— Regarde bien attentivement ! tonne-t-il.

Tel un félin, il s'approche de sa proie que le néon éclaire affreusement.

Il est là, le garçon de ce matin, sur une chaise, la tête baissée, retombant mollement sur son torse. Mais ce n'est pas ça qui me glace le sang, non. C'est son torse nu, complètement lacéré. Il n'y a pas une parcelle saine, sa peau est soit tailladée, soit couverte d'ecchymoses qui font la taille de ma main.

Je suis sans voix face à ce spectacle, je me retrouve à contempler ce pauvre garçon en sang. Mais apparemment ce n'est pas le pire. Swan, d'humeur sadique, fait le tour de la chaise pour se placer derrière lui et, de ses deux mains, lève la tête du garçon.

Je pousse instinctivement un cri. Il est défiguré ! Ça me provoque la nausée tandis que je peine à détailler ce visage. Je me rappelle son visage ce matin, abîmé certes, mais entier. Je suis sous le choc, sa lèvre inférieure ne cesse de saigner, complètement éclatée, un de ses yeux est complètement fermé, tout son visage est gonflé, baignant dans un mélange de sang frais et séché qui lui tombe du front.

— Ça te plaît ? s'énerve Swan.

Je ne parviens plus à respirer face à tout ceci et encore moins face à la légèreté de Swan. Ils l'ont tabassé !

— Est-ce qu'il est… mort ? demandé-je, la voix tremblante.

Swan ricane en enfonçant deux doigts dans une plaie sur le corps du garçon, celui-ci bouge légèrement en poussant un gémissement. Il n'est peut-être pas mort mais il n'est déjà plus vraiment là, son corps tout entier doit le faire souffrir, et je suis sûre qu'il rêverait de partir.

— Admire ce traître, mon cœur !

Swan reprend sa place derrière le garçon et redresse tellement sa tête qu'on croirait qu'il souhaite l'arracher.

— Arrête, le supplié-je.

Il ne m'écoute pas, bien sûr, et l'attrape cette fois par les joues. Je souffre pour ce garçon, j'ai l'impression de ressentir chacune de ses blessures. Je recule lentement, il faut que je sorte d'ici. Un mur m'arrête, et toutes mes forces m'abandonnent alors je m'y adosse en refoulant mes nausées.

— Tu voulais le voir, alors regarde-le !

La voix de Swan résonne comme celle d'un tyran, brusque et impitoyable. Je fais non de la tête en luttant contre les larmes.

— Il s'appelle Enaël, gronde-t-il. Je lui ai tout donné, tout !

Il force le garçon pantelant à le regarder de son œil à peu près valide.

— Je l'ai sorti de la merde, je lui ai donné un toit, un emploi. Je l'ai aimé comme un frère, putain !

Il lâche brusquement sa tête, qui retombe mollement dans sa position initiale, avant de donner un grand coup dans la chaise, qui valse avant de tomber avec le garçon dessus. Par chance, ce n'est pas de face mais sur le côté que celui-ci atterrit dans un bruit sinistre. Un peu comme si vous lâchiez des os sur du béton.

Swan semble décidé à passer ses nerfs, je me jette sur lui avant qu'il n'ait le temps d'atteindre la chaise.

— Arrête, tu vas le tuer.

Je ne sais pas trop comment j'arrive à ne pas perdre les pédales, à ne pas fondre en larmes et à ne pas m'échapper à toutes jambes pour appeler les flics. Bizarrement, j'arrive à réfléchir et à de nouveau avoir la tête froide, même si je tremble encore de tout mon être. J'ai peut-être été habituée trop jeune à la violence. Ça a dû s'ancrer en moi, se glisser sous ma peau.

Je maintiens Swan par la taille. Je sens que sa respiration est rapide, il ne cherche pas à se débattre et m'écoute, bouillonnant.

— Tu vas le tuer, répété-je.

Il lâche un rire caverneux.

— C'est tout ce qu'il mérite ! Il m'a trahi de la pire des manières !

Il se dégage doucement, sans doute pour ne pas me faire de mal.

— Swan !

Il s'approche à nouveau de la chaise mais la relève cette fois. Mon cœur se brise, ce garçon ressemble à un pantin disloqué.

— Pourquoi ? Pourquoi il t'a trahi ?

Swan se passe une main sur le visage, me considérant avec un air de dégoût.

— Tu n'es même pas capable de le regarder dans les yeux, comment pourrais-je t'expliquer ?

Je fronce les sourcils. Sérieusement, il compte encore me laisser comme ça ? Et je devrais faire comme si de rien n'était ? Oublier qu'ils ont presque un cadavre dans leur gymnase ? Je me campe devant lui, bien décidée à lui tenir tête quitte à en perdre la voix.

— Tu es beaucoup trop faible, me devance-t-il.

Il secoue la tête, bizarrement las. Je me vexe, je commence à en avoir ras le bol qu'on me prenne pour ce que je ne suis pas.

— Je te promets que, si tu ne me parles pas, je te briserai les testicules ! C'est clair ? le menacé-je.

Je suis sérieuse et je mets autant de haine que possible dans mon regard mais malheureusement ça le fait rire plus qu'autre chose.

— Je ne te mettrai pas en danger.

— Pourquoi ?! hurlé-je.

Je frappe du poing sur son torse, il ne bouge même pas, ne cille même pas. Au contraire, ça l'énerve encore plus. Il attrape mon poignet et serre si fort qu'il pourrait presque me le briser. Je garde la tête haute, ravalant ma douleur.

— Il se passe des choses horribles ici, des choses que tu n'aimerais pas connaître.

Je le fusille du regard avant de siffler :

— Justement. Qu'est-ce qui pourrait être pire que ça ? Tu m'as kidnappée pour que je vienne vivre avec toi, alors la moindre des choses, c'est de me livrer tous les détails de ta vie. T'as intérêt à tout m'expliquer sinon je te promets que je ne coopérerai plus et que je réussirai à m'enfuir, crois-moi.

Il encaisse, le visage déformé par la rage. Je ne sais pas ce qu'il cache mais c'est ici et maintenant qu'il a intérêt à me le révéler, même si la situation est ridicule : lui, torse nu, pieds nus, et moi avec pour seul habit un tee-shirt. J'oublie tout jeu de séduction pouvant rendre la confession plus douce. Non, plus de ça !

— Tu es le mieux placé pour savoir que je peux tout encaisser.

À travers mon regard, j'essaie de lui transmettre des images de mon propre corps couvert de bleus. Toutes ces heures qu'il a passées à me nettoyer, à panser mes blessures et mes poignets que je ne cessais d'ouvrir pour en finir. Pour oublier à quel point ma vie était un cauchemar. Il sait tout ça, il sait que ce n'est que grâce à lui que je suis en vie aujourd'hui.

— Justement, je ne tolérerai plus qu'il t'arrive quoi que ce soit ou que tu côtoies encore l'horreur.

Il commence sérieusement à m'agacer.

— Alors quoi ?! Je retourne me coucher et je fais comme si je n'avais rien vu ?

Il se passe une main sur le visage, à bout. Parfait, peut-être qu'il craquera plus facilement.

— Pourquoi faut-il que tu sois aussi têtue ?

— Fallait pas m'amener ici, tu devais forcément te douter qu'un jour ou l'autre je saurais tout.

Il respire lentement en s'arrachant presque les cheveux. Le corps tendu, il s'approche dangereusement de moi.

— Justement, j'ai tout fait pour que tu ne sois au courant de rien mais tu ne m'écoutes jamais !

Il me force à reculer, je bute rapidement sur un mur et il abat sa main sur celui-ci, fou de rage.

— Si tu ne me dis rien, je…

— Ferme-la ! me coupe-t-il.

J'ouvre de grands yeux face à sa brutalité, je ne comprends plus ce qui se passe. Va-t-il me faire du mal ?

Non, bien au contraire même. Il s'approche mais ce n'est pas pour me frapper, non, il fonce sur mes lèvres sans que j'aie le temps de prononcer un mot.

Je suis surprise d'abord.

Il m'embrasse !

Mon cerveau a du mal à réaliser et à affronter toutes les émotions qui s'emparent de moi. Il m'embrasse, caressant mes lèvres scellées, une main agrippant ma hanche.

Je ne lui rends pas tout de suite son baiser, bien trop occupée à réfléchir à tout ce qui se passe. Je pense aussi à Emma. Si je prolonge ce baiser, je sais qu'elle ne m'en voudra pas. Mais la question qui tiraille mes entrailles est : vais-je le poursuivre par stratégie ou par envie ?

Cette question tourne en boucle dans ma tête, si bien que Swan s'impatiente, et, alors qu'il s'apprête à s'écarter, déçu que je ne lui réponde pas, j'agrippe sa nuque de mes deux mains et presse mes lèvres contre les siennes, balayant toutes les questions que je me pose. C'est à son tour d'être surpris, mais très vite il m'ouvre ses lèvres avant de pousser un soupir de plaisir.

Nous nous embrassons langoureusement, je caresse sa langue du bout de la mienne. L'estomac noué, je reprends instantanément mes marques sur cette bouche que je pouvais embrasser pendant des heures avant.

Sa deuxième main rejoint la première et il plante ses doigts dans ma chair à travers le tee-shirt sans me faire mal. Je ralentis la cadence, caressant sa joue de mon pouce. Je sais comment le rendre fou, je l'ai toujours su.

Mon corps interagit si bien avec le sien. Je lui mords la lèvre inférieure et il grogne en se collant à moi. Je me sens rapidement soulevée et portée. Mes jambes s'enroulent autour de sa taille tandis que je commence à paniquer.

Ne couche pas avec lui, s'il te plaît.

La voix d'Emma ne me lâche pas, je ralentis alors mes baisers, si bien que lui seul se retrouve à saccager mes lèvres.

Il ne s'en rend pas compte puisqu'il est bien trop occupé à plusieurs tâches. Je ne sais pas où il m'emmène, je sais juste que nous abandonnons ce pauvre garçon en piteux état sur sa chaise.

Swan s'arrête, décrochant ses lèvres des miennes. Il examine les alentours avant de faire quelques pas de plus et de me déposer sur une surface dure et haute. Assise, je suis presque à la même hauteur que lui. Il agrippe ma taille avant d'embrasser ma joue et de revenir à mes lèvres.

— Passe sous les cordes, m'ordonne-t-il gentiment contre celles-ci.

Sans réfléchir, je lui obéis avant de me rendre compte que nous sommes sur le ring de boxe. Swan enjambe les cordes et, sans me laisser le temps de dire quoi que ce soit, il continue notre baiser.

Il en est avide, comme s'il avait peur que tout disparaisse subitement. Ça me fend le cœur de le voir aussi désespéré. Je calme le jeu tandis que sa main essaie de toucher mes hanches sous le tee-shirt.

— Swan, murmuré-je.

Je caresse sa lèvre abîmée du pouce en embrassant sa pommette rouge.

— On ne va pas coucher ensemble.

Il embrasse mon pouce.

— Pourquoi ?

Il n'est pas pressant, ni agacé. Il murmure ça sur un ton presque plat.

— Parce que c'est insensé.

— Tout l'est dans mon monde, murmure-t-il en retour.

Je l'embrasse une dernière fois tendrement.

— Je ne fais pas encore partie de ton monde.

Il rit en silence, se blottissant contre moi.

— Tu veux bien dormir avec moi quand même ?

Je hoche la tête et il me gratifie d'un sourire sincère. Il me prend la main avant de s'asseoir à mes pieds.

— Ici ? rigolé-je.

— Pourquoi pas. (Il hausse les épaules.) Dans mon monde, on est des durs.

Il me lance un sourire de défi alors que je me relève et m'assois à mon tour près de lui. Il s'allonge ensuite et m'attire contre lui. Je me retrouve la tête sur son torse, un bras autour de sa taille. Je n'ose pas bouger tant cette situation me paraît irréelle. Je viens de l'embrasser, volontairement. Il caresse mes cheveux avant de murmurer :

— Je t'aime, Eden.

Je ne peux pas lui répondre, ça, j'en suis incapable. Ces mots n'ont de sens que pour Emma, ils portent son visage, sa tonalité. Je ferme les yeux tandis que mon cœur s'emplit de culpabilité. Qu'est-ce qui est en train de se passer ? Quel était cet entrain lors de notre baiser ?

Swan me serre un peu plus entre ses bras et je ne sais s'il s'est endormi tout de suite mais je ne l'ai plus entendu. Il m'a laissée seule dans ma réflexion. Le visage d'Emma me hantant.

Elle a dit que c'était OK.

Oui, c'est OK, mais serait-elle d'accord si elle connaissait les sensations réelles que j'ai ressenties ?

49

Des doigts caressent mon coude, ils me chatouillent, me tirant d'un sommeil peu réparateur. Emma a toujours aimé me regarder dormir, je ne comprends pas pourquoi.

Je bouge légèrement, grimaçant de douleur, ce lit n'est vraiment pas confortable. Mes yeux papillonnent tandis que je me blottis un peu plus, resserrant ma prise sur la taille que j'entoure. Mes yeux s'ouvrent instantanément, faisant ainsi la lumière sur mes souvenirs de la veille. Je ne suis plus au chalet et je ne suis pas dans le même lit qu'Emma à la serrer contre moi. Non, mon bras est passé autour de la taille de Swan. Je me redresse sur le coude en gémissant, le dos meurtri.

Swan, les yeux grands ouverts, les doigts toujours en mouvement sur ma peau, prend le temps d'observer mon visage. Ses cils aussi longs que les miens encadrant parfaitement ses yeux noirs si paisibles.

— Bonjour, me murmure sa bouche pulpeuse.

Je retire mon bras de sa toile à tatouages et me masse la nuque. Je balaie le gymnase des yeux.

— C'était bien réel alors.

La bagarre, le garçon sur sa chaise, le baiser… Je me laisse retomber sur son torse dans un profond soupir.

— Comment est-ce possible ? me murmuré-je à moi-même.

Comme si nous étions ensemble, Swan dépose un baiser sur le sommet de mon crâne. Je ne bouge pas. Pense-t-il que nous sommes ensemble ? Cette idée me terrifie plus que de savoir qu'un garçon à moitié mort agonise non loin.

Swan se frotte les yeux avant de m'apprendre d'une voix bien plus rauque que d'habitude :

— Je vais convoquer une réunion ce matin…

Je lui porte un regard presque suppliant, j'espère qu'il ne compte pas m'évincer cette fois.

— … à laquelle tu assisteras, poursuit-il. Il est temps que tu saches toute la vérité.

Il roule sur le côté pour me faire face.

— Qu'est-ce qui t'a fait changer d'avis ?

Il se racle la gorge avant de confesser :

— Si tu ne m'avais pas embrassé, je ne t'aurais rien révélé. Je devais m'assurer qu'on était dans le même camp.

Je repousse les mèches échappées de ma queue-de-cheval et me tombant devant les yeux.

— Comment peux-tu en être certain ?

Il hausse les épaules.

— Tu es toujours là.

Il me fait confiance, quelle terrible erreur. J'ai presque de la peine pour lui, pour ce que je risque de faire à l'avenir. S'il savait que je ne compte pas du tout rester ici, que mes plans d'évasion sont toujours d'actualité…

— J'aimerais que tu relâches Enaël.

Swan fronce les sourcils.

— Pourquoi ?

Je promène un doigt sur son biceps et particulièrement sur les dessins dessus. Des roses entourent le plus imposant. Un ange aux traits féminins.

— Tu ne crois pas qu'il a suffisamment souffert comme ça ?

Il ferme les yeux pour ignorer mon regard.

— Il le mérite.

— Qu'importe…

— On verra ça avec les autres.

Il met fin à la discussion, il n'aime définitivement pas quand je me dresse contre lui. Je ne poursuis pas davantage. Pas de dispute de bon matin, s'il vous plaît…

— Tu as faim ?

À mon tour de hausser les épaules.

— Je ne sais pas trop.

À vrai dire non, mon estomac est perpétuellement noué mais, pour mon bien, il serait nécessaire de m'alimenter, ne serait-ce qu'un peu. Swan se redresse sur les fesses avant de s'étirer, les bras au-dessus de la tête.

— Plus jamais sur le ring, dit-il.

Je ricane en me redressant sur mes pieds.

— C'était ton idée.

Il lève les yeux au ciel presque pour dire « n'importe quoi ».

Je fais craquer mon dos avant de rapidement refaire ma queue-de-cheval. Swan me rejoint et m'aide à descendre du ring. Il me prend la main et ne la lâche pas durant toute la traversée du gymnase. Malgré moi, je me retourne vers le fond, là où Enaël a dû perdre tout espoir. Je ne me retourne que lorsque Swan éteint les lumières et me pousse vers la salle de restauration.

À la lumière du jour, les dégâts paraissent encore plus considérables. C'est vraiment un carnage, partout du sang se mêle aux morceaux de verre.

— Fais attention où tu marches.

J'imite Swan et me dandine sur la pointe des pieds.

— Quel bordel !

Il murmure un « je ne te le fais pas dire » en observant toute la pièce.

— Je ne peux rien te proposer à petit-déjeuner, on devait être livrés ce matin, mais j'ai annulé vu ce qu'il s'est passé.

Je secoue la tête en le remerciant quand il me sert un café.

— Ce n'est pas grave.

Il n'a pas l'air du même avis mais ne dit mot.

— Quelle heure est-il ? je demande.

Il lève les yeux au-dessus de lui, sans doute pour regarder une horloge que je n'avais pas vue.

— Un peu plus de 7 heures.

Mais qu'est-ce que je fais debout aussi tôt ? Et dire qu'il y a quelques mois je me promettais de faire de belles et longues grasses matinées durant l'été pour décompresser ! Si seulement j'avais su…

— Viens.

Je ne pose aucune question et le suis. Nous grimpons l'escalier et il s'arrête au premier étage pour accrocher un mot d'absence au mur. Puis il marche vite jusqu'à l'étage supérieur. Là, il m'arrête, près de l'embrasure débouchant sur les escaliers d'où nous venons. Sa main glisse sur le mur et il s'empare d'une petite télécommande accrochée là.

Je fronce les sourcils, fortement intriguée, d'autant plus que les boutons ne donnent aucune indication. Swan appuie sur le plus gros avant de m'expliquer.

— Chacune de nos chambres est équipée d'une alarme, ça permet de prévenir tout le monde en cas de problème.

— En bas aussi ? j'interroge.

Il secoue la tête en remettant la télécommande à sa place tandis que, de chaque chambre, un léger bruit strident et lancinant nous parvient.

— Non, les gens que nous accueillons n'ont pas… les mêmes problèmes.

Je penche la tête sur le côté tandis que déjà une porte s'ouvre sur Isaïa, encore tout endormi. En caleçon, il se frotte les yeux en nous considérant bizarrement. Il est vrai que nos tenues sont étranges.

— Qu'est-ce qu'il se passe ?

— Salon dans cinq minutes, j'ai besoin de voir tout le monde, préviens ceux qui ne sont pas là et dis-leur de rappliquer.

L'info circule rapidement, car de nombreuses personnes comme Isaïa ont pointé le bout de leur nez dans le couloir.

— Dans cinq minutes, rappelle Swan, menaçant, pour que tout le monde l'écoute.

D'un signe de tête, il m'informe de le suivre mais, avant d'arriver dans le salon, il m'arrête.

— Va mettre un bas et rejoins-nous.

Il me pousse gentiment vers la porte de sa chambre avant de se détourner.

Je m'exécute rapidement, le cœur battant vite car je vais enfin savoir ce qui se trame ici, j'en suis convaincue. Je suis effrayée mais aussi terriblement excitée. J'attrape un short en jean, je l'enfile tellement vite que je manque de me casser le cou en m'emmêlant les pieds. Je le boutonne à la va-vite avant de tenter de me calmer.

Inspire.

Expire.

Inspire.

Mes mains tremblent. Je dépose ma tasse sur une table de chevet pour ne pas la faire tomber.

Je suis prête, je passe mes mains sur mon visage. Je vais enfin avoir accès à ce qui va les détruire.

50

Je rejoins l'effervescence du couloir et me fraye un chemin pour accéder au salon. Tout le monde a répondu à l'appel de Swan. Le salon, dans le même état que la veille, semble aussi pitoyable que la brasserie au rez-de-chaussée. Swan a pris place sur un fauteuil près de la télé, je me tiens assez loin mais il me repère quand même. Sohëm prend place à ses côtés, encore en caleçon. D'ailleurs la plupart des garçons sont dans cet accoutrement. Certaines filles, comme Lana, ont enroulé un plaid autour de leurs épaules. Celle-ci me rejoint, accompagnée de Mako en long tee-shirt. Elle fronce les sourcils en me demandant ce que je fais là. Je n'ai pas le temps de leur répondre que déjà Swan prend la parole.

— Bonjour à tous, d'abord.

Il a un air grave alors que son assemblée lui répond.

— Premièrement... commence-t-il.

— Qu'est-ce qu'elle fait là ? le coupe Sohëm, aussi chaleureux qu'un iceberg.

Tous les regards se posent sur moi, me mettant très mal à l'aise. J'encercle mon corps de mes bras tandis que Swan, déjà très irrité, lui fait signe de se taire et tonne :

— Ne me coupe pas la parole.

Sohëm, soumis à son chef, s'enfonce dans le canapé en me fusillant du regard, il ne m'aimera donc jamais.

— J'essayais donc de dire... Il faut vite réparer les dégâts d'hier soir. Lowen, Joah, vous irez me nettoyer tout ce bordel.

Les deux garçons approuvent de la tête.

— Cora, tu passeras des commandes pour racheter du mobilier, il faut absolument qu'on soit livré dans la journée. Et Sam, tu préviens les cuisiniers que ce n'est pas la peine de venir, mais qu'on les paiera tout de même.

Il se masse l'arête du nez en distribuant les ordres comme un commandant à l'armée, et personne ne bronche.

— Maintenant, pour répondre à ta question, Sohëm…

Il fait un geste de la main vers son ami en s'enfonçant dans son fauteuil.

— Ébène est ici, parce que j'ai décidé de tout lui raconter.

Le visage de Sohëm se décompose tandis que des murmures se répandent dans l'assemblée.

— Quoi ? Mais on ne peut pas lui faire confiance !

Tu as tellement raison, Sohëm, et tu ne le sais même pas. J'avoue que c'est jouissif de voir Swan tourner en ridicule son lieutenant alors qu'il devrait plutôt l'écouter. Swan roule des yeux, agacé.

— Si, on peut…

— Pourquoi ? Parce que tu l'aimes ? l'attaque Sohëm.

Swan, outré, serre les accoudoirs à s'en faire blanchir les phalanges.

— Ferme-la, mon pote. C'est un conseil.

Sohëm secoue la tête avec un rictus de dégoût.

— Je ne suis pas d'accord avec cette décision.

Swan balaie l'air de sa main.

— Je m'en fous.

Son ami bout à ses côtés, il est à deux doigts de craquer, ça se voit. Tout le monde me regarde, encore plus, et j'aimerais me terrer dans un coin.

— Quelqu'un d'autre a une objection ?

Ils semblent tous avoir peur de lui, donc personne ne bouge ou ne le contredit. Pas même Isaïa, qui regarde ses pieds.

— Bien. Je disais donc qu'Ébène va faire partie de la bande. On n'aura plus aucun secret pour elle. Elle a vu Enaël hier soir.

Sohëm tape sur ses genoux, encore plus mécontent. Je sens un bras passer autour de mes épaules et me serrer. Mako m'offre un grand sourire en me soutenant.

— Ébène ? Approche.

Swan me fait signe de la main et, timidement, après un regard vers Mako, je passe devant les autres et le rejoins. Il m'invite à m'asseoir sur le canapé à sa droite, en face de celui de Sohëm, qui m'assassine du regard.

Swan se tourne vers moi, soudain très grave et sérieux, les coudes sur les genoux.

— J'ai jugé que tu étais assez digne de confiance…

Sohëm ricane derrière lui. *Grâce à un baiser.*

Emma avait raison, son amour pour moi est vraiment son point faible, son erreur fatale…

— Comme tu dois t'en douter, avec Enaël et la bagarre d'hier soir… Quelque chose cloche avec nous. Tu sais déjà que nous organisons des paris sur nos combats de boxe le soir mais… ce n'est pas tout…

— Vous vendez de la drogue, le coupé-je.

Il ouvre de grands yeux, surpris. Mon intuition était donc juste. C'était déjà un expert dans ce domaine avant d'aller en prison, alors pourquoi aurait-il abandonné ce business ? Et puis, les différentes identités, ses connaissances de différentes substances, les règlements de compte…

— Comment…

D'un regard je lui fais comprendre comment j'ai pu en déduire ça. Il comprend très vite que ça a un lien avec son incarcération et murmure un « oh ».

Je ne sais pas quoi en penser. Je vois mes intuitions les plus folles confirmées et mes derniers espoirs d'une vie meilleure pour Swan voler en éclats.

— On est bien plus que des petits dealers, crache Sohëm.

Swan hoche la tête, bouche bée.

— Swan a bâti tout un empire autour de ça, on a le plus gros réseau de ce foutu pays, poursuit son acolyte.

Dis donc, lui qui ne se voulait pas bavard l'est bien plus que Swan lui-même.

Un empire, qu'est-ce que cela signifie ?

— Notre recette annuelle s'élève à plusieurs milliards, m'apprend Swan. Nous sommes de gros vendeurs.

À mon tour d'être bouche bée. Ça va bien au-delà de ce que je pouvais imaginer. Des milliards d'euros ?

— Comment vous vous y prenez ? ne puis-je m'empêcher de demander. Vous ne vous êtes jamais fait arrêter ?

Sohëm se fiche ouvertement de moi tandis que Swan, beaucoup plus patient, m'explique :

— On en achète une partie, que l'équipe remodifie, ensuite on la revend principalement lors des combats le soir ou alors à des dealers de pacotille à un prix plus bas que ce qu'elle vaut en réalité, et ils nous reversent 70 % des bénéfices. Avec notre clientèle la plus fidèle, il nous arrive d'en vendre dans la rue, mais toujours armés. Et non, nous ne nous sommes jamais fait arrêter. La police essaie de nous démanteler mais, même s'ils remontent jusqu'à nous, ils n'auront rien, on est beaucoup trop minutieux. Nos prénoms ne sont pas les nôtres alors, même si on nous balance, on ne nous retrouvera pas : nos papiers sont à nos vrais noms…

— Et toi ? le coupé-je.

Après tout, c'est le seul qui n'a pas de faux prénom.

— Ne t'en fais pas pour moi. Nos activités sont clean à la brasserie et au gymnase. Et Flivio…

Je grimace, prête à répliquer, mais il me pointe un maigrelet du doigt.

— … est un petit bourge à bonne réputation. Les flics ne nous soupçonnent pas pour l'instant.

Comme à son habitude, Swan a tout prévu, envisagé toutes les possibilités. On peut vraiment dire que c'est un génie du mal. On peut dire qu'il est fait pour ça, ce qui contraste énormément avec le petit garçon bienveillant qu'il était.

— Alors vous avez tout prévu, conclus-je.

Swan hoche la tête, plutôt soulagé que je le prenne calmement. Je ne suis pas calme, au contraire, je réfléchis à mille à l'heure, comment pourrais-je les faire tomber ? Il me faudrait trouver des papiers, des preuves de… je ne sais pas… Leurs achats, une liste de contacts, quelque chose comme ça, des comptes. Tout ça me paraît impossible, peut-être qu'Emma avait raison, je n'aurais pas dû jouer à la super-héroïne, maintenant je suis beaucoup trop impliquée.

— Et ces mecs hier soir, qui étaient-ils du coup ?

Swan se masse l'arête du nez.

— Il se trouve qu'on essaie de nous faire concurrence et ça commence à fonctionner…

— C'est-à-dire ?

Il me lance un regard réprobateur avant de poursuivre :

— Un autre type tente d'ériger un empire, nous avons perdu beaucoup de contacts depuis son arrivée sur le marché, et Enaël, que tu as vu hier, a retourné sa veste, il s'est mis à travailler pour lui, lui servant d'espion.

J'ouvre de grands yeux, c'est du n'importe quoi, toute cette histoire.

— C'est qui, ce mec qui les dirige ?

Swan hausse les épaules.

— Nous ne le savons pas encore, mais on compte bien le découvrir en les infiltrant à notre tour.

— C'est du délire, soupiré-je.

Sohëm, silencieux jusque-là, prend un malin plaisir à me provoquer.

— Eh ouais, tu joues plus chez les enfants, ma grande.

Swan fait claquer sa langue en signe d'agacement.

— Je peux poser une question ?

Une jeune femme sort de la masse, vêtue d'un pyjama en soie.

— Bien sûr, accepte Swan.

— Comment allons-nous nous venger ?

Swan fait un signe de tête vers Isaïa.

— Isaïa.

Le jeune Asiatique s'avance et prend la parole :

— Dans un premier temps, on va y aller doucement, en leur mettant un coup de pression. Enaël nous a révélé une adresse, celle d'un vieil hôtel où ils se sont établis. Il nous a aussi dit qu'ils aimaient ouvrir leurs portes le soir pour faire des fêtes. On va donc y aller ce soir. Le but, c'est que Swan et Sohëm restent ici, car nous pensons que des gars à eux viennent à nos soirées et trouveraient forcément ça louche s'ils n'étaient pas là. Les plus forts d'entre nous iront à cette adresse. Avant d'attaquer, une des filles devra s'introduire parmi eux et trouver Paul, qui est un des sous-chefs. Il y sera forcément, elle le séduira et, une fois à l'écart, le droguera. Une fois cela fait, elle descendra et lancera le feu vert aux autres qui iront tabasser tous leurs gars présents.

— Comment nous saurons que ce sont bien eux que nous frapperons ? questionne un garçon.

Isaïa hausse les épaules.

— Ils viendront forcément à vous, là vous serez sûrs que ce sont eux et, au pire, vous aurez des cagoules, donc si vous ne frappez pas les bons, ils ne sauront pas qui vous êtes. Et, si l'affaire s'ébruite, les flics penseront que ce ne sont que des règlements de compte. Et ils n'aiment pas trop fouiller dans ces affaires car ils ont déjà bien trop de taf.

Isaïa se rassoit tandis que Swan hoche la tête. Ce plan est calculé vraiment au millimètre près, c'est impressionnant, on se croirait dans un film d'action. Sauf que c'est la réalité.

— Et qui sera la fille ?

Lana lève le bras pour se faire voir et qu'on prenne bien sa question en considération.

— Très bonne question, répond Swan.

— Ils connaissent tous nos visages, c'est le souci de ce plan. Nous ne savons pas comment faire sur ce coup-là. Ils vous reconnaîtraient immédiatement.

— Mais si c'est dans l'obscurité ? Ou s'ils ont trop bu ? continue Lana.

— Trop risqué, tranche Swan.

Il frotte ses mains en réfléchissant.

— Comment on fait alors ? s'agace Sohëm.

Une très mauvaise idée me traverse l'esprit. La situation est telle que j'ai presque envie de rire. C'est comme si ce rôle était fait pour moi. J'entends Emma me réprimander, je ne dois pas faire ça. C'est trop risqué, ce sont leurs histoires. Je ne peux pas, c'est insensé !

— Je peux le faire, moi.

Et merde.

Swan se tourne vers moi vivement, immédiatement furieux.

— Hors de question !

Son regard me lance des flammes, ses lèvres sont pincées.

— Ils ne me connaissent pas et…

— Non !

Swan semble prêt à me sauter dessus pour me faire taire.

— Elle a raison, ils ne savent pas qui elle est, et puis ça lui fera un joli baptême du feu.

— Non ! hurle encore Swan.

Il me ferait presque trembler.

— Swan, ils ont raison. Elle serait un atout.

Isaïa s'avance timidement.

— Arrête d'être aveuglé par ton amour, mon frère. Hier, nous avons su gérer, mais que ferons-nous le jour où ça ne sera plus le cas ? Ne fais pas passer ta famille après ton amour.

Même si Sohëm me dénigre, je suis d'accord avec lui. C'est presque ironique, je saute dans un monde que je ne connais pas, avec des gens que je ne connais pas, dans une affaire qui ne me regarde pas.

— Je ne serai même pas là si ça tourne mal, c'est non.

Isaïa soupire.

— Les grosses décisions se prennent par vote, tu te rappelles ? Qui souhaite qu'Ébène endosse ce rôle ?

Sous mes yeux, plusieurs mains se lèvent, aggravant la colère de Swan. Il ne tient plus en place dans son fauteuil. Je fouille l'assistance des yeux : Lana lève la main mais pas Mako, elle a les bras croisés et secoue la tête en désaccord, sans me voir.

— Je crois que le choix est fait.

Swan tape du poing sur son accoudoir.

— C'est pour nous, Swan, ça ne risque quasiment rien.

Il n'écoute plus personne tandis que je n'ose plus parler.

— Allez vous faire foutre.

Sur cette phrase, il se lève, furibond, bousculant tout le monde sans ménagement. Sohëm soupire exagérément avant de me lancer froidement :

— Tu devrais aller le calmer.

Je ne prends pas la peine de lui lancer une pique, après tout, il a raison, je dois le calmer et j'ai aussi besoin qu'il me rassure : c'est son domaine, pas le mien. Je me lève à mon tour, toujours sous les regards intrigués ou accusateurs de certains.

Je ne sais pas où il a pu aller, je scrute le couloir avant d'entendre du bruit dans la chambre. Je m'y précipite, rassemblant tout mon courage pour affronter la tornade Swan…

51

J'arrive apparemment à temps, avant que l'ouragan ne se déchaîne dans la chambre.

Swan fait les cent pas en poussant des jurons et en frappant parfois dans le premier mur qui se présente à lui.

— Swan, arrête.

J'ai l'impression que les choses ne cessent de se répéter, j'ai l'impression de passer mon temps à le canaliser. Je me précipite près de lui tandis qu'il s'arrache les cheveux.

— Calme-toi.

— Tu pouvais pas fermer ta gueule !

Il me hurle dessus. Raté. J'encaisse, essayant de garder mon calme pour ne pas envenimer la situation.

— Tu avais une autre solution peut-être ?

Ma voix se veut calme et apaisante mais il ne semble pas voir les choses de cette façon.

— Je sais pas, on aurait trouvé une autre nana !

Il fait de grands gestes avec ses mains, le visage carrément rouge, postillonnant à moitié. Le dialogue n'est pas possible. Je tente le diable en m'insinuant entre ses bras qui s'agitent tandis qu'il m'explique tous les dangers possibles. Je prends son visage en coupe dans mes mains et le force à me regarder.

— Ça suffit, j'ai dit.

Les lèvres pincées, il soutient mon regard de ses yeux terrifiants en respirant fortement.

— C'est stupide, comme idée, ajoute-t-il.

Je caresse sa pommette abîmée de mon pouce.

— Tu ne peux pas les abandonner pour moi, tu te rends compte combien c'est idiot ? Ils sont là pour toi, tu n'as pas le droit de les lâcher, ce serait toi, le traître.

Il dégage son visage de mes mains.

— Tu es horrible, crache-t-il.

Je ne peux m'empêcher de rigoler.

— C'est vraiment l'hôpital qui se fout de la charité. On compare vraiment ? Tu te rappelles toutes les fois où tu m'as brutalisée et où…

— C'est bon ! C'est bon…

Il s'appuie contre le mur à l'aide de son bras tendu, dos à moi.

— S'il t'arrive quoi que ce soit…

— Il ne m'arrivera rien du tout ! Isaïa a tout bien expliqué. Je n'ai qu'à séduire et droguer ce mec.

— Et si tu n'y arrives pas ?

Je soupire, on ne va jamais s'en sortir.

— J'accepte à une seule condition, cède-t-il.

Les bras m'en tombent presque. Je suis ravie de le voir accepter, car c'est peut-être suicidaire mais on ne sait jamais, je pourrais éventuellement choper des informations dans le camp adverse.

— Tu acceptes de porter un micro espion.

Ma mâchoire se décroche presque.

— Un quoi ? Vous avez ça ? Je croyais que…

— Bien sûr qu'on a ça !

C'est de pire en pire, je vais de surprise en surprise et je ne suis pas sûre d'aimer ça. Si mes parents savaient ce que je m'apprête à faire, ils me tueraient, eux qui ont fait des pieds et des mains pour sauver Swan plus jeune, voilà que je saute avec lui à pieds joints dans ces mêmes histoires.

Je chasse ces pensées. J'ai appris à accepter les choses, je n'ai pas choisi d'être ici, mais une chose est sûre, je dois évoluer en sortant de ma personnalité habituelle, en attendant que les choses s'arrangent. J'ai un but, mais peut-être que ma présence ici peut servir à aider Swan à voir les choses sous un autre angle.

Je m'approche lentement de lui, posant délicatement une main sur son dos, là où un tatouage bouddhiste est tracé, sous la forme de cinq colonnes qui représentent cinq prières.

— D'accord.

Le voir dans cet état me retourne l'estomac. C'est vraiment à cet instant que je me rends compte de la grandeur qu'a été notre amour, sans nous en rendre compte, nous avions tissé quelque chose de fort. Comment expliquer autrement cet attachement que j'ai toujours pour lui après tout le mal qu'il m'a fait ? Sinon, j'ai définitivement le syndrome de Stockholm.

Il pivote, à moitié rassuré.

— OK, dans ce cas.

Il renifle tandis que je ne distingue que la moitié de ses yeux, ses cheveux retombant devant.

Il porte une main à mon visage en effleurant ma joue du dos des doigts, avant d'accrocher ma nuque, le pouce sur ma joue. Je vois qu'il a beaucoup de mal à se calmer, sa respiration n'est pas du tout stable et je sens presque son cœur battre dans ce contact. Je le vois aussi à ses lèvres, qui ne cessent d'être pincées. J'attends patiemment qu'il dise quelque chose ou fasse quoi que ce soit.

Finalement, il exerce une pression sur ma nuque pour me rapprocher de lui, sa bouche vient rencontrer mon front, qu'il embrasse de tout son désespoir.

— T'as intérêt à faire attention à toi.

Je lâche un petit rire silencieux.

— Je plaisante pas.

Sa deuxième main rejoint la première et il m'oblige à le regarder.

— J'ai beaucoup de chose à faire, alors ce matin tu vas aller avec Mako, elle te montrera deux, trois mouvements de défense, au cas où. Et cet aprèm, on mettra tout au point, je veux m'assurer que tout soit OK.

Je hoche la tête, à côté de la plaque, ne réalisant pas du tout ce qui va se passer.

— D'accord ? insiste Swan, comme s'il avait besoin de me l'entendre dire.

— Oui, je réponds.

Il paraît plus détendu.

— Tu sais où est la chambre de Mako ?

Je lui fais signe que oui tandis qu'il se détache de moi.

— Très bien.

Je le vois alors déboutonner son pantalon devant moi et, instinctivement, mes yeux se détournent. Je l'entends balancer son pantalon dans un coin alors qu'il me conseille :

— Tu devrais prendre des affaires de sport.

Je ne le regarde toujours pas et me dirige vers la penderie. Ça semble le faire ricaner, ce manque de contact, nous qui faisons tout passer par le regard d'ordinaire. J'attrape un short de sport et un tee-shirt lambda.

— À tout à l'heure.

Je risque un regard vers lui alors qu'il a une main sur la poignée de la salle de bains.

— À toute, réponds-je en m'attardant un peu trop.

C'est la première fois depuis bien longtemps que je regarde un homme comme ça, avec intérêt, de ses bras tatoués jusqu'au sommet de son crâne. Il me fait un petit signe de tête, comme pour me demander en rigolant ce que je fais. Le rouge me monte aux joucs tandis que je bredouille des paroles incompréhensibles en butant contre la porte. Je suis trop bête, punaise.

Il va s'imaginer des choses, et je me maudis intérieurement en cherchant le numéro de chambre de Mako, pestant toujours contre moi. Je frappe faiblement, peut-être qu'elle s'est recouchée.

Apparemment pas, elle m'ouvre en pyjama.

— Oui ?

52

— Tu sais, je partage le point de vue de Swan, expose Mako. C'est risqué, il faut savoir réagir rapidement.

Je termine d'échauffer mes chevilles, tout comme elle devant moi.

— C'est pour ça que tu es là.

Je lui souris. Elle roule ses yeux magnifiques.

— Tu as peur ? m'interroge-t-elle.

— Je suis effrayée, confessé-je.

Ce que je n'avouerai jamais à Swan pour ne pas le faire paniquer.

— C'est du délire, soupire-t-elle. T'es prête ?

Je hoche la tête en secouant mes poignets, m'assurant qu'ils sont bien chauds.

— Assure-toi de tout mémoriser, tu ne sauras pas le faire parfaitement pour ce soir, mais tu auras au moins une base.

Elle se place face à moi.

— La première, c'est la plus facile.

Elle se positionne de sorte à ce que je lui serve de cobaye.

— Attaque-moi, m'ordonne-t-elle.

Je ne sais pas trop quoi faire, alors je lui saute dessus. Elle dégage mon bras gentiment et beaucoup plus doucement qu'il ne le faudrait tout en me mettant un coup de paume dans le menton et en me le relevant doucement.

— Étape 1, dit-elle.

Elle feint de monter son genou dans des parties génitales imaginaires.

— Étape 2. À toi.

Elle ne perd pas de temps et se replace.

— On y va doucement. Imagine que je t'attaque.

Elle s'approche lentement de moi pour que j'aie le temps d'analyser la situation et de remettre les étapes dans l'ordre.

— Bras, menton, me souffle-t-elle.

Je répète un peu gauchement les gestes qu'elle m'a montrés.

— Genou.

Je perds presque l'équilibre dans la précipitation et elle me maintient.

— Encore, exige-t-elle.

Elle d'habitude si joviale, je la trouve parfaite dans son rôle de prof très perfectionniste.

Elle me fait répéter le mouvement jusqu'à ce que j'en fasse une overdose et que mes gestes soient plus précis. J'arrive à un joli résultat. Peut-être que, si j'avais appris ces gestes plus tôt, je ne serais pas ici. Peut-être que je me serais débarrassée de Swan en le maîtrisant et en appelant la police. Peut-être que, si j'avais su tout ça à l'époque, je ne me serais pas laissé faire lorsque l'on martyrisait mon corps d'enfant…

— Un autre.

Mako attrape sa gourde en prenant une grande gorgée avant de me la tendre. Je l'accepte volontiers et j'hydrate ma bouche complètement sèche.

— Au fait, tu as trouvé le téléphone ?

J'avale de travers et je manque de m'étouffer.

— Il vient de toi ?!

Elle regarde autour d'elle pour s'assurer qu'aucun des jeunes s'entraînant autour de nous ne nous ait entendues.

— Je l'ai glissé en vitesse pendant la fête, je ne savais pas dans quel tiroir je le mettais.

Je la considère avec des yeux comme des soucoupes.

— Parmi les boxers de Swan. C'était donc toi ?

Elle se détourne en refaisant son chignon serré.

— Oui, je suis reconnaissante envers Swan mais je n'approuve pas tout. Je t'aime beaucoup aussi, mais tu n'as pas ta place ici, tu n'es pas heureuse. Je ne peux rien faire pour te ramener chez toi mais je peux te reconnecter à ton monde.

Je suis touchée par son discours, si bien que mes yeux me piquent.

— Pourquoi avoir fait ça ? murmuré-je.

Elle hausse les épaules.

— L'amour avant tout. J'ai abandonné le mien, je ne te laisserai pas faire la même chose.

Elle plonge son regard dans le vide.

— Et depuis peu j'éprouve un désir de vengeance envers Swan.

Ses paroles sont énigmatiques.

— Qu'est-ce qu'il se passe ?

Elle semble cacher un amour brisé et j'aimerais qu'elle se livre à moi, j'aimerais l'aider comme elle m'aide.

— J'en ai déjà trop dit.

Je pose une main sur son bras.

— Je suis ton amie, Mako, crois-moi.

Et je suis sincère, elle est ma bouée, elle pourrait me confier les choses les plus affreuses que je les garderais pour moi.

Elle semble réfléchir avant de pousser un profond soupir.

— De toute façon, tu finiras bien par le savoir.

Elle essuie le coin de son œil du plat de la main.

— Enaël était mon copain.

Pour la deuxième fois, je manque de m'étouffer. Elle n'arrêtera donc pas de me surprendre ? Enaël ? Le garçon complètement défiguré à moitié mort. Le traître, selon Swan.

— Ça faisait un petit moment qu'on se fréquentait puis, comme tu as pu l'entendre, il a trahi Swan. C'est moi qui l'ai dénoncé, par devoir. Je m'attendais à ce qu'il se prenne un savon monstrueux, pas à ce qu'on le tabasse à mort. J'en veux à Swan pour ça et, si Enaël ne survit pas, je lui en voudrai éternellement. N'abandonne jamais ton amour.

Elle paraît très solennelle, tout en jouant avec sa gourde. Je suis estomaquée. Qui aurait pu deviner tout ça ? Mais maintenant qu'elle le dit, hier matin, lorsque Enaël est arrivé en sang, elle n'arrêtait pas de lui jeter des regards. Elle paraît pourtant si calme face à cette situation alors que, non loin d'elle, son copain gît peut-être toujours sur cette chaise.

— Et tu ne l'as pas défendu ?

Elle secoue la tête.

— Je fais partie de ce clan, on ne sacrifie pas sa famille pour une personne, qu'importe l'amour qu'on lui porte. C'est ce qu'on m'impose, j'ai un toit, je ne me rebellerai pas, mais toi, tu as le choix et si tu as besoin d'aide je suis là désormais.

Je suis vraiment touchée par son histoire et sa force de caractère, elle semble inébranlable malgré les erreurs, et je comprends maintenant qu'elle n'a pas les yeux dans le vide mais qu'elle fixe la porte au loin. Je ne peux m'empêcher de la prendre dans mes bras.

Elle semble surprise de ce contact mais je m'en fiche, j'ai besoin de lui faire savoir à quel point je suis reconnaissante. Elle me serre rapidement contre elle avant de me demander :

— On continue ?

C'est ainsi que pendant plusieurs heures elle me fait répéter d'innombrables mouvements jusqu'à ce que mes membres soient engourdis. Elle est bonne professeure, donc j'apprends vite. Elle est plutôt satisfaite à la fin de l'entraînement, lorsque nous interrompons cet effort physique.

— Tu es à peu près prête, me félicite-t-elle.

Elle ramasse sa serviette avant d'éponger son front plein de taches de rousseur.

— Par contre, ce soir, il faudra que tu t'attaches les cheveux en chignon, ils sont trop longs, ça pourrait être une prise si on venait à t'agresser.

Je fais la grimace en imaginant déjà mon crâne tiré par mes cheveux serrés. D'autant plus que, si je suis censée séduire un homme, les chignons ne me mettent pas du tout en valeur.

— Je n'aime pas les chignons, protesté-je.

Elle ricane en rassemblant toutes ses affaires.

— Tu préfères te les couper ?

Elle dit ça pour rigoler, mais je considère vraiment l'idée. Mon cerveau passe en revue des images de moi avec des coupes différentes, et cette idée me plaît plutôt pas mal.

— Pourquoi pas.

Elle secoue la tête.

— Tu déconnes. Ils sont splendides.

Je hausse les épaules.

— Je suis sérieuse.

Elle m'interroge du regard pour savoir si je suis vraiment sérieuse et, lorsqu'elle voit que je ne rigole pas, elle s'exclame :

— Lana est la femme de la situation !

Ce n'est pas grand-chose, pourtant je suis tout excitée. Que dirait ma mère, qui a tant soigné ces cheveux lorsque j'étais enfant ? Et Emma ? Et Swan, lorsqu'il me verra ? Je décide de ne pas penser à ce que tout ce beau monde pourrait penser. Si je peux égayer mes journées, alors pourquoi pas. Quitte à être coincée ici, autant rendre ça fun.

Je suis Mako, qui semble aussi surexcitée que moi. Dans la brasserie, les garçons sont occupés à réceptionner de nouvelles tables et chaises qu'un transporteur leur a livrées. Je tends le cou vers la porte ouverte en essayant toujours de trouver un indice sur ma localisation. Je n'aperçois qu'un camion sans aucun signe distinctif.

— Est-ce que vous avez vu Lana ?

Lowen hausse les épaules tandis qu'un autre nous dit :

— Elle est avec Cora en haut.

Elle le remercie avant de se précipiter à l'étage.

Nous trouvons finalement Lana en pleine discussion avec cette jeune fille au visage en cœur et aux cheveux frisés.

— Lana, on a besoin de toi. C'est urgent.

Mako ne prend pas de pincettes, et je suis gênée qu'elle interrompe ainsi leur discussion, c'était peut-être important.

La blonde ne pose pas de questions, Cora ne semble pas fâchée et la laisse partir gentiment.

— Qu'est-ce qu'il se passe ? nous interroge-t-elle une fois dans le couloir.

Mako lui explique le projet et, instantanément, le visage de la blonde change et s'orne d'un grand sourire.

— J'ai tout le matos !

Elle nous pousse dans sa chambre, qui est nettement plus éloignée de celle de Swan. Je suis soudain très nerveuse lorsqu'elle me fait asseoir sur un tabouret.

— Qu'est-ce que tu voudrais ?

Je plisse le nez en réfléchissant.

— Je ne sais pas trop.

— Un carré lui irait bien, intervient Mako. Ça lui irait très bien.

Lana évalue la chose avant de me demander :

— Tu me fais confiance ?

Je grimace, c'est généralement quand on prononce cette phrase qu'il ne faut pas faire confiance. Pourtant, je lui réponds que oui. Elle m'offre un grand sourire avant de me forcer à mettre la tête sous la douche pour mouiller mes cheveux.

Ensuite, elle taille mes cheveux avec ses ciseaux pendant de longues minutes, durant lesquelles je n'ose pas me regarder dans le miroir qui me fait face. J'attends patiemment qu'elle m'annonce la fin. Je regarde à mes pieds les touffes de cheveux éparpillées. Après un petit moment, Lana fait vrombir le sèche-cheveux. Je ferme les yeux, le cœur battant, impatiente de voir le résultat.

Je sens déjà les pointes me chatouiller les épaules et moins de poids tirant sur ma tête.

— Ça y est !

Je regarde en premier sa tête satisfaite dans le miroir, son sèche-cheveux à la main. Puis j'ose enfin poser les yeux sur mon reflet. J'ai du mal à réaliser que c'est moi, je suis presque émerveillée, mes cheveux effleurent à peine mes épaules. Plus courts, ils ont un peu plus de volume. Sans vouloir me vanter, je trouve que ça me va carrément bien. Je tombe immédiatement amoureuse de la façon dont mes mèches sont sculptées, ondulant très légèrement et me donnant un côté sauvage et moins strict.

— T'es canon, me complimente Mako.

Je passe une main dans mes cheveux, fascinée.

— Merci beaucoup.

Je ne peux décrocher mon regard du miroir, tel Narcisse. Cette coupe signifie beaucoup pour moi. Elle traduit l'acceptation de ce qui m'arrive et ma détermination à m'en sortir. Un nouveau moi, beaucoup plus fort. Mais ça, évidemment, je suis la seule à le savoir…

53

J'ai passé la fin de la matinée et une bonne partie de l'après-midi avec Mako et Lana, sans jamais croiser Swan. Pourtant, nous avons aidé les autres à tout remettre en ordre dans la brasserie, avant de se préparer un repas avec les restes de la cuisine en compagnie des garçons qui traînaient là. C'est comme s'il avait disparu. Vers 16 heures, alors que nous sommes tranquillement en pleine partie de jeux vidéo avec les filles, Isaïa vient me chercher dans le salon.

— Ébène, faut que tu me suives.

Je mets en pause notre partie de Mario Kart, peu intriguée, malgré les heures qui défilent, me rapprochant un peu plus de ma « mission ». Il est temps de m'y préparer. Isaïa me considère bizarrement, sans doute est-il surpris par ma coupe de cheveux.

Je me redresse et le suis en abandonnant mes amies derrière moi, qui ne tardent pas à reprendre notre jeu. Je suis surprise de constater qu'Isaïa rentre avec moi dans la chambre que je suis censée partager avec Swan. Celui-ci, justement, est déjà en grande discussion animée avec Sohëm, tous deux assis sur le divan de la chambre.

Oh non… Pas lui.

Je prends sur moi, le but n'étant pas de créer des tensions. Swan pivote instantanément et semble vouloir dire quelque chose mais sa bouche s'entrouvre sans bruit. Ses yeux se plissent tandis qu'il m'observe en silence. Je me tords les mains, mal à l'aise face à ce silence. Se pourrait-il que ma coupe soit finalement moche ?

C'est Sohëm qui rompt le silence avec une remarque cinglante.

— T'as tenté quelque chose ?

Il ricane alors que le rouge me monte aux joues, il a touché mon ego. Je repositionne une mèche de mes cheveux bien plus courts avant de le piquer à mon tour :

— Et toi, t'as tenté d'être moins con ?

Je ne me démonte pas alors qu'il me fusille du regard.

— Ça suffit, s'impose Swan doucement.

Il réprimande Sohëm sans me faire aucun commentaire. Je suis un peu vexée mais je garde ça pour moi. De toute façon, je n'ai pas le temps de dire quoi que ce soit qu'Isaïa fouille dans le sac à dos qu'il portait. Swan, les bras croisés, attend patiemment avant que le jeune homme lui tende une microfiole. Swan la réceptionne dans ses longs doigts avant de me la montrer de près.

— Regarde.

Je saisis la fiole avant de l'examiner au soleil. Elle contient une petite poudre blanche.

— Qu'est-ce que c'est ?

— GHB, m'apprend Isaïa.

Je regarde un peu plus attentivement la « drogue du viol » entre les mains. C'est incroyable comment une si petite poudre peut créer autant d'effets.

— C'est pour ce soir ?

— Sans blague, se moque Sohëm.

Je lui jette un regard mauvais alors qu'il croise ses jambes sur le canapé en me narguant.

— Va falloir que vous arrêtiez tous les deux, gronde Swan. C'est pas possible.

Je ne relève pas et reporte mon attention sur le flacon. Isaïa se racle la gorge avant de reprendre la fiole et de m'expliquer :

— Acide gamma-hydroxybutyrique, possédant des effets sédatifs plus importants lorsqu'il est mélangé à de l'alcool. Ce mélange provoque une profonde inconscience, une sorte de mini-coma. Mais ce n'est pas immédiat, d'abord ça provoque des vertiges, des nausées, des vomissements. Il faudra que tu sois généreuse sur la dose.

Je suis fascinée par tant de connaissances. Il en parle comme s'il s'agissait d'un bijou alors que cette drogue est une saloperie. Tout me semble plus réel désormais et je me demande vraiment pourquoi j'ai proposé mon aide. Je n'en serai pas capable…

Tu as tué un homme.

Mon inconscient m'accuse, assez émoustillé par une nouvelle dose d'adrénaline. Je me referme sur moi-même, entourant mon corps de mes bras. Isaïa confie le flacon à Swan avant de fouiller à nouveau dans son sac. Il en sort un assemblage de différents fils reliés à un mini-patch. Il me les montre en détail en expliquant à nouveau :

— C'est le micro, tu devras le scotcher sur ton torse, ainsi on pourra t'entendre depuis la voiture.

C'est minuscule, le micro est presque plus petit que l'ongle de mon petit doigt. Ça, il ne me laisse pas le toucher et le confie directement à Swan.

— Merci, Isaïa, je m'en occuperai.

Le jeune homme lui offre un petit sourire.

— Il faudrait que tu ailles aux ateliers, Néo m'a dit qu'ils avaient besoin d'aide.

Comme toujours, il lui obéit et disparaît, armé de son sac à dos. Sohëm, lui, n'a pas l'air de vouloir partir et s'attarde, le regard moqueur.

— Alors, tu te sens d'attaque ?

Je ne prends pas la peine de le regarder, sachant pertinemment qu'il ne va pas me lâcher, je ne réponds même pas. Swan soupire en rangeant les objets que lui a donnés Isaïa.

— Tu sais que ce n'est pas un jeu ?

— Sohëm, lâche-la, OK ?

Sohëm, moins soumis que les autres, ricane toujours. Il se redresse enfin, décidé à partir.

— Ne te fais pas avoir.

Il souffle à mon oreille, tout près de moi, alors que je pensais qu'il partait. J'entends Swan gronder derrière moi mais, avant qu'il puisse tonner de nouveau, Sohëm le devance.

— À ce soir, mon frère.

Je pivote vers Swan, qui secoue la tête lentement.

— C'est quoi, son problème avec moi ? demandé-je alors que la porte se ferme.

Swan soupire, peu décidé à entrer en conflit.

— Il est comme ça avec tout le monde.

Je fais non de la tête, même s'il ne me regarde pas.

— Avec moi, c'est pire.

Swan est las de ces querelles.

— Écoute, ignore-le.

Je soupire théâtralement en m'asseyant sur le lit.

— Comment tu te sens ? me questionne Swan.

Il s'assoit à mes côtés, les mains croisées, jouant avec ses doigts.

— Je ne sais pas trop. Comment est-on censé se sentir avant de droguer un homme ? tenté-je de plaisanter.

C'est un échec, même pour moi, l'ironie sonne faux.

— Tu ne devrais pas être au courant de tout ça, tu devrais…

— Tu regrettes de m'avoir amenée ici ? le coupé-je.

Il hausse un sourcil, un rictus sur les lèvres, le regard fermé.

— Non, bien sûr que non. Tu es à moi, ta place est ici.

Je serre les dents, ne relevant pas cette attitude possessive.

— T'aurais dû te douter que je serais mêlée à ça.

Il grogne, agacé par mes propos.

— C'était la bonne décision.

Je secoue la tête.

— On verra ça.

Il me fusille du regard, comme toujours lorsque je me dresse contre lui.

— Tu devrais te reposer.

Il se lève sans un regard pour moi, les muscles de son dos tendus par l'agacement.

— Pour être opérationnelle, il précise.

Pour illustrer son conseil, il tire le drap, m'invitant à m'y glisser. Je ne suis pas vraiment certaine de vouloir dormir, j'en serai bien incapable tant le plan de ce soir repasse en boucle dans ma tête. Je sens bien que je ne pourrai pas dormir, même si la fatigue de ce matin se fait sentir. Pourtant, je le fais, car Swan est un habitué de ces choses-là et, s'il me le conseille, c'est que c'est nécessaire.

Sous ses yeux, je m'installe, appréciant le confort du matelas. Ça change du ring. Il remonte le drap sur moi, même s'il fait une chaleur accablante.

— Essaie de te reposer, je viendrai te réveiller pour te préparer.

Il est tellement solennel que je suis prise d'une grande peur. Avant qu'il ne se détourne, j'attrape sa main.

— Ça va bien se passer ?

Ses yeux s'adoucissent considérablement, il serre mes doigts chaleureusement avec un petit sourire.

— Ça va bien se passer, répond-il.

Je ne sais pas pourquoi mais j'ai beaucoup de mal à lâcher sa main. Emma me rassure toujours dans les situations stressantes. J'ai du mal à gérer ça seule, alors je m'accroche à lui, à ses doigts.

— J'ai des choses à faire.

Il parle presque en chuchotant, doux comme un agneau. Il se baisse à hauteur de mon visage et ses lèvres embrassent les miennes délicatement, comme s'il ne voulait pas me blesser.

— À plus tard.

Je finis par lâcher ses doigts alors qu'il baisse les stores, me cachant ce paysage de ville qui refuse de me livrer ses secrets. Je reste seule dans la pénombre, le cœur battant, réalisant encore un peu plus la situation. Je pensais être incapable de m'assoupir mais, très vite, bercée par ce silence, je laisse le sommeil m'engloutir, comme la vie semble vouloir le faire en ce moment…

54

— Eden ? Eden.

On me secoue délicatement le bras, d'abord doucement, puis avec un peu plus d'énergie tandis que je suis arrachée à mon sommeil. Ma bouche est pâteuse et j'ai beaucoup trop chaud.

— Réveille-toi.

La voix persiste, c'est assez agaçant, alors que, dans le noir, je commence à ouvrir les yeux. Je passe une main sur mon front, essuyant la sueur. À mes côtés, le matelas se regonfle, signe que quelqu'un se lève.

— J'ouvre les stores.

Aussitôt dit, aussitôt fait, la lumière commence à inonder la pièce, me faisant plisser les yeux. Je pose une main en visière tandis que ma vue devient plus nette. Swan revient vers moi, essayant de distinguer si je suis totalement réveillée.

— Quelle heure est-il ? je bredouille.

— Presque 19 heures.

19 heures ?! Et dire que je ne voulais pas dormir ! Il semblerait que mon corps ait vraiment eu besoin de se ressourcer après tous ces événements, toutes ces surprises…

— Il faut te préparer.

Je m'étire, faisant craquer mes membres engourdis de fatigue.

— Déjà ?

Il m'aide à me redresser tandis que je me frotte les yeux.

— Oui, il faut poser le micro, faire les tests et te faire encore deux, trois recommandations.

Je remonte mes genoux contre ma poitrine, les encerclant de mes bras, un étrange nœud dans l'estomac. J'ai l'impression d'être dans un monde parallèle et de ne plus être moi-même. Je m'éparpille et prends vraiment de mauvaises décisions. Je suis presque à deux doigts de faire une crise de panique tandis que tout me tombe dessus. Je ne suis pas comme ça, je suis fatiguée de devoir faire semblant, de jouer dans un monde qui n'est pas le mien. Si seulement je pouvais revenir en arrière. Nous n'avons jamais su gérer les choses, lui et moi, de toute façon. Tout prend toujours des proportions immenses.

— Ça va ?

Je hoche la tête, joignant le geste à la parole.

— Oui, mens-je.

Il scrute mon visage pour s'assurer de ma réponse.

— Au fait, ça te va bien.

Je fronce les sourcils, le cerveau encore moulinant, ne voyant pas du tout où il veut en venir.

— Tes cheveux.

Je murmure un « oh », me rappelant que j'ai effectivement bien raccourci ma coupe.

— Ça fait plus… rebelle.

Je pouffe face à sa tête lorsqu'il cherche ses mots. Il n'est vraiment pas doué pour les compliments. Il fronce le nez, faussement vexé.

— Te fatigue pas.

— Je suis sérieux.

Je passe une main dans mes cheveux en étendant mes jambes. Je bâille négligemment.

— Alors ? Je dois faire quoi ?

Swan se masse la nuque.

— Trouver ta robe mais, avant ça, il faut accrocher le micro sur ta peau.

— Sur mon torse, je complète.

Il approuve silencieusement. Je passe mes jambes sur le côté avant de me camper sur mes pieds, envahis de fourmis. Sous ses yeux ébahis, je passe mon débardeur par-dessus ma tête, révélant mon soutien-gorge blanc basique. Swan me regarde attentivement, les yeux froncés, silencieux.

— Vas-y.

Je lui fais signe de s'approcher, mon tee-shirt encore dans mes mains. Il hésite sans me quitter des yeux, presque comme si son système venait de bugger. Mes mains se posent sur mes hanches, impatiente, c'en est presque ridicule. C'est exactement la même chose qu'un haut de maillot de bain, pourtant ça le perturbe. Il n'y a vraiment pas de logique.

Il attrape finalement le micro, après s'être excusé. Il récupère ensuite du gros scotch gris dans le tiroir de sa table de chevet avant de s'approcher, hésitant. Je le vois se mordre l'intérieur de la joue alors que j'attends qu'il me place ce foutu micro.

Je ne l'ai jamais vu aussi hésitant. Ce garçon est dérouté, il cache diverses personnalités, si bien que je ne sais plus sur quel pied danser. Une fois il joue au macho prêt à me tuer. Une fois il se met à nu en pleurant. Une fois c'est un homme timide. Je ne sais plus comment réagir avec lui, je ne sais plus quels sentiments ressentir pour lui.

Finalement, il place les fils un peu en dessous de ma poitrine, sans être gêné par mon soutien-gorge.

— Tiens-le.

Je m'exécute, plaçant mes doigts là où les siens se retirent lentement. C'est silencieux entre nous, on n'entend presque que nos souffles. Ses dents viennent déchirer un gros bout de scotch. Il évalue le terrain et le meilleur emplacement pour l'accrocher avant de le coller sous le micro principal. Il en coupe d'autres et attache ensuite tout le long de mon buste des fils et le patch, si bien que tout mon ventre se retrouve couvert de scotch gris.

— Ne le laisse pas te déshabiller.

— Ce n'était pas mon but, ricané-je.

Je lui décoche un sourire tandis qu'il fouille dans la poche de son pantalon. Il en sort un petit téléphone du même modèle que le mien.

— J'appelle Isaïa, m'apprend-il.

Au bout de quelques sonneries, son complice répond finalement.

— C'est bon, c'est attaché…. D'accord.

Il retire le téléphone de son oreille avant de s'adresser à moi.

— Parle-moi.

Je bugge avant de comprendre qu'Isaïa effectue des tests.

— Euh… salut, j'aime beaucoup ton tee-shirt, du gris c'est original.

Il secoue lentement la tête, faussement désespéré.

— Et moi j'aime beaucoup ton soutien-gorge, il… te va bien.

Il m'adresse un haussement de sourcils suggestif.

— Isaïa, j'espère que tu as presque fini parce que bientôt ton pote n'aura plus une seule boule pour jouer au mec macho.

Des voix s'élèvent du téléphone de Swan, qu'il reporte à son oreille en se marrant.

— OK, t'es sûr ? Parfait.

Il raccroche rapidement.

— C'est bon pour le micro. Trouve-toi une robe maintenant.

Je touche du bout du doigt le scotch me recouvrant et qui commence à me tenir chaud. La soirée risque d'être longue.

Je me dirige vers l'armoire, côté penderie, un peu avant les affaires de Swan, je trouve ma robe d'hier soir ainsi que deux ou trois autres. Je ne sais pas où je mets les pieds, aussi j'en choisis une assez sage mais sexy à la fois. Noire, elle est assez courte et moulante à partir des hanches. Elle a un très joli décolleté en V, bordé de dentelle noire, allant parfaitement avec les manches noires, en dentelle également. J'attrape aussi dans un tiroir une ceinture dorée. Ça fera très bien l'affaire.

Je la pose sur le lit négligemment, sous le regard attentif de Swan, et, alors qu'il s'attend à ce que je lui demande de se retourner ou de sortir, je déboutonne mon short devant lui en le faisant glisser sur mes jambes. Il se mord la lèvre inférieure, le regard instinctivement fuyant. Il est si différent, j'ai l'impression d'avoir devant moi l'adolescent que j'ai connu. J'enfile aisément la robe qui ne me moule ni trop ni pas assez, juste parfaitement pour qu'on ne voie pas la forme du micro espion mais assez pour faire ressortir mes atouts. Qu'est-ce que j'aimerais qu'Emma me voie comme ça ! Je suis sûre qu'elle retomberait amoureuse de moi.

— Ne serre pas trop la ceinture, on ne sait jamais, si elle retombe sur l'émetteur, on n'entendra rien.

J'obéis avant qu'il me tende la petite fiole de GHB.

— Mets ça dans un sac.

Je lisse le bas de ma robe avant de fouiller et de trouver une petite pochette noire avec une lanière argentée.

— Parfait, juge Swan.

J'y glisse le flacon. Voilà, tout est prêt. Je me regarde rapidement dans le miroir en pied, assez convaincue par ma tenue. J'ai vraiment mis toutes les chances de mon côté.

— Tu es magnifique, ça me tue de savoir que tu vas flirter avec ce gars.

Et moi donc… Moi qui n'ai plus dragué d'hommes depuis longtemps, j'ai presque oublié comment ça fonctionne. Jeu, séduction, tout ça me paraît si lointain. Je ne peux m'empêcher de me tordre les mains, extrêmement nerveuse. Il le remarque et, contre toute attente, il me prend dans ses bras, dans une étreinte passionnée. Mes bras s'enroulent un peu gauchement autour de sa taille tandis qu'il fait attention à ne pas me serrer trop fort. Je ne me pose pas de questions et savoure ce câlin en balayant mes mauvais pressentiments.

— Tu te souviens des techniques que t'a apprises Mako ?

Il murmure, le menton posé sur le sommet de mon crâne.

— Plus ou moins, confessé-je.

De toute façon, un peu de stress et ce sera le trou noir, c'est ce qui accentue mon angoisse.

— S'il y a quoi que ce soit, tu cries, OK ? Les autres viendront te chercher.

Contre son torse, j'approuve de la tête.

— Sois discrète lorsque tu verseras le GHB, même si normalement tu te fondras dans la masse.

Il est pressant dans ses paroles, presque peu sûr lui-même de ce qu'il raconte, comme si me citer toutes les recommandations du monde ne serait jamais suffisant.

À cet instant précis, je me moque pas mal qu'il m'ait brutalisée un nombre incalculable de fois, qu'il ait ouvert les poignets de ma petite amie, qu'il m'ait contrainte à venir ici sans possibilité de retour, que ce soit un psychopathe prêt à tout pour m'avoir. À cet instant, c'est comme si mon cerveau oubliait tout, m'accrochant à lui comme à une bouée, mon seul guide dans un monde de noirceur, mon mentor dans cette folie, dans ce délire à peine croyable. Je suis folle, j'en suis désormais certaine. Peut-être est-ce ma façon d'évacuer ma colère, je ne sais pas. Mais je sais que je suis comme lui, que mon cœur bat fort à cause de ce lien d'horreur qui nous unit.

La mort nous a façonnés. Les coups m'ont rendue folle, ce n'était qu'une question de temps avant de m'en rendre compte. Emma ne faisait que retarder la chose, Emma a essayé de me soigner par sa douceur. Il me semble qu'auprès de Swan je m'éloigne chaque minute un peu plus de la lumière qu'elle s'est tuée à me prodiguer. Lui me tire, sa main liée à la mienne, jouant sur les sentiments dans un monde froid et sans scrupules. Et je fonce droit dedans.

55

On toque à notre porte, me ramenant sur terre et déchirant notre étreinte.

— Swan ? appelle-t-on.

Celui-ci passe une main dans ses cheveux en allant ouvrir alors que j'attrape une paire d'escarpins à la va-vite.

— Elle est prête.

Swan ouvre plus grand la porte et je distingue ainsi Lowen, en jogging et tee-shirt noir. Avec lui, deux autres garçons portent le même accoutrement. Je me tords le cou et j'arrive à distinguer derrière eux Mako et Lana, à ma grande surprise. J'ouvre de grands yeux tandis que la rousse me balance :

— Les femmes aussi se battent, ma poulette.

Elle porte fièrement une batte de base-ball sur l'épaule, qui ressort sur sa tenue toute noire. Je suis ravie de les voir, Swan ne sera pas là, mais je me sens un peu plus confiante.

— Sohëm t'attend pour préparer les grilles de paris, Néo et Joah s'occupent de vendre la came ce soir.

Swan hoche la tête.

— Nous, on va commencer à y aller, Ébène sera un peu en avance, mais au moins elle pourra avoir plus de temps pour s'adapter.

Swan paraît être au summum de la nervosité.

— D'accord, faites attention, s'il y a le moindre problème, vous sortez Ébène de là et vous rappliquez.

Ils rassurent leur leader avant de m'interpeller :

— On y va ?

Perchée sur mes talons, je m'avance comme je peux sans me tordre une cheville, car ce n'est vraiment pas le moment. Je sens une main attraper la mienne et je me retourne sans surprise vers Swan. Il plonge ses yeux dans les miens, torturé, il est à deux doigts de tout annuler et de me forcer à rester ici. Son amour pour moi est vraiment immense, je le lis, il me le transmet à travers ses yeux d'encre, c'est pourquoi, lorsque ses lèvres se jettent sur les miennes avec désespoir devant tout le monde, je ne le repousse pas. J'ai comme un goût de déjà-vu, les émotions dans ce baiser ressemblent étrangement à celles de notre premier baiser à son retour dans ma vie, au chalet.

Il crie sa détresse.

Je représente son désespoir.

Il m'embrasse avec puissance sans que je lui rende vraiment son baiser, avant de murmurer contre mes lèvres :

— Fais vraiment attention.

Isaïa avait parlé d'une mission rapide et simple à réaliser, mais Swan ne minimise pas le danger.

— Promis.

Il me laisse finalement partir, escortée par Mako et Lana. Celles-ci sont si sérieuses que je n'ose pas parler. Elles m'aident cependant à descendre les marches, car je ne suis pas habituée à des talons aussi hauts.

La brasserie est anormalement calme ce soir, la pièce semble si propre qu'on a du mal à croire qu'un carnage s'est déroulé ici hier soir. Il y règne un silence de mort. Seule la porte donnant sur le gymnase laisse passer un léger brouhaha, les combats vont commencer, le business de la nuit, comme la lune, va à son tour flamboyer. Il est encore tôt mais je suis sûre que les gens commencent à arriver par la porte principale du gymnase.

Mako me pousse, alors que les membres de notre petit groupe sont presque tous à l'intérieur. C'est la première fois que je vais mettre les pieds dehors depuis que je suis arrivée ici hier, pourtant il semble s'être écoulé une éternité. Avec hésitation, mon premier escarpin se pose sur le pas de la porte tandis que je respire l'air de dehors, et différentes odeurs s'emparent de mon nez. Je contemple ce que je n'arrêtais pas de regarder par la fenêtre de la salle de bains : un bout de terrasse en bois débouchant sur un trottoir avec en face un petit parc. La lumière du soleil encore présente me permet d'apprécier ce paysage qui est désormais à portée de main. J'en profite pour regarder tout autour de moi et le plus loin possible. Pas de doutes, nous sommes bien dans une ville, les rues sont étroites, les maisons proches de ce gros bâtiment. J'admire le vert de l'herbe en face, comme si je n'en avais jamais vu, j'envie même le petit groupe d'adolescents assis dans l'herbe en train de rigoler.

Je renoue avec une partie de mon humanité en accueillant à bras ouverts tous ces détails anodins.

— En voiture.

Je suis précautionneusement Lana vers une espèce de grosse voiture noire, bien entendu. On se croirait dans un film. Ils me font grimper à l'arrière avec Mako et Lana tandis que les garçons se mettent devant. À mes pieds, une radio prend presque toute la place.

— C'est avec ça qu'on va t'écouter.

Je boucle ma ceinture alors que la voiture démarre. Je n'ai quasiment pas le temps de regarder le paysage, Mako, bien trop minutieuse, me fait les mêmes recommandations que Swan plus tôt. Elle me rappelle aussi les techniques que nous avons vues ce matin en les répétant dans le vide. Bien trop polie et soucieuse de ma propre sécurité, je me sens incapable de ne pas l'écouter. Pourtant, l'extérieur qui défile m'appelle, les panneaux qui passent beaucoup plus rapidement qu'il ne le faudrait me narguent, je n'arrive pas à les lire, je ne parviens pas à me repérer alors que j'ai ce monde à portée de main.

Je tente de me concentrer sur les paroles de Mako tandis que Lowen fait passer des cagoules aux filles derrière.

— Tu te rappelles ? Dès qu'il est dans les vapes, tu rejoins directement la voiture et on s'occupe du reste, OK ? Lana restera là avec toi, elle ne viendra avec nous qu'en cas de besoin.

J'approuve, comme à chacune des paroles de la rousse, un peu déçue de ne pas pouvoir être seule.

— On arrive.

Je me tords le cou, effectivement nous nous rapprochons d'un vieux bâtiment tout en longueur.

— On va se garer là.

Lowen se gare à bonne distance, si bien qu'on voit à peine ce qu'il se passe à l'entrée. On distingue seulement du monde devant la porte.

— Normalement, tu ne devrais pas avoir de problème pour rentrer, il se pourrait même que le videur tombe sous ton charme.

Je déglutis, le visage blême, j'en suis sûre, alors que je commence à perdre tout mon courage. Lowen me tend son téléphone.

— Tu dois accoster ce gars.

La photo représente le portrait d'un beau mec, blond, au sourire ravageur. On dirait un ange.

— Il s'appelle Paul. C'est le bras droit, tu le reconnaîtras facilement, il aime se faire remarquer.

Je m'imprègne une dernière fois de la photo tandis que Lana me presse.

— Il faut y aller, Ébène.

Je la considère avec de petits yeux apeurés. Mako me frotte le dos.

— Aie confiance en toi.

Je prends une grande inspiration tandis qu'ils me souhaitent tous bonne chance.

Je mets un pied hors de la voiture et j'ai la sensation que l'air chaud m'agresse. J'ai comme l'impression d'étouffer dans cette robe. Après un regard en arrière, je remonte mon sac sur mon épaule, marchant à petits pas vers le bâtiment tout éclairé.

Mon cœur bat la chamade et j'ai déjà mal aux pieds lorsque j'arrive dans la queue des personnes qui attendent avec impatience. Hormis ça, on ne dirait pas vraiment qu'une fête se déroule ici.

Je me mords nerveusement la lèvre inférieure, les mains tremblantes, de multiples idées de complications me viennent, n'arrangeant rien. Je jette quelques coups d'œil inquiets vers la voiture, alors que la queue avance finalement plutôt vite. Bientôt, c'est à mon tour de passer devant le colosse tout de noir vêtu, il fait peur, mais je suis persuadée que la petite équipe n'en fera qu'une bouchée. Les jambes flageolantes, je passe la porte.

— Bonne soirée, mademoiselle.

Lowen avait raison, les gens ont tendance à moins se méfier des femmes. Quelle erreur ! Ils ne savent pas que nous sommes bien plus redoutables ? Je m'apprête à le prouver ce soir car, même si le plus gros de l'action va se dérouler après mon passage, je serai au plus près de la hiérarchie ennemie, jouant avec la vie du bras droit, et ça, c'est le plus flippant.

Je redresse la tête, commençant à reprendre mon aplomb ; je suis redoutable et je compte bien faire mes preuves, n'en déplaise à Emma.

56

Je suis les gens qui me devancent à travers ce qui semble être un hall. Je n'ai pas le temps de m'imprégner de ce lieu puisqu'on nous guide vers une petite porte qui semble être celle d'un sous-sol. Pourtant, c'est de là que provient la musique. Je m'y engouffre comme les autres pour m'enfoncer dans une ambiance tamisée. La musique me vrille immédiatement les tympans. Je suis déboussolée dans cette masse de gens. Comment vais-je pouvoir retrouver ce Paul parmi la foule ? Je ne sais pas quoi faire, aussi je reste plantée là, en plein milieu du passage, et j'ai presque envie de prendre mes jambes à mon cou. Pourtant, tout le monde semble bien s'amuser autour de moi, les invités ont commencé à boire, à danser.

Mes doigts se resserrent sur la lanière de mon sac tandis que j'essaie de rassembler le courage qu'il me reste. Cette pièce ressemble à une boîte de nuit classique avec, dans un coin, ce qui semble être un DJ et, en face, de l'autre côté de la pièce, le bar. Swan m'a glissé quelques billets avant de partir, je décide alors de commencer par prendre un verre. Complètement sobre, je me sens inhibée et incapable de quoi que ce soit.

Malgré mes plantes de pieds qui me tiraillent, je fais attention à ma démarche, on ne sait jamais, si quelqu'un m'a repérée et que ce fameux quelqu'un est ce cher Paul.

Je m'accoude au bar, trouvant rapidement un serveur pour prendre ma commande.

— Une margarita, s'il vous plaît.

Il acquiesce en se munissant d'un shaker tandis que je sors la somme demandée. Je le regarde frotter le bord du verre avec du citron avant de le rouler dans le sel puis de le garnir de glaçons et d'y verser le liquide. Il me le tend et, en échange, je lui donne l'argent. Je commence à siroter mon verre, les yeux rivés sur la piste de danse. Les gens semblent tous être venus en groupe, c'est pour cela qu'ils sont si à l'aise, alors que moi, je suis toute seule, dans un bourbier impossible, à des lieues de chez moi, je ne sais pas où. Je sens la panique gonfler en moi petit à petit, me prenant la gorge et m'empêchant presque d'avaler. Je pourrais faire demi-tour, partir loin d'ici, planter Swan et sa petite équipe, m'enfuir par le premier train que je trouverais. C'est ça, il faut que je sorte, que je rentre chez moi.

— Salut.

Je sursaute, cette voix m'arrachant à mes délires. Je découvre un jeune homme assez petit, brun, propre sur lui. Il m'offre un grand sourire en s'accoudant à mes côtés, parlant fort pour couvrir la musique.

— C'est la première fois que tu viens ici ? Je ne t'ai jamais aperçue.

Il commande lui aussi un verre, une margarita comme moi. J'avale une grande gorgée, grimaçant légèrement. J'adopte une attitude qui n'est pas la mienne. Si je dois draguer quelqu'un, autant m'entraîner.

— Pourquoi ? lui demandé-je en souriant. Tu es un habitué ?

Il me lance un sourire charmeur.

— On peut dire ça comme ça.

Je déglutis discrètement, sans doute fait-il partie de la bande. Je porte mon verre à mes lèvres de façon sensuelle.

— Je suis nouvelle par ici, je découvre.

Il hoche la tête, un peu surpris.

— Je peux te faire découvrir si tu veux.

Il me fait un clin d'œil qui me dégoûte presque. Il est assez charmant, mais vraiment pas mon style. De toute façon, il a l'air un peu plus vieux que moi.

— J'y réfléchirai.

Je lui adresse un de mes sourires les plus séduisants en remettant une mèche de mes cheveux derrière mon oreille. Je pourrais lui demander des renseignements sur cet endroit ou quelque chose comme ça, mais je n'ai pas envie de m'éterniser avec lui, mon but est Paul et, j'ai beau fouiller la pièce des yeux, je ne le repère nulle part, il faut dire que l'obscurité n'aide pas.

Je vois le jeune homme se mordre la lèvre inférieure.

— Alors comme ça, il y a des fêtes ici un peu tous les soirs, tenté-je innocemment.

Il hoche la tête en finissant son verre avant de m'expliquer :

— Oui, le maître de soirée, c'est lui, là-bas.

Il me montre du doigt un grand blond, en chemise noire, en train de rigoler avec un autre homme. Lui aussi semble plus âgé que Swan et moi.

— Il s'appelle Paul, m'apprend-il.

Décidément, ce jeune homme est très bavard. Je finis mon verre en gardant toujours un œil sur Paul. Je le vois, un verre à la main, gagner la piste de danse lorsqu'une musique assez rythmée retentit. J'y vois une occasion en or, j'oublie toutes mes craintes, me glissant dans la peau d'une nana sûre d'elle.

— Tu danses ? crié-je pour couvrir la musique.

Son visage s'illumine et je l'entraîne avec moi en accrochant son bras. Je fais exprès de nous placer non loin de ce cher Paul. Je me laisse envahir par la musique, comme nous le faisions avec Emma en soirée, j'oublie le brun devant moi en fermant les yeux et en imaginant que c'est ma copine qui se dandine à mes côtés. Je danse le temps de me sentir bien à l'aise avec mon cœur compressé dans cette robe, ignorant le petit micro qui se trouve sur mon torse, ignorant que tout ceci n'est que du cinéma. Le brun ne cesse de me déshabiller du regard, aussi je sens mon ego s'enflammer en même temps que mon cœur s'emballe. La musique entraînante a attiré pas mal de monde sur la piste, nous nous bousculons tous, mais je garde toujours un œil sur Paul.

Le brun essaie de me prendre par les hanches, mais discrètement je me décale, me rapprochant toujours un peu plus du blond qui m'intéresse. Mon partenaire ne s'en rend même pas compte, il continue de danser en essayant de me séduire. J'ai presque envie de rire à gorge déployée tant il est ridicule à se tortiller de façon désarticulée. Je jette des petits coups d'œil sur ma droite et commence à paniquer lorsque je vois Paul s'éloigner vers le bar. Il faut que je le suive mais comment me débarrasser de ce brun un peu collant ?

— Je vais aller boire un verre, lui crié-je à l'oreille.

Il affiche un large sourire.

— Bonne idée.

Je grimace en me penchant à son oreille, une main sur son épaule.

— Écoute, je pense qu'il est temps de se séparer.

Il ne comprend pas et affiche une mine perdue.

— De poursuivre cette soirée chacun de son côté, ajouté-je.

Je vois son visage se décomposer dans l'obscurité.

— Oh, d'accord…

Je ne sais pas trop comment réagir face à lui, aussi, un peu gauchement, je lui tapote l'épaule comme pour le réconforter. Mon geste est ridicule et je disparais très vite en m'assurant qu'il ne me suit pas. Il ne faudrait pas qu'il gâche tout.

Je rejoins alors le bar, en faisant exprès de me mettre le plus près possible de Paul, qui est désormais seul.

— Dix shots de vodka, s'il vous plaît.

J'interpelle le serveur, mes atouts en avant, lorsque je remarque que le blond porte son regard sur moi, intrigué par ma commande. Le serveur les remplit devant moi tandis que je commence à sortir un autre billet. Une main vient se placer sur la mienne, m'arrêtant.

— C'est pour moi.

Je parais surprise, levant les yeux sur Paul, qui fait un signe de tête au serveur qui se détourne. Eh bien, je ne pensais pas qu'il mordrait à l'hameçon aussi vite. Il faut croire que Swan avait raison, je fais un carton. Je jubile presque intérieurement, prise d'une grande montée d'adrénaline. Je vais réussir cette mission, je vais les rendre fiers…

Mais qu'est-ce qui ne tourne pas rond chez toi ?

J'ignore mes débats intérieurs en me reconcentrant sur Paul, qui lorgne mes boissons.

— On partage ? le défié-je.

Un sourire charmeur sur les lèvres, je joue avec mon corps de sorte à créer une attirance magnétique. Mes gestes sont lents lorsque je lui tends un des shooters. Il le récupère en recouvrant volontairement mes doigts.

Parfait.

Il considère le petit mélange avant de cogner son verre contre le mien. Rapidement et simultanément, nous vidons les shots. Je ne grimace même pas tant cet alcool a été dilué. Il repose fermement son verre avant de passer sa langue sur ses lèvres. Ainsi, nous les terminons un par un en plaisantant. Il me pose les mêmes questions que le brun précédemment et je lui répète la même chose : que je suis nouvelle ici. Il paraît intrigué et très intéressé. C'est bizarre, je suis presque déçue. Il ne dégage pas tant de charisme que ça et est trop pressant. C'est dingue comme les hormones de ces messieurs les contrôlent. C'est presque trop facile.

Petit à petit, il se rapproche de moi, si bien qu'après le dernier verre sa main se pose sur mon dos, et je me tends légèrement à ce contact.

— Et si nous allions danser ?

J'ai l'impression de revivre la même situation que quelques minutes auparavant. Pourtant, lui, je ne dois pas le lâcher et, même si mes pieds me tiraillent, je le suis, glissant ma main dans la sienne. Je remonte mon sac sur mon épaule alors que directement Paul place ses mains sur mes hanches, sûr de lui.

— Je m'appelle Paul, me glisse-t-il à l'oreille.

Je pose une main sur son bras en lui répondant.

— Et moi, Julie.

Mensonge.

— Enchanté, répond-il d'une voix qui se veut charmeuse.

Je commence à ne plus contrôler mon cœur qui bat la chamade de stress. À partir de maintenant, il ne faut pas que je me foire. Il ne doit pas détourner son attention de moi. Ça a l'air bien parti cependant, les hormones en feu, il ne se gêne pas pour se coller à moi et, intérieurement, je demande pardon à toutes les femmes qui ont passé leur vie à se battre pour la condition féminine pour mon attitude de ces derniers jours. Je le laisse faire, du dégoût en moi.

Je croise mes bras autour de son cou et le laisse chatouiller ma nuque en se dandinant. Cela dure le temps de plusieurs chansons, il ne cesse de me faire des compliments sur des choses futiles. C'est lorsqu'il me fait tourner pour se coller dans mon dos, les bras sur mon ventre, que je juge ça trop dangereux et trop dégoûtant. Mon cerveau fuse pour trouver une excuse pour m'éclipser et pouvoir enfin utiliser cette fameuse drogue. Je calcule mentalement la somme d'argent qu'il me reste dans mon sac et juge que Swan a été généreux pour me laisser réaliser mon idée. Paul ne cesse de chatouiller ma nuque de son souffle, et je lui murmure alors en me tordant le cou :

— Je vais aller nous chercher deux coupes de champagne.

Il paraît assez reconnaissant même s'il a du mal à me laisser partir, pensant peut-être que je ne reviendrai pas.

Crois-moi, je ne te ferai pas le même coup qu'au brun, je ne vais pas te lâcher.

— Je reviens.

Il décide finalement de me laisser m'éloigner, à contrecœur, et je me dirige vers le bar, de la démarche la plus sensuelle dont je suis capable, sachant pertinemment que ses yeux sont posés sur moi.

Je joue des coudes pour accéder pour la troisième fois au bar. Une barmaid s'empresse de me servir avec un grand sourire. Vu le prix, il vaut mieux brosser le client dans le sens du poil. Les mains tremblantes, je sors la petite fiole de ma pochette. Je m'assure que personne ne me regarde mais il fait sombre et les gens sont bien trop occupés à demander un verre. Je fais sauter le bouchon en manquant de tout renverser. Je me cache comme je peux pour verser généreusement, comme on me l'a conseillé, le GHB dans l'alcool.

J'attends que le champagne ait fini de mousser avant de faire disparaître cette fiole. Je souffle un grand coup en affichant de nouveau un sourire de façade. Maintenant, je vais devoir le tirer à l'écart.

Je le retrouve difficilement, tandis que je me protège tant bien que mal pour qu'on ne renverse pas nos boissons. Il a l'air ravi de me voir de nouveau, comme s'il n'y croyait pas vraiment. Il abandonne même la jeune fille avec laquelle il avait commencé à flirter en mon absence.

Ce mec est une girouette. Je lui tends la coupe empoisonnée, qu'il accepte volontiers. Je ne sais pas combien de temps va s'écouler avant que les effets ne surviennent, donc je ne prends aucun risque et l'arrête avant qu'il ne trempe les lèvres dans sa coupe. Je me penche à son oreille en faisant exprès d'effleurer de mes lèvres la peau tendre de son cou.

— On ne pourrait pas le boire ailleurs… Dans un endroit un peu plus tranquille ? demandé-je, innocente.

Je rentre dans le jeu à fond et j'embrasse son lobe d'oreille. C'est évident qu'il va dire oui. Et ça se confirme, il affiche un étrange sourire carnassier avant de m'entraîner.

— Viens avec moi.

Je prends garde à ne pas renverser ma coupe alors que nous remontons vers le hall que j'ai traversé bien plus tôt. Je le vois porter finalement le verre à ses lèvres en saluant le vigile. Je souris intérieurement en continuant de le suivre.

Je suis surprise de jubiler autant, de ressentir un malin plaisir à l'idée qu'il va s'écrouler dans quelques minutes. J'ai presque envie de rire alors qu'il m'entraîne dans l'escalier. Je me réjouis d'avoir enfin le dessus et un pas d'avance sur quelqu'un.

Quelque chose ne tourne vraiment pas rond chez moi…

57

Paul commence déjà à tanguer en haut des escaliers alors qu'il avale cul sec son champagne. Je fais comme si de rien n'était en sirotant le mien et en ignorant ses vertiges de plus en plus rapprochés.

— Ma chambre est là.

On se croirait à la brasserie de Swan, le couloir est presque similaire, mais dans un style vieillot. Nous nous arrêtons devant une porte, je le vois s'essuyer le front du revers de sa chemise en déglutissant difficilement.

— Quelque chose ne va pas ? demandé-je en inspectant son visage blême avec une mine faussement soucieuse.

— Non, non, ment-il avec un petit sourire.

Je n'insiste pas et le regarde enfoncer la clef dans la serrure d'une main tremblante. Mon cœur bat fort et je n'ai qu'une envie : qu'il s'écroule. Et c'est ce qu'il fait, du moins à moitié, lorsqu'il pénètre dans sa chambre. Il trébuche sur son lit, qui occupe la moitié de la pièce. Il ne prend même pas la peine de déposer sa coupe, il n'en a pas la force. Il s'étale en étoile, les yeux au plafond. Je m'installe à côté de lui, redressée sur mon coude. Je passe un doigt sur la parcelle de peau que son col de chemise ouvert laisse apparaître.

— Qu'est-ce qu'il m'arrive ? suffoque-t-il.

Sa respiration est presque sourde tandis que je vois sa poitrine se contracter, comme s'il allait vomir.

Il n'est vraiment pas bien et pourtant je ne suis pas plus inquiète que ça, je ne ressens ni stress ni culpabilité. Paul est aussi un pion vers ma liberté, plus je les aide, plus ma porte de sortie s'ouvre. Pourtant, un autre sentiment grandit derrière cette raison, il persiste, même si je m'efforce de le repousser : la satisfaction de renouer avec Swan et de retrouver cette complicité qui nous unissait avant.

— Qu'est-ce que tu m'as fait ?

Je vois qu'il lutte pour garder les yeux ouverts et je caresse sa joue presque sadiquement.

— Chut, lui murmuré-je.

Sa respiration est lourde et bientôt il ne peut plus bouger aucun membre. Je dégage les cheveux qui lui barrent le front. Ses cheveux blonds. Je ne peux en détacher mes yeux, ils sont de la même couleur que ceux d'Emma. Les yeux dans le vide, je les caresse tandis que ses yeux se ferment.

Emma…

J'ai soudain une prise de conscience et je retire instantanément ma main, m'éloignant de lui.

— Paul ? appelé-je.

Je vois ses paupières s'agiter mais ses yeux sont toujours clos. Il ne me répond pas tandis que je continue à l'appeler, vérifiant qu'il est vraiment hors d'état de nuire.

Je me redresse, un petit sourire sur les lèvres, ignorant le nom de ma copine qui tourne en boucle dans ma tête. La panique me gagne un peu, dans la voiture ils doivent tout entendre, je n'ai donc que très peu de temps avant qu'ils ne se posent des questions sur mes activités. Je n'ai que quelques minutes pour fouiller le bureau de cette chambre.

Je me précipite en me tordant la cheville. Derrière moi, Paul, étendu, lâche tout de même des petits sons incompréhensibles. Je me jette sur le bureau, le fouillant un peu désespérément. Comme je le pressentais, il n'y a rien du tout, il est même vide. Je soupire en me redressant sur mes pieds meurtris.

Je jette un dernier coup d'œil à Paul, toujours étendu ; finalement, il ne m'aura servi à rien. Je l'abandonne sans plus attendre. Je ferme précautionneusement la porte avant de jeter des coups d'œil dans le couloir pour m'assurer que personne ne me voit.

Je me précipite dans les escaliers, maintenant fermement mon sac. Je ne sais pas quelle heure il est, la fête bat toujours son plein. Quel désastre cela va être…

Je passe de nouveau devant le videur, qui ne me voit même pas, m'enfonçant de nouveau dans la nuit. J'ai conscience que mon attitude est plus que suspecte, car je ne cesse de regarder derrière moi et cours aussi vite que mes talons me le permettent dans la nuit. J'ai l'impression que mon cœur va s'échapper de ma poitrine quand je réalise enfin tout ce qu'il vient de se passer, comme si j'étais en transe durant tout ce temps, dans l'ivresse de l'interdit.

Je trouve rapidement la voiture, à bout de forces, les pieds en feu, mes cheveux n'arrêtant pas de me brouiller la vue. J'ai à peine le temps d'arriver que Mako me réceptionne.

— Ça va ?

Je lui tombe dans les bras, fatiguée et stupéfaite de ce que je viens de faire. Elle me serre contre elle sans broncher, elle me frotte même le dos.

— Elle va bien ? On n'a pourtant rien entendu…

— C'est le contrecoup, explique-t-elle. On doit y aller. Tout est OK ?

Elle me tient à bout de bras tandis que j'acquiesce d'un geste de la tête. Lowen sort à son tour en enfilant une cagoule, l'autre garçon fait pareil, alors que Lana, encore dans la voiture, en tend une à Mako. La rousse la récupère avant de couvrir son visage.

— Reste là.

Elle frotte mes bras gentiment.

— Lana, j'ai pris une petite lampe, dès que tu la vois dans l'obscurité, tu mets le moteur en route. Sois prête à partir dès qu'on sera là.

Elle hoche la tête en passant à l'avant.

— Vous êtes prêts ? poursuit Lowen.

Ses partenaires acquiescent et Lana leur passe des battes de base-ball avant de leur souhaiter bonne chance. Moi, je ne parviens à rien dire.

Ils disparaissent dans la nuit alors que je me hisse sur la banquette arrière.

— Tu es sûre que ça va ?

Je m'allonge de tout mon long, prenant les trois places de derrière.

— Oui, oui.

Elle se retourne en rigolant.

— Alors ? Ça fait quoi d'avoir drogué un mec ?

— Je ne sais pas trop…

Elle pense sans doute que je me sens coupable puisqu'elle ajoute :

— Dis-toi que c'est une vengeance pour tous les mecs qui droguent des nanas en soirée.

Je croise les mains sur mon ventre en considérant la radio éteinte qui leur a servi à suivre mon périple.

— Je ne sais pas si c'était la bonne manière.

Je me sens anormalement vide et oppressée, je ne ressens ni honte, ni fierté, ni culpabilité, rien, il y a comme un néant en moi.

— Tu as fait ce qu'il fallait, Swan sera fier de toi.

Swan… Ça, je n'en doute pas, mais Emma ? C'est à elle que je pense, à ce qu'elle dirait. Elle est à mille lieues de se douter de mes actions. Elle ne doit jamais être au courant de tout ça, je veux la laisser croire qu'elle a réussi à me sauver. Je ne veux pas qu'elle sache que mon âme est en train de pourrir petit à petit et que je ne lutte même pas. J'apprécie ce sentiment de contrôle, de puissance, au fond je l'ai toujours recherché…

Je prends une grande inspiration en me redressant, m'aidant des appuis-tête.

— Est-ce que je risque quelque chose maintenant ?

Je viens définitivement de mettre les pieds dans cette guerre et, à moins que Paul ait des trous de mémoire demain matin, il connaît désormais mon visage.

— Non, m'assure-t-elle. Ils ne savent pas qui tu es ni que tu es avec nous et on ne les laissera pas le découvrir.

— Comment ?

Elle ne répond pas, bien trop occupée à jouer avec ses ongles. Je ne comprends pas tout de suite mais, très vite, les connexions se font.

— Je refuse de vivre une seconde de plus cachée. Je n'ai pas choisi d'être ici, me laisser libre serait la moindre des choses.

Ma voix est assez ferme, néanmoins je me retiens de m'énerver.

— Ce n'est qu'une question de temps, ces rigolos ne vont pas tenir longtemps, et puis c'est pour ta sécurité.

Je roule des yeux, agacée qu'on décide sans cesse de ce que je peux ou ne peux pas faire.

— Je te promets que tu ne verras pas le temps passer.

Je ricane, peu convaincue.

— C'est toi qui le dis.

Je laisse tomber, sachant pertinemment que je serai rentrée chez moi d'ici là. Comment ? Je ne sais pas, mais j'en suis intimement convaincue.

— Quelle heure est-il ?

Elle jette un coup d'œil à sa montre avant de me répondre.

— Minuit.

Elle scrute l'horizon en quête de lumière. Cela fait quelques minutes qu'ils sont partis. Je regrette qu'il ne fasse plus jour, j'aurais pu voir la panique devant l'immeuble. Nous discutons un peu de tout et de rien, de son arrivée dans la bande, de sa rencontre avec Swan. Son histoire est moins grave que celle de Mako mais je me rends compte qu'elle aussi a eu de la chance de croiser Swan. Sinon, la jolie petite fille blonde à papa se serait retrouvée à la merci de la rue, ses parents lui ayant coupé les vivres.

— Ils arrivent ! s'exclame-t-elle au bout d'un moment.

Je scrute la noirceur qui s'étale devant nous et repère en effet un signal lumineux. Immédiatement, je m'assieds à une place et Lana met le moteur en marche. En quelques secondes, la voiture est prise d'assaut par nos coéquipiers.

— Démarre ! crie Lowen.

Lana ne se fait pas prier et enfonce la pédale d'accélération, les phares allumés. Dès que nous nous éloignons un peu, les cœurs ralentissent et des rires se mettent à fuser. C'est Lowen qui est à côté de moi, il retire sa cagoule avec ses mains pleines de sang. Il est mort de rire et prononce des paroles incompréhensibles. C'est ainsi que nous faisons le trajet du retour, dans l'hystérie et l'euphorie des nerfs sous pression qui lâchent…

58

— Il me suppliait, je te promets, quelle équipe de chochottes ! se marre Lowen alors que la voiture s'arrête près de l'auberge.

Mako, Yoan, le deuxième garçon, et Lowen nous ont tout raconté en détail, toute cette folle aventure. La manière dont ils ont débarqué, terrifiant toute la boîte, la façon dont Mako a écarté le videur bien trop facilement. Je ne l'ai pas montré, mais ces détails sanguinolents m'ont soulevé l'estomac. Si bien que je suis soulagée qu'on soit enfin arrivés. Mes pieds sont tellement engourdis que je manque de me casser la figure lorsque je me presse pour descendre. Je rêve d'un bon lit douillet pour oublier tous mes péchés. S'il y a quelques heures je me sentais pousser des ailes, désormais je suis rongée par la culpabilité. Je ne peux m'empêcher de grignoter mes ongles.

Lowen pousse la porte d'entrée, me rapprochant un peu plus d'un sommeil que je désire plus que tout. Tout est sombre et extrêmement calme.

On tente de se diriger dans l'obscurité par flemme d'allumer une quelconque lumière. Aussi, nous montons à tâtons les deux étages, dans le plus grand calme, avant d'entrer dans nos chambres respectives. Ce silence me terrifie, je revois le visage de Paul, suffoquant.

De la lumière filtre sous la porte de la chambre de Swan et je la pousse délicatement en maugréant intérieurement. J'avoue ne vraiment pas avoir envie de lui parler.

Pourtant mon cœur est attendri lorsque je le découvre sur le lit, un livre entre les mains. C'est la meilleure, celle-là. Malgré moi, je lâche un petit rire en guise de bonsoir. Il tourne la tête vivement, posant son livre. Ce mec est toujours sur le qui-vive, ça doit être ça d'être chef d'un cartel…

— Tu m'as fait peur.

Je balance mon sac dans un coin de la pièce en l'ignorant.

— Vous auriez pu m'appeler.

Il paraît ronchon et je roule des yeux. Mes démons sont en train de m'envahir, je n'ai vraiment pas besoin qu'il me prenne la tête.

— On aurait pu, oui, lâché-je en le provoquant.

Je me masse la nuque, encore impressionnée par mes cheveux aussi courts. Tout me paraît tellement irréel, toutes ces choses insensées que je fais.

— Je suppose que ça s'est bien passé ?

Je défais ma ceinture avec un soupir libérateur. Elle tombe au sol, rejointe rapidement par ma robe. Je me débarrasse aussi de mes escarpins, les balançant le plus loin possible. C'est vraiment un objet de torture. Je me retrouve face à lui en sous-vêtements, comme en début de soirée.

— Ils te raconteront demain.

Je gratte les gros morceaux de scotch, cherchant à les décoller.

— Et toi ?

Je parviens à en attraper un bout et tire énergiquement. J'ai l'impression que ma peau part avec le scotch qui pend au bout de mes doigts. Je gémis de douleur en massant ma peau irritée.

— Eden, et toi ? insiste Swan.

Je retire précautionneusement le micro qui semble s'être incrusté dans mon ventre. Je le tends à Swan.

— Tout s'est bien déroulé.

Inconsciemment, il louche sur ma poitrine avant de récupérer l'objet, les yeux plissés. Il bidouille le patch en insistant.

— Mais encore ?

— Qu'est-ce que tu veux que je te dise ? Ça a même été trop facile, soupiré-je.

Dos à lui, je retire mon soutien-gorge, sentant peser son regard sur moi. Je l'entends ricaner en silence.

— Tu t'entends parler ? On dirait que tu as fait ça toute ta vie.

Je hausse les épaules en récupérant un de ses tee-shirts, que j'enfile rapidement.

— Tu as perdu ta langue ?

Je roule des yeux en me retournant.

— Je n'ai pas envie de parler de ça.

En parler serait le confesser et l'accepter, et je ne le veux pas. Ce n'était pas moi, et j'ai peur de ce que cette fille-là peut faire. Jusqu'où ira-t-elle ?

Swan pose délicatement le micro sur sa table de chevet.

— C'est dommage. J'avais préparé un petit quelque chose pour fêter ça…

Je le vois se pencher de son côté du lit et en tirer une bouteille, à ma grande surprise.

— Bienvenue dans la bande.

J'esquisse un sourire, étonnée, tandis qu'il tapote l'autre côté du lit, m'invitant à l'y rejoindre. Je considère le canapé du coin de l'œil. Il ne me laissera jamais dormir dessus et, si c'est lui qui s'y allonge, j'ai bien trop peur qu'il découvre le téléphone caché. Je décide alors d'obéir sans protester. Je grimpe sur le lit tandis qu'un *pop* retentit. La bouteille ouverte, il la porte directement à ses lèvres pour avaler la mousse qui tentait de se déverser partout sur les draps.

— Et les verres ? me moqué-je.

Il me tend la bouteille avec un sourire ravageur.

— Pour quoi faire ?

Je bois à mon tour, consciente que la dernière gorgée de champagne que j'ai prise était avec Paul, peu de temps avant qu'il ne sombre. Je me délecte de ce nectar en chassant mes idées noires, sous le regard admiratif de Swan.

— Lana a dit que vous devriez me cacher pendant un moment, après ce soir, soufflé-je finalement en lui passant la bouteille.

Je croise mes jambes en tailleur en me tordant les doigts.

— C'est exact, le temps de les faire tomber.

— Mais… Ce n'est pas déjà ce que vous faites ? Me cacher, précisé-je.

Il fronce les sourcils, un sourire en biais.

— Tu es ici chez toi. Tu n'auras juste pas le droit d'assister à des événements publics.

— Comme les combats ?

Il hoche la tête, frustré par mon audace.

— Tu sais que ça ne pourra pas durer éternellement… Ce petit jeu.

Il me jette un regard, noir mais à la fois intrigué.

— Un jour, je rentrerai chez moi. Tu ne pourras pas toujours me retenir ici, me garder prisonnière.

Il lâche un petit rire avant de balancer sa tête en arrière, avalant une grosse gorgée.

— Pose-toi les bonnes questions, ma belle. Tu es ici parce que tu le souhaites. Au fond, tu avais plein d'occasions de t'enfuir. Qu'est-ce que tu fais là ?

Il me toise en mordant sa lèvre inférieure égratignée. Il a raison, j'aurais pu m'échapper, même ce soir, j'y ai pensé mais alors pourquoi ne l'ai-je pas fait ?

— Je crois que tu te berces d'illusions.

Non, je suis ici car, si je rentre maintenant, je n'aurai aucune preuve pour les faire tomber. Voilà, c'est ça…

— Parce que la vie de ma petite amie est entre tes mains, mens-je.

Il secoue la tête, un horrible rictus de dégoût sur les lèvres.

— Tu ne l'oublieras donc jamais ?

Il semble réellement triste et affecté par mes paroles. Il est vrai que, depuis deux jours, je lui ai prouvé que, comme les autres, j'étais soumise, que je lui obéissais, qu'importe ce qu'il m'avait fait endurer.

— Et peut-être aussi pour sauver ce qu'il reste de bien en toi.

Cette fois, je le fais rire pour de bon. Son torse nu se soulève au rythme de son rire clair.

— Il n'y a plus rien à sauver chez moi. Tu ne l'as toujours pas compris ?

Je baisse les yeux, blessée de me heurter à un mur. Encore et toujours. Fatiguée aussi de baigner dans des illusions toutes plus belles les unes que les autres. Alors que mes yeux tombent sur les draps, ils se posent sur le livre que lisait Swan lorsque je suis arrivée : *Le Petit Prince*.

— « On ne voit bien qu'avec le cœur », ne puis-je me retenir de murmurer.

Swan adore ce livre. D'aussi loin que je m'en souvienne, il le relisait sans cesse, apprenant chaque réplique qui résonnait en lui par cœur.

— « Tu te jugeras donc toi-même, lui répondit le roi », murmure-t-il lui aussi. « C'est le plus difficile. Il est bien plus difficile de se juger soi-même que de juger autrui. »

Ces paroles n'ont jamais eu autant de sens qu'aujourd'hui, c'est comme si nous les avions choisies exprès. Mon cœur me berne, dansant entre ma lumière et mon obscurité, entre mon Emma et mon Swan. Je ne sais plus qui je suis à ses côtés, ce fameux roi a peut-être raison : j'ai beau juger Swan, le traiter de monstre acharné, de psychopathe, je l'imite, oubliant tout le mal, m'accrochant à cette adrénaline venant secouer ma vie. Me laissant guider par des pulsions que je laisse s'épanouir. Je suis comme lui, je suis ici pour ça, parce que son monde me correspond, qu'il est mon châtiment et que je me sens vivante comme je ne l'ai pas été depuis longtemps. Mes yeux s'embuent face à ces révélations intérieures. Pourquoi faut-il que ce soit un bout de mon Swan du passé qui me ramène à la réalité ? C'est bien plus douloureux de réaliser que le passé ne peut être ressuscité. Certains changements sont définitifs et il vaut mieux les accepter. J'ai grandi dans la douleur, il serait tant de l'accepter.

Je pleure silencieusement, démunie comme toujours, mordant férocement ma lèvre inférieure pour qu'elle ne tremble pas.

Pardon, Emma, pardon.

Swan ne comprend pas trop la raison de mes pleurs, il m'observe en silence avec de grands yeux. Je craque et m'effondre sur son épaule nue.

— Pardon… sangloté-je.

Je me moque pas mal que Swan entende ma complainte pour Emma, j'ai besoin d'évacuer mon pardon qu'elle ne pourra jamais entendre. Si loin de moi, ses efforts sont vains.

Attirée par ce qui me détruit, j'arrête de lutter.

59

Cette fois-ci, Swan n'est pas à mes côtés lorsque je me réveille et, contrairement à hier, je n'éprouve aucun sentiment de culpabilité alors que nous nous sommes endormis en partageant des baisers passionnés, des baisers de désespoir. Quelque chose a changé en moi, me faisant gagner en assurance. L'instinct de survie. Prendre en main ce qui m'arrive, ne plus subir. Ils m'ont voulue ici, ils vont voir ce que ça fait. Je pense encore beaucoup à Emma et ça me fait terriblement mal, car je ne peux m'empêcher de la trahir alors que tout est censé n'être que confiance entre nous. Pourtant, je ne peux ignorer les battements de mon cœur lorsque j'embrasse Swan. Ça a toujours été comme ça, et ça le sera quoi qu'il se passe, on dirait. Je ne peux me contenir, et me lever avec le visage de ma petite amie en tête fait atrocement mal.

Je passe une main dans mes cheveux en observant la pièce attentivement. Swan est intelligent et minutieux, s'il n'y a rien dans son bureau, c'est qu'il planque les choses autre part. Je commence à fouiller la pièce dans les moindres recoins, même les plus farfelus. Rien sous les autres coussins du canapé, ni sous le matelas, ni sous le lavabo. Ni dans l'armoire.

Où est-ce qu'il pourrait bien cacher des documents confidentiels ? Assez près de lui pour les surveiller mais assez bien cachés pour que personne ne les trouve. Pas même la police. Je tente de raisonner avec son esprit tordu, ce qui m'amène à examiner les murs minutieusement. Je tape un peu partout dans l'espoir d'entendre un bruit creux. Ça me prend de longues minutes pour faire le tour de la pièce, arrivant finalement au-dessus du lit, sur son mur à photos. J'ignore les vieilles photos de nous me narguant, témoins d'un temps beaucoup plus calme et serein. Ou nous n'avions pas encore tous ces soucis, avant qu'on me frappe.

Je teste chaque parcelle à travers les photos, c'est forcément ici.

Bingo !

J'obtiens un son différent des autres, beaucoup plus profond. Mon cœur s'emballe alors que déjà mes ongles cherchent à enlever la pâte à fixer. Je décolle une photo avant de m'attaquer à une deuxième, complètement en transe. Je suis tellement concentrée et obnubilée que mon cœur s'arrête lorsqu'on frappe de grands coups à la porte. Je me fige en tendant l'oreille.

— Qui est-ce ?

Je replace rapidement ce que j'ai réussi à décoller, les mains tremblantes.

— Mako.

Je vérifie dans la précipitation que tout est en ordre et descends du lit en me meurtrissant un peu plus les pieds.

— Entre.

Je jette un coup d'œil vers le mur en espérant ne pas m'être trompée de position en replaçant les photos. J'ai encore les joues rouges de stress et, lorsqu'elle apparaît, je suis sûre qu'elle peut capter mon âme en panique.

— Tout va bien ?

Je fais mine d'être encore un peu fatiguée.

— Je viens à peine de me lever. Qu'est-ce qu'il y a ?

Elle scrute mon visage, suspicieuse.

— Swan veut que je continue à t'entraîner.

Je mime un « oh » de la bouche en lissant mon tee-shirt sur mes jambes.

— Tu viens ? me presse-t-elle.

Mon cerveau mouline, encore dans le vif de l'action.

— J'arrive, j'enfile juste un truc et je suis à toi.

Le stress dans ma voix n'est pas normal et je me maudis intérieurement. Sous ses yeux, j'attrape mes affaires de sport et des sous-vêtements propres avant de déguerpir dans la salle de bains.

Mon cœur bat la chamade et j'ai envie de sauter de joie. J'ai trouvé sa planque, je suis sûre qu'elle contient tous les trésors dont j'ai besoin. Il faut que je parvienne à l'ouvrir. Mais quand ? Je ne suis quasiment jamais seule…

J'enfile rapidement ma tenue en ne cessant de me mordre la joue, pensive. Je veux à tout prix en voir le contenu.

— Ébène, dépêche-toi.

Mako me presse et je n'ai pas le temps de penser à un quelconque stratagème qu'elle m'entraîne avec elle. Je jette un dernier regard vers mon passé, qui couvre ma porte de sortie, en imaginant déjà trouver tout un tas de choses compromettantes. Décidément, aujourd'hui promet d'être une bonne journée.

60

— Vous avez eu des nouvelles… de ce qui s'est passé hier soir ?

Je questionne Mako en finissant mon petit déjeuner, assise au comptoir. La brasserie est bien plus animée qu'hier matin. Il y fait de nouveau bon vivre, la clientèle habituelle semble être revenue, comme si de rien n'était. Il faut reconnaître qu'ils ont bien assuré, c'est dur d'imaginer que c'était sens dessus dessous.

— Hmm… oui, répond-elle en confiant son assiette vide au jeune homme qui s'occupe du service. Ça a fait son petit effet mais je ne sais pas s'ils se doutent que ça vient de nous. Qui d'autre, de toute façon ?

Elle ne cesse de jeter des petits coups d'œil derrière elle, aux aguets, comme si elle redoutait une autre attaque.

— En tout cas, on n'a pas eu d'écho d'une quelconque vengeance. Tout va bien.

Son attitude traduit pourtant l'inverse.

— Tu viens ?

Elle me presse alors que j'engloutis mon dernier œuf. Elle me retire l'assiette des doigts en un rien de temps. Swan a dû lui faire deux, trois recommandations pour ne pas trop me laisser à découvert. C'est ridicule, comment peut-il penser une seconde que ça puisse fonctionner ?

Je descends de mon tabouret en la suivant précipitamment vers le gymnase. Là-bas, son corps se détend instantanément et je la vois même sourire. Il n'y a pas l'ombre d'un cours et pour cause, j'ai appris que les cours n'étaient que l'après-midi et que le matin est réservé à l'accueil des jeunes qui souhaitent s'entraîner. Il y a aussi une grosse partie de l'équipe qui s'entraîne dans la convivialité. Mais, contrairement à hier, il y a cette fois quelqu'un qui surveille la porte principale du gymnase, gérant les entrées.

Ils sont tous sur le qui-vive, on dirait bien, et je ne mesure peut-être pas la gravité de la situation comme eux, qui baignent dans ce milieu depuis un certain temps. Mais comment peuvent-ils être sûrs qu'un de leurs protégés n'a pas rejoint le camp adverse ? Pour moi, tout ceci n'est qu'un jeu, où je teste mes limites et où ils paraissent presque ridicules avec toutes ces précautions.

— Échauffe-toi.

Mako est déjà prête, armée d'une corde à sauter, elle commence à enchaîner les exercices sérieusement.

— Tu crois qu'ils vont répliquer comment la prochaine fois ?

Je mouline mes épaules, brassant l'air pour faire chauffer mes muscles.

— Je ne sais pas… me répond-elle, essoufflée. Ça peut aller très loin, tu sais.

— Comme torturer quelqu'un ? répliqué-je, sans vraiment réfléchir.

Je me giflerais presque de ne pas avoir tourné ma langue sept fois dans ma bouche. Mako n'a pas besoin que je lui rappelle que son petit ami est presque mort des suites de ses blessures.

— Ce n'est pas ce que… commencé-je.

— Ne t'en fais pas, me coupe-t-elle. De toute façon, on doit le juger cet après-midi.

Bien sûr que si, ses jolis yeux ont pris une teinte bien grise alors qu'elle semble résister à la tristesse. Comment ça, le juger ? Est-il encore ici, si proche de nous, agonisant ? Je n'ai pas le temps de réfléchir plus que Mako m'interpelle, sans doute cherchant à fuir ses pensées elle aussi.

— Tu te rappelles tes mouvements ?

Elle enchaîne, en position, tandis que je la vois lutter contre les coins de sa bouche qui tentent de s'abaisser par mélancolie.

— À peu près.

Je suis vraiment désolée et je m'en veux, car elle essaie de m'aider plus que quiconque et je ne fais que la blesser. Je ne m'enfonce pas plus et me mets en position face à elle pour lui montrer ce que je me rappelle. Elle est consternée par le peu que j'ai retenu. Soit j'oublie des étapes, soit je fais un mélange de différentes techniques.

— Eh bien, tu es ce qu'on appelle une piètre contrefaçon de Bruce Lee.

Je manque de trébucher, en équilibre sur une seule jambe, mais Mako me rattrape de justesse et je m'écroule dans ses bras. Je me retourne vers le fauteur de trouble avec une grimace de dégoût. Sohëm, en tenue de sport, est prêt à s'entraîner. Je le fusille du regard tandis qu'il passe tout près de moi, le regard hautain.

— Je pourrais te broyer les testicules en moins de temps qu'il n'en faut pour le dire, le menacé-je en me redressant.

Il me toise, blasé, jouant avec sa serviette autour du cou.

— Ça m'étonnerait.

Le sourire qu'il me jette alors me hérisse les poils et fait gronder ma colère. On dirait que, pour lui, le mot « faible » est écrit en gros sur mon front. Je serre les dents. Je commence à en avoir ras le bol de son attitude. J'aurais dû appuyer sur la détente quand j'en avais l'occasion. J'aurais eu ainsi le plaisir de ne plus jamais revoir sa tête de colosse.

— Tu te crois forte parce que tu as drogué un mec ?

Il me rit ouvertement à la figure, les mains sur les hanches. Ses yeux me transpercent, pleins de dégoût. Je serre les poings, me contenant autant que je peux. Mes narines se dilatent au rythme de ma respiration qui se fait plus intense. Mako pose une main sur mon épaule, m'intimant de laisser tomber.

— J'aurais dû te laisser pourrir dans ce coffre.

C'est la goutte d'eau qui fait déborder le vase. En une fraction de seconde, je lui saute à la gorge. Je ne sais pas trop comment m'y prendre pour le blesser et je frappe un peu à l'aveugle. Il tente de me repousser tandis que je lacère ses bras de mes ongles.

— Ébène ! entends-je derrière moi.

Sohëm, de ses gros bras, parvient à me bousculer assez fort pour que je me détache de lui.

— Pauvre inconsciente.

Je vois rouge, je vois sa tête défigurée, égratignée, meurtrie comme il meurtrit mon ego.

— Sur le ring, immédiatement. On va voir si tu es un homme.

Mes paroles sortent toutes seules et, même si je suis énervée, j'aimerais les ravaler. Qu'est-ce que je compte faire là-haut ? Je ne parviens pas à mémoriser les techniques de Mako, alors comment pourrais-je lutter contre lui et sa carrure de monstre ?

J'ai déjà essayé, et ma colère ne me sauvera pas. Pourtant, pleine de fierté, je fonce tête baissée tandis qu'il accepte en ricanant. Il est sûr de lui et il a de quoi l'être. Il lui suffirait d'un mouvement de doigts pour m'écrabouiller. Mais je ne peux pas me laisser démonter et marcher encore une fois sur les pieds.

C'est sous les protestations de Mako que je monte sur le ring, poings nus, aveuglée par la rage. Je ne suis plus la même, je suis un être rempli de haine. Ça ne va pas se passer comme ça. Nous avons créé un attroupement, je ne sais pas combien de paires d'yeux nous observent, mais je les ignore, bien trop concentrée sur Sohëm.

— Je vais te défoncer, fillette.

Je lâche un petit ricanement, les poings à hauteur de mon visage. Sohëm commence à bouger devant moi, lentement, comme pour me narguer.

— On dirait un chihuahua, t'aboies beaucoup mais tu ne mords pas, le nargué-je. Tu ne feras rien, tu as beaucoup trop peur de Swan.

Son visage se déforme, j'ai atteint sa fierté. Il se rapproche dangereusement de moi, me menaçant de ses énormes poings.

Je me déplace moi aussi, cherchant un angle d'attaque. Mais je ne suis pas une experte et je me jette dans la gueule du loup un peu trop tôt. Mon poing heurte seulement son avant-bras quand il pare. Mes doigts craquent affreusement tandis que je retiens un gémissement de douleur. Il en profite pour tenter de me mettre un coup de genou dans le ventre mais, par chance ou par miracle, je ne sais pas trop, j'esquive. Désemparée, je me retrouve derrière lui et un rappel de Mako me vient en tête. Je donne un grand coup de genou à l'arrière du sien, il ploie sous cette frappe et j'en profite pour placer mon bras autour de son cou et tenter un étranglement. Mais il est bien plus fort et se redresse sans souci, me faisant lâcher prise. Je trébuche loin de lui, déboussolée. Ma rage gonfle au creux de mon ventre, si bien que je ne sais plus contre qui je me bats. Sohëm ? Swan ? Moi-même ?

J'ai besoin de me battre, c'est tout ce que je sais…

— C'est quoi ce bordel ?

Des mots lointains parviennent à mes oreilles alors que j'envisage une nouvelle stratégie.

— Ébène ! hurle-t-on autoritairement.

Inconsciemment, ma tête se tourne à ce son si familier. Je découvre Swan, fou de rage, arrivant à grands pas près du ring et me faisant perdre de précieuses secondes d'attention. Quelques secondes seulement, qui suffisent pour que je ressente une vive douleur tandis qu'un poing repousse ma tête en heurtant ma mâchoire avec fracas.

Je suis immédiatement sonnée, tandis qu'un goût de sang emplit ma bouche. Je titube avant de tomber sur les fesses.

— Ébène !

La voix s'est rapprochée tandis que ma vision se trouble. Je sens bientôt une main maintenir mon dos tandis que le monde autour de moi devient plus net.

— T'es complètement con, bordel ! Ébène, est-ce que ça va ?

Le bourdonnement dans mes oreilles s'estompe et je considère Swan, encore un peu dans le vague. Il claque ses doigts devant ma figure, me faisant plisser les yeux.

— Putain, tu saignes. De la glace !

— Ça va, ça va, assuré-je en bégayant.

En m'agrippant fermement à Swan, je tente de me relever. Il m'aide, le regard très en colère, son pouce vient frotter ma lèvre inférieure, me faisant grimacer. Je me maintiens à ses avant-bras, retrouvant peu à peu mes sens. Tout le monde nous observe avec attention, des plus jeunes aux plus âgés.

Derrière Swan, Sohëm ne semble pas avoir décoléré, on dirait un taureau fichtrement énervé. Swan se retourne vivement vers lui, m'abandonnant.

— C'est quoi ton problème ?

Il l'accuse de toute sa hauteur, Sohëm ne fait pourtant pas profil bas et m'accuse :

— Apprends-lui à se tenir.

Je vois un rictus déformer les lèvres de Swan avant qu'il ne pousse de toutes ses forces Sohëm. Celui-ci ne réplique pas et baisse la tête, toujours profondément énervé. Il s'est fait réprimander devant tout le monde, je suis sûre que rien que pour ça il souhaite déjà ma mort.

— Et toi ? Je t'avais dit de l'ignorer !

Je suis surprise de le voir me crier dessus avec la même hargne. Si bien que je fais presque un pas en arrière. Il attrape une poche de glaçons que lui tend Mako avant de me la coller sans douceur sur la lèvre.

— Tiens ça !

Je lui obéis, n'ayant pas d'autre choix.

— Vous me faites honte ! On tente d'inculquer des valeurs à nos jeunes !

Je lâche un petit rire incontrôlé.

— Revoyez-les alors, tu es tout sauf un homme de valeur, Swan.

Je l'accuse. Il se fout vraiment de moi. Des valeurs ? Il a la mémoire un peu courte, je trouve. A-t-il oublié son comportement au chalet ?

Comme toi.

C'est incroyable comme il semble être deux personnes différentes. Un psychopathe lorsqu'il n'a pas ce qu'il souhaite et un bon samaritain quand tout va bien.

Je lui balance la poche de glace ensanglantée au torse. Sa rage est désormais presque palpable alors je déguerpis, ne pouvant plus supporter sa vue. Il ne manque pas d'air !

Je dégringole presque du ring, en colère.

— Reviens ici ! l'entends-je crier derrière moi.

Je lui brandis mon plus beau majeur alors que je m'éloigne.

— Va te faire foutre !

Je suis rapidement suivie par Mako, qui, inquiète, m'oblige à aller me faire soigner. Je ne proteste pas et la laisse m'entraîner où elle le voudra tant que c'est loin de Swan. Tout mon être semble en ébullition, il me rend hystérique, je déteste la personne que je suis ici !

61

Ma lèvre a complètement arrêté de saigner, pourtant Mako ne cesse de me coller une poche de glace sur le visage depuis l'heure du repas. Pour faire dégonfler, selon elle. Il est vrai que j'ai l'impression que ma lèvre est anesthésiée et aussi grosse qu'une bouée.

— Qu'est-ce qui t'a pris, de provoquer Swan ?

Mako, assise dans un coin de la cuisine, me réprimande comme une enfant depuis plus d'une heure.

— En plus, tu l'as déconcentré dans ses préparatifs.

Je rigole jaune. C'est la meilleure celle-là.

— Pauvre bichon.

Je roule des yeux en retirant partiellement la glace qui commence à me geler la lèvre.

— Swan organise des combats spéciaux pour toi ce soir, m'apprend-elle. Ce ne sont que les membres du clan qui se battront, avec pour seuls spectateurs nos plus fidèles clients.

— Ouh là là, trop d'honneur, ironisé-je.

Elle fronce les sourcils, ne rentrant pas du tout dans mon jeu.

— Il fait ça pour que tu assistes à au moins un événement en toute sécurité.

Je continue de ricaner en silence.

— Il ne fallait pas se donner tout ce mal, continué-je.

Mako secoue la tête, bien trop patiente.

— T'es une chieuse, Ébène.

Je hausse les épaules, indifférente. Elle m'ignore et discute plutôt avec les deux cuisiniers occupés à préparer les quelques assiettes qui ont été commandées.

Rapidement, alors que je joue avec ma poche de glace, une petite sonnerie retentit et immédiatement Mako plonge la main dans son short. Elle récupère son petit téléphone, qu'elle porte à son oreille sans vraiment regarder de qui provient l'appel.

— Oui ?

Elle fronce les sourcils dans une expression presque douloureuse.

— Oui, je suis avec elle… D'accord, on arrive.

Sur ce, elle raccroche avec un regard las.

— On doit les rejoindre dans le salon, on va discuter du cas d'Enaël.

Elle paraît vraiment triste même si elle essaie de le cacher. Nerveuse aussi. Elle passe une main dans ses cheveux, pensive, tandis que je me remets sur pieds. Elle n'a vraiment pas l'air de vouloir y aller, et je frotte son bras délicatement pour tenter de la réconforter ne serait-ce qu'un peu.

— On y va ?

Moi non plus, je n'ai pas envie d'y aller, je préférerais aller me pendre plutôt que d'affronter Swan et Sohëm. Mais ce n'est pas le moment de geindre, donc je glisse un bras autour de celui de Mako et la force gentiment à me suivre.

Elle ne fait aucun commentaire dans les couloirs, elle affiche même un petit sourire, mais je sais pertinemment qu'elle est nerveuse. Je ne sais pas si Enaël sera présent mais je suis convaincue que ce ne sera pas une partie de plaisir pour elle de le voir en lambeaux et de porter le fardeau de l'avoir dénoncé.

Je tente de la distraire en faisant deux, trois blagues pourries que mon père se plaisait à raconter au petit déjeuner, le dimanche matin. Ça ne fonctionne pas réellement même si son sourire s'agrandit juste pour me faire plaisir.

Elle s'immobilise à l'entrée du salon, ses yeux traduisent son profond mal-être et je suis sûre que, si je ne la tenais pas, elle partirait en courant.

Tout le monde est déjà là. Mon sang se glace lorsque je découvre effectivement Enaël en face de nous, toujours ligoté à une chaise. Son visage méconnaissable a été nettoyé, effaçant ainsi tout le sang. Il fait tout de même peur à voir avec son œil fermé, son ecchymose prenant la plupart de sa joue, ses lèvres complètement explosées et son autre œil hagard. Rien que de le voir, je ressens instantanément toute la souffrance qui l'anime. Mako est blême et ne cesse de déglutir.

Je la pousse dans un coin de la pièce un peu en retrait tandis que j'ignore Swan, qui se tient fièrement à côté de son prisonnier, et Sohëm, jamais très loin.

— Je disais donc, nous allons décider cet après-midi du sort de notre cher Enaël. Merci d'être venue, Mako.

Il lui lance un regard compatissant mais celle-ci, qui ne veut pas se faire remarquer, ne décroche même pas un petit sourire. Quand on prononce son nom, Enaël bouge légèrement et ça me surprend presque qu'il lui reste encore des forces. Je me demande bien comment ils ont pu le transférer ici sans que leur clientèle ne remarque cet étrange personnage. Sans doute ont-ils des escaliers de secours… Mako fixe ses pieds tandis que je lui frotte le dos, consciente de l'effort surhumain qu'elle fait pour ne pas s'échapper.

— Pour résumer, Enaël s'est retourné contre nous, essayant de former une alliance avec nos bien-aimés ennemis.

Swan lui tourne autour comme un rapace, les yeux accusateurs.

— Mako a eu le courage, et je l'en remercie, de le dénoncer avant qu'il ne fasse trop de dégâts.

Je maudis Swan de rappeler ceci, là, haut et fort, enfonçant un peu plus Mako.

— Après l'avoir titillé un peu, il nous a livré leur adresse de résidence, où nous avons pu nous rendre, comme nous l'avons décidé tous ensemble. Soit dit en passant, ils sont tellement bêtes que nous ne savons pas s'ils ont compris que cette attaque venait de nous.

L'assemblée rigole d'une même voix tandis que Swan, très charismatique, parle beaucoup avec ses mains et leur offre un grand sourire. Il tape dans ses mains.

— Quoi qu'il en soit, nous avons obtenu tout ce que nous pouvions de notre frère et il nous revient maintenant de prendre une décision concernant son avenir.

— La question se pose-t-elle vraiment ? intervient quelqu'un que je ne parviens pas à identifier.

Swan ricane en replaçant ses multiples colliers emmêlés autour de son cou et se positionne ensuite derrière leur otage. Il le force à relever le menton pour que tout le monde le voie.

— Enaël était notre frère, il a donc droit à un vote. Il m'a demandé pardon et m'a exprimé son souhait de revenir parmi nous.

— Comment savoir s'il ne nous trahira pas encore ? intervient quelqu'un d'autre.

Swan balade son visage tout près de celui qu'ils appellent le traître. Comme pour le narguer.

— Que ceux qui souhaitent le voir quitter ce monde lèvent la main !

Mon corps tout entier se met à trembler tandis que bien trop de mains se lèvent. Je capte le regard désolé de Lana, mélangé aux autres.

— Bien… conclut Swan. Et qui souhaite qu'il soit de nouveau parmi nous ?

Instinctivement, mon bras se lève bien haut, à la grande surprise de Swan. Mako reste pétrifiée à mes côtés et hésite à tendre le sien. Je suis sûre qu'elle partage cet avis, aussi je prends sa main dans la mienne et la brandit également. Excepté Lana et un autre garçon, personne ne semble du même avis que nous.

— Je crois qu'il n'y a pas à débattre davantage.

Mako fond en larmes à mes côtés, dans des sanglots bruyants. Je ne l'ai jamais vue pleurer et ça me brise le cœur. Swan ne perd pas de temps et force Enaël à se redresser, le visage de celui-ci n'exprime aucun sentiment, aucune tristesse. Il n'est plus qu'un pantin subissant son sort.

Mako pleure, une main sur sa bouche, comme pour cacher sa faiblesse. Je ne sais pas quoi faire, je suis figée, regardant passer Swan, qui soutient le corps d'Enaël.

— Mako, viens avec moi, il faut que je te parle.

Celle-ci a la figure ravagée et il lui est impossible d'affronter la vision de son petit ami. Vu de plus près, son visage est encore plus affreux et bouffi, une vraie vision d'horreur. Mako a beau souffrir le martyre intérieurement, elle suit son chef dans le couloir à l'abri des regards. Sans doute pour lui dire au revoir. Je suis sidérée, il ne va quand même pas le tuer, c'est un être humain ! Ce n'est pas pour rien que la peine de mort a été abolie. On n'est pas dans un film.

Je bous sur place, prête à crier à l'injustice. Je ne laisserai pas faire une atrocité pareille. Je me ronge l'ongle du pouce en trépignant sur place. Je ne tiens plus, je me précipite à mon tour dans le couloir, et j'ai la surprise de trouver seulement Mako, qui sèche ses larmes.

— Où est Swan ?

Je fouille le couloir des yeux.

— Parti, lâche-t-elle.

— Où ça ?

Je m'apprête déjà à m'en aller mais elle me retient par le bras.

— Arrête, c'est la meilleure chose à faire.

Je la considère, les yeux grands ouverts, elle qui m'a demandé de ne pas sacrifier l'amour, pourquoi ne se bat-elle pas ?

— Mais…

— Non, Ébène ! me coupe-t-elle, presque glaçante. Tu ne peux rien faire et moi non plus.

Ses yeux me supplient de ne pas lutter, c'est déjà assez dur pour elle, mais la vision de Swan tuant Enaël me retourne l'estomac. Comment peut-il tuer quelqu'un de sang-froid ?

— J'aime… J'aimerais aller me reposer, hoquette Mako.

— Bien sûr, chuchote Lana.

Mako s'accroche à elle alors que Lana la guide vers sa chambre. J'ai du mal à me détourner de ce couloir, à ordonner à mes pieds de les suivre. J'aimerais courir après Swan pour l'empêcher d'agir et le raisonner, mais j'ai peur, peur d'arriver trop tard et d'assister à une scène que je ne souhaite pas voir. Aussi, je prends la décision la plus lâche de ma vie, la boule au ventre, et je me détourne, ignorant l'horreur qui doit se jouer dans ces lieux, en faisant comme si de rien n'était. Je me détourne, un sentiment de culpabilité profondément ancré en moi.

Je déglutis difficilement en rejoignant la chambre de Mako, où celle-ci s'est déjà roulée en boule sous son drap. Lana lui a rapporté un grand verre d'eau de la salle de bains et la berce de paroles douces. Je ne sais pas quoi dire, ni comment trouver les bons mots. Je m'assois juste là, sans oser la toucher non plus.

Lana baisse les stores et m'intime de laisser Mako se reposer. Nous sommes toutes les deux troublées et perdues. Comment apaiser un chagrin pareil ? Si je perdais Emma à cause de ce mec qui n'arrête pas de la surveiller, je deviendrais folle, c'est certain.

— Elle va devoir être forte.

Lana est complètement affligée.

— Je trouve ça horrible, soufflé-je.

Elle hausse les épaules tristement.

— C'est comme ça, nous avons des règles à suivre, Swan est intransigeant.

Il l'a toujours été, lorsqu'on le contrarie ou pour protéger ceux qu'il aime…

— Je ne suis pas sûre que ce soit la bonne méthode.

Ça ne l'est vraiment pas, ça ne cause que des soucis, et je ne conçois pas que nous puissions rendre justice par la mort, mais je ne l'ai compris que trop tard malheureusement…

— Bienvenue dans notre monde.

62

Nous n'avons pas eu le cœur de faire grand-chose après ça, moi en particulier, car un affreux sentiment ne cesse de me rattraper comme une ombre collant à ma peau. Je n'ai cessé de me demander si Swan avait accompli sa tâche, et comment avait-il pu changer à ce point pour faire du meurtre une banalité.

Lana et moi avons très vite rejoint Mako, dont les larmes ont finalement cessé de couler. Nous nous sommes blotties toutes les trois, comme des copines d'enfance, avec une tablette de chocolat volée en cuisine, devant un vieux film un peu bidon qui traînait dans le lecteur DVD.

Nous n'avons pas prononcé un mot, bien trop concentrées et ne trouvant pas de sujet de discussion assez léger pour effacer le souvenir du destin funeste d'Enaël.

C'est Calypso qui vient frapper au bout d'un moment, alors que nous avons perdu la notion du temps. Elle vient nous chercher, en prétextant que les combats clandestins ont débuté.

Je n'ai pas envie de bouger mais elle insiste tellement que je n'ai pas d'autre choix que de la suivre. Mako se lève aussi, les yeux bouffis et les pommettes trop roses pour son teint pâle.

— Tu es sûre de vouloir y aller ? s'inquiète Lana.

Mako balaie l'air de sa main en enfilant une tenue un peu plus confortable.

— Dépêchez-vous, ça va être au tour de Sohëm.

Je lâche un petit rire.

— J'espère qu'il se fera défoncer.

Il ne mérite que ça, mordre la poussière et qu'on piétine son ego jusqu'à le faire trembler. Je payerais cher pour le voir.

— Allons-y.

Notre petit groupe aux enthousiasmes variés rejoint ces fameux combats. L'atmosphère du gymnase est bien plus effrayante que ce matin, l'éclairage y est tamisé et déjà deux hommes torses nus se battent sur le ring. À mon grand regret, ce n'est pas Sohëm, ni Swan. C'est Lowen, et il se bat habilement.

Mako m'a dit que c'étaient des matchs à huis clos où seuls les plus fidèles clients peuvent parier, je suis néanmoins surprise par leur quantité. Ça crie dans tous les sens, chacun encourageant son poulain. Lowen mène largement la danse tandis que je suis absorbée par ses mouvements. Le combat se finit très vite quand son adversaire, un autre gars de la bande, est incapable de se relever lors du décompte de l'arbitre. Lowen, un petit sourire éclairant son visage anguleux, aide son ami à se relever. L'ambiance est bon enfant et c'est comme si je me faisais envelopper dans une vague chaleureuse. Enfin… c'était avant que Swan ne me rejoigne, car du coup je perds instantanément mon sourire et croise les bras sur ma poitrine.

— Tu l'as fait ? l'accusé-je.

Je ne croise pas son regard, bien trop concentrée sur le prochain match et les hommes en costume chic qui s'approchent des tables de paris.

— Je n'avais pas d'autre choix.

— On a toujours le choix.

Devant nous, ça crie tandis que Sohëm monte sur le ring.

Tiens, tiens, ça va devenir intéressant.

— Comme avec ton oncle ?

Je le fusille du regard, piquée au vif.

— Parfois, la mort est la seule issue.

Mon crâne tape contre la table basse, mon corps heurte le mur, mon poignet est écrasé…

Tant de souvenirs, tant de flashs resurgissent, tandis que je lutte, désespérément.

— Ne parle pas… de ça.

Je siffle entre mes dents en crispant la mâchoire. Pourquoi fait-il ressortir toujours le pire en moi ?

— Il faudra bien qu'on en parle. C'est ce qui nous a rendu fous tous les deux.

Je garde le menton bien haut, tentant de contrôler ma lèvre tremblante.

— Parle pour toi.

Il passe un bras autour de mes épaules, mais je me dégage d'un mouvement brusque.

— Eden… murmure-t-il.

Je lui frappe la main alors qu'il tente de prendre la mienne. Et dire qu'hier soir nous nous embrassions.

— Je suis ici pour voir les combats, c'est tout.

Je le laisse sur place, m'approchant du ring pour me distraire, mais Swan est du genre chewing-gum.

— Qu'est-ce que tu fous ici, alors ? Vas-y, barre-toi ! s'énerve-t-il.

Nos voix sont couvertes par les exclamations et je suis presque déçue de ne pas assister au combat de Sohëm, celui-ci a du sang sur le visage et je ressens une étrange satisfaction.

— Si ça ne tenait qu'à moi, ça serait déjà fait depuis longtemps, crois-moi.

Il m'attrape par le bras.

— Tu te mens à toi-même.

Il serre fort cette fois, les yeux menaçants, et je ne peux m'en détacher.

— Laisse-moi regarder !

Je reporte instantanément mon regard sur le combat, pile au moment où Sohëm assène une grande droite à son adversaire. Il est sans pitié, même s'il se bat contre un de ses amis.

— Quel con ! gronde Swan.

Le garçon, bien moins robuste que Sohëm, s'est pris un K.-O. et il s'adosse contre les cordes, complètement sonné.

— Lui au moins, il se bat.

Je considère Swan de la tête aux pieds seulement pour le provoquer. Avec sa chemise blanche à rayures verticales noires, ouverte largement sur son torse, et ses nombreuses chaînes, il n'a pas du tout le look d'un combattant. Je lui jette un regard hautain pour le piquer dans sa fierté. Et ça semble marcher, trop bien même…

— Ah ouais ?

J'ai à peine le temps de lui prêter attention que déjà il retire sa chemise, me la jette avant de retirer son jean, là, comme ça, devant tout le monde, qu'il me balance aussi dans les bras, s'affichant seulement en caleçon. Le rouge me monte aux joues tandis que je suis gênée pour lui. Lowen passe près de nous et le considère étrangement.

— File-moi ton short de boxe, ordonne Swan.

Le visage de Lowen n'est qu'incompréhension.

— Mais…

— Allez ! insiste-t-il.

Mécaniquement, Lowen s'exécute, perdu. Je reste bouche bée, il est vraiment déconcertant. Swan me pointe du doigt tandis que je porte toujours ses vêtements.

— Regarde bien, lâche-t-il sur un ton brusque.

Lowen et moi restons sans voix tandis qu'il disparaît. Quelques instants après, j'entends Isaïa crier à la table des paris.

— Swan contre Carter ! Je répète : Swan contre Carter !

Ça se précipite tandis que je ne peux décrocher mes yeux de Swan. Il enfile ses gants, toujours aussi en colère. Il frappe ses poings, les sourcils froncés.

— Tiens ça.

Rapidement, je refile les affaires de Swan à Lowen, désormais en caleçon. Je joue des coudes pour avoir une place plus près du ring.

Là, j'ai la chance de rejoindre Lana, Mako et Cora. Calypso est un peu plus loin, auprès de Sohëm.

— Qu'est-ce qu'il fout ? me questionne Lana.

Elle me désigne Swan d'un mouvement de tête, dont le visage portant encore les traces de son ancienne bagarre est fermé, comme si d'un seul regard il pouvait tout pulvériser.

— Swan ne se bat jamais, m'explique Mako, lasse.

Je hausse les épaules avec une grimace faussement innocente.

Le combat semble sur le point de débuter, Swan frappe ses poings comme un animal en furie, et je ne suis pas sûre que ses chaînes autour du cou soient réglementaires mais personne n'ose le lui signaler. Tous ses muscles sont tendus sous sa peau d'encre.

Je ne connais pas les aptitudes de son ami en face, mais je suis sûre qu'il va perdre. Swan est bien trop fier pour perdre et devoir ensuite affronter mes sarcasmes. Il vaincra et ce même si mon estomac noué traduit mon anxiété.

Ça se confirme dès les premières minutes, les coups s'enchaînent avec un net avantage pour Swan. Il frappe sans retenue et heureusement qu'il a des gants. On dirait qu'il exprime toute sa haine, son corps pourrait presque fumer. Comme un lion en cage, il ne va même pas boire à la fin du premier round. Il reste campé sur ses pieds en attendant son adversaire, sautillant. Il se permet même de me jeter un regard, je lui décoche un petit sourire moqueur qui l'agace encore plus. À mon tour de le pousser à bout.

Le match reprend enfin et Swan, presque pas affaibli, redouble d'attaques, épuisant considérablement son partenaire. Je fronce les sourcils, ses coups sont beaucoup trop puissants, j'ai peur de l'avoir trop énervé et que ce jeune homme en pâtisse.

Enfin, l'arbitre vient calmer Swan, son adversaire ayant déjà le visage en sang. Avec ses tatouages sans une once de couleurs, il paraît encore plus redoutable lorsqu'il frappe, presque effrayant.

— Allez, Swan ! crie Lana à mes côtés.

Sans grande surprise, le combat se termine sur un K.-O. et Swan est désigné vainqueur, mais lui ne prend pas la peine de relever son adversaire. Pendant qu'on lève son bras et que ses admirateurs l'applaudissent, il ne cesse de me regarder dans les yeux. Je soutiens son regard même si la peur grandit en moi et que j'essaie de comprendre. Il est redoutable, impitoyable. Il ne ferait qu'une bouchée de moi et il me l'a prouvé lors de notre séjour au chalet. J'ai eu tort de croire qu'ici il était différent et il me le rappelle bien.

Sur son visage dur, on pourrait presque lire les souvenirs de ses deux ans passés en prison. Je me détourne la première, avant qu'il descende du ring.

— Autre chose peut-être ?

Il m'a rejointe immédiatement, le corps couvert d'une fine pellicule de sueur, les cheveux trempés et son arcade à nouveau en sang. Je sursaute presque à son ton hargneux. Je ne sais pas quoi lui dire.

— Je ne t'ai rien demandé.

Je suis dure avec lui, mais je ne peux pas faire autrement. Je lui voue une haine profonde, mais en même temps je désire ses lèvres, me faisant renouer avec un passé que je chérissais tant. Je sens bien que je perds la raison et que si je craque, la folie prendra le pas et je le laisserai s'immiscer dans chaque parcelle de ma peau. Je ne peux pas. Il ne doit pas. Il paraît déçu mais ne le montre qu'une fraction de seconde.

— Où sont mes fringues ?

Un iceberg nous sépare désormais, nous sommes à mille lieues d'être en phase.

— C'est Lowen qui les…

— Swan ! Swan ! Oh ! Pardon.

Une jeune fille, bien plus jeune que les autres et que j'avais déjà vue auparavant, s'avance vers nous en courant, si bien qu'elle bouscule du monde au passage. Elle paraît à bout de souffle.

— Qu'est-ce qu'il y a ?

Elle lui tend une grosse enveloppe marron.

— On m'a dit de te donner ça.

Swan fronce les sourcils, son souffle se calmant à peine. Il l'ouvre sans grande précaution tandis que je me tords le cou pour savoir de quoi il s'agit. Il me cache la vue mais, lorsqu'il observe le contenu, il devient immédiatement blême, à tel point qu'on dirait qu'il a vu un fantôme. C'est flagrant et plutôt inquiétant, sa bouche s'entrouvre tandis qu'il me dévisage, le visage décomposé.

63

— Qui t'a donné ça ?!

Il hurle sur la jeune fille. Il est à deux doigts de la saisir par le col.

Elle secoue la tête, complètement déstabilisée par la colère de son leader. Elle pointe un doigt tremblant vers la porte, où un jeune homme semble prêt à partir. Swan grogne et court le rejoindre. Je trottine à mon tour derrière lui en ne cessant de poser des questions, mais il m'ignore délibérément et ne se concentre que sur sa cible, comme en combat.

— Hé ! C'est quoi cette merde !

Cette fois-ci, Swan ne se gêne pas et saisit l'autre par le col de son tee-shirt, le soulevant presque du sol.

— Arrête, Swan.

Le garçon est pétrifié devant nous, et je tente de calmer Swan.

— D'où tu sors ça ?! poursuit mon ex, plus menaçant que jamais.

Son visage est défiguré par la rage, c'est affreux. Il place l'enveloppe sous les yeux de son otage, prêt à le frapper avec. Le garçon pose ses mains sur celle de Swan, qui broie son tee-shirt.

— Ça ne vient pas de moi, bredouille-t-il.

— Menteur ! l'accuse Swan.

Ses yeux noirs ne sont plus que le reflet de l'enfer, qu'est-ce qui a pu le mettre dans cet état ? Je ne comprends pas mais Swan pourrait tuer ce garçon sans aucun remords.

— Je te jure. On m'a donné cette enveloppe dehors et on m'a dit de la transmettre à un certain Swan. Je n'ai pas cherché à comprendre.

Il le serre un peu plus fort, causant un gémissement chez le garçon.

— Qui ça ?!

Je tremble de peur moi aussi, même si je ne suis pas menacée. Je pose une main sur le bras de Swan mais il se dégage promptement en emportant avec lui le garçon pétrifié. Il le traîne dehors, le jetant presque sur le trottoir. Je les suis aussi vite que je peux et m'arrête net, un pied dehors. Le soleil commence à décliner, offrant au ciel une jolie couleur pourpre, et j'ai l'impression que ça fait une éternité que je n'ai pas assisté à un si beau spectacle. Je me laisse submerger, à tel point que j'oublie la situation actuelle. Je suis irrémédiablement attirée par l'extérieur et cette rue s'enfonçant dans une parcelle de la ville. C'est comme si elle appelait tout mon corps. Je pourrais courir, Swan est bien trop occupé, j'aurais le temps d'aller assez loin avant qu'il ne me retrouve.

— Qui t'a donné ça ?!

Swan crie de plus belle, me faisant revenir à la réalité. Devant moi, le garçon trébuche, une main tendue pour se protéger. Toutes les personnes sorties pour fumer regardent ce triste spectacle. J'ai presque honte.

— Je ne le vois plus. Il était grand, les cheveux courts. Je…

— Tu ne le vois pas ?!

Swan paraît incontrôlable, comme plongé dans une transe que lui seul peut comprendre. Il est effrayant.

— Casse-toi ! Et ne remets plus les pieds ici ou je te bute !

Pour ponctuer sa phrase, il joint à ses mots un atroce coup de pied qui vient heurter le flanc de sa victime déjà projetée au sol. Il l'atteint avec fracas, et le garçon pousse un grand cri de douleur. Je suis convaincue qu'il lui a fêlé une côte.

— Mais ça va pas ?!

J'essaie de tirer sur son bras pour le raisonner tandis que le garçon s'enfuit en se tenant les côtes.

— Swan, t'es malade !

Sous mes doigts, je sens ses muscles extrêmement tendus, durcissant sa peau nue. Mes poils se hérissent lorsque je remarque qu'il ne me voit même pas, il est bien trop concentré sur je ne sais quoi. Mais qu'est-ce qu'il y avait dans cette enveloppe à la fin ?

— Ils savaient.

Il chuchote pour lui-même en passant une main dans ses cheveux et en respirant fort. Les regards ne se sont pas détachés de lui, bien au contraire, ils sont en plus accompagnés de chuchotements.

— Rentrons.

Je tente de le tirer par le bras mais rien n'y fait, c'est comme s'il était ancré dans le sol.

Il me pousse, si bien que je manque de trébucher sous sa force. Je lis de la panique dans son regard tandis qu'il continue de me pousser à l'intérieur.

— Isaïa !

Il s'exclame alors que nous passons près de la table de paris, où Isaïa compte des billets.

— Viens avec moi.

Il ne lui laisse même pas le temps de protester et l'oblige à quitter ses fonctions sous les protestations de ceux qui attendaient leur récompense. Rapidement, je distingue Cora, qui s'empresse de prendre sa place.

— Où est Sohëm ? questionne Swan.

Le jeune Asiatique secoue la tête en haussant les épaules.

— Qu'est-ce qu'il se passe ? interroge-t-il.

Swan l'ignore alors il s'en remet à moi mais je ne suis pas plus avancée que lui, donc je lui offre une grimace.

Swan se tord le cou pour sonder la foule, à la recherche de son ami. C'est moi qui le repère en premier. Le colosse est avec sa belle, bien trop occupé à l'embrasser. Swan fond sur Calypso et Sohëm, sans se préoccuper de leur activité. Isaïa et moi le suivons dans la précipitation.

— Il faut que tu me suives. On a un problème.

Swan pose enfin des mots sur ce qu'il se passe, en montrant l'enveloppe qu'il n'a pas lâchée. Sohëm fronce les sourcils mais Swan lui intime de ne pas poser de questions, du moins pas ici. Calypso se ronge l'ongle du pouce, un peu agacée qu'on les interrompe.

— Venez, nous impose Swan.

Sohëm hésite en me regardant de la tête aux pieds.

— Elle aussi ?

Il parle assez fort pour se faire entendre par-dessus les exclamations du nouveau combat qui vient de débuter. Swan essuie son arcade, qui continue de cracher des gouttelettes de sang.

— Ça la concerne, répond-il.

Il nous entraîne alors loin du gymnase et nous conduit à la brasserie, où règne une tout autre ambiance que celle de la journée. La musique est assez forte, car un petit groupe de rock se produit sur l'estrade au fond. Il y a pas mal de monde attablé, c'est vraiment sympathique.

Alors que je pensais que Swan allait nous emmener dans notre lieu de réunion habituel, il fait tout le contraire et nous enferme dans la petite pièce où nous avons mangé à mon arrivée, rien que lui et moi. Je ne peux m'empêcher de le regarder, nerveuse.

— On va se mettre là, il y a peut-être des micros dans le bureau, ici, au moins, on ne risque rien.

Bordel, mais qu'est-ce qu'il y a ?!

Qui peut me concerner en plus ? Ce qui me rend encore plus inquiète. Les autres garçons prennent place autour de la petite table, peu stressés.

— C'est quoi le souci ? questionne Sohëm.

Je me masse le crâne tandis que le bourdonnement de la musique me donne mal à la tête. Swan serre les dents et ouvre de nouveau l'enveloppe qu'on lui a transmise. Il récupère le contenu avant de jeter l'enveloppe tachée de son sang.

— Ils savent tout depuis le début, lâche-t-il sur un ton glacial avant de jeter sur la table deux photos.

Mon sang ne fait qu'un tour tandis que mes yeux s'accrochent aux deux clichés et à ce qui semble être une mèche de cheveux. Mon cœur s'arrête lorsque je distingue un peu mieux la photo et que mon cerveau s'active à mille à l'heure. Je ne reconnais que trop bien la personne dessus…

C'est moi !

64

C'est moi, sur les deux photos. Avant que les autres garçons ne puissent s'en emparer, mes doigts les effleurent et les ramènent à moi. Je suis pétrifiée : sur la première, je suis habillée comme le soir de notre attaque, avec ma robe noire. Vu la luminosité, cela devait être avant que je charme Paul. Elle est prise de loin mais les contours de mon visage sont tout à fait nets. On peut même ressentir mon anxiété. La seconde est plus terrifiante, ça me coupe le souffle instantanément. J'ai les paupières fermées, la bouche légèrement entrouverte : je dors. J'ai l'air paisible…

Je suis en train de dormir ?!

La personne qui a pris ce cliché, soit un de leurs pires ennemis, était tout près de moi alors que je dormais !

— Ils sont rentrés chez moi, putain ! hurle Swan en tapant du poing sur la table.

Sohëm, à ma gauche, ne se prive pas pour m'arracher les photos des mains, mais je n'ai pas la force de répliquer. Un sentiment étrange m'envahit alors que mes yeux s'embuent.

— Ils étaient à côté d'elle ! poursuit Swan, hors de lui.

Il brandit la fine mèche de cheveux bruns.

— Ils ont même réussi à lui couper une mèche de cheveux. Bordel ! Sans que je m'en rende compte ! Ils auraient tout aussi bien pu l'égorger !

Il hurle, et ça accentue mon mal de crâne. Ma gorge se noue à ces mots. Je n'ai rien senti… Je passe une main dans mes cheveux, cherchant la mèche plus courte que les autres.

Je n'ai rien senti !

— Calme-toi, Swan, gronde Sohëm.

— Non, putain. Non ! Ils étaient là et personne n'a rien vu !

Les photos tournent entre nous trois, tandis que Swan ne cesse de s'arracher les cheveux.

— Ils savent qu'elle est avec nous, soupire Isaïa.

— Ils le savaient depuis le début. Y a une putain de balance parmi nous !

Isaïa, contrairement à Swan, tente de raisonner calmement, cela se voit à son visage torturé et à ses sourcils froncés.

— Que comptes-tu faire ? questionne Sohëm, qui semble beaucoup plus calme.

— Je vais tous les tuer.

La question n'était pas pour moi, pourtant c'est ma voix qui lui répond, étouffée par un sanglot de rage. Mes mots me surprennent, pourtant je ne les regrette pas. Je commence à en avoir marre de me sentir perpétuellement en danger ! J'oublie toute raison, et tous les objectifs que je m'étais fixés. Je suis aveuglée par la rage. Comment peuvent-ils tous se permettre de jouer avec ma vie ? J'ai l'impression de ne ressentir que de la colère ; si bien que je ne me suis même pas rendu compte que des larmes coulent sur mes joues. Je suis fatiguée de jouer au chat et à la souris en permanence.

Sohëm roule des yeux, et c'est le geste de trop, celui qui achève de me faire exploser.

— Je commence à en avoir marre d'être la cible de tout le monde ! Alors soit vous vous débarrassez d'eux, soit je m'en occupe.

J'ignore le caractère ridicule de ma phrase que Sohëm ne manque pas de souligner.

— Ah ouais, et tu vas faire quoi toute seule ? Avec tes petits bras ?

Il n'y a plus une once de raison en moi, j'ai complètement oublié Emma, ma mission pour rentrer. Ce qui compte, c'est uniquement ma fierté et qu'on arrête une bonne fois pour toutes de se servir de moi.

Tout mon être crie vengeance, toute mon âme aussi, et je l'écoute pour une fois, je n'écoute qu'elle, ce petit diable sur mon épaule gauche. Je le laisse s'exprimer librement, en lâchant prise.

Je sens une main se poser sur ma nuque et la masser.

— Calme-toi.

Swan semble touché par mon état et s'est radouci, sans doute pour m'apaiser. Il a le visage grave et le teint blafard. Il fait peur à voir, tout comme moi, je présume.

— Ça a assez duré, lâche-t-il solennellement, on leur a donné trop d'espoir, il est temps de préserver notre rang.

Il froisse les photos d'une poigne rageuse sous mon regard vide.

— Comment tu veux t'y prendre ? Il y a des traîtres parmi nous, mais on ne sait pas qui ni combien ils sont, et peut-être qu'ils sont en train d'en enrôler d'autres, résume Isaïa.

Swan se laisse tomber mollement sur une chaise, tandis que je suis incapable de bouger, mon index droit grattant la table déjà légèrement abîmée.

— Il faut les infiltrer, propose Sohëm.

— Impossible. Ils nous connaissent tous. Là aussi, ils ont une longueur d'avance, soupire Swan en se pinçant l'arête du nez.

Je m'assois finalement tandis qu'une folle idée germe dans mon cerveau. Je la laisse s'épanouir en n'écoutant pas les débats des garçons.

— Il faut les infiltrer en rentrant dans leur jeu, murmuré-je, le regard perdu dans le vide devant moi.

J'ai d'abord l'impression que personne ne m'a entendue puisque aucun son ne sort de leur bouche mais finalement j'ai droit à une réponse de la part d'Isaïa :

— Comment ça ?

Je frotte mes yeux dégoulinants et laisse parler ma folie.

— Ils pensent avoir l'avantage, alors laissons-les y croire.

Swan croise les bras sur sa poitrine nue tandis que Sohëm, toujours aussi désagréable, intervient :

— Tu peux être un peu plus précise ?

Je le fusille du regard, bien décidée à ne pas le laisser me marcher dessus. Ça suffit, à mon tour de commander et d'écraser les autres.

— Il faut nous infiltrer en tant que prisonniers, ainsi ils penseront avoir toujours le contrôle.

Swan soupire en roulant des yeux. Mon idée lui semble nulle, car s'abaisser au rang de prisonniers, même si c'est une ruse, est bien difficile à admettre pour lui. C'est une humiliation, un échec.

— Mais oui ! s'exclame Isaïa en claquant des doigts. J'ai une idée.

Il s'avance un peu plus près de la table avec sa chaise et s'y accoude.

— Ça risque de ne pas te plaire, Swan.

Celui-ci grogne dans son coin avant de siffler entre ses dents :

— Dis toujours.

Le jeune Asiatique grimace.

— On va avoir besoin d'Ébène à nouveau, et uniquement d'elle.

Swan se dresse d'un bond et ça m'agace immédiatement. Il ne fallait pas m'amener ici, s'il ne voulait pas que je risque un seul de mes cheveux. Je suis guidée par ma colère, je me penche et j'accroche mon regard à celui d'Isaïa.

— Je t'écoute.

Il lorgne en biais vers Swan, qui lui jette un regard réprobateur.

— Comme nous ne savons pas qui est la taupe, il faudrait annoncer à tout le monde demain matin que tu feras la prochaine livraison dans la soirée, pour te former. Logiquement, la taupe en informera leur clan et normalement ils prévoiront une sorte d'enlèvement. Sauf que tu seras équipée d'un nouveau micro et d'une oreillette. Ainsi, à l'intérieur, tu devras te débrouiller pour trouver leur chef et nous, on se chargera de les éliminer une bonne fois pour toutes.

Son plan me plaît, il y a plein de zones d'ombre, mais un sentiment nouveau agite mon ventre. De la hâte, je n'ai pas peur, encore un signe que je viens totalement de perdre pied. J'ai hâte, en effet, mon cerveau mouline déjà pour créer de multiples scénarios et les réactions que je devrai avoir dans chaque situation.

— C'est mort.

Ça m'aurait étonné...

— Ce plan est bancal, il y a beaucoup trop de choses que l'on ne peut pas prévoir. Ils risquent de la torturer, comme on a fait avec Enaël.

Cette fois, c'est moi qui frappe du poing sur la table.

— Ça suffit ! Tu vas arrêter de tout décider pour moi. Il n'y a rien qui nous unisse, toi et moi, alors lâche-moi !

Il paraît réellement affecté par mes propos, mais je m'en moque, j'ai besoin d'assouvir cette colère, elle est plus forte que tout.

— Isaïa a raison. Ça pourrait fonctionner et on serait définitivement débarrassés, si Ébène ne fait pas tout foirer.

Je tourne la tête vivement vers le colosse aux cheveux rasés. Il me tape sur le système et je n'hésite pas à le lui faire savoir. Sans que je me contrôle vraiment, ma main se lève et vient heurter sa joue de plein fouet, dans un son sec. Sa tête est rejetée en arrière. Ma main me fait mal, j'ai peut-être frappé un peu fort, mais comme ça on est quittes. Sa joue est rouge et gonflée, comme ma lèvre ce matin.

Sa bouche s'entrouvre et son visage est déformé par la rage. Je ne laisse le temps de réagir à personne, je prends les devants et me relève vivement.

— Le plan d'Isaïa peut parfaitement fonctionner. Je ne connais aucune tactique n'ayant pas de risque d'échec. Alors vous allez tous arrêter de me gonfler et on va suivre ce putain de plan. Si ce n'est pas le cas...

Je pointe mon index droit sur Swan, qui semble prêt à me hurler dessus.

— Je te promets que j'irai de moi-même et c'est moi que tu compteras désormais parmi eux.

Je bluffe, qu'importe ma colère, si je parviens à sortir d'ici par mes propres moyens, c'est pour prendre mes jambes à mon cou et les laisser gérer leur petite guerre des clans.

Cependant, mon petit speech a l'effet escompté puisque je leur ai cloué le bec à tous, sauf à Sohëm, qui semble prêt à me sauter dessus.

— Ne t'avise pas de me toucher, fumier.

Je fulmine, j'ai l'impression d'avoir chaud, terriblement chaud. J'ai comme l'impression que je suis entourée d'un halo rouge. C'est comme si mon démon intérieur avait enfin pris le contrôle. Déversant son venin de vengeance. Je suis un ange déchu, tombé de son paradis et ayant rejoint son enfer.

— Demain matin, on parlera aux autres, ordonné-je.

Swan est sidéré, les bras lui en tomberaient presque face à mon ton autoritaire. À lui de m'obéir pour une fois. À lui d'assouvir ma folie.

Je soutiens son puissant regard d'encre qui, dans la pénombre, prend des allures encore plus effrayantes. Sa poitrine monte et descend à un rythme soutenu, prouvant qu'il peut lui aussi exploser à tout instant. Je préfère partir tant qu'il en est encore temps. Ce n'est plus mon problème, j'ai posé mes conditions. À Isaïa et Sohëm de le convaincre, après tout c'est leur chef, pas le mien. Moi, je veux seulement éteindre le feu qui s'agite en moi et rentrer chez moi.

— À demain.

Je poignarde Swan de mes yeux perçants avant de passer tout près de lui, les laissant comme après le passage d'une tempête. Je sens qu'on retient mon bras, me stoppant. Je serre les dents en pivotant lentement.

— Où tu vas ? m'interroge Swan.

— Les choses sont réglées, je vais me coucher.

Je me dégage d'un rapide mouvement, il ne proteste pas et se contente de secouer la tête… Déçu ?

Je scrute son visage abîmé avec mépris.

Tout ça est ta faute.

Je me précipite dans la chambre de Swan, qui n'est pas verrouillée, comme d'habitude. J'ai même le plaisir de remarquer que la clef est sur la serrure intérieure. Je claque la porte et, dans un geste démoniaque, la verrouille à double tour.

Ma respiration est saccadée et j'ai comme l'impression d'entendre mon cœur battre dans mes oreilles. Des fourmis envahissent mes mains tandis que je cherche mon souffle, qui peine à parvenir à mes poumons. Je m'arrache les cheveux, haletante.

— *Ma petite caille, tu vas obéir à tonton maintenant ou sinon je devrai recommencer. Regarde ton poignet, comme il n'est pas joli. C'est pour ton bien.*

Non !

— *Je t'avais prévenue, tu n'as pas intérêt à pleurer.*

Arrête !

Dans un accès de colère, je saisis la table de nuit et l'envoie s'écraser au sol. Elle tombe avec fracas tandis que je pousse un cri de douleur. Je suis transportée des années en arrière. Lorsque Emma n'était pas encore arrivée dans ma vie, que je luttais contre la dépression nerveuse et que je me servais de Thomas pour oublier Swan.

Je m'effondre sur le lit, les larmes débordant sur mes joues. Je me roule en boule, mes genoux remontés sous mon menton. Je les entoure de mes bras en pleurant à chaudes larmes. C'est un cauchemar, je n'arrive pas à me raisonner. Je suis en lutte perpétuelle contre moi-même. Il semblerait que la douleur ne s'en aille jamais, je suis comme marquée au fer rouge. Et c'est atrocement douloureux, tant mentalement que physiquement. Ça me fait faire n'importe quoi…

65

Le lendemain, lorsque je me réveille, j'ai les yeux irrités et je suis toujours en boule sur les couvertures, tout habillée. J'ai les membres engourdis. Je ne sais pas quelle heure il est, de toute façon je perds la notion du temps ici. Je passe une main sur mon visage pour me réveiller, puis dans mes cheveux qui, bien que courts, sont extrêmement emmêlés. Je me redresse difficilement, la bouche pâteuse. Décidément, il n'y a pas une seule partie de mon corps fonctionnelle.

Je me dirige alors avec un peu d'entrain vers la salle de bains, je fais un peu tache dans ce luxe, car mon reflet, comme toujours, est horrible, c'est même de pire en pire. Ma lèvre est gonflée sur le côté et fendue, elle me tiraille, mes cernes quant à eux sont affreusement foncés. Je remarque que je n'ai plus d'ongles, à force de les ronger.

Je passe mon tee-shirt par-dessus ma tête et dégrafe mon soutien-gorge, qui me meurtrissait les côtes. Je fais glisser mon short le long de mes jambes. Nue comme un ver, je me trouve encore plus affreuse, ma perte de poids est flagrante. Je me mords l'intérieur de la joue en me demandant ce qu'Emma en penserait. Je fonds de jour en jour.

Dans un soupir, je me décide enfin à gagner la douche, la mosaïque par terre est gelée. Je tends une main et j'allume précipitamment l'eau. Lorsqu'elle commence à chauffer, je pousse un soupir de plaisir en y glissant ma peau.

L'eau me fouette et m'enveloppe rapidement dans un cocon moelleux. Je ferme les yeux de plaisir en appréciant ce zeste de douceur. Je me prélasse, savourant les gouttes qui se frayent un chemin sur ma peau et mes cheveux. De la buée se forme petit à petit, s'accrochant aux parois en verre. Je ne vois plus rien mais je m'en moque. Je suis bien trop occupée à me prélasser au chaud. Si bien que je n'entends pas Swan se glisser dans la salle de bains. Je ne l'entends pas retirer ses vêtements. Je ne m'aperçois de sa présence que lorsque je le sens derrière moi, à distance respectable. Je suis tellement dénuée d'énergie que je ne sursaute même pas.

— Pourquoi tu ne m'as pas ouvert hier soir ?

Sa voix est douce et se mêle au fracas des gouttes d'eau, elle est presque charmeuse.

— Parce que je n'en avais pas envie.

Cette situation ne me gêne pas, bien au contraire, aucun de nous ne peut voir l'intimité de l'autre. Il y a même un certain désespoir de sa part dans cette démarche. Je n'ai pas peur d'un quelconque rapprochement intime, il ne le fera pas.

— Isaïa et Sohëm m'ont convaincu...

J'enroule mes bras autour de mon corps en renversant la tête, laissant l'eau nettoyer mon visage fatigué.

— C'est bien, murmuré-je.

Je sens que sa main caresse mes cheveux mouillés, hésitante.

— Nous avons exposé le truc aux autres ce matin. Je n'ai pas pu te réveiller...

Je fronce les sourcils.

— Quelle heure est-il ?

— Presque 14 heures.

La vache !

Je ne suis pas une grosse dormeuse mais, depuis mon arrivée ici, j'ai l'impression de ne faire que ça.

— Comment ont-ils réagi ?

Il hésite.

— Bien... Sauf Mako, qui est venue protester à la fin. Elle n'a vraiment pas envie que tu tombes dans ces histoires de drogue. Maintenant, il faut attendre de voir si la taupe va prévenir ses collaborateurs.

— Elle le fera.

Ce n'est qu'une question de temps avant que tout explose, et le temps est important dans cette lutte de pouvoir. Plus vite l'autre sera destitué, mieux ce sera pour les affaires.

J'essuie mes yeux, qui commencent à me piquer. Je sens une main accrocher ma hanche.

— J'ai peur…

Un sourire m'échappe. Swan qui a peur, je trouve ça comique.

— Pour toi, complète-t-il.

Son autre main se glisse sous mon coude et accroche mon autre côté.

— Je regrette de t'avoir amenée ici.

Cette fois, je rigole vraiment, intérieurement. Il m'en a fait baver pour me traîner ici et maintenant il exprime des remords ? Ce que j'espérais le plus entendre à mon arrivée me paraît ridicule désormais. Je trempe dans leurs emmerdes jusqu'au cou.

— C'est un peu trop tard.

Je ne suis même pas énervée, je veux juste que tout cela se finisse vite.

— Tu es la femme la plus forte que je connaisse.

Sa voix se brise et je comprends qu'il est vraiment sincère. Que le grand Swan orgueilleux n'est pas ici. Je sens son front se poser sur mon épaule. Je ne bouge pas, même si mon cœur se serre. Je croise mes bras sur mon ventre et lie mes mains aux siennes sur mes hanches. Il a besoin de moi. Ça a toujours été le cas. Je ne sais pas s'il pleure, mais ses doigts agrippent fort les miens, comme s'il craignait que je parte.

— Je suis tellement désolé… Pour tout.

Je détache une de mes mains difficilement pour aller la perdre dans ses cheveux. Je caresse son cuir chevelu en silence. Je n'ai aucun commentaire à faire, j'écoute en silence sa souffrance, ressentant au fond de moi un sentiment d'apaisement. Il a conscience du mal qu'il m'a fait… Mais il était déjà trop tard.

Je le laisse évacuer sa peine sans vraiment savoir si ses larmes coulent. Je ne veux pas le savoir, cela me retournerait l'estomac et je craquerais. J'inspire profondément.

— Il faut avancer maintenant.

Je tente de me convaincre en même temps, de me conforter dans ma décision. Fini le temps où je me cachais dans les jupes d'Emma. Il faut que je me prouve à moi-même que je peux vaincre n'importe qui et tant pis si cela doit se faire dans un conflit qui ne me regarde pas à la base.

Je lâche ses cheveux et laisse retomber ma main.

— Est-ce que tu pourrais me passer une serviette ?

Il paraît surpris de mon empressement. J'aime Emma plus que tout au monde mais je sens que, si je reste plus longtemps ici, je me retournerais, je briserais la distance entre nous deux et me perdrais sur ses lèvres en m'agrippant à son corps musclé. Tout ceci pourrait déraper, et j'ai promis à Emma d'être sage. Je viens enfin de m'avouer que mon cœur est torturé, balançant entre les deux. Je les aime si fort et à la fois d'une manière si différente. C'est atroce. Emma, c'est la douceur, Swan est la rage.

Je passe une main sur mon visage tandis qu'il semble hésiter. Je sens ses lèvres embrasser le creux de mon cou tendrement et un peu trop éperdument. Il lâche finalement mes hanches, après les avoir serrées délicatement une dernière fois. Je sais que nos contacts l'électrisent, lui aussi. Après tout, il est amoureux de moi. Il s'éloigne tandis que, toujours protégée par la buée, je ne crains pas ma nudité. Je passe une main dans mes cheveux avant d'éteindre l'eau et de les essorer partiellement.

Très vite, je sens une serviette enrouler mon corps par-derrière. Elle est immense, si bien que je peux m'y blottir. Je me retourne et fais face à un Swan, une serviette autour de la taille. Un air triste habite ses traits. Je m'approche de lui en prenant garde à ne pas glisser sur la mosaïque. Quelques centimètres seulement nous séparent. Je passe mes doigts dans ses cheveux trempés, les tirant légèrement, ils lui retombent sur le front dans un mouvement si séduisant. Je me hisse sur la pointe des pieds et j'embrasse sa joue.

Il capture ma main qui s'est posée sur sa poitrine et je le vois fermer les yeux. Mes lèvres s'attardent en effleurant sa peau, je descends jusqu'à sa mâchoire et l'embrasse de façon plus appuyée.

— Tout ira bien.

Il embrasse mes doigts tandis que je m'éloigne bien vite, toujours par peur de flancher.

Je me déteste. Je me hais.

Je rejoins la chambre en fermant la porte derrière moi. Swan comprend qu'il doit me laisser me changer. Il ne réapparaît que lorsque je termine d'enfiler mon haut. J'éponge mes cheveux à l'aide de ma serviette en jetant un coup d'œil vers lui. Il pense que je ne regarde pas mais je le vois. Je le vois se pencher dans le dernier tiroir de la table de chevet. Il est assis sur le lit, aussi je ne vois pas ce qu'il trafique, ce n'est qu'une fois qu'il termine, enroulant un élastique autour de son bras et le serrant avec ses dents que je comprends.

Je le vois planter une seringue dans le creux de son coude. Il ferme les yeux en soupirant.

— Tu fais ça souvent ? demandé-je.

Sa consommation de drogue ne m'étonne pas vraiment mais qu'il aille jusque-là me trouble vraiment. J'ai toujours l'image de lui, prépubère et si innocent. Je n'ai même pas envie de crier. J'ai compris maintenant que je ne pouvais plus rien pour lui, pour le tirer de là.

— De temps en temps.

Je fronce les sourcils et j'observe chaque centimètre de son visage : il ment. Il ferme les yeux en défaisant l'élastique. Il le balance dans le tiroir avant de faire craquer son cou de façon répugnante.

— Tu ferais mieux d'aller voir Mako.

Il plante ses yeux dans les miens et c'en est déroutant. Ils ont l'air soudain si vides.

— Le plan commence à 18 heures. Reviens ici dans une heure ou deux pour ta préparation, comme pour la première fois.

Je reste scotchée sur place à le regarder, tout simplement. Que ressent-il ? Est-ce que la cocaïne l'aide à ne rien ressentir, justement ?

— Allez, me presse-t-il.

Je secoue la tête, lui signifiant mon désaccord face à son comportement. Il n'en a que faire et détourne le regard. Je m'éloigne moi aussi, le cœur serré et les entrailles remuées. J'ai mal de le voir faire ça. J'ai l'impression de ressentir toute la peine qu'il tente de masquer. Je déglutis difficilement en tournant les talons. J'hésite sur le pas de la porte mais, lorsque je le vois de dos retirer sa serviette, je décide qu'il est temps pour moi de m'échapper, ce sentiment de mal-être toujours férocement ancré en moi…

66

Je mets un temps fou à trouver Mako, elle n'est ni au salon ni dans sa chambre. Je fulmine en descendant finalement. Peut-être travaille-t-elle ?

Effectivement, un plateau dans les mains, elle est occupée à slalomer entre les nombreuses tables. Un grand sourire sur le visage, elle prend des commandes sur son petit carnet. En revenant vers le bar, elle ne me remarque pas tout de suite entre le gros monsieur accoudé avec son verre de vin et le jeune couple en train de flirter. Ses yeux s'agrandissent lorsqu'elle me voit puis se plissent. Elle se penche par-dessus le comptoir et interpelle la jeune fille qui lave les verres.

— Je prends ma pause.

La jeune fille hoche la tête, et Mako fonce sur moi et m'attrape par le coude. Elle y met beaucoup de poigne et m'entraîne à l'écart dans un coin de la pièce. Je jette des coups d'œil vers la clientèle, qui semble vivre si paisiblement.

— Tu m'expliques ?

Elle attaque directement tandis que je grimace. Je fais comme si je ne savais pas de quoi elle parlait alors que Swan leur a justement appris ce matin que j'allais faire ma première livraison. Ce qui est faux, mais ça, elle ne le sait pas.

— Comment ça, tu vas faire la commande de ce soir ?

Elle trépigne sur place.

— C'est pour tester, mens-je.

Je fuis son regard inconsciemment.

— Pourquoi ? Il n'y a rien de fun là-dedans.

Elle chuchote entre ses dents pour qu'on ne nous entende pas.

— Il faut bien que j'essaie.

Je joue avec les petites peaux autour de mon pouce, les yeux rivés dessus.

— Ébène… Ne rentre pas dans nos habitudes, tu n'es pas comme nous, ne plonge pas dans tout ça.

Elle a l'air vraiment sincère et attristée, elle est une des seules à croire encore à ma pureté. Comme Emma. Elles s'entendraient tellement bien…

— Mako, s'il te plaît, murmuré-je, à court d'arguments.

Elle fronce les sourcils en croisant les bras sur sa poitrine.

— C'est Swan qui t'a forcée ? Tu peux me le dire, à moi.

Elle lance un regard autour de nous.

— Quoi ? m'étranglé-je. Bien sûr que non !

Bien au contraire…

Elle penche la tête sur le côté, dubitative.

— Rien ne peut te faire changer d'avis ?

Oh que non !

Ma rage intérieure me tue depuis bien trop longtemps, je dois l'assouvir.

— Rien, confirmé-je.

Elle soupire en fermant les yeux.

— Seigneur…

Je pose une main sur son bras, prête à la rassurer. Elle me prend de court et me questionne :

— C'est quoi le nom du client ?

Je bugge un instant. Je pense pendant cinq minutes à sincèrement en inventer un puis je me souviens que nous n'avons pas du tout accordé nos violons avec Swan et que cela pourrait nous griller.

— Je ne sais pas.

Elle ne relève pas et continue sur sa lancée.

— J'espère pour toi que ce sera une femme.

Elle se gratte la tête, pensive, tandis que je l'interroge du regard.

— Elle prendra sa came et elle se tirera. Un homme, jeune ou âgé, aura tendance à être bien lourd.

Elle grimace. Décidément, heureusement que je ne mets pas mon nez là-dedans, comme elle dit.

— Hmm… D'accord.

Après tout, le plan est de faire semblant que j'attends quelqu'un. Je ne risquerai donc rien, cependant la suite promet d'être bien pire. Et, même si je meurs d'envie d'en parler à Mako pour qu'elle me livre deux, trois techniques, au fond de moi je n'ai pas peur. Je m'embarque dans l'inconnu et pourtant je ne ressens aucune frayeur dans le bas de mon ventre.

Mako pose une main chaleureuse sur mon épaule.

— Il faudra que tu sois discrète, les flics tournent un peu plus, surtout le soir.

Elle paraît vraiment inquiète pour moi, je suis persuadée que son cerveau tourne à mille à l'heure pour chercher de nouveaux conseils à me donner.

— L'échange ne doit durer que quelques secondes, tu ne t'attardes pas et tu évites de parler à la personne. Habille-toi de façon normale, sobre, pour ne pas attirer l'attention.

Je hoche la tête en écoutant attentivement, elle a l'air d'avoir de l'expérience dans ce domaine.

— Garde une lame sur toi, au cas où, les ruelles ne sont pas très sûres, tu sais.

Elle m'offre un sourire compatissant, ses yeux vairons légèrement plissés. Je ne suis pas sûre de pouvoir suivre ce conseil, de toute façon, une fois capturée, je serai sans doute fouillée.

— Promets-moi de faire attention à toi.

Elle me couve d'un regard maternel, et ça me met du baume au cœur en un rien de temps. Mako est l'amie dont tout le monde pourrait rêver. J'aimerais pouvoir la faire basculer dans mon monde lors de mon départ…

— Je te le promets.

Même si au fond de moi je sais qu'il risque d'y avoir de la casse. J'espère ne pas tomber sur Paul, il doit avoir une dent contre moi désormais, et je suis persuadée qu'il ne lésinera pas sur la violence. Est-ce que je suis prête ? Non. Est-ce que j'angoisse ? Absolument pas. Est-ce que je suis déterminée ? Totalement.

Je me jure intérieurement que, dès que cette histoire sera terminée, je mettrai tout en œuvre pour retrouver Emma. Je n'ai pas osé l'appeler de nouveau, elle doit se faire un sang d'encre. Je ressens une pointe de culpabilité que j'ignore difficilement, me reconcentrant sur Mako.

— Swan est vraiment stupide de te laisser faire ça, je ne comprends pas, il souhaite te protéger et ensuite il te jette dans la gueule du loup.

Elle secoue la tête en se détournant.

— Qui sait, peut-être que notre clientèle a retourné sa veste et se fera un plaisir de livrer des infos à nos concurrents. De leur dire que nous avons, par exemple, une jolie brune comme nouvelle recrue.

Mako est maligne, elle réfléchit vite et, l'espace d'un instant, je doute d'elle. Et si elle se servait justement de son intelligence pour jouer un double jeu ? Je la scrute en la suivant vers le bar, où elle récupère un plateau. J'ai du mal à imaginer Mako en traître. Pourquoi aurait-elle dénoncé Enaël sinon ? Pourquoi serait-elle aussi fidèle à Swan ? C'est impossible, elle est bien trop douce. Et si justement…

Non !

Je deviens parano avec toutes ces histoires. Dans tous les cas, j'espère que les autres ne raisonneront pas comme elle et qu'ils seront assez craintifs pour ne pas exposer leurs théories à Swan et faire rater le plan. Cependant, je me rassure bien vite, hormis Mako et Lana, personne ne fait attention à moi, ici. Ils ne sont pas ma famille, je suis l'intruse qui fait perdre la tête à leur chef.

— Je dois y aller. Si tu as des questions, tu viens me voir, OK ? Tu ne pars pas avec des interrogations en tête. Vaut mieux que tout soit clair, on ne sait jamais.

Je la serre contre moi dans un élan de tendresse.

— Merci. Pour tout.

Elle ne peut pas comprendre, mais j'essaie au maximum de lui transmettre toute ma gratitude.

— Je dois vraiment te laisser, sinon mon patron ne me paiera pas.

Elle ricane en calant son plateau sous son bras.

— Va te servir en cuisine, Angel sera ravi de te préparer un truc.

Elle m'offre son plus beau sourire avant de m'envoyer un baiser dans les airs. Elle s'éloigne, reprenant son travail tandis que je suis ses instructions. Il faut que je prenne des forces, ou c'est moi qui risque de tout faire foirer.

67

— J'ai réussi à intégrer le micro dans ce collier. Comme ça, même s'ils la fouillent, ils ne trouveront rien..

— Dans ce petit truc ? s'émerveille Sohëm.

Tiens, enfin quelque chose qui le passionne vraiment.

— Oui, je ne pensais pas y arriver mais il lui suffira de porter ceci et nous pourrons tout entendre.

— Ensuite, tu porteras cette petite oreillette.

Isaïa me présente alors une minuscule bille ovale, surmontée de ce qui semble être une toute petite antenne transparente.

— Ça va se fondre dans ton oreille, ils ne discerneront rien à moins d'ausculter vraiment ton oreille.

J'ai l'impression d'être une Totally Spy qui reçoit ses gadgets de la part de Jerry.

— Tu pourras nous entendre comme ça. Évite cependant de nous répondre, on ne sait jamais, ils pourraient nous griller et là… ce serait vraiment la merde.

Il échange un regard avec Swan qui, les bras croisés, porte un regard réprobateur sur les objets.

— Je vais devoir être extrêmement minutieuse, c'est ça ?

Isaïa hoche la tête alors que je soupire, je manque terriblement d'énergie et mes forces sont vraiment diminuées par tous ces rebondissements, j'espère que mon cerveau sera à la hauteur pour tout planifier.

— On peut tout annuler si tu préfères, s'enquiert Swan avec une étincelle d'espoir dans la voix.

— Non, réponds-je instantanément.

Je n'irai pas dans son sens, je veux qu'il voie à quel point je suis forte et comme nous sommes similaires. Il fronce les sourcils en se mordant l'intérieur de la joue.

Isaïa lui jette un regard pour savoir s'il peut poursuivre, Swan le lui confirme d'un petit mouvement de la tête.

— Nous serons donc avec toi à chaque minute. On ne te cache pas qu'ils vont sans doute essayer de te soutirer des informations, mais ils ne te tueront pas, ils savent que tu es bien trop importante pour Swan. Tu vas leur servir à négocier.

Comme Emma… Je vais être à sa place. C'est ironique, comme quoi le destin se joue bien de nous.

— Tu te feras donc kidnapper, précise-t-il en mimant des guillemets avec ses doigts.

Encore une fois.

— Je pense que tu seras emmenée dans leur QG. Là, en fonction du nombre de traîtres chez nous, tu verras peut-être des têtes connues.

Il se gratte le crâne tandis que j'enregistre toutes ces informations. Je serai aux premières loges et j'avoue avoir hâte qu'on me dévoile les traîtres, même si je crains que Mako en fasse partie.

— L'idéal serait que tu rencontres leur chef, là, il faudrait que tu tentes de le convaincre de te faire passer dans son clan, peut-être qu'ainsi on aura des informations pour les faire tomber.

— Ça fait beaucoup de « peut-être », relève Sohëm.

Je vois Swan se tendre et commencer à faire les cent pas en se massant la nuque.

— Ça va surtout durer une éternité, gronde-t-il.

Isaïa grimace.

— Il faut être patient, c'est comme ça qu'on vaincra.

Je contemple le petit pendentif doré au bout de mes doigts. Doré comme la couleur des cheveux d'Emma. Je l'entends d'ici me disputer, les larmes aux yeux, elle ne voudrait pas que je fasse ça, j'en suis convaincue. Combien de temps tout ceci va-t-il durer ?

Swan passe une main sur son visage, irrité.

— J'ai un mauvais pressentiment.

Sohëm vient alors poser ses deux grandes mains sur ses épaules.

— Tout ira bien, mon frère. On va régler ça une bonne fois pour toutes.

Swan ne paraît en rien apaisé, il fait comme si, en fuyant le regard de Sohëm. Ces deux-là sont vraiment unis par un lien fraternel. Dommage que Sohëm soit aussi con.

— Tu peux me mettre le collier, s'il te plaît ?

Il approuve d'un mouvement de tête, un air grave sur le visage. Je lui cède le bijou et me retourne, je plante mes yeux dans ceux de Swan, inquiet. Je sens à travers la liaison visuelle qui s'établit entre nous à quel point il est nerveux et à quel point tout ceci ne l'enchante pas.

Trop tard, mon beau.

Ma part mesquine se satisfait de son air pincé et de son attitude. Ça lui permet de réaliser à quel point il n'aurait jamais dû m'inviter dans son monde. Les aimants se sont inversés, tout nous attirait, désormais tout nous repousse.

— Voilà.

Le collier retombe délicatement sur ma poitrine.

— Il est relié à une radio ?

Il hoche la tête.

— Dernière technologie, ça coûte un bras.

Je passe une main dans mes cheveux pour les ordonner alors qu'il me tend ensuite la minuscule oreillette. Je la glisse précautionneusement dans mon oreille. Un petit sifflement vient vriller mon tympan avant que le silence ne revienne.

— Tous les équipements sont dans ma chambre, nous te suivrons de là-bas.

Je le remercie en jouant avec mes mains.

— Messieurs, pouvez-vous sortir ? L'appât doit se préparer.

Ils se regardent tous avant de s'exécuter. Tous sauf Swan, qui referme la porte derrière les deux autres garçons.

— Pourquoi tu es aussi joviale ?

Il me scrute.

— Je ne le suis pas.

Je réponds en enlevant chacun de mes vêtements.

— Tu as peur ?

— Non.

Je mets mon nez dans l'armoire.

— Pourquoi ? m'accuse-t-il, nerveux.

Je le sens perplexe et le ton de sa voix ne cesse de monter. On dirait presque le grondement du tonnerre.

— J'ai finalement compris que ça ne sert à rien. Ce qui doit se passer se passera. Ce n'est pas la peine de perdre mes moyens à cause de la peur.

Je choisis un pantalon un peu au hasard, complètement banal. Je sens une main se poser rapidement sur mon épaule et m'obliger à me retourner sans pouvoir protester. En un rien de temps, alors que je pivote, mes affaires sur mon bras, deux mains se posent de part et d'autre de mon visage. Swan, tout près, enfonce ses yeux dans les miens. Encadrés de ses longs cils, ils ne me glacent plus le sang. Quelque chose semble éteint en moi.

— Qu'est-ce qu'il se passe ?

Il maintient fermement ma tête, ses yeux me parcourent à la recherche d'un quelconque signe.

— Je m'adapte à ton monde.

Il plisse les yeux dans une expression de douleur tout en me secouant légèrement la tête.

— Pas comme ça, gronde-t-il.

Je relève le menton, le visage fermé, je veux qu'il voie à quel point les rôles se sont inversés, je veux ressentir son désespoir de me voir autant changée. Je veux qu'il réalise ce que ça fait, d'être impuissant face à l'autre, impassible et cruel. Je veux qu'il regrette. Je veux qu'il devienne le moi d'il y a quelques années.

— Fallait y penser avant.

Je lui offre un petit sourire mesquin, mes doigts viennent caresser sa joue qui commence à être râpeuse.

— Je dois me changer.

Il semble complètement déboussolé. Je l'ignore et, d'un coup dans son avant-bras, je l'oblige à me libérer. Je l'entends pousser une ribambelle de jurons en se laissant tomber sur le lit. J'enfile un jogging gris un peu large ainsi qu'un léger pull. Des vêtements pratiques et souples. Je vérifie que le collier est bien en place ainsi que l'oreillette. Tout est prêt.

J'arrange mes cheveux avec mes doigts, leur donnant une forme un peu plus avantageuse.

— On peut y aller.

Swan semble sur le point de protester mais je le devance en sortant rapidement. Je n'ai ni l'envie ni la force de me disputer avec lui. Je m'avance dans le couloir animé tandis que des pas derrière moi me rattrapent.

Swan n'a pas d'autre choix que de me guider vers la chambre d'Isaïa, qui s'est transformée en véritable base militaire. Sohëm, de bonne grâce, mais sans un mot ni un sourire, me fournit le petit pochon de drogue que je dois faire semblant de livrer.

Swan m'explique que le faux point de rendez-vous n'est pas loin et que je devrais m'y rendre seule pour ne pas éveiller les soupçons.

C'est donc dès le palier de la brasserie que mon aventure commence.

Ce n'est plus Mako derrière le bar et j'en suis presque déçue, elle n'est pas là pour me couvrir de son sourire chaleureux. À la place, Swan se tient à mes côtés, me faisant d'innombrables recommandations en ignorant les gens qui nous épient.

— Si quelque chose ne va pas, on débarque direct.

Je le sais et c'est peut-être pour ça que ma peur refuse de se déclencher. Il parle, beaucoup trop, embrouillant mon cerveau qui tente de se concentrer. Il faut que j'y aille, je le sens au fond de moi. J'attrape sa main qui brasse de l'air. Il fronce les sourcils, s'arrêtant net. Je me hisse sur la pointe des pieds et j'embrasse ses lèvres. Je ne sais pas trop pourquoi, j'en ai juste envie, peut-être à cause de l'adrénaline qui me gonfle l'estomac. Il se décroche difficilement de moi lorsque je romps notre contact. Il n'est vraiment pas serein.

— À bientôt.

Je presse sa main toujours dans la mienne. Je prends une grande inspiration et passe finalement la porte, sous son regard accablé, sous son regard torturé.

68

— À droite à la fontaine, puis tout droit sur deux cents mètres, et à nouveau à droite.

Je me répète cette phrase en boucle tandis que je m'enfonce dans les entrailles de la ville. Les rues sont assez sombres et leurs noms très atypiques. Encore un indice qui s'ajoute au fort accent que les gens d'ici ont.

Je croise mes bras sur ma poitrine en avançant encore et toujours. Le soleil décline petit à petit même s'il ne semble pas prêt encore à céder sa place à la lune. Aux aguets, je regarde un peu partout tandis qu'Isaïa parle déjà dans mon oreillette. Je ne sais pas si je suis observée, alors je ne lui réponds pas. Je me contente d'avancer. Je pourrais écraser cette oreillette du talon de ma Converse, arracher ce collier et disparaître dans le réseau de ruelles mais j'en suis incapable, je n'arrive pas à me détourner de mon itinéraire. Trop de questions tournent dans ma tête, comme si ce monde sombre m'était rentré dans la peau.

Les garçons avaient raison, en effet, ce n'est pas loin.

— Dès que tu arrives, tu t'adosses à l'arbre.

Je passe dans une ruelle animée, serrant mon corps de mes deux bras. Des enfants jouent au foot, bien trop concentrés pour me remarquer. Leur ballon atterrit à mes pieds, et je le leur renvoie délicatement, sous leurs grands sourires. Ce que j'aimerais perdre mon temps à jouer avec eux, ce que j'aimerais revenir au temps de l'enfance. Ou le noir n'existait pas dans la palette du monde.

Je tourne finalement à droite, avec un dernier regard pour ces enfants. Plus loin, sur le perron d'une maison, une femme discute avec sa voisine. Elle me fait penser à ma mère. Un pincement s'empare de mon cœur et mes entrailles commencent à se nouer. C'est comme si ce chemin était semé d'embûches pour me ralentir, pour me détourner. Peut-être est-ce un signe ? Je ferais mieux de prendre mes jambes à mon cou.

J'accélère le pas au contraire et trouve, au bout de ces rues effectivement sombres, le grand arbre dont les garçons m'ont parlé. Il trône seul, au milieu de ce carré de verdure. Je balaie les alentours du regard. Je n'ai pas une vision complète et j'avoue que ça m'angoisse. Je commence à ronger l'ongle de mon pouce en piétinant l'herbe à l'intersection de deux rues.

— Aie l'air détendu. Fais comme si tout était normal.

Facile à dire, je fais moins la maligne désormais et, j'ai beau me répéter le petit discours sur la peur que j'ai sorti à Swan, je parviens de moins en moins à la laisser dans un coin. J'entends un petit bruit et rapidement c'est la voix de Swan qui remplace celle d'Isaïa.

— Qu'est-ce que tu vois autour de toi ?

Je réponds en faisant mine de me ronger l'ongle.

— Devant moi, les ruelles, mais elles sont sombres…

— Normalement, derrière toi, tu as vue sur la ville un peu plus bas. Retourne-toi, fais comme si tu admirais. Tu es novice, ils ne se poseront pas de questions sur ton insouciance et ils pourront te capturer plus facilement.

Me capturer plus facilement ?

J'ai presque envie de rire, lui qui n'était pas partant à la base, il se retrouve pourtant à me donner des conseils pour mieux me faire avoir. J'obéis sans répondre et je pivote lentement. Mon cœur bat fort dans ma poitrine alors que, effectivement, j'aperçois une parcelle de la ville en contrebas. Avec le soleil rasant, la lumière a une jolie couleur. Mes mains s'accrochent à la rambarde tandis que je tends l'oreille. Le seul son que j'entends est celui des oiseaux, du trafic et de la vie dans les appartements.

Mes doigts tapotent nerveusement, impatiemment. Ils peuvent arriver à tout moment, comme ça, derrière moi.

— Aucun bruit suspect ?

Je murmure un « non » pour répondre à Isaïa. J'entends Swan jurer derrière et je l'imagine se prendre la tête dans les mains pour se tirer les cheveux.

— Qu'est-ce qu'ils foutent, putain ?

Et s'ils ne tombaient pas dans le piège ? S'ils avaient prévu tout autre chose ? S'ils avaient plus qu'un pas d'avance sur nous, et que nous pensons les duper alors que ce sont eux qui jouent avec nous ?

Mon cœur s'accélère encore plus tandis que mes poils se hérissent. Mon estomac est noué. Je souffle silencieusement, me rendant compte que jusque-là je retenais ma respiration. Tous mes sens sont en alerte alors que d'une oreille j'entends les garçons, comme s'ils étaient dans mon cerveau, et de l'autre mon cœur battre.

Boum, boum. Boum, boum.

Je gratte la peinture grise de mon ongle tandis que le panorama m'écœure, le stress s'empare finalement de mon être et j'ai comme l'impression d'avoir le cœur au bord des lèvres.

Je perçois finalement le bruit d'une voiture, très lointain. Je ne bouge pas, des familles habitent ici, ça pourrait être n'importe qui. J'entends plusieurs portières claquer mais aucun bruit de conversation s'échapper. Je me tends.

— Taisez-vous, ordonné-je.

Plus aucun son ne fuse, je pense qu'Isaïa a dû couper le micro de leur côté. Je ferme les yeux un instant, tentant de me détendre. Je n'arriverai à rien dans cet état-là. Les pas semblent se rapprocher discrètement. Je me prépare à ce qu'ils se jettent sur moi à tout instant.

Et ça ne tarde pas, alors que j'ai à peine le temps de prendre une grande inspiration, tout s'enchaîne très vite. J'entends les pas se précipiter, des crissements de pneus et puis rapidement je ressens une vive douleur à la tête.

Je n'ai pas le temps de voir quoi que ce soit ni qui que ce soit. Je ressens juste la douleur, qui me fait tourner la tête. Je pousse un grand cri alors que ma vision se trouble, le coup sur ma tempe m'assommant. Ma vision décline rapidement et un bourdonnement gonfle dans mes oreilles. Je me déconnecte petit à petit en tanguant dangereusement. La dernière chose que je vois, c'est ce merveilleux paysage alors que je tombe à la renverse en même temps qu'on me couvre la tête. Ma conscience s'éteint tandis que la pénombre m'accueille à bras ouverts. J'aurais peut-être mieux fait de faire demi-tour.

69

Une vive douleur pulvérise mon crâne. Tout me semble si lointain, les sons, les images… Des petits bruits secs agressent mes oreilles tandis que ma tête retombe mollement sur ma poitrine. J'ai mal. Extrêmement mal. Si je m'en tire sans une commotion cérébrale, il faudra que je pense à jouer au loto. Je suis incapable de me redresser. Tous mes membres sont engourdis, je ne sens rien. Je parviens seulement à gémir de douleur lorsque je tente de redresser ma tête.

Argh…

Et puis ces bruits incessants devant mon visage commencent à m'agacer. Je fais un effort surhumain pour ouvrir les paupières. J'y mets toutes mes forces et y parviens au bout de quelques tentatives. Ma tête se redresse, et je ne distingue que du flou devant moi. Je bouge ma langue dans ma bouche. Tout est si pâteux. Mes yeux décident enfin de faire une mise au point et mon cerveau, moulinant au ralenti, met un temps fou à associer les éléments. Il fait sombre, une minuscule fenêtre sert d'ouverture, des couleurs rosâtres y filtrent. Je suis restée évanouie tout ce temps.

Et le gros détail qui se dessine sous mes yeux est un visage d'ange auréolé d'une chevelure blonde. Je connais ce visage. Il me semble.

Je mets un temps à poser un nom dessus tandis qu'accroupi devant moi il ne cesse de claquer des doigts.

Paul.

Paul, c'est bien cela, c'est l'homme que j'ai séduit pour le droguer ensuite.

— Bonsoir, *Sleepy head.*

Sa voix est affreusement mielleuse et un horrible sourire satisfait barre son visage. C'est comme un électrochoc, comme si mon esprit faisait à nouveau un avec mon corps. J'ai l'impression de tomber de haut, alors que je commence à me rappeler le déroulement de cette soirée.

Le faux rendez-vous, le plan, l'enlèvement, le coup. Je tente de me redresser, mais je me heurte à un obstacle. En effet, je suis dans l'incapacité de me relever. Je suis assise sur une chaise qui me meurtrit les fesses et je suis comme collée dessus. Je bouge plus frénétiquement avec des petits cris.

Paul, en face de moi, se redresse, pouvant, lui, se camper sur ses pieds. Je me débats avant d'assimiler enfin que des menottes tailladent mes poignets dans mon dos et que je suis fermement ligotée à cette horrible chaise.

Lorsque je réalise enfin que je suis saucissonnée et incapable de bouger, je cesse de lutter. J'ai même envie de rire. Me voilà à la place d'Enaël, quelques jours plus tôt. Comme il a dû avoir peur ! Personne n'était là pour venir le tirer de ce mauvais pas, lui. Il était seul, livré à lui-même, avec un ennemi redoutable. Alors quoi ? Moi aussi je vais me faire fracasser ?

Un petit rire nerveux s'empare de moi et secoue mon corps de spasmes.

Même si une grande partie du visage de Paul est dissimulée par l'obscurité, je peux voir son incompréhension, ses sourcils se froncent et sa bouche se déforme dans un rictus.

Je continue de rire sans pouvoir m'arrêter. Le rire cristallin qui s'échappe de ma gorge est presque une manifestation de la folie qui me gagne peu à peu. Tout ceci est irréel, je dois être dans un film, ou en train de dormir. C'est une caméra cachée ? Swan s'est encore foutu de moi ?

Je n'arrive pas à m'arrêter si bien que ma tête me lance douloureusement. Paul me fixe avec dédain et, alors que je pense qu'il va s'énerver, agacé par mon petit manège, il se penche vers moi et me gratifie d'un sourire.

— Rigole, joli cœur. Rigole tant que tu le peux encore.

Ses doigts viennent presser mes joues, les obligeant à former un cul de poule et par conséquent à me taire. Une migraine phénoménale s'empare de mon crâne alors que je ne le quitte pas des yeux. Je soutiens son regard, qui se veut effrayant. Je n'ai pas peur. J'ai bien trop mal pour ressentir cette émotion-là en même temps.

— Tu ne devrais pas faire la maligne.

Il resserre sa poigne tandis que je tente de grimacer en gémissant.

— Personne ne peut rien pour toi ici.

Il murmure tout près de mon visage, son nez chatouillant même mon menton.

— Et tu m'as beaucoup contrarié l'autre soir.

Il lâche finalement mes joues meurtries en s'éloignant. Je bouge ma mâchoire pour tenter d'apaiser la douleur qu'il a fait naître.

— Beaucoup contrarié, répète-t-il.

Un petit sourire moqueur étire ses lèvres.

— Je t'aurais bien mise dans mon lit.

Je plisse le nez de dégoût, une puissante envie de lui briser les testicules s'emparant soudain de moi.

— Ébène, j'entends dans mon oreille.

Je fronce les sourcils avant de me rappeler que moi seule peut entendre. Je dois rester impassible.

— On est là, OK ?

Les voix ne sont que des murmures, si bien que je ne parviens pas à distinguer qui parle, mais elles viennent solidifier mon aplomb. La situation est sous contrôle après tout, tout se déroule comme prévu. Je ne suis qu'un dégât collatéral, une fois de plus.

— Alors qu'est-ce que tu comptes me faire ? le nargué-je.

Il paraît surpris de mon ton malicieux et se rembrunit encore plus. Il plonge sur moi tandis que mon cœur s'arrête de battre. Alors que je pense recevoir un nouveau coup, ses mains viennent saisir fermement les côtés de la chaise. Sa bouche est déformée par une grimace qui le rend vraiment hideux.

— Ça t'amuse ? J'espère que ce sera toujours le cas lorsque je te fouillerai.

Je déglutis tandis que j'ai un mouvement de recul. Je ne lâche pas son regard et continue de jouer mon rôle.

— Comme tu voudras.

Il esquisse un sourire.

— Tu as du caractère, Storm va adorer ça.

Il lâche un petit ricanement en s'éloignant à nouveau. Je le regarde remonter les manches de sa chemise.

— Qui est Storm ? questionné-je.

Autant poser des questions, qu'est-ce qui pourrait être pire que ma situation actuelle, de toute façon ? Telle une panthère, il revient vers moi.

— Ah, ah. Tu aimerais bien le savoir ?

Il est vraiment déroutant, son comportement joueur me déstabilise, si bien que je ne sais pas quoi dire alors que la réponse est bien évidemment oui, sinon je ne poserais pas la question.

— Ce n'est pas toi qui poses les questions ici, Julie.

Il ouvre vivement de grands yeux avant d'ajouter :

— Ou devrais-je t'appeler Ébène ?

Ma mâchoire se crispe alors que je commence à perdre patience. Je remue sur ma chaise pour tenter de trouver une échappatoire, je bous intérieurement et je suis prête à me briser les poignets plutôt que de sentir ce métal froid scier ma peau une minute de plus.

— Calme-toi !

Son ton me surprend, il est vraiment puissant et autoritaire, et je comprends enfin pourquoi c'est lui, le bras droit.

— Fais ce qu'il te dit, chuchote la voix d'Isaïa.

Paul vient s'agenouiller devant moi tandis que je cesse tout mouvement. Ses mains viennent palper mes chevilles ligotées. Il me retire mes chaussures avant de les secouer et de les examiner. Lorsqu'il constate qu'elles ne contiennent rien, il les jette dans un coin de la pièce avant de remonter le long de mes jambes. Il palpe à la recherche d'un micro ou de je ne sais pas quel autre objet tordu. Ses mains remontent le long de ma taille et s'arrêtent.

— Ne t'avise même pas…

Il me fusille du regard.

— La ferme.

Il évite la zone de mon intimité en remontant vers mon buste. Il exerce le même petit manège sans rien trouver. Pourtant, c'est juste sous ses yeux. Je ricane intérieurement. Mais il ne prêtera jamais attention à mon collier, ni à mon oreille. Il est trop bête.

Paul paraît déçu et je me réjouis en haussant un sourcil.

— Tu es foutue, ma petite.

Je vois clair dans son jeu, il est désormais certain qu'ils m'ont vraiment capturée et que je suis livrée à moi-même.

Il est vraiment très bête. Pensent-ils Swan aussi stupide ?

On dirait bien, grave erreur.

— Ça vous apprendra, à toi et à tes petits copains, à vouloir jouer avec nous.

Un rictus déforme mes lèvres tandis que je crache à ses pieds, sans aucune pudeur, juste pour lui témoigner mon écœurement. Ça l'énerve et il envoie valser la chaise, et par conséquent moi avec. Ma tête entre en contact avec le sol en tombant lourdement. Je pousse un cri de douleur. J'ai l'impression de m'être glissée dans la peau d'Enaël. Balle au centre. Des larmes perlent au coin de mes yeux tandis que Paul m'observe, satisfait. Je suis bloquée sur le côté, ma joue en contact avec le sol froid et rugueux. Je ne retiens pas mes larmes alors qu'il me dit, tout guilleret :

— À demain, ma jolie, je te réserve une surprise au féminin. Médite bien, ce sont peut-être tes derniers instants en un seul morceau.

Un frisson me parcourt tandis qu'un sanglot me serre la gorge. J'entends une porte se fermer lourdement derrière Paul.

— Ébène, est-ce que ça va ?

Pour toute réponse, j'éclate en sanglots, la douleur étant bien trop forte. Je ne peux la supporter, elle m'empêche de réfléchir.

— Bébé ! S'il te plaît, ne pleure pas. Tu es incroyable, s'il te plaît. Ça va aller.

Il ment, Swan ment. Ça ne m'étonne même plus. Derrière, j'entends Isaïa réfléchir à haute voix.

— Surprise au féminin…

Il s'en charge pour moi ; moi, je ne peux que pleurer, ce qui augmente encore la douleur. Je n'écoute même plus ce qu'ils me disent, je fixe seulement le soleil qui décline, offrant toute une gamme de couleurs. Je pleure jusqu'à ne plus avoir de larmes et jusqu'à ce que le martèlement dans mes tempes cesse. Je pleure de rage aussi, d'être aussi impuissante, je ne peux que subir, comme toujours. Je m'agite faiblement, encore une fois en vain, car les liens sont beaucoup trop serrés.

— Essaie de te reposer.

J'ai envie de rire, comment Isaïa peut-il me conseiller ça ? Je ne lutte plus en tout cas et me contente d'écouter les trois garçons se disputer. Encore et toujours. Mes paupières se ferment pour apaiser ma migraine et, je ne sais par quel miracle, je finis par m'endormir, à moins que je ne me sois encore évanouie…

70

— Je m'en occupe… Storm est au courant ? Parfait.

Des voix, encore des voix. Je n'arrive pas à savoir si elles sont réelles ou si elles appartiennent à ma tête. Je respire faiblement en gardant les yeux fermés. J'ai l'impression que chaque parcelle de mon être est torturée : ma joue contre le béton froid commençant à prendre la forme de ses nombreuses irrégularités, mon corps supportant mon poids d'un seul côté, mes membres emplis de fourmis, mes poignets qui saignent certainement et mon crâne explosé. La douleur est tellement présente partout que je ne ressens presque rien, comme si tout était anesthésié. Mes paupières sont lourdes, je n'ai pas arrêté d'ouvrir l'œil, toutes les heures, tantôt me débattant, tantôt criant pour que par miracle quelqu'un m'entende par la fenêtre.

La lourde porte s'ouvre alors que je n'ai plus aucune énergie, je ne fais même pas un effort pour lever les yeux sur la personne qui vient d'arriver. Je regarde simplement ses chaussures, des Dr. Martens, sans grand intérêt.

La personne se met à rigoler, d'un rire clair et cristallin, j'en déduis donc que c'est une fille. Je bouge mes poignets pour tenter de les dégourdir mais cela m'arrache seulement une grimace.

— Regarde-toi… Tu es pitoyable.

J'ouvre de grands yeux. Je connais cette voix ! Je rassemble mes dernières forces et tente de me tordre le cou pour voir si la voix correspond bien au visage qui me vient en tête. Pas de doute, la lueur qui l'éclaire révèle bien ses cheveux courts bruns et ses lentilles violettes. Mon cœur loupe un battement tandis qu'elle m'offre un sourire carnassier. Je me rembrunis.

Elle.

Ça ne m'étonne pas le moins du monde.

— La petite protégée de Swan…

Elle ricane tandis que dans mon oreille ça s'agite. J'entends Isaïa murmurer, sous le choc :

— Galane…

Oui, Galane, en chair et en os, campée sur ses deux jambes, les poings sur les hanches, le regard fier. Alors elle fait partie des traîtres ? J'ai envie de rire. Pourquoi ? Parce qu'elle n'a pas réussi à avoir Swan ? Sérieusement ? Je me demande si Lowen était au courant.

Elle s'accroupit près de moi, sa main se perd sur ma joue, où elle prend un malin plaisir à tracer des lignes avec son ongle pointu tout en appuyant.

— Tu verrais ta tête, se moque-t-elle.

Je tente de me dégager mais ma joue écrasée contre le sol réduit mes mouvements. Elle ricane encore et toujours avant de se relever et de m'emporter avec elle. Après plusieurs heures ainsi, on relève enfin ma chaise, libérant tout mon côté droit. J'ai presque envie de soupirer de plaisir.

Une douleur en moins.

J'en viens à les compter, comme à l'époque.

Un bleu. Deux bleus. Une bosse.

— Vous vous pensez plus malins que les autres, n'est-ce pas ? Qu'est-ce que ça fait, de se voir échouer ?

Elle a un affreux sourire narquois qui ne quitte pas ses lèvres. Elle se recule dans un coin de la pièce et tire à elle une autre chaise. Elle la positionne en face de moi avant d'y prendre place. Un coude sur ses genoux et le menton dans sa paume.

— La garce, jure Swan dans mon oreille.

Plus malins ? On l'est, je ne serais pas là sinon. Elle devrait connaître Swan à force de lui courir après. Je lâche un petit son étranglé qui se voulait être un rire.

— Et toi ? Tu étais trop frustrée de ne pas te taper Swan alors tu as retourné ta veste ?

Elle m'assassine du regard tout en arborant un sourire.

— Swan ? Il ne m'a jamais vraiment intéressé, hormis pour choper deux, trois infos.

— Mais tu n'étais pas à la hauteur, la nargué-je.

Je ne peux m'empêcher de jouer avec elle, même si je suis en très mauvaise posture.

— Ça, c'est ce que tu crois, Eden.

Son sourire s'agrandit tandis que je me fige. Personne ne connaît mon prénom, à part Mako, Swan et Sohëm. Comment peut-elle…

— Swan parle beaucoup sous alcool, c'est pour ça qu'il ne boit quasiment jamais. Le pauvre chou perd toutes ses défenses.

— Et merde ! entends-je dans mon oreille.

Je la fusille du regard. Si Swan aussi se permet de flancher, alors en qui peut-on avoir confiance ?

— Tu ne sais rien de moi, craché-je.

Elle tire une moue presque attendrie en pianotant des doigts sur son menton.

— Tu crois ?

Elle me défie. C'est pire que de la torture physique, mes nerfs sont mis à rude épreuve et je dois me concentrer pour ne pas exploser. Il faut résister, au moins pour l'instant, je ne reçois pas de coups.

— Ton oncle, c'est ça…

Mon sang se glace tandis que je réalise rapidement où elle veut en venir.

Non ! Il n'a pas osé !

La colère monte en moi en même temps que la détresse et la panique. Je bouge dans tous les sens.

Elle est au courant.

Je m'agite, cherchant une porte de sortie que j'ai déjà cherchée mille fois. Rien à faire.

— Il n'était pas très gentil, c'est ça ?

Je ne veux pas l'entendre, je veux qu'elle se taise. Je pousse un cri de rage qui la fait encore plus jubiler. Mes cheveux collent à mon visage en sueur et le cliquetis des menottes contre le fer de la chaise est ma seule réponse. Je me blesse mais je m'en moque.

— Ne l'écoute pas ! dit Swan dans mon oreille.

Facile à dire, abruti ! Il ne fallait pas parler !

— Ma pauvre chérie, en plus d'être délaissée par tes parents bien trop occupés à réussir professionnellement, tu as dû supporter un oncle alcoolique et drogué comme baby-sitter.

Elle m'offre un sourire compatissant, tandis que le visage de cet homme à qui on aurait donné le bon Dieu sans confession apparaît dans mon esprit. Sans mon accord, des larmes coulent de mes yeux alors que je m'agite plus fort. Les flash-back habituels se dessinent sur ma rétine sans que je puisse rien faire. Il est là, bel et bien vivant, et c'est toujours le même scénario.

— Ça faisait mal lorsqu'il te frappait ?

— Ferme-la !

Je m'époumone pour la faire taire. Je veux que ça s'arrête. Je n'entends même plus les voix des garçons dans mon oreille tant je suis replongée des années en arrière.

Les coups, encore et toujours.

Ne pas fâcher tonton. Ne pas désobéir à tonton. Ne pas le froisser.

Mes règles d'or qui ne parvenaient même pas à me sauver.

— Combien de temps ça a duré tout ça ? Quatre ans ?

Elle sait vraiment tout, je pleure à chaudes larmes devant ces fragments de passé dévoilés, même Emma n'est pas au courant. Galane vient de briser des années entières à tenter d'oublier.

— Et tes parents n'ont rien vu. Quel dommage ! soupire-t-elle.

Je me mords la lèvre inférieure tandis que je revois ma mère, chaque matin de vacances, me déposer chez lui. Elle n'a jamais remarqué mon visage triste, cela dit je n'ai jamais voulu les inquiéter. Je pensais que tout ça s'arrêterait tout seul. Qu'il comprendrait que mon corps meurtri n'était pas un punching-ball.

Je ne voulais pas inquiéter papa et maman, ils avaient tant à faire…

J'entends la voix de la petite fille que j'étais se convaincre que tout irait bien. Je sais aujourd'hui qu'il n'avait pas le droit et que j'aurais dû en parler.

Galane soupire en croisant les mains sur ses jambes.

— Tu n'as pas été très gentille, toi non plus. Vous ne l'avez pas été.

Une étincelle pétille dans ses yeux. Elle ne va pas s'arrêter. Elle connaît vraiment toute l'histoire ! Ce n'est pas possible !

Je hais Swan de tout mon être et j'aimerais lui arracher la langue pour ne plus jamais qu'il parle.

— Comme quoi, vous êtes timbrés de naissance.

Elle hausse les épaules avant de me faire un clin d'œil.

— Tuer les gens n'est pas la meilleure solution, chérie, du moins dans ton monde.

Je ferme les yeux, accablée par cette douleur dans ma poitrine qui ne cesse pas. Et qu'Emma avait pourtant réussi à calmer.

— Qui a eu l'idée de l'overdose ? Swan ? Toi ? Swan, je présume.

Vrai. Dès que je l'ai mis au courant, son sang n'a fait qu'un tour, pour lui, il fallait l'éliminer.

— C'était facile, c'était déjà un drogué, vous aviez tout le matériel à disposition. Alors quoi ? Vous lui avez administré une dose beaucoup trop forte. Overdose assurée, et vous en étiez débarrassés. Adieu l'oncle frappeur ! Qui a appuyé sur la seringue ?

Swan. Moi, je tenais le flacon de cocaïne liquide. Je n'aurais jamais eu le courage, cette nuit-là, alors que je l'avais fait entrer en douce, après quatre longues années de souffrance. Tout a été si rapide et si facile. Swan semblait faire ça comme s'il l'avait fait toute sa vie. Ironie du sort, aujourd'hui il trempe dedans. Il était saoul ce soir-là, ça a beaucoup aidé. Son cœur s'est arrêté bien vite alors que nous commencions à paniquer. Nous n'étions encore que des préados.

Nous avons couru jusqu'à chez Swan, nous mettre en sécurité.

Des points lumineux dansent sous mes paupières, un sifflement retentit dans mes oreilles. Ma tête tourne. Horriblement. Pourtant, je ne dois pas flancher. Nous y sommes presque. Nous courons à en perdre haleine. Mes poumons me brûlent. Swan, devant moi, tire plus fort sur ma main, me pressant. Il fait noir, un épais manteau obscur nous enveloppe, le cri d'une chouette résonne au loin, glaçant mon sang. Je déteste le noir.

C'est au milieu de la nuit sombre que nous nous enfonçons dans la forêt pour rejoindre le domicile de Swan.

Le lendemain, il a appelé mes parents pour leur dire que j'étais chez lui, car j'avais découvert mon oncle sans vie. Ils nous ont cru, qui douterait d'enfants ? Mes parents ont étouffé l'affaire ; l'examen a permis de conclure à une overdose. Tout pouvait s'arranger désormais. C'était sans compter sur cette culpabilité qui me rongeait et sur Swan qui s'éloignait. Plus rien n'a été pareil après.

— Tu n'aurais jamais dû mettre les pieds ici, ma belle.

Galane devient plus grave et lugubre tandis que mon visage est ravagé de larmes. Je ne peux pas les arrêter, elles coulent toutes seules face à ce passé dévoilé. C'est douloureux, atrocement douloureux.

— On va te le faire regretter. Swan tient à toi, parfait, tu vas souffrir à petit feu.

Elle se redresse et se place juste devant mon visage.

— Peut-être que tu aurais mieux fait de mourir à l'époque.

Elle dépose un baiser sur mon front comme pour me blesser encore plus. Des pulsions de meurtre agitent mon corps alors que je ne peux rien faire.

— Au fait, j'étais venue te prévenir que notre leader veut te rencontrer ce soir. Au crépuscule, il décidera de ce qu'on fera de toi, mais Storm sera impitoyable, sache-le, surtout avec toi.

Elle me lâche son plus beau sourire en me laissant là, à nouveau seule. Comme si elle était simplement venue lâcher une bombe. Comme si c'était ça, le plan. Venir me torturer mentalement.

Je n'arrête pas de pleurer, des fontaines coulent presque alors que je ne cesse de me demander ce que je fais là.

Mon souffle est court tandis que mes vieux souvenirs défilent. Le meurtre, les larmes de maman, mon corps couleur du ciel. Ma vision se trouble alors que je cherche de l'air, prise d'une crise de panique.

Je suffoque sur cette chaise, à l'agonie. Je veux que ça s'arrête.

71

Comme Enaël sans doute, je reste là à pleurer sur cette chaise que je rêve de fracasser contre un mur. Seule, remettant toute mon existence en question et particulièrement après le passage dévastateur de Galane. Elle ne m'a jamais aimée, je suis sûre qu'elle jubile.

Elle a brisé les derniers morceaux d'estime que j'avais pour moi-même. Comment Swan a-t-il pu ?

Mes yeux me piquent alors que je me brûle la rétine en observant le soleil par l'ouverture. Aucun son ne me parvient de l'extérieur, même pas le chant d'un oiseau, c'est si calme, et ce calme va me rendre folle. Rien ne s'agite dans mon oreille non plus alors que je meurs d'envie d'incendier Swan. Les gargouillements de mon ventre sont le seul bruit qui m'accompagne, j'ai perdu la notion du temps et je ne sais pas combien de temps je vais rester ici.

Ma tête est lourde mais au moins je n'ai plus de migraine, je la bouge légèrement, me permettant ainsi de me déraidir la nuque.

Un grésillement s'empare de mon oreillette et rapidement des voix se font entendre. Je ferme les yeux tandis qu'elles deviennent un peu plus claires.

— Eden !

C'est Swan, tout mon corps se crispe, je rêverais de lui sauter dessus pour lui défigurer sa belle gueule. Il ne m'a fait que du mal depuis son retour. L'entendre ainsi prononcer mon vrai prénom réveille la haine dans ma poitrine.

— Tais-toi, murmuré-je.

Le menton collé à ma poitrine, mes mots sont cinglants même si je les chuchote. Je suis tout près du collier, je sais qu'il m'entend, très bien même.

— Il faut que tu m'écoutes.

Je me mets à rigoler.

— Vraiment ? Après ce qu'elle vient de me balancer ?

Un silence se fait entendre puis rapidement j'entends des chamailleries. Swan reprend la parole mais je le coupe.

— Tu m'as trahie, tu nous as trahis, même Emma n'est pas au courant.

Je lève les yeux devant moi, scrutant la pièce et tendant l'oreille, à l'affût du moindre bruit qui pourrait m'apprendre que l'on m'entend.

— Justement Eden ! Je n'ai rien dit !

Je ne peux pas le croire. Comme Galane l'a si bien dit, mes parents ont étouffé l'affaire pour ne pas nuire à leur réputation ni à celle de mon oncle. Un toxico dans la famille, cela fait tache. Je me souviens que mes grands-parents ont très mal réagi, reniant leur fils. Ça faisait une personne de moins à la table de Noël et je ne pouvais pas m'en plaindre. Je me demande comment ils réagiraient s'ils connaissaient toute la vérité. Galane ne l'a pas inventée, ni devinée, c'est impossible, elle le tient forcément de quelqu'un. Et Swan est le seul coupable.

L'entendre m'appeler par mon vrai prénom m'agace encore plus, il se moque pas mal qu'Isaïa soit à côté de lui. De toute façon, il a entendu ma conversation avec la traîtresse et il est au courant de tout maintenant. J'ai mal de m'être fait arracher une partie de moi que je peine à enfouir, à ranger aux oubliettes, la cicatrice est vive comme si on venait d'y passer une lame de rasoir.

— Arrête de te foutre de moi. Je te déteste, murmuré-je contre le collier.

J'entends un grand bruit qui me fait grimacer.

— Je ne lui ai pas dit ! s'énerve-t-il. Crois-moi. Pas à elle.

Je secoue la tête, complètement perdue, je ne sais plus qui croire.

— À qui alors ? À qui l'as-tu dit ?

Je passe toutes les filles proches de Galane en revue, toutes celles qui auraient pu coucher avec Swan. Ça fait une sacrée liste.

— Eden, écoute-moi, dit Isaïa. On a un nouveau plan.

Je fronce les sourcils, moi aussi j'en ai un : me tirer de là et rentrer chez moi. J'aurais dû le suivre à la lettre. Je repense à la soirée où j'aurais pu laisser tomber Paul et m'échapper, et hier quand j'étais seule dans ces rues.

— Quelqu'un est venu nous trouver ce matin, il s'appelle Arthur, lui aussi a été enrôlé mais il avait de gros remords et ne voulait pas finir comme Enaël.

J'écoute attentivement, même si mon esprit divague.

— Il nous a révélé l'identité de chaque personne nous ayant trahis…

Je soupire profondément. Qu'est-ce que c'est que toutes ces histoires et ces retournements de situation ?

— Comment pouvez-vous être sûrs qu'il dit la vérité ?

— Il a balancé Galane alors que nous étions les seuls à savoir qu'elle nous avait trahis.

J'encaisse la nouvelle.

— Qui est le leader alors ?

Il y a un gros blanc. Pourquoi ? Serait-ce Mako ? Swan semble lui faire confiance, il aurait très bien pu…

— Nous ne le savons pas, il ne le connaît pas lui-même. C'est Galane qui s'est chargée de le recruter.

Je m'étrangle.

— Quoi qu'il en soit, le plan change. Tu vas le ou la rencontrer ce soir…

Je suis au courant, merci.

Je l'entends renifler.

— Tu vas faire ce que Galane t'a dit, sauf que nous savons où tu es et nous savons surtout comment entrer, Arthur nous a vraiment tout balancé. Le but, c'est que tu rencontres le chef et que nous les prenions par surprise. Ils ne se douteront jamais que nous sommes là pour intervenir. Leur chef sera donc pris de court et nous pourrons enfin nous occuper de lui.

Je reste sur les fesses, scotchée par ce retournement de situation, on peut dire que cet Arthur est la pièce maîtresse. J'ai envie de le remercier alors que je ne le connais même pas. Galane avait tort, nous sommes vraiment plus malins, et Isaïa semble vraiment doué pour établir des stratégies.

— En attendant, il faut que tu fasses attention à toi, nous ne savons pas ce qu'ils savent.

Est-il possible qu'ils en sachent plus que nous ? Je n'en sais rien, je n'arrive pas à réfléchir…

— Nous mobilisons tous nos hommes pour ce soir, on va tout leur expliquer et on sera là dès le déclin du soleil. Lorsqu'ils viendront te chercher, il faut que tu tousses trois fois, nous saurons comme ça qu'ils t'emmènent et nous pourrons ainsi nous positionner.

Un vrai plan de guerre, j'ai l'impression d'être dans un jeu de stratégie sauf que c'est bien la réalité et que nous n'avons pas un nombre de vies illimité.

— Tu as bien tout compris ?

— Oui, je chuchote.

Mon cœur bat la chamade, j'ai presque hâte. Tout ça sera enfin fini, je me jure de ne plus jamais remettre les pieds dans une histoire pareille. J'entends Swan parler à Isaïa puis s'adresser à moi :

— Il faut que tu sois patiente, Isaïa reste à ton écoute, je vais prévenir les autres.

Je ne lui réponds pas, je n'en ai pas envie, il semble attendre mais aucun mot ne sort. Il soupire et je l'entends s'échapper. Isaïa ne dit plus un mot non plus alors que mon cerveau tourne à mille à l'heure, cherchant si j'ai des questions. J'imagine aussi le scénario de ce soir, je me délecte déjà de la tête que va tirer leur leader lorsqu'il se fera cueillir par surprise.

Une chose est sûre, ça risque d'être beau à voir, et satisfaisant aussi. J'ai besoin d'éteindre le feu en moi, j'ai besoin d'une vengeance, et je veux moi-même voir disparaître de son visage le joli sourire de Galane.

72

Je suis morte de faim, mon ventre me torture, prenant le rôle de ma tête. Les heures me paraissent anormalement longues, il faut dire qu'attendre dans l'inconfort n'est pas une chose facile. Je suis restée ainsi une journée entière, avec pour seule compagnie les garçons dans mon oreille, prenant de mes nouvelles de temps en temps. Personne du clan adverse n'est venu me voir.

Alors c'est ça que ressentait Enaël ? Ce sentiment d'oppression et d'impuissance ? J'en viens à détester ma propre présence, comme si je ne me supportais plus, comme si je ne pouvais plus me voir en peinture.

Alors que je commence à perdre patience, me répétant silencieusement le plan encore et encore, du mouvement se fait entendre de l'autre côté de la porte. Pour la millième fois de la journée, je jette un regard par la fenêtre. Les couleurs que le ciel affiche m'annoncent qu'il est enfin temps. J'ai l'impression d'avoir fusionné avec cette chaise tant elle me meurtrit.

Tic-tac. Tic-tac.

Je n'entends plus les garçons dans mes oreilles mais je sais qu'ils sont là, seulement quelques secondes me séparent du moment fatidique. Mon estomac est noué tant par la faim que par mon impatience. Je meurs d'envie de savoir enfin qui se cache à la tête de ce délire et de l'envoyer au placard une bonne fois pour toutes.

Emma, je vais rentrer, je te le promets.

Je garde la tête bien droite tandis que la porte s'ouvre, ce n'est pas Paul qui entre cette fois, ni Galane, ce sont deux hommes qui me sont totalement inconnus. Je ne me démonte pas, même lorsqu'ils me jettent un regard dédaigneux. Leurs figures se ressemblent, je parie qu'ils sont jumeaux. L'un s'approche de moi et ausculte mon visage, narquois. Il se met alors à me donner des petites tapes sur la joue en s'exclamant :

— T'es toujours pas morte !

Bien sûr que non, connard.

Il a un accent prononcé qui me fait froncer les sourcils. D'où peut-il bien venir ?

Son frère, un peu en retrait, ricane aussi. Je remarque que leur joli minois porte de vieilles blessures, n'auraient-ils pas fait partie du groupe qui s'est fait tabasser ? Je l'espère en tout cas. Leur attitude est immonde, l'un persiste à s'assurer que je ne suis pas morte en me pinçant la joue tandis que l'autre me déshabille du regard.

Beurk.

Celui devant moi commence vraiment à me faire mal et, d'un rapide mouvement de tête, je lui mords la main. Il pousse un petit cri de surprise tandis que je plante mes dents, aussi fort que je peux. Il se retire rapidement avant de grogner.

— Sale garce !

Je plisse le nez en crachant.

— Ne me touche pas.

Je suis assez fière de moi car mon ton est froid et menaçant.

— Laisse-la, intervient le second en posant une main sur l'épaule de son frère.

L'autre se relève, non sans me jeter un regard de mépris que je lui rends bien.

— Mets-lui ça.

Le second glisse quelque chose que je n'avais pas remarqué à son frère. On dirait un sac noir. Le premier se fait une joie de devoir effectuer cette tâche et s'approche dangereusement.

— Tu rigoleras moins en haut.

Je recule la tête autant que je le peux pour l'empêcher de poser ses sales pattes sur moi. Il glisse une main derrière ma nuque, appuyant fermement. Il m'arrache un petit gémissement. Il n'y va pas de main morte ! Rapidement, de son autre main et aidé par son frère, il me recouvre le visage de ce fameux sac. Le noir se fait mais je ne panique pas. Je sens que ça s'agite autour de moi. Rapidement, je sens que mes liens se desserrent, mon torse est libéré ainsi que mes bras. Ça fait un bien fou, j'ai l'impression de revivre, je bouge mes épaules essayant de me dégourdir un peu. Ensuite, c'est au tour de mes jambes, les liens tombent aussi et je suis immédiatement mise debout. Je ne saurais dire si c'est le soulagement qui prime sur la douleur mais, une fois sur mes pieds, je me sens tanguer dangereusement. Mes fesses sont douloureuses ainsi que mon dos. J'ai l'impression d'être restée assise pendant des siècles. Les deux hommes me maintiennent de peur que je m'échappe mais j'en serais incapable, mes membres sont encore trop engourdis si bien que, lorsqu'ils me forcent à avancer, je gémis de douleur.

Je me rappelle alors le signal qu'attend Isaïa de l'autre côté. Alors qu'ils me font faire quelques pas, je tousse trois fois. Je n'attire pas l'attention, puisque le sac poussiéreux me sert d'alibi.

— Bien reçu, me répond Isaïa.

Un petit sourire étire mes lèvres tandis qu'ils se font un peu plus brusques. Ils m'obligent à marcher pendant de longues minutes. Je recouvre petit à petit la sensation de mes membres lorsqu'ils se réveillent enfin. C'est agréable. Finalement, je me retrouve dans un ascenseur, la petite voix automatique nous apprend que nous montons au troisième étage. Le silence règne entre nous trois et je suis tellement détendue que j'aurais presque envie de faire une blague. Je me retiens en me mordant la lèvre ; si je suis trop joyeuse, cela risque d'attirer les soupçons. Lorsqu'un léger tintement retentit, la pression sur mes bras s'accentue et on me pousse hors de la cabine d'ascenseur, si brusquement que je manque de trébucher. Ils me rattrapent avant d'accélérer le pas.

J'étouffe sous ce sac et, lorsqu'ils s'arrêtent enfin et que je me sens projetée sur une surface moelleuse, je suis soulagée.

Les menottes dans mon dos me gênent toujours et d'autant plus lorsque l'on m'assoit sur ce qui semble être un canapé. Le sac est retiré précipitamment, me permettant de recouvrer la vue. Je cligne plusieurs fois des yeux avant de détailler mon environnement.

Nous sommes dans une sorte de bureau, très spacieux et luxueux. Je suis effectivement assise sur un divan en face d'un grand bureau en chêne massif. Des tapis recouvrent le sol.

Où suis-je ?

Je me permets de me retourner, admirant chaque détail. On me rappelle vite à l'ordre en grognant. Je m'en moque, j'ai pu voir tout l'ensemble, de la grande table de billard derrière moi aux différentes entrées. C'est vraiment grand.

— Reste tranquille, il ne va pas tarder.

Il ?

Comme pour ponctuer ses mots, une porte s'ouvre à ma droite tandis que mon cœur s'accélère, je me tords le cou pour apercevoir la personne. Chaque atome de mon corps s'agite dans l'impatience de savoir de qui il s'agit. Et si c'était Lowen ? Après tout, il est très proche de Galane. Une main apparaît d'abord puis tout le corps. Mon sang se glace et je me fige. Mon cœur s'arrête net tandis que je réalise qui se trouve devant moi. Je n'arrive pas à y croire. C'est une mauvaise blague, j'espère ? Alors, c'est lui ? Depuis le début…

— Sohëm, lâché-je en tremblant.

73

Je suis terrifiée, voire pétrifiée. Je n'en crois pas mes yeux. Sohëm se tient en chair et en os, de toute sa hauteur, devant moi. J'ai l'impression d'être en plein cauchemar.

Nous sommes fichus.

C'est la première chose qui me vient à l'esprit lorsque je réalise vraiment qu'il se tient là. Ça ne peut pas être lui ! Tout s'écroule devant moi, ils savent tout, Galane avait raison, nous ne sommes pas les plus malins. Sohëm nous a bien bernés. C'était le bras droit de Swan et, depuis le début, il joue un double jeu. Tout se met en ordre dans ma tête et rapidement tout me semble plus clair. C'est lui qui a donné l'alerte pour saccager la brasserie alors que nous faisions une fête en haut. C'est pour ça que berner Paul était si facile, ils étaient déjà au courant que nous arrivions. Et les photos, c'est lui qui les a prises, Swan ne ferme jamais sa porte, ça a dû être facile pour lui de couper une de mes mèches. Tout semble si clair.

— Surprise ?

C'est rien de le dire.

Il était au courant pour notre plan, ses compères aussi, Swan et les autres courent droit dans la gueule du loup. Et nous qui pensions avoir une longueur d'avance, on s'est bien fait berner.

— Ne tire pas cette tête, Eden.

Voilà à qui Swan s'est confié, à son ami, à son frère, qui a ensuite tout raconté à Galane. Une colère grandit en moi. J'aurais dû le tuer lorsque j'en avais l'occasion.

— Retirez-lui ses menottes.

Les deux garçons à côté de moi s'observent, perplexes, mais d'un regard Sohëm les dissuade de protester, alors ils obéissent. Je pousse un soupir lorsque mes poignets violacés sont libérés. Je n'ai jamais été autant soulagée qu'à cet instant. Libre, je me les masse essayant de dissiper les restes de douleur.

— Laissez-nous.

Les trois hommes s'échangent un long regard plein de sous-entendus. Non ! Ils savent pertinemment que Swan attend sagement pour attaquer, ils doivent y être préparés, ça va être un carnage. La démarche d'Arthur me paraît soudain plus claire, ce n'était pas un acte de rédemption, non, bien au contraire, Sohëm a dû lui demander de le faire, provoquant ainsi un affrontement. Les larmes me montent aux yeux. Tout était calculé.

— Que penses-tu de mon petit effet de surprise ? Pas mal, non ? J'espère que tu apprécieras, Swan.

Il parle fort en regardant mon collier. Bien sûr, ils savaient tous que j'étais sur écoute… Je le vois croiser ses jambes sur le bureau, nonchalant. Je suis écœurée, tout ça pour ça. J'ai envie d'effacer ce sourire de triomphe sur son visage.

— Comment as-tu pu ?

Je sursaute alors que la porte s'ouvre à la volée, laissant apparaître Swan dans une entrée fracassante. Il est complètement amoché, son tee-shirt est même déchiré. J'ouvre de grands yeux.

Qu'est-ce qu'il se passe ?!

Il se tient tremblant de rage contre la porte. Derrière lui, des bruits sourds retentissent. Alors, c'était ça le plan ? Les cueillir dès leur arrivée ? Je n'étais pas l'appât pour le camp adverse mais bien celui de ma propre équipe.

— Je te déconseille de faire un pas de plus, mon frère.

Je ne peux détourner les yeux de la version inhumaine de Swan. Un petit bruit mécanique attire mon attention alors que des pas s'approchent de moi. Je me retourne vivement et découvre un pistolet à quelques centimètres de ma tête. Mon sang se glace tandis que je broie l'accoudoir du divan. Je n'ose plus bouger, je fixe seulement

Sohëm, le canon droit vers mon front. Il a l'air sûr de lui et je sais qu'il n'hésitera pas. Les muscles tendus sous son tee-shirt, il défie Swan du regard derrière moi. Je suis comme hypnotisée, même ma respiration est suspendue.

Pas aujourd'hui, pas maintenant, pas comme ça.

— Pose ce flingue. C'est entre toi et moi !

Je ne reconnais pas la voix de Swan tant elle est grave, elle me terrifie presque, si bien que je ne saurais dire qui me fait le plus peur. Sohëm ne se démonte pas et s'approche un peu plus de moi. Le canon n'est plus qu'à quelques centimètres et j'imagine le bruit que ferait ma cervelle si elle sautait. Et le pire, c'est cette attitude désinvolte qu'a Sohëm, comme si tout ceci n'était qu'un jeu. Il ne tient son arme que d'une main tandis que l'autre est fourrée dans sa poche.

— Sohëm ! gronde Swan.

Le colosse devant moi lâche un petit rire en approchant un peu plus son arme de mon visage. Swan doit bouger derrière moi puisque Sohëm se raidit et hurle à son tour :

— Ne bouge pas, je t'ai dit !

Il plisse ses yeux dorés en attendant qu'on lui obéisse. Une fois satisfait, il sourit et il reporte son attention sur moi.

— Comme un sentiment de déjà-vu, princesse ?

Je serre les dents tandis que le canon, dont le coup peut partir à tout moment, frôle ma joue. Je ne tremble pas mais je la sens enfin, la peur accompagnée du souffle froid de la mort. Il promène l'arme sur mon visage pour dégager une mèche de cheveux qui me retombe sur les yeux.

— Je vais la tuer sous tes yeux puis je te tuerai, toi.

Le sourire de Sohëm s'étire encore plus tandis que le fracas derrière moi s'accentue. Je mords ma lèvre inférieure pour l'empêcher de trembler. C'est la légèreté de Sohëm qui me fait le plus peur, sa posture si souple et décontractée, sa façon de sourire et de passer sa main dans ses cheveux courts comme si de rien n'était.

— Je te jure que…

— Sohëm !

Une porte sur ma gauche s'ouvre rapidement, attirant notre attention, Sohëm détourne le regard et je ne prends même pas la peine de voir de qui il s'agit. Mon instinct de survie est plus fort, mon pied vient heurter son ventre alors que je visais autre chose. Une détonation retentit, mes yeux s'arrondissent de peur, je baisse mon regard sur mon ventre. Ce n'est pas moi. Je pivote vivement à ma droite et considère le gars qui nous a interrompus. Son tee-shirt est tâché de sang, ses mains aussi car elles s'appuient sur son ventre, là où la balle semble s'être logée. Du sang sort de ses lèvres tandis que son regard vide se porte sur Sohëm. Il s'écroule rapidement au sol, déstabilisant Sohëm.

Je ne réalise pas qu'un homme vient de mourir sous mes yeux, mon envie de vivre est plus forte. Je réitère ma hargne et, cette fois, je me lève vivement en lui assénant un coup de coude dans les côtes. Je ne sais pas d'où me vient cette soudaine force. Sidéré d'avoir perdu un membre de son clan, Sohëm lâche l'arme en grognant. Alors qu'elle tombe au sol, je parviens à mettre un coup de pied dedans pour l'envoyer le plus loin possible, éliminant ce facteur de l'équation. Et, alors que je compte m'échapper, un violent uppercut vient frapper mes côtes, me coupant net la respiration. C'est comme si on retirait tout l'air de mes poumons en une fraction de seconde. Je n'ai pas le temps d'avoir mal qu'un autre coup, du coude cette fois, frappe le côté de ma tête de plein fouet. Je suis projetée sur le côté, le sol se dérobe sous moi et je m'écroule, une main sur les côtes. Je suffoque alors qu'une enclume a élu domicile dans ma tête. Ma vision est trouble, mes mains tentent d'accrocher le sol pour me relever. Je n'y arrive pas, j'ai l'impression d'être dans un autre monde, les images et les sons me paraissent si lointains.

Je distingue à peine Swan, qui se jette sur Sohëm. Mon souffle revient petit à petit alors que je peine à retrouver une vision nette. On dirait que le monde tourne au ralenti et que les images sont déformées.

— Swan, j'appelle faiblement.

Il se bat férocement contre Sohëm, les deux hommes aux carrures imposantes ne lésinent pas sur les coups, c'est à celui qui mourra le premier. Je parviens à distinguer Swan, le visage ensanglanté, décrochant un coup de genou dans le ventre de Sohëm. Celui-ci se plie en deux et réplique vite en enroulant ses bras autour de la taille de Swan, il parvient ainsi à le soulever momentanément, mais assez longtemps pour l'écraser contre une table basse en verre. Elle se brise sous le poids de Swan alors que je lâche un cri. Swan souffre, je parviens à le voir, je parviens à le ressentir. Il est à bout de forces et Sohëm ne lui laisse aucun répit. Il se jette de nouveau sur lui, alors que Swan tente de le repousser avec ses jambes. Collés, ils s'assènent mutuellement quelques coups de poing. Le sang gicle au rythme de mon cœur, comme s'il battait la mesure. L'un comme l'autre, ils sont méconnaissables. Des larmes viennent pointer le bout de leur nez sur mon visage alors que Swan, dans un moment de distraction, laisse une ouverture à Sohëm. Dans les débris de la table basse, dans le verre menaçant, Sohëm saisit l'occasion et écrase son adversaire de tout son poids. Swan ne se laisse pas faire et tabasse le visage de son vieil ami avec hargne. Je ne vois pas le visage de Sohëm mais la puissance des coups acharnés de Swan l'a sans doute bien défiguré. Et c'est là que je comprends que plus aucune humanité ne les habite, ils ne sont que fureur, comme deux démons réglant de vieilles querelles. Sohëm pousse un cri de rage, lacérant, déchirant. Il laisse libre cours à toute sa colère et je sens que ça va mal finir. Je vois ses mains se rapprocher dangereusement du cou de Swan. Mon cœur loupe un battement alors que la panique me gagne. La douleur due à ma puissante migraine m'empêche de me relever. Swan ne peut rien faire, il est écrasé et bientôt étranglé. Il se débat comme il peut en lacérant les bras de son assaillant, qui le domine. Il frappe, il grogne et ça me transperce le cœur, j'ai l'impression de ressentir toute sa douleur, j'ai l'impression que c'est mon cou que l'on serre.

Je fais un effort surhumain dans un élan de désespoir et me redresse sur mes poignets. Ils supportent mon poids tandis que je peine à me mettre à genoux. Swan a besoin de moi, ça a toujours été le cas.

Lève-toi !

Chaque minute que je perds, luttant contre mon propre corps, sont des minutes rapprochant Swan de la mort. Je me maudis intérieurement, me traitant de tous les noms, s'il meurt, je ne me le pardonnerai jamais.

Pas comme ça, pas là.

Je repère dans un coin, seul, perdu, le pistolet que j'ai balancé. C'est la seule chance de sauver Swan. Je ne réfléchis pas plus et me traîne pour le récupérer, je l'attrape du bout des doigts tandis que Swan gémit, luttant désespérément. Je m'empare de la crosse. Sur les genoux, je grimace en me hissant sur mes pieds. L'effort est difficile mais je dois aider Swan. Automatiquement, mes doigts viennent tirer la glissière en arrière, me mettant une bombe entre les doigts. Ma respiration est lourde et saccadée tandis que je traîne la patte vers eux. Les mouvements de Swan se sont arrêtés, et je me mets à trembler. Sa vie ne tient qu'à un fil et, vu la rage que met Sohëm dans sa prise, cela ne devrait pas durer longtemps. Mon cœur se brise alors que je considère le visage presque violacé de mon amour de jeunesse. Tout repose sur mes épaules, sur mes épaules bancales de jeune fille fragile. Je tremble alors que je lève mon bras, mon autre main vient soutenir la première sur la crosse. Un de mes doigts se positionne sur la détente.

Je ne sais pas tirer, je ne veux pas tirer !

Tout mon courage semble s'envoler tandis que je pleure à chaudes larmes. Swan agonise devant moi alors que je peine à tirer. Je suis replongée des jours en arrière, dans les toilettes de cette station-service où je menaçais Sohëm avec la même arme.

— *Ne bouge pas, sinon je tire !*

La réalité se mélange aux souvenirs tandis que, devant moi, au même rythme que les battements de mon cœur, le visage de Sohëm avec son petit sourire apparaît et disparaît.

— *Vas-y, tire.*

Je grimace en luttant pour trouver la force en moi, il faut que je le fasse. Je lutte contre toutes les émotions qui m'assaillent.

— *Tire !*

Une détonation retentit tandis qu'un sifflement s'empare violemment de mon oreille. Cette fois, je ne flancherai pas. Cette fois, j'ai tiré. La balle fend l'air droit devant elle, ne pouvant être détournée de son itinéraire. Je ne ferme même pas les yeux à l'impact. Elle vient se loger dans son cou, sectionnant sans doute l'artère. Sa poigne se desserre automatiquement alors que son visage passe d'un masque fou à un vide total. Je laisse tomber le pistolet en sanglotant, au moment où Sohëm retombe mollement sur Swan.

Je n'ai pas le temps de penser à quoi que ce soit que mes jambes se mettent à courir de façon désarticulée vers Swan. Mon visage est déformé par les pleurs. Sohëm repose sur son ami, m'empêchant de l'atteindre. Je mets toutes mes forces pour le pousser, loin d'ici, en ignorant le fait que je l'ai tué, je ne veux pas y penser, je ne veux pas me l'avouer. Les débris de verre accrochent mes mains mais je m'en moque. Ils les coupent mais je n'y fais pas attention, je suis bien trop occupée à secouer Swan. Il ne bouge pas, inerte, alors que son visage reprend une teinte plus naturelle. Je pose deux doigts ensanglantés sur son cou. Je sens un pouls, et un sanglot puissant m'envahit, de soulagement. Je le secoue par les épaules en l'appelant à m'en briser la voix :

— Swan !

Son corps ne réagit que quelques secondes plus tard dans un spasme. Ses yeux s'ouvrent en grand, seules taches immaculées sur son visage dégoulinant de sang et, dans un bruit transperçant, je le vois respirer à nouveau, il halète, perdu, en prenant le plus d'air possible.

De soulagement, je m'écroule sur lui, épuisée et anéantie. Tout ça ne peut pas être réel, je n'ai pas tué Sohëm, ce n'est pas possible… Mais j'ai beau fermer et réouvrir les yeux, hagarde, le décor ne bouge pas et le sang reste le même sur mes mains…

74

— Swan ! Ébène !

Des voix au loin s'égosillent alors que je n'écoute que les battements de mon cœur. La pression redescend petit à petit même si mes larmes ne cessent de couler. J'ai tué Sohëm. Mes mains tremblent sur le torse de Swan, qui savoure l'air en reprenant des forces. Lui non plus ne bouge pas, comme s'il réalisait vraiment la situation.

— Swan… Oh mon Dieu !

Je reconnais immédiatement cette voix, elle réveille mon être et je tends le cou vers elle. Je vois Mako, bien abîmée elle aussi, se jeter près de moi.

— Dieu merci, tu es vivante.

Derrière elle, Lowen, une main sur son épaule dégoulinante de sang, se précipite aussi à notre chevet.

— Vous allez bien ?

Mako, comme si elle était ma mère, m'ausculte sous tous les angles, ses mains dans mes cheveux.

— J'ai tué Sohëm, sangloté-je.

Lowen, qui aide Swan à se redresser, se fige en jetant un coup d'œil au corps derrière nous. Mako aussi, mais avec mépris.

— Alors c'était lui ?

Si elle pouvait lui cracher dessus, elle le ferait. Son regard le foudroie alors qu'elle me serre contre elle.

— Je l'ai tué, je répète en pleurnichant.

Je me balance d'avant en arrière dans ses bras avant qu'elle me repousse, me forçant à la regarder.

— Calme-toi. Tu as fait ce qu'il fallait. D'accord. S'il te plaît, arrête de pleurer.

Son sourire se tord en une expression de douleur alors qu'elle souffre pour moi. Elle doit savoir ce que je ressens. Comment on se relève de ça ? C'est la seconde fois que je tue un homme et, au-delà du choc émotionnel, un soupçon de satisfaction persiste. Je ne comprends pas. Elle tente d'essuyer mes larmes mais ne fait qu'étaler un peu plus de sang sur mes joues. Je rassemble mes esprits et j'essaie de me maîtriser. Elle a raison, j'ai fait ce qu'il fallait, comme avec mon oncle.

Je me mords l'intérieur de la joue pour empêcher un nouveau sanglot de me tourmenter. Swan se redresse difficilement, aidé de Lowen. Il est vraiment mal en point mais, fièrement, il tient le coup et ne montre rien. Son visage est couvert de sang, du sien et de celui de Sohëm. Son ami, son frère. Son cou laisse apparaître des traces violettes dues à la strangulation. Mais, en chef respectable, ce n'est pas à lui qu'il pense en premier.

— On a perdu beaucoup de monde ?

Lowen hoche la tête alors que les mains de Mako se crispent autour de moi.

— Montre-moi les dégâts.

Il se tient à Lowen et je ne sais pas si je l'admire ou si je lui en veux de ne pas se préoccuper de moi. Je viens de tuer son meilleur ami, je déteste la personne que je suis devenue à ses côtés et le trou béant qui s'est formé dans ma poitrine. C'est ça que je ressens : de la colère, ma peine et ma culpabilité sont trop fortes et il est tellement plus facile de les transformer en colère. Contre qui ? Contre tout le monde. Contre Swan, qui m'a amenée ici et mêlée à tout ça, contre Sohëm et sa fierté immense, contre moi-même pour m'être jetée dans la gueule du loup avec un grand sourire. J'ai tué un homme et je déteste la noirceur en moi. Et je déteste leur activité.

Swan s'éloigne lentement, aidé de son ami. Je balaie la pièce des yeux, c'est un carnage. Plus loin, un corps sans vie s'étend et là, tout près, Sohëm gît dans les débris. Mon cœur est lourd et, lorsque les garçons ne sont plus à portée de vue, je me livre à Mako en me plongeant dans son cou.

— Je veux rentrer chez moi, Mako. Tu avais raison, je ne…

Elle caresse mes cheveux en me prenant de court.

— Je sais… Tout ceci a assez duré. Il est temps de mettre fin à ces petits jeux. Les morts doivent cesser.

Je me détache pour planter mes yeux dans les siens. Ils sont brouillés de larmes. Il a dû se passer quelque chose d'horrible, mes yeux s'arrondissent tandis que je questionne en murmurant :

— Lana ?

Ce n'est pas la peine d'en dire plus, on se comprend et je la vois hocher la tête lentement. Une main géante s'engouffre dans ma poitrine et s'amuse à étouffer mon cœur. Je serre Mako contre moi le plus fort possible en réalisant. Lana ? Son visage et sa bonne humeur flottent à nouveau dans mon esprit. Elle était si gentille avec moi. Après son copain, Mako perd sa meilleure amie.

— Je ne veux plus de cette vie, lâche-t-elle, pleine de colère. Je veux que nous payions pour nos actes et je veux tourner la page.

Je ne comprends pas vraiment le sens de ses paroles, mais je sens dans sa voix toute l'importance qu'elles ont pour elle. Elle renifle, cherchant son courage, puis me repousse à bout de bras.

— Je t'ai dit que je t'aiderais, alors je vais te ramener chez toi. Ce soir. Mais il faut que tu m'aides en retour.

Ça fait trop pour moi d'un coup. Ma tête tourne et je plisse les yeux, peu sûre d'avoir compris. Elle me regarde en attendant une quelconque réponse mais je suis déboussolée. Je viens de tuer Sohëm et maintenant on me propose de retourner chez moi, c'est beaucoup d'émotions. Cependant, mon corps parle pour moi, mon cœur s'est remis à battre fort et l'espoir jaillit en moi. Il faut que je me tire d'ici, c'est certain.

— Comment ? bafouillé-je.

Elle jette un coup d'œil derrière elle, les yeux pleins de larmes.

— Swan cache tous nos dossiers, un carnet de contacts ainsi que les comptes des achats de poudre et des reventes…

— Je sais où, la coupé-je.

C'est sorti tout seul, sans même avoir le temps d'y réfléchir. Peut-être qu'elle veut se servir de moi comme les autres, comme Swan ?

Non, c'est Mako !

Ses yeux vairons s'illuminent d'espoir, ses mains serrent mes bras alors qu'elle s'empresse de m'expliquer :

— Tu dois les récupérer, il faut les livrer à la police…

— Mako, je ne comprends rien.

Elle m'offre un sourire compatissant, alors que ses larmes se mêlent au sang sur ses joues.

— Moi non plus.

Sa voix se brise.

— Je veux juste que tout ça s'arrête et repartir de zéro.

Elle secoue la tête en se mordant la lèvre inférieure. Sa peine est presque palpable et elle me la transmet, nous avons besoin l'une de l'autre.

— D'accord.

À mon tour de caresser ses cheveux pourpres.

— Tu dois te sauver avant que ton âme ne devienne aussi pourrie que la nôtre.

Elle est vraiment dure envers elle-même et je comprends très vite pourquoi, elle a du nouveau sang sur les mains et elle ne le supporte plus. Comme moi, c'est trop douloureux.

— Je vais te rapporter ces papiers et on les donnera à la police. Demain matin, ils les découvriront et toi, tu me ramèneras chez moi.

— Et je repartirai me livrer ensuite.

Je grimace. Elle est si gentille, je ne veux pas…

— Nous ne devrons pas perdre de temps.

Les yeux dans les yeux, nous nous transmettons notre désespoir plein de larmes. Fuir est la meilleure chose à faire, elle a raison. Fuir et laisser Swan derrière moi encore une fois. Nous ne sommes pas faits pour être ensemble, ça n'a jamais été le cas. Mais je tiens à lui et l'abandonner, malgré la haine que je ressens pour lui, est douloureux.

— Laisse-moi une dernière nuit avec Swan.

Je ne sais pas trop pourquoi je lui ai demandé ça, mais c'est comme si tout mon être le réclamait. Si je dois partir, je veux pouvoir cette fois lui faire de vrais adieux. Elle hoche la tête.

— D'accord, mais ne lui dis rien.

Je la prends une nouvelle fois dans mes bras, comme pour ponctuer notre accord. Ce soir, je pars, je quitte l'ombre. Mais à quel prix ? Elle m'a entachée et marquée au fer rouge, au sang rouge. Un second squelette occupe désormais mon placard. Ce sera le dernier. Je ne peux supporter cette culpabilité atroce. Je n'avais pas le droit de lui prendre la vie. J'imagine mille scénarios dans lesquels je ne suis pas présente, peut-être que Swan serait mort, sûrement...

— Les filles ?

Une voix nous fait sursauter toutes les deux, on se retourne vers un garçon de la bande, dont le prénom m'échappe.

— Faut y aller.

Son nez semble cassé, le flot de sang qui en coule est anormal. J'essuie mes mains pleines de sang sur mon jogging gris alors que Mako peine à se relever. Debout, elle me tend une main, que je saisis volontiers. Je veux partir d'ici et vite, c'est bien trop tard que j'ai compris que ma place n'est pas là. Mes yeux s'accrochent au corps de Sohëm, ses yeux sont grands ouverts et fixent le plafond, son expression est figée dans la douleur. J'ai l'impression de recevoir un coup de poignard dans le ventre. Une autre cicatrice s'ouvre à côté de celle de mon passé, portant cette fois le nom de Sohëm. Celui que je détestais le plus restera à tout jamais en moi. C'est presque ironique.

J'ai envie de lui fermer les yeux, son expression est douloureuse, je veux qu'il trouve un peu de repos, mais mes empreintes me trahiraient si jamais une enquête devait avoir lieu. Je récupère aussi le pistolet qui gît là, par terre.

Le garçon me prend l'arme des mains.

De ma main libre, j'arrache le pendentif micro et le fourre dans ma poche, il est vite rejoint par l'oreillette. Ils se mélangent au pochon de cocaïne toujours présent. Tout ça pour de la drogue.

Je me dégoûte de m'être laissé entraîner dans tout ceci.

Mako me tire de mes songes. Je grimace alors qu'un pic de douleur survient dans mes côtes. Il faudra que je pense à aller à l'hôpital. Je la suis, sans un regard pour Sohëm. Dans le couloir qui nous accueille, c'est un véritable champ de bataille, des corps jonchent le sol dans des positions toujours plus atroces. Je reconnais des têtes parfois et ça termine de m'achever.

Le garçon nous fait emprunter les escaliers de secours, et la descente est longue et douloureuse pour éviter ces visions d'horreur. Nous marchons dans le plus grand des silences. Je ne sais pas trop où nous sommes, ça ressemble à un hôtel mais avec la nuit je n'en suis pas si sûre. Sans doute leur appartenait-il. C'est incroyable, ce qu'il peut se passer dans nos villes, juste sous nos yeux, sans que l'on s'en aperçoive…

On nous attend dehors, dans l'obscurité effrayante. Notre équipe n'est plus si glorieuse, elle a bien diminué et c'est ce triste constat qui me fait prendre conscience que Mako a raison. Plus de morts, j'ai enfin les moyens de les faire tomber, mais pour leur bien.

Je serre sa main toujours dans la mienne alors que nous rejoignons le petit groupe. Nous sommes tous plus amochés les uns que les autres. Plusieurs voitures sont garées sur le trottoir d'en face. Appuyé à l'une d'elle, Swan, bel et bien sur pied, serre une couverture autour de ses épaules. Le reste de son clan le rejoint alors qu'il est complètement ailleurs, ses yeux sont vides et rouges.

— Il faudra faire du ménage demain.

Son ton est lugubre et m'arrache un rictus, comment peut-il déjà penser à ça ? Pourquoi ? Parce qu'il n'y a plus rien à briser chez lui, qu'il a compris qu'il fallait vite se remettre sur ses pattes. C'en est presque effrayant.

— Rentrons, proclame-t-il.

Je serre ma taille d'un bras en ne le quittant pas des yeux. Quelque chose a tout de même changé en lui. Mais je n'arrive pas à savoir exactement quoi. Il a l'air plus… cruel. Les autres, dans un silence funèbre, regagnent les voitures comme des morts-vivants. J'essuie du dos de ma main une dernière larme qui coule avant de me glisser à mon tour sur la banquette arrière. J'étais l'appât. Si je n'avais pas proposé et approuvé ce plan, toutes ces personnes ne seraient pas mortes. Lana ne serait pas morte.

Ça n'aurait fait que reporter l'inévitable.

Ma conscience tente de me convaincre pour que je ne vire pas folle. Je me raccroche à mon seul espoir : partir. Peut-être que là-bas, j'oublierai tout.

Mako glisse un petit objet dans ma main, je sursaute au contact froid, avant de porter mon regard sur son cadeau. C'est une petite montre rectangulaire.

— 4 heures du matin, lâche-t-elle tout simplement.

Et je comprends très vite. Dans quelques heures, tout sera fini.

75

Un silence de mort semble s'être installé définitivement entre nous tous. Dans la voiture, même la radio est éteinte et ça me rend folle. Ma tête posée sur l'épaule de Mako, je ne cesse d'entendre la détonation encore et encore, suivie de la vision du corps de Sohëm qui s'écroule. Comme si c'était gravé sur mes paupières pour me torturer. C'est peut-être lâche de ma part mais je n'ai qu'une envie : rentrer chez moi, retrouver mes parents et ma copine. Refermer cette sanglante parenthèse. Je ne sais pas comment ça va se passer pour eux, vont-ils tous aller en prison ? La police fera-t-elle le rapprochement avec la tuerie ? Bien sûr. Ils tomberont pour meurtre. Swan retournera en prison et il m'en voudra éternellement. Le cycle se répète, je le trahis continuellement. Il ne supportera pas des années en prison et lorsqu'il sortira je suis certaine qu'il me le fera payer, mettant de côté son amour cette fois. Je ne sais pas comment cela va se passer et ça m'effraie. Je suis déterminée, cela dit, cette nuit était un cauchemar et je ne veux plus jamais que ça recommence. J'ai beaucoup de chance d'avoir rencontré Mako, sinon, qui sait, moi aussi j'aurais peut-être fini en prison. Et Swan avait raison, je n'y survivrais pas.

Le bruit du frein à main me fait sursauter. Un à un, nous descendons de voiture, les visages blêmes, certains pleurent, d'autres semblent impassibles malgré le sang. Un joli mélange funeste qui s'harmonise parfaitement avec l'atmosphère sombre et inhabituellement triste de la brasserie. Personne ne s'adresse la parole, de peur d'aborder le sujet dont il ne faut désormais pas parler. Devant, Lowen continue d'aider Swan, même si celui-ci marche déjà mieux seul. Je suis agréablement surprise lorsque, arrivée au deuxième étage, je repère Isaïa, il est moins abîmé que les autres mais son visage fermé veut tout dire…

Mako, arrivée à hauteur de sa chambre, me prend le bras, je pivote vers elle. Les taches de sang ont séché sur son visage, se mêlant avec ses taches de rousseur, sa peau d'ordinaire pâle est désormais rougie, tout comme ses yeux. Elle me regarde intensément, cherchant quelque chose en moi. Elle a peur, peur que je lui pose un lapin. Mais ça n'arrivera pas, je suis déterminée.

— À 4 heures… la rassuré-je.

Un pâle sourire soulève ses lèvres tandis qu'elle hoche la tête.

— À 4 heures, répète-t-elle.

Elle a tout de même beaucoup de mal à me laisser, comme si ma présence l'empêchait de penser à tout un tas de choses, mais elle y parvient finalement, après que je lui ai transmis tout mon amour à travers nos regards. Elle regagne sa chambre, me laissant seule dans ce couloir où les autres se sont empressés de faire de même. Au bout du couloir, Swan est le dernier, se traînant. Je me dirige vers lui et vers sa chambre. J'appréhende de me retrouver face à lui mais je n'ai pas le choix, je ne sais pas comment gérer cette situation tant je me laisse submerger par tout ce chaos.

La chambre est sombre, seul le bruit de l'eau qui coule dans la salle de bains m'indique la position de Swan. Nous avons bien besoin tous les deux d'un décrassage. Je le rejoins, il est campé devant le lavabo et se frictionne énergiquement le visage avec de l'eau. Lorsque celle-ci retombe, elle est rouge, rouge sang, un mélange du sien et de celui de Sohëm. Je ne sais pas quoi dire, je le regarde tout simplement se nettoyer, torse nu. Il saisit ensuite un gant et frotte les différentes taches éparpillées sur son corps et ses mains, sans un seul regard pour moi. M'en veut-il ? Je lui ai pourtant sauvé la vie. Je considère dans le miroir son corps tout égratigné, il est vraiment temps que je parte…

Pourtant, à ma grande surprise, il se retourne vers moi avec un autre gant propre imbibé d'eau.

— Tiens, tes cheveux.

Sa voix est neutre, si bien que je n'arrive pas à savoir à quoi il pense. Il pose le gant sur mon menton et commence à me nettoyer, il n'est ni doux ni brusque. Mon cœur semble au bord de l'explosion. Je suis responsable de la mort de son meilleur ami, mais je ne supporterais pas qu'il me le reproche.

— J'ai tué Sohëm, murmuré-je.

À voix haute, comme ça, sans sanglots, j'ai l'impression d'être une personne horrible, un monstre, je suis incapable de me regarder dans le miroir, même si Swan me force à garder la tête haute pour me nettoyer le cou.

— Tu as fait ce qu'il fallait faire.

Il n'est pas convaincant, sa voix est morne, alors que je dois être sûre et certaine de ce qu'il pense pour ne pas péter un plomb.

— Tu m'en veux ?

Je baisse les yeux alors qu'il lave le gant au lavabo.

— Tu m'as sauvé la vie.

J'esquisse un sourire plein de tristesse.

— On est quittes.

Il ne réagit pas, répétant ses gestes mécaniques.

Humidifier. Essorer. Laver.

Comme s'il n'était pas vraiment là.

— C'est à lui que j'en veux.

Il se retourne et plonge ses yeux dans les miens.

— J'aurais pu douter de tout le monde sauf de lui.

Je sens toute sa peine dans son regard meurtri, il serre les dents pour ne rien laisser paraître, mais je la vois, la folie qui s'insinue petit à petit, grignotant encore un peu plus de terrain. Il est comme ça, elle le protège à chaque drame, elle fait un pas de plus dans sa tête pour faire taire ses émotions qui le blessent. Ce n'est plus qu'une question de temps avant qu'elle prenne complètement possession de lui. La prison achèvera cela…

— Regarde.

Il prend une de mes mains pleines de sang séché et la porte sur son bas-ventre, un peu au-dessus de son jogging. Là, je l'avais déjà remarqué, un phénix est tatoué tout en ombre, majestueux, il a ses ailes déployées et remonte vers les côtes de Swan.

— Il avait le même dans le dos. C'est la première personne que j'ai rencontrée, à ma sortie de prison, alors que le juge m'avait ordonné de faire des thérapies de groupe pour m'aider à me réinsérer dans la société.

Une grimace de haine déforme son visage, je peux sentir la plaie béante dans son cœur, celle qui ne cessera jamais de dégouliner.

— Il était là lui aussi, à la première séance. Mais cet enfoiré rêvait d'autre chose. J'avais trouvé un frère, putain.

Il ferme les yeux en mordant le dos de sa main pour ne pas se laisser envahir par les émotions. Je caresse son phénix du bout des doigts en l'écoutant, les larmes aux yeux comme toujours. Comme quoi, nos rivaux sont toujours plus proches qu'on ne le croit.

— Je ne pourrai jamais lui pardonner.

Il expire par ses narines dilatées de colère.

— J'aurais pu, malgré sa trahison et sa mort, j'aurais pu trouver le pardon… Mais il était prêt à te tuer. Et ça, je ne le lui pardonnerai jamais.

Il se détourne, coupant notre contact. Il ne veut pas m'affronter. Même contre l'amour, il tente de lutter. Pourtant, il est encore là, encore un peu. Précipitamment, je me jette sur son dos et j'enroule mes bras autour de son torse, laissant mes larmes couler. Il est en train de partir, et bientôt il sera en prison. J'ai besoin de ce contact pour que mon cœur n'explose pas, j'ai besoin de me retirer Sohëm du crâne, retirer cette image de son corps pantelant et de son regard vide.

Swan ne réagit pas tout d'abord, puis finalement ses mains viennent caresser les miennes, accrochées à lui comme à une bouée. Pourquoi est-ce si douloureux ?

Alors que tout mon être me fait souffrir, tout comme Swan, j'embrasse son dos à travers mes larmes. Il ne le comprend peut-être pas mais c'est un adieu, et, mon Dieu, que ça me retourne l'estomac !

Ses muscles se détendent alors qu'il se retourne vers moi. Ses mains se lèvent mais il hésite à toucher mon visage, comme s'il avait peur. Finalement, elles viennent prendre mon visage en coupe et je me sens tirée à lui. Il lie nos deux bouches dans un baiser fracassant qui termine de rompre mon cœur. Il me tient fermement alors que sa langue vient tester la mienne et me serre contre lui. Mes mains accrochent son dos alors que je mets tous les fragments d'amour qu'il me reste pour lui dans ce baiser. Mes larmes ont cessé et plus rien n'existe à part ces baisers langoureux. Les mains de Swan descendent et accrochent mes hanches, les pressant. Ça m'arrache une grimace car cela réveille une douleur d'un côté. Mais je l'ignore, je ne veux pas gâcher ce dernier moment. Cet ultime lien. Je donne une dimension plus passionnelle à notre baiser alors qu'il se baisse rapidement, glisse ses mains derrière mes cuisses et me hisse contre lui. Mes jambes s'enroulent autour de sa taille fermement. Il doit avoir mal lui aussi puisqu'il gémit faiblement contre mes lèvres. Il n'arrête pas pour autant alors que j'agrippe ses cheveux. Mon ventre est bombardé de mille et un feux d'artifice par cette étreinte douloureusement poétique. Il malmène mes lèvres alors que ses mains se glissent sur mes fesses. Je ne l'arrête pas.

Ne couche pas avec lui, s'il te plaît.

Une seule fois, Emma… Un dernier adieu…

J'apprécie ses caresses alors que je nous sens bouger. Nous passons rapidement de la salle de bains à la chambre, seulement éclairée par un rayon de lune. Dans une grande délicatesse, il me dépose sur le lit sous lui. Sa bouche ne lâche pas la mienne alors que je caresse son visage. Rapidement, il abandonne mes lèvres et s'attaque à mon cou, le parsemant de baisers mouillés. Il le mordille aussi alors qu'un soupir de plaisir m'échappe. Je veux être égoïste ce soir, alors je l'aide à retirer mon pull et même à défaire mon soutien-gorge. Ses yeux se baladent sur moi avec une expression de souffrance, comme si ce qu'il voyait le blessait. Il prend son temps avant de fondre à nouveau sur moi, goûtant chaque parcelle de mon corps. Tout va très vite, nous sommes en osmose complète, peau à peau, nus comme au premier jour, j'ai l'impression de replonger des années en arrière alors que nous découvrions nos corps à deux, avant qu'il ne parte en pensionnat, avant tout ça…

Je ne pense plus à Sohëm, ni à Emma. Seul cet adieu compte. Un adieu et pas un au revoir… Lorsqu'il s'insère en moi, nous procurant à tous les deux un gémissement de plaisir, je prends une décision radicale. Sa tête vient s'enfouir dans mon cou alors qu'il va et vient en moi. Je le serre contre moi en retenant mes larmes.

C'est la meilleure chose à faire. Pour moi, pour lui…

Il mordille mon cou, s'abandonnant complètement à cette étreinte, pourtant, même si mon être se rassasie peu à peu de ses baisers, de ses mouvements, il n'y a aucune douceur dans ses actes. Il semble rejeter cette connexion que je tente d'établir entre nous, ce lien plein de passion et de douceur. Il disparaît petit à petit, marqué au fer rouge par les événements de ce soir. Il ne supportera pas la prison et, lorsqu'il saura que c'est moi qui les ai dénoncés, il ne me le pardonnera pas et me le fera regretter. Je le sens, je le vois, dans ses râles de plaisir furieux. Il rejette cet amour et, s'il n'existe plus, plus rien ne pourra me sauver. Ni moi ni ma famille. Il est bien trop cassé, brisé.

C'est la meilleure chose à faire.

Un sanglot me prend la gorge, me secouant, il ne le remarque même pas, il ne m'a même pas demandé comment j'allais psychologiquement. J'ai eu tort de penser qu'il y avait quelque chose à sauver…

Il vient en moi tandis que mon idée sordide se met en place. J'ai mal, atrocement mal à l'âme. Le souffle court, il embrasse ma clavicule en plongeant ses yeux dans les miens. Il ne peut pas bien les discerner mais il voit que je pleure. Il ne me demande pas pourquoi, ne prononce aucun mot. Il se contente de me fixer, le cœur battant à mille à l'heure. Il est si beau. Comment un être aussi beau peut pourrir aussi vite, comment a-t-il pu me changer autant ? À moins que ce ne soit mon amour pour lui… J'ai été aveuglée mais maintenant tout s'offre à moi comme une évidence. Je suis moi aussi horrible et je déteste cette personne. Je suis ainsi en sa présence et je dois me protéger.

Je me mords la lèvre inférieure tandis que je glisse mes bras autour de son corps et l'attire à moi. Je le serre aussi fort que je peux contre mon corps parcouru de sanglots. Il doit penser que c'est le contrecoup, mais il est bien loin de la vérité. Il me laisse faire, me serrant légèrement en retour.

— On devrait dormir, demain va être une rude journée.

Sa voix est rauque et me procure un frisson.

Demain ne se lèvera peut-être pas, mon amour.

Je le vois déglutir alors que je sais pertinemment qu'il pense au nettoyage qu'ils devront effectuer. Sauf que ça ne sera pas le cas… Je ne dis rien et le laisse embrasser mon épaule avant de se glisser à mes côtés.

Je me tourne vers lui, alors qu'il se passe une main sur le visage. Je ne sais pas quoi lui dire, il a l'air si soucieux, si tiraillé. Pourtant, épuisé par ce dernier effort, ses paupières se ferment bien vite sans un mot pour moi. Bientôt, il dort complètement, la bouche légèrement entrouverte. C'est le moment le plus dur pour moi, celui où je dois pleurer silencieusement, sans faire un bruit. Il ne comprendrait pas toutes ces larmes et se poserait des questions. Il ne faut pas.

Grâce à la lune, je parviens à lire l'heure sur le petit cadran que m'a offert Mako.

2 h 45.

Je prends une grande inspiration.

Il est temps, Eden.

Je ne veux pas. Je ne veux pas faire ça. J'ai beau me convaincre que ce n'est pas la meilleure solution, je n'en vois cependant pas d'autres pour être en paix. Je me retrouve à m'extirper du lit silencieusement, le cœur déchiré et le corps tremblant, je fais le tour du lit.

Je considère la petite table de chevet devant moi, puis Swan qui dort paisiblement.

Tu n'as pas le choix ! Lui n'hésitera pas.

Je l'aime, c'est certain, et je ne veux pas qu'il subisse encore la prison. Je ne veux pas qu'il perde totalement son humanité. Je l'aime mais pas au point de risquer ma vie pour lui. Il n'aurait jamais dû revenir dans ma vie, nos routes n'auraient jamais dû se croiser, enfants, nous étions condamnés depuis le début, notre histoire n'est que drames, et elle doit se terminer. Au chalet, il m'a prouvé de quoi il était capable pour me récupérer, pour me faire payer, comme il dit. J'ai eu ma punition, mon châtiment pour ce meurtre que nous avons commis, pour n'avoir pas tenté de le sauver. Des années plus tard, j'ai essayé, c'était ça, ma punition. C'est impossible. Je l'aime de tout mon cœur mais il faut qu'il meure.

76

C'est mieux pour lui. C'est mieux pour moi. Il n'aura plus à souffrir, je n'aurai plus à souffrir. Serai-je capable d'endosser un troisième meurtre ? Bien sûr que non. Il s'agit de mon amour de jeunesse. Je m'en voudrai toute ma vie, mais Emma sera là, nous allons en baver pour me récupérer. Mais il le faut.

Je contemple son visage torturé, même durant son sommeil.

Tout ira bien.

Je lui transmets des paroles invisibles alors qu'un spasme secoue son corps dans son sommeil. Il lutte, je le vois. Je retiens mon souffle alors que ma main se dirige vers le dernier tiroir de la table de chevet. Tout en gardant un œil sur Swan, j'ouvre le tiroir. Il y a divers flacons et seringues, toutes plus pointues les unes que les autres. Je les fixe en imaginant de nouveau Swan s'en enfoncer une dans le bras.

C'est ma seule arme. La dose létale est de 800 mg. La même que celle que nous avons injectée à mon oncle. Ce nombre m'a hantée pendant des années. J'entends encore Swan le prononcer alors que je lui tenais le flacon.

— *800 mg, c'est assez pour qu'il fasse une overdose.*

Aujourd'hui, ce nombre va le tuer. Je n'ai pas le choix, il est dangereux. Je fouille silencieusement les autres tiroirs et j'y trouve des mouchoirs. Le cœur battant, j'en tire deux. Un dans une main pour tenir le petit flacon : *cocaïne.* C'est la même substance que nous avons utilisée pour mon oncle. La même… Dans l'autre, je glisse le second mouchoir et dévisse le bouchon en prenant garde à ne pas laisser mes empreintes dessus. Ma vision n'est plus nette. Je réalise ce que je vais faire… Mettre fin à sa vie…

Afin de ne pas trop réfléchir et de ne pas changer d'avis, ce qui causerait ma perte dans le futur, j'attrape une seringue propre et la remplis de 800 mg de produit. Je reste un moment à contempler ce petit tube. Une pression et tout sera fini pour lui…

Bien évidemment, mon cerveau passe en revue nos multiples souvenirs, ceux du passé et ceux du présent. Je veux le protéger lui aussi, sa place n'est plus dans ce monde, il y est trop à l'étroit. Je sais que je dois le faire, mais je ressens aussi du dégoût envers moi-même. J'en viens à juger l'existence et à décider de la mort d'autrui. Qui suis-je ?

C'est de la légitime défense.

Je suis tiraillée entre le bien et le mal, l'ombre et la lumière. Les sanglots redoublent d'intensité, si bien qu'il est difficile de ne pas faire de bruit.

Fais-le !

Pardon, pardon. J'attrape l'élastique, les mains tremblantes. Je n'ai qu'à le mettre, là autour de son bras, un peu au-dessous de son biceps. Dans la pénombre, ça ne va pas être facile. Je laisse tomber le mouchoir et le prends à pleines mains, il me suffira de le récupérer après.

Je suis paralysée, et la vision de Swan étendu, la poitrine se levant et s'abaissant lentement, son cou plein d'ecchymoses grisâtres à la lumière de la lune, ses cheveux lui retombant sur le front et ses chaînes étincelantes sur sa poitrine. Son bras, marqué d'innombrables tatouages à l'image de la noirceur qui le ronge. Je suffoque alors que j'approche enfin l'élastique. Je prie pour ne pas le réveiller, je dois être rapide. Un feu s'est allumé dans mon estomac et une petite voix ne cesse de me répéter.

Fais-le, fais-le…

Je ne sais plus si c'est ma conscience ou mon désir de vengeance qui parle mais mes mains rencontrent son bras, je frémis à ce contact qui m'électrise.

Pardon.

Je le soulève délicatement, un œil surveillant son sommeil. Il ne réagit pas lorsque je le repose, ayant glissé l'élastique à son bras. Je dois faire un nœud bien serré, maintenant. J'essuie du revers de la main le surplus de larmes qui me bouche la vue, elles dégoulinent le long de ma joue, se cachant dans mon cou pour mourir sur le haut de mon buste toujours nu. Je fais rapidement un nœud en toute délicatesse. Vient le moment de serrer, c'est le plus délicat. Ma lèvre tremble alors que je serre le plus fort possible tout en prenant garde à ne pas le réveiller. Il murmure dans son sommeil et ne semble pas ouvrir les yeux. Je respire de nouveau, le cœur battant. Je me munis de nouveau de mon mouchoir et j'attrape la seringue. Menaçante, pointue, elle portera le coup fatal. Le garrot compresse bien, aussi ses veines sont parfaitement visibles. Je ne sais pas comment m'y prendre, il y a quelques années, c'est Swan qui s'en était occupé.

Je suis folle, c'est ce qui tourne en boucle dans ma tête. Folle d'être convaincue que c'est la seule solution, folle pour ne pas réussir à m'arrêter. Une piqûre, une… Je n'arrête pas de pleurer. Pourquoi ? Pourquoi en arriver là ?

Je ferme les yeux pour tenter de me calmer avant d'approcher l'aiguille. 800 mg et tout sera terminé, ma main se rapproche dangereusement de lui, les centimètres se réduisent entre la seringue et son bras. Je n'ai plus qu'à piquer….

— Qu'est-ce que tu fais ?

Je sursaute, paniquant. Swan me considère, tout endormi, dans l'incompréhension la plus totale, ses yeux papillonnent en me regardant. À moitié rêveur, il met un temps à porter ses yeux sur son bras, là où sans doute une compression doit le gêner. Ses yeux s'arrondissent tandis qu'il comprend, mais je suis plus rapide et sans me poser plus de questions, j'enfonce pour de bon la seringue dans sa veine, là où j'avais visé précédemment. Je presse le piston tandis que déjà il tente de se dégager. Trop tard, le liquide est lancé, tout droit dans sa veine, dans son sang.

— Qu'est-ce que tu as fait ?!

Sa voix est étouffée et rauque, je fonds en larmes.

— Pardon… Pardon, je n'avais pas le choix.

Je sanglote alors qu'il commence à paniquer. Il a compris, tout compris.

— Non. Non, non, non !

Il secoue son bras comme si cela pouvait changer quelque chose en se redressant. Je me précipite sur le lit à ses côtés.

— Je n'avais pas le choix, persisté-je.

Le visage déformé par la tristesse, mes mots ne sont plus que des sons étranglés.

— Pourquoi ?

Je lis de la terreur sur son visage, il a peur de mourir. Comment ne pas le comprendre ?

— Pourquoi ?!

Il crie plus fort mais, dans peu de temps, ça fera effet, et il va paisiblement s'endormir avant qu'il ne puisse plus respirer, sa langue obstruant l'arrivée d'air, son cerveau cessant d'être alimenté en oxygène. Ses forces commencent déjà à diminuer, c'est comme s'il somnolait, pourtant il se jette sur moi lourdement, me coinçant de tout son poids. Je ne panique même pas, il n'aura rien le temps de me faire, son corps bloque le mien alors que ses yeux fous de rage m'assassinent.

— Tu partiras avec moi.

Son ton est cinglant et ses mains se joignent à sa parole, elles glissent sur mon cou en essayant de le serrer mais déjà je vois qu'il lutte férocement contre la fatigue qui l'entraîne. Ses yeux clignent rapidement et il met moins de force dans son étranglement qu'il le voudrait.

— Je t'aime, Swan.

Je secoue la tête alors que sa prise s'amollit sur mon cou. Je le vois tanguer, les yeux pleins d'incompréhension.

— Non… soupire-t-il.

Il se redresse difficilement sur les genoux, bancal. Un souffle pourrait le faire tomber et c'est le cas, rapidement, après quelques secondes de lutte acharnée contre lui-même, ses yeux se ferment définitivement et il commence à tomber, je me précipite pour amortir sa chute, sa tête retombe sur mes genoux nus tandis que je la maintiens en sanglotant. Il est entré dans la phase un. Je pleure en me balançant d'avant en arrière, je resterai avec lui tout le long, jusqu'à ce qu'il sombre. Pour l'instant, son pouls ralentit mais il est seulement endormi. Je prends sa main dans la mienne et l'embrasse.

— Je suis tellement désolée… murmuré-je, le cœur brisé.

C'est comme si on venait de me l'arracher. On dit souvent que les psychopathes n'ont pas d'empathie, pas de regrets, je pensais l'être, je pensais l'être devenue, en droguant Paul, sans un remords, en servant d'appât, prête à voir le camp adverse se faire tabasser. Je pensais ne rien ressentir en tuant Swan, juste de la satisfaction, et c'est le cas, mais je me suis trompée sur toute la ligne. Je n'ai jamais autant souffert qu'aujourd'hui, cette douleur est atroce, elle me scie en deux et m'empêche d'arrêter de pleurer. Je pensais ne rien ressentir en tuant quelqu'un qui me débectait comme Sohëm, mais ce n'est pas le cas non plus.

Finalement, c'est ce soir que je rejette ma part d'ombre en l'arrachant, comme si Swan était un sacrifice, elle part petit à petit à mesure que ma douleur grandit.

Je ne peux m'empêcher de toucher son visage, son corps, comme si à tout instant je pouvais changer les choses. Déjà sa respiration se fait très faible et son visage est anormalement pâle au clair de lune. Sa main est froide tandis que je vois avec horreur que ses yeux se révulsent. Plus que quelques minutes. J'embrasse encore et toujours sa main couverte de mes larmes.

C'est bientôt fini.

Je pose deux doigts sur son cou, là où Sohëm l'a étranglé un peu plus tôt. Son pouls diminue considérablement et bientôt il cesse, je ne le sens plus. Son cœur s'est arrêté, comme ça, tout simplement. Je pousse un cri étouffé.

Swan est mort.

Son corps gît sur mes genoux tandis que j'ai l'impression moi aussi de mourir, je ne peux pas le lâcher même si je sais que c'est terminé. Je reste de longues minutes, à caresser son visage, à lui parler. Tout est fini.

Je jette finalement un petit coup d'œil à la montre :

3 h 20.

Je dois rassembler toutes mes forces pour me détacher de Swan, je ne suis plus qu'une loque dégoulinante, je ne pensais pas que ça ferait aussi mal.

Avec toutes les forces qu'il me reste, je le tire pour le remettre droit dans le lit. Il faut que ça ait l'air d'un suicide. Le garrot est toujours en place, aussi je le retire et récupère ensuite la petite aiguille et j'attrape sa main aux doigts glacés. Je laisse ses empreintes un peu partout sur l'aiguille, avant de l'enfoncer avec le mouchoir partiellement dans son bras. Je récupère ensuite le flacon, je fais de même avant de le replacer dans le tiroir.

Son corps nu est glacé, mais je remonte la couverture sur lui comme s'il était encore vivant. Il a l'air si paisible.

Je n'avais pas le choix.

Le cœur brisé, j'attrape au hasard des vêtements et je les enfile, il faut que je pense à la suite maintenant, à ce qu'il va se passer. Je récupère un sac de sport qui traîne là et j'y glisse le petit téléphone toujours caché ainsi que le garrot. Je grimpe ensuite de l'autre côté du lit, là où les photos sont accrochées, je les admire un instant avant de les décrocher une à une. J'aimerais pouvoir les récupérer mais cela se remarquerait. Une fois toutes enlevées, elles dévoilent une sorte de petite porte créée dans le mur, comme une dalle. Dans un coin, un bout est abîmé et cela me permet de la retirer sans trop de soucis. Mako avait raison, tous les papiers sont là. Dans de grosses enveloppes. Je les sors une à une. La première contient effectivement des factures. Je le cale sous mon bras avant d'examiner la suivante. Là aussi elle avait raison, ce sont des fiches d'identité. Sur chacune, il y a une photo accompagnée d'informations. Je les feuillette rapidement avant de tomber sur une photo qui attire mon œil.

Mako.

Je parcours les lignes et tombe sur sa véritable identité : Agathe Pérez.

J'ouvre de grands yeux.

Ma sauveuse s'appelle donc Agathe. Par curiosité, je continue de fouiller et tombe sur celle de Sohëm. Mon sang se glace. Raphaël Leroy.

J'inspire profondément, je referme rapidement l'enveloppe et la cale sous mon bras. Dans cette cachette, je trouve aussi la fiole utilisée pour mon oncle. La fameuse, celle avec mes empreintes dessus. Il y a également le téléphone que Swan avait au chalet, celui contenant la vidéo. Décidément, c'est la caverne d'Ali Baba. Je repositionne la dalle avant d'accrocher de nouveau chaque photo. Comme si de rien n'était, c'est presque bluffant. J'entasse tout dans mon sac avant de récupérer dans la table de chevet une feuille et un stylo. Je connais l'écriture de Swan, aussi je trace de grandes lettres dessus, en noir. Ensuite, comme précédemment, je mets les empreintes de Swan dessus, on ne sait jamais. Je suis prête et il est bientôt 4 heures.

Je porte un dernier regard sur Swan, qui semble tout simplement endormi. Je m'approche tout doucement. Je ne peux pas partir comme ça. Ma main effleure son corps glacé dans une dernière caresse. Elle se glisse derrière sa nuque et décroche un fermoir. Rapidement, je détache une de ses chaînes, celle de son baptême, avec un médaillon argenté. Je la serre fermement dans ma paume en tentant de ne pas céder de nouveau aux larmes.

J'ai les yeux bouffis d'avoir trop pleuré et j'ai l'impression de n'être que douleur. Je fourre le pendentif dans ma poche avant de me détourner en fermant la porte derrière moi.

Demain matin, lorsqu'ils le trouveront, ils penseront que c'était un suicide, qu'il était trop lâche, alors que c'est moi qui le suis en réalité.

J'ai tué Sohëm, j'ai tué Swan, et je me faufile dans les couloirs telle une ombre, tel un fantôme. Tout est fini, je rentre à la maison. Je jette un dernier coup d'œil à cette brasserie, théâtre de tous les drames.

J'attrape un bout de scotch derrière le comptoir. Ce seront mes derniers mots. Je remonte mon sac sur mon épaule avant de placarder l'affiche que j'ai faite.

Il est temps de payer pour nos péchés.

ÉPILOGUE

Mako est dehors, sur le trottoir devant la brasserie, accoudée à une voiture. La nuit est encore intense, noire, à l'image de mes sentiments. Je jette des coups d'œil à droite et à gauche pour vérifier que personne ne nous observe. Elle me repère bien vite et son attitude change du tout au tout. Je renifle avant de la rejoindre, laissant derrière moi tous ces massacres. Elle me serre dans ses bras, rassurée par ma présence, elle pensait vraiment que j'allais l'abandonner.

— Monte vite. À l'arrière, s'il te plaît.

Je fronce les sourcils, ne comprenant pas très bien pourquoi, mais, lorsqu'elle ouvre sa portière côté conducteur, je pousse un cri de surprise. Là, à ses côtés, se tient Enaël, en chair et en os. Je n'arrive pas à y croire. Swan devait…

— Enaël ?

Il m'offre un sourire tandis que je plonge dans une totale incompréhension.

— En personne.

Mako met le contact alors qu'elle m'explique d'une petite voix :

— Swan n'a jamais eu l'intention de le tuer. C'est ce qu'il m'a confessé dans le couloir, ce jour-là.

— Mais alors…

— J'ai dû jouer la comédie.

Swan ne l'a pas tué, bien sûr que non. Mon cœur se brise alors que je réalise. Enaël faisait partie de sa famille et, malgré sa trahison, il ne l'a pas tué. J'ai l'impression de me prendre un coup de massue sur la tête. Qu'est-ce que j'ai fait ? Je l'aurais tué… pour rien ? Les larmes menacent de nouveau tandis que je remets son meurtre en question.

Qu'est-ce que j'ai fait ?

Cette question m'obsède. Enaël est là, épargné. Et si, même rongé par la haine, Swan avait gardé le même état d'esprit de ne jamais aller jusqu'à tuer ? Il a menti à tout le monde pour préserver Enaël et Mako. Je suis le monstre de l'histoire. L'amour a toujours été important pour Swan, il n'a jamais su comment le gérer, voilà tout. Ma tête me tourmente tandis que j'ai envie de crier de douleur. Je l'ai tué !

— Tu as les papiers ?

Mako jette un coup d'œil dans le rétroviseur alors que je murmure, la gorge nouée :

— Oui.

Je tente de me racler la gorge. Mako ne doit pas savoir pour Swan, cela doit passer pour un suicide aux yeux de tout le monde. Justement, elle me questionne :

— Tu n'as pas réveillé Swan ?

Je secoue la tête pour toute réponse.

— Parfait, on va aller au commissariat et les déposer.

Son ton traduit une certaine nervosité, je vois qu'Enaël le remarque aussi, il attrape sa main et la presse. Mon cœur se serre tandis que mes tourments me hantent.

Je ne sais toujours pas où nous sommes, je laisse Mako nous conduire sans discuter. Je lui serai éternellement reconnaissante. Entre deux spasmes, j'ouvre le sac de sport contenant toutes les affaires. Enaël commence à discuter avec sa copine, sans doute pour la détendre, la situation que nous vivons est hors du commun, presque incroyable. Nous avons tous un poids sur la conscience, le mien est sans doute plus lourd que les autres, mais je ne dois pas oublier l'avenir pour autant. Mako est la lumière dans cette obscurité comme l'a été Emma. Sa repentance est déjà accomplie, elle mérite une autre vie, pas la prison. Silencieusement, mes doigts fouillent les enveloppes. Je passe rapidement en revue les fiches.

Agathe Pérez.

J'extirpe cette fiche du paquet et la glisse tout au fond de mon sac. Je fais de même avec celle d'Enaël qui est en réalité Ludovic Moniet. Ils ont assez morflé.

Je ne leur dis rien et me contente de sortir les deux enveloppes du sac, prête à les déposer.

La voiture roule vite dans les petites rues et bientôt nous arrivons à destination. Le logo n'est pas le même que d'habitude sur la porte.

— Où sommes-nous ? finis-je par demander.

J'ai bien une petite idée mais je tiens à en être persuadée.

— En Belgique, dit Enaël. Nous sommes tous français mais Swan avait déjà bâti son empire ici.

Ça a le même effet qu'une décharge électrique. En Belgique ? Si loin de chez moi…

— Je vais y aller.

Instantanément, la voiture s'arrête et je descends précipitamment. Les deux paquets dans mes mains tremblantes, je m'avance, comme si je portais une bombe. Il me suffira de quelques secondes pour faire basculer leur vie à tous, pour leur rendre la monnaie de leur pièce…

Et la mienne ? Moi aussi, je devrais être avec eux. Dans ma courte existence, j'ai tué trois hommes, pris trois vies. Quelle est ma punition, à moi ?

Je chasse mes idées noires et, bien décidée, je dépose les enveloppes dans la fente destinée au courrier. Je reste là, figée devant cette porte close. Mon cœur bat la chamade. Il faut partir, je dois m'en aller. Retrouver Emma. Je glisse une main dans ma poche et caresse le pendentif. Je n'ai plus rien à faire ici.

Je me précipite de nouveau vers la voiture, presque en courant. Sortez-moi de cet enfer.

— On peut y aller.

Mako soupire, comme si elle avait retenu sa respiration depuis des siècles. Enaël masse une de ses épaules avec un petit sourire. Son air est triste, à lui aussi, ils pensent que je les ai condamnés. Je garde la surprise alors qu'elle allume le moteur.

— C'est parti.

Mako démarre sur les chapeaux de roues, nous entraînant loin d'ici, à des kilomètres. Je ne peux m'empêcher de jeter un coup d'œil par la vitre arrière. On ne voit plus la brasserie, là où le corps de Swan repose, là où les autres dorment, pensant que demain matin ils se remettront sur pied pour mieux suivre leur chef.

Demain, la police trouvera ces enveloppes. Demain, la police fera irruption dans la brasserie, tôt le matin. Demain, tout ce beau monde sera arrêté. Demain, le corps de Swan sera retrouvé. Demain, cette parenthèse sera fermée et ma vie reprendra. Comme si de rien n'était.

La tristesse s'est logée en moi, à tout jamais, les marques sur mon visage s'effaceront mais pas mes plaies intérieures. J'aime Emma, j'aime Swan. L'ombre et la lumière, les deux m'ont construite. Désormais, j'ai choisi la lumière, gardant au fond de moi le souvenir de Swan, une part d'ombre cachée.

Je serre le pendentif aux creux de mon poing en pleurant silencieusement, je le serre si fort pendant des heures, presque jusqu'à l'enfoncer dans ma main.

Le trajet fut long et silencieux. Durant des heures, je me suis repassé en boucle ces derniers jours. Mon arrivée, la rencontre avec Mako. Je me suis même rappelé Sohëm, la station-service, le pré. Mako et Enaël ont bien vu que je pleurais, mes yeux sont rouges. Ils n'ont pas posé de questions, excepté pour me demander la route pour rentrer jusqu'à chez moi, du moins jusqu'à chez Emma. J'ai besoin d'elle plus que de n'importe qui, j'ai besoin d'elle pour ne pas devenir folle, pour retrouver un soupçon d'humanité.

Dans quelques semaines, ma nouvelle vie commencera, nous aurons un appartement toutes les deux et tout redeviendra comme avant, comme si Swan n'était jamais revenu.

Ce n'est pas juste.

Dans un autre monde, tout se serait passé différemment, Swan ferait sa vie quelque part, peut-être aurions-nous pu être amis. J'essuie mes joues du dos de ma main.

Le soleil s'est levé, il est 7 heures à ma montre. Voilà déjà deux heures et demie que nous roulons, les couleurs du ciel m'apaisent et me plongent dans un état second. Je parviens même à m'endormir quelques minutes quand mon chagrin me laisse un peu tranquille. Ça ne me fait guère de bien, j'ai l'impression d'avoir avalé un poids, pesant dans mon estomac.

Nous nous arrêtons très peu, désireux d'arriver le plus vite possible. J'ai hâte, hâte de retrouver mon oxygène, un semblant de normalité, là où le soleil brille toujours. Il fait si morne dans ma tête.

Nous traversons différentes villes françaises. J'essaie de parler aux autres, de faire n'importe quoi qui puisse me sortir Swan et Sohëm de l'esprit.

— Où habites-tu ?

Enaël, qui arbore un visage vraiment très amoché, tente ainsi de détendre l'atmosphère.

— Là où le soleil brille toujours, près de Montpellier.

Il me questionne encore, distrayant Mako, qui se détend petit à petit. Je lui parle de ma vie d'avant, de mes amis, de mes études. J'en apprends un peu plus sur eux aussi, leur rencontre, leur histoire, leur passé. On évite au maximum de prononcer les deux prénoms tabous.

Le trajet paraît un peu moins long ainsi. Plus les kilomètres se réduisent entre nous et Emma, plus mon cœur se remet à battre, retrouvant son deuxième amour. La seule personne qui l'anime encore. J'ai besoin de ses bras, de ses berceuses.

La douleur et la culpabilité s'allègent un peu lorsque nous franchissons le panneau de ma ville. Ça y est. C'est fini, tout est fini. Le cauchemar s'achève là.

Je guide Mako entre les différentes ruelles, je n'avais pas menti, ici le soleil brille de mille feux, caressant nos peaux à travers les vitres qui accentuent la chaleur.

Bientôt, nous apercevons la maison d'Emma, de plain-pied, entourée de son jardin, là où nous aimons nous étendre pour discuter. J'ai le cœur qui bat à mille à l'heure et comme l'impression qu'une main broie mon estomac. Et si elle ne voulait pas me voir ? Et si elle m'en voulait de ne pas l'avoir recontactée ? J'ai soudain si peur. Si elle me rejette, je ne pourrai jamais m'en remettre.

— C'est là.

Je respire rapidement alors que Mako se gare un peu en retrait, devant la maison de M. Fred, le ronchon.

— Regardez, nous interpelle Enaël.

Il pointe du doigt une voiture garée, elle aussi, un peu en retrait mais devant nous.

— C'est une de nos voitures.

— Noah, soupiré-je.

Celui chargé de surveiller Emma, de la blesser si jamais elle osait se rebeller. J'espère qu'il ne lui a rien fait.

— Il devait surveiller Emma, précisé-je.

Mako hoche la tête.

— Je m'en occupe, conclut Enaël.

Il jette un coup d'œil par la fenêtre avant de rapidement sortir de la voiture. Je ne sais pas comment il va gérer cela et je m'en moque. Je veux que toute trace de ce cauchemar disparaisse. Enaël s'éloigne tandis que je détourne le regard.

— Il faut que tu y ailles.

Mako tente un sourire bien triste, contrairement à d'habitude, moins rayonnant. Qui pourrait la blâmer ?

— Viens avec moi. S'il te plaît.

Je ne veux pas lui avouer que j'ai peur, mais elle le comprend.

— Tu es sûre ?

Je hoche la tête. Si Emma doit me rejeter, j'aurai besoin d'elle.

Je m'arme de mon sac et descends à mon tour de la voiture. Ça me fait tout drôle d'être ici, dans ce quartier que je connais bien. Il est un peu plus de 13 heures, j'espère qu'elle est chez elle. Mako me suit sans protester, en bonne amie qu'elle est. Je fais le tour de la maison, je ne veux pas me présenter devant ses parents comme ça, les yeux explosés, le visage tuméfié et l'apparence d'une vagabonde. La fenêtre d'Emma est derrière la maison, lorsque nous nous disputions, je venais la nuit en cachette lui apporter du chocolat. Ma tête pleine de souvenirs recommence à me faire mal. Il faut vraiment que je pense à aller à l'hôpital, la douleur aux côtes est toujours présente, ce n'est pas normal.

— Par là, indiqué-je en entraînant Mako.

Elle me suit à pas de loup, ses cheveux roux brillant au soleil. Nous passons devant la fenêtre du salon, sur la droite de la maison, ses parents y sont. Je les vois, un sourire sur le visage. Ils doivent me détester, ils pensent sans doute que j'ai brisé le cœur de leur fille. Nous arrivons finalement à l'arrière, contournant le grand cerisier. La fenêtre est là, tout près. Je lance un regard hésitant à Mako qui, d'un mouvement de tête, m'encourage. Je déglutis, la gorge nouée. Les fenêtres sont grandes et je la vois, là, mon rayon de soleil, étendue sur son lit, les yeux rivés sur son ordinateur. Son visage à elle aussi semble terne et un détail me glace le sang. Son bras gauche est orné d'un gros plâtre blanc.

Qu'est-ce que c'est que ça ?

— Allez, m'encourage Mako.

J'ai peur, comme toujours. Ma main se suspend dans l'air devant sa fenêtre. Je ne suis partie que quelques jours, pourtant cela semble faire une éternité. Une éternité que je n'ai pas senti cette étincelle vivante dans ma poitrine.

Je toque finalement. D'abord délicatement, puis plus assurément. Elle sursaute à ces petits bruits, tournant vivement la tête vers la fenêtre. Je la vois me fixer, sans comprendre, puis ses yeux s'arrondissent lorsqu'elle réalise. Elle se précipite instantanément, ouvrant la fenêtre à la volée en manquant de l'arracher. Elle ne prononce pas un mot, son corps enjambe sa fenêtre et vient se jeter sur moi. Comme un koala, elle entoure ses jambes autour de mon buste.

Je reste en suspens quelques instants, ne réalisant pas vraiment. Elle est là, dans mes bras. La situation me paraît irréelle, ce n'est pas possible, je n'ai pas pu m'en sortir.

Je vais me réveiller et…

— Eden…

Elle est bien là, pleurant à chaudes larmes dans mon cou, contre ma poitrine, je sens son cœur battre à toute vitesse. Elle est là, dans mes bras, mon rayon de soleil. Ma lumière, mon remède. Je la serre en retour aussi fort que je le peux. Tout est bien réel.

— Oui, mon amour.

Je ne peux m'empêcher de pleurer, tout est bien fini. Mes mots résonnent dans mon esprit.

Mon amour…

Swan, Emma. Je m'accroche au passé en refoulant ma peine et ma culpabilité. J'ai retrouvé Emma, tout va bien aller maintenant. Elle se détache en retombant sur ses jambes. Ses mains viennent entourer mon visage sans même me laisser le temps de dire quoi que ce soit. Sa main gauche est râpeuse à cause de son plâtre.

— Qu'est-ce que tu fais là ?

Ses longs cheveux blonds collent à son visage baigné de larmes. C'est bien réel.

— Je suis là pour de bon.

Elle détaille mon visage, prenant soudain conscience de mon apparence.

— Qu'est-ce qui t'est arrivé au visage ? Et tes cheveux ?

J'embrasse sa main valide, soudain avide de ses caresses.

— C'est une longue histoire.

Je devrai lui raconter, Emma est curieuse et inquiète, je devrai tout lui raconter dans les moindres détails. Je lui servirai la même version qu'à Mako, mais sans lui parler de Sohëm…

Ce sera mon secret. Un terrible secret.

Son visage est l'incarnation de l'inquiétude.

— Et toi ? Ton bras ? Qu'est-ce qu'il s'est passé ?

Elle fronce les sourcils avant de comprendre de quoi je parle. Elle me montre fièrement son bras.

— Petit accrochage avec mon surveillant. Je n'allais quand même pas me laisser faire.

Mon cœur se serre et je ne sais pas si je dois rire ou pleurer, elle semble le prendre à la légère.

— Je suis une battante, comme toi.

Si elle savait… Je me décompose devant elle, mais elle ne le remarque pas. Elle ne comprend pas surtout. Une battante, je suis loin de l'être, je suis une lâche.

Mako, à mes côtés, remarque mon trouble. Elle tente de me changer les idées en se raclant la gorge. Emma tourne la tête vers elle et la considère avec un regard curieux. Elle est si belle, si innocente, j'aime ce regard tendre.

— Qui est-ce ? questionne-t-elle.

Je me tourne vers Mako, difficilement, alors que mes côtes me lancent.

— Je te présente Agathe. Mon amie.

Mako paraît surprise d'entendre son vrai prénom dans ma bouche. Je lui coule un regard rempli d'affection.

— Emma, enchantée.

Ma petite amie la couve elle aussi d'un regard affectueux. Ma douce Emma…

Je repère Enaël, qui tente de se faire discret pour nous rejoindre.

— Et voici Ludovic. Son petit ami.

Lui non plus ne comprend pas mais ne rectifie pas. Il salue Emma, qui ne le juge pas pour son visage. Elle lui décoche un sourire tandis que Mako, perdue, me questionne du regard. Un étrange sourire trône sur mes lèvres. La paix se bat contre les sentiments dans mon cœur, j'ai toujours eu besoin d'Emma. J'aurai toujours besoin d'elle.

— Vous voulez rentrer ?

Emma les interroge innocemment. Mako secoue la tête avec un petit regard vers Enaël.

— Nous devons y aller.

Son visage change du tout au tout, elle sait qu'elle doit rentrer, se livrer à la police et se séparer à nouveau de son amour. Mais je ne veux pas que ça se passe comme ça.

— Emma, tu peux nous laisser une petite seconde ?

Elle hoche la tête en essuyant ses larmes, qui ont fait couler son mascara, elle est si belle.

Elle enjambe à nouveau la fenêtre, exauçant mon souhait. Je me retrouve devant les deux tourtereaux, déconfits.

Mako joue avec ses mains, prête à éclater en sanglots. Je lui prends les mains pour qu'elle arrête de se torturer. Tout d'abord, j'interroge Enaël.

— C'est bon pour Noah ?

Il hoche la tête en répondant platement.

— Il est dans notre coffre…

— On le livrera à la police lui aussi.

Je serre les mains de Mako un peu plus fort avant d'ouvrir mon sac. Je trouve rapidement les deux fiches. Je les sors et les tends fièrement à Mako. Voilà une partie de ma rédemption.

— Partez, refaites votre vie.

Elle me prend les papiers des mains avant de les examiner.

— Eden ! s'exclame-t-elle. Qu'est-ce que…

Je secoue la tête.

— Mako, tu le mérites plus que quiconque, où serais-je sans toi ? Je te dois tout. Va-t'en, s'il te plaît. La prison n'est pas pour vous.

Ses yeux brillent au soleil tandis qu'elle me tombe dans les bras.

— Je ne t'oublierai jamais.

Elle me serre de toutes ses forces et je fais de même, elle sera à jamais mon ange gardien aux cheveux de feu. Enaël ne sait pas quoi dire mais son visage déformé s'est illuminé.

— Sois heureuse, Agathe.

— Merci, du plus profond de mon cœur, me dit Enaël.

Il prend sa copine dans ses bras, ils vont être heureux, j'en suis persuadée, peut-être même qu'ils vont renouer avec leur famille.

— Vous feriez mieux de filer, plaisanté-je, les larmes aux yeux.

S'ils restent, je ne pourrai plus me retenir. Enaël embrasse le sommet du crâne de sa copine.

— Merci, Eden.

Je ne sais pas ce qu'ils vont faire de Noah et cela ne m'intéresse plus. Je veux de la tranquillité et du repos. Tout oublier dans la mesure du possible.

Nous nous faisons nos adieux, je les porte désormais dans mon cœur, même si je ne pense pas les recroiser un jour.

— J'espère qu'on se reverra.

Je leur fais un signe de la main alors qu'ils s'éloignent, et je ne peux m'empêcher de les fixer, la gorge nouée. Ma main vient s'enfoncer dans ma poche, touchant le collier. Je l'attrape et le sors. Il scintille cette fois au soleil. Lui aussi a quitté l'obscurité. La lune pour les rayons du soleil.

Je l'examine encore un instant alors que je vois la voiture noire s'éloigner. Ils sont partis, ça y est, comme si de rien n'était. Hormis mes blessures et mes plaies intérieures, rien ne peut témoigner de tout ce qu'il s'est passé. J'enfile le collier de Swan autour de mon cou. Je ne le quitterai plus jamais. Il est là avec moi, pour toujours, en espérant qu'il me pardonne.

Je laisse le soleil couvrir ma peau. Je suis de nouveau à la maison.

— Eden ?

Cette voix m'avait tant manqué…

Je tourne la tête vers Emma, qui me rejoint à nouveau.

— Ils sont partis ?

Elle enroule ses bras autour de mon cou, se collant contre moi.

— Oui.

Je ressens une tristesse sourde.

— Tu m'as tant manqué…

Elle embrasse ma joue et je ferme les yeux, frémissant de plaisir.

— Tout va rentrer dans l'ordre.

Elle glisse un doigt sous mon menton et dirige sa bouche sur la mienne. Je fronce les sourcils en m'abandonnant à ce baiser. Il est différent de celui de Swan, plus doux, plus vrai. J'embrasse ses lèvres comme si c'était la première fois. Elle est là, et je ne la quitterai plus jamais.

J'ai retrouvé Emma.

J'ai retrouvé ma lumière.

« Pour l'éditeur, le principe est d'utiliser des papiers composés de fibres naturelles, renouvelables, recyclables et fabriquées à partir de bois issus de forêts qui adoptent un système d'aménagement durable. En outre, l'éditeur attend de ses fournisseurs de papier qu'ils s'inscrivent dans une démarche de certification environnementale reconnue. »

Composition et mise en pages : Nord Compo

PAPIER À BASE DE FIBRES CERTIFIÉES

hachette s'engage pour l'environnement en réduisant l'empreinte carbone de ses livres. Celle de cet exemplaire est de : 600 g éq. CO_2
Rendez-vous sur www.hachette-durable.fr

Achevé d'imprimer en France par CPI Brodard et Taupin
Dépôt légal 1re publication mars 2021
15.2106.9 – ISBN : 978-2-01-714023-8
Édition : 01 – Dépôt légal : mars 2021
N° d'impression : 3042033